LES ÉTOILES DOUBLES

DU MÊME AUTEUR

Romans

Caramelle, Éditions Bernard Barrault, 1989
Au Petit Marguery, Éditions Bernard Barrault, 1991
Le Roman des Quarks, Éditions Julliard, 1995
La Paresse de Dieu, Éditions Julliard, 1998,
Grand prix de littérature policière
Je ne veux pas être là, Éditions Julliard, 2006
Le jour où j'ai voté pour Chirac, Éditions Julliard, 2007
Le Tournevis infiniment petit, Éditions Julliard, 2008
SMS, Éditions Julliard, 2009
Mon pire ennemi est sous mon chapeau, Éditions Julliard, 2012
prix Albert-Bichot
J'ai sauvé la vie d'une star d'Hollywood, Éditions Julliard, 2014
Naissance d'un père, Éditions Julliard, 2016
La Part des anges, Éditions Julliard, 2017
prix de l'académie Rabelais
Le Mari de la harpiste, Éditions Julliard, 2019
Retour à Cuba, Éditions Julliard, 2021

Théâtre

Les Femmes de la Petite Couronne, Éditions Lansmann, 1995

PREMIÈRE PARTIE

Nous appelons « contre-nature » ce qui arrive contrairement à l'habitude. Il n'y a rien, quoi que ce puisse être, qui ne soit pas selon la nature. Que cette raison universelle chasse de nous l'erreur et l'étonnement que la nouveauté nous apporte.

Michel de Montaigne,
Les Essais, II, 30, 1572-1592

Au matin du 11 mai 1811, Ti-Eye dénoua l'amarre qui retenait la barque au flanc de sa maison flottante sur le Mae Klong. Vêtu du langouti des pêcheurs, une pièce de toile ceinte autour des reins, relevée entre ses cuisses et glissée dans la ceinture, il pesa sur le long aviron, puis fourragea dans la bourse qui contenait feuilles de bétel et noix d'arec. Tandis que l'étrave de son embarcation fendait les jacinthes d'eau, assemblées en grappes à l'orée du courant, Ti-Eye se prépara une chique. À trente ans, le petit homme musculeux au teint d'olive arborait au sommet de la tête un toupet de cheveux noirs, liés à la mode siamoise, cependant il était d'origine chinoise, ayant émigré de la province du Yunnan cinq années auparavant. À son arrivée, Ti-Eye avait rencontré Nok, dont les trois quarts du sang étaient chinois et un quart siamois. Ils s'étaient mariés et en quatre années autant d'enfants étaient nés. Le couple s'était installé sur un affluent du fleuve en amont de Samut Songkhram, ville populeuse et animée, dont les marais approvisionnaient le royaume en sel. Ils prospéraient là, comme des milliers de leurs concitoyens, attirés par la prodigalité du roi de Siam à leur égard.

Rien ne disait mieux l'orgueil de ce royaume féodal, tenant habituellement pour méprisable ce qui venait d'au-delà des frontières, que le traitement de faveur octroyé aux Chinois, à la raison qu'un des leurs, le valeureux stratège Pin-Tak, avait combattu pour le pays un demi-siècle plus tôt et l'avait libéré des envahisseurs birmans. Depuis, les ressortissants chinois étaient dispensés de la conscription et du travail obligatoire imposés à tout citoyen mâle siamois. Ils étaient libres de s'établir, de pêcher et de commercer, quand les natifs devaient offrir trois mois par an aux rizières de l'État et intégrer l'armée du royaume les six mois suivants. Le reste du temps, ils jouissaient d'être membres d'une nation dont les innombrables palais émergeaient de la forêt tropicale en une canopée d'or et d'émeraude. Mais on les aurait privés de leur tête s'il leur avait simplement pris l'idée de fouler le sol d'un de ces palais, ou de lever le regard sur le roi Phra Buddha Loetla Nabhalai, qui régnait sous le nom de Rama II.

Lorsque Nok posa le pied sur le pont de la maison flottante, la barque de son mari n'était plus visible. Une brume épaisse rampait à la surface du cours limoneux, alliée au brouillard pour empêcher l'aube de devenir le jour. Le clapotis régulier du fleuve, le battement des ailes des cigognes noires, juste avant qu'elles n'amerrissent, contribuaient au sentiment de sérénité qui l'envahissait. Âgée de trente-cinq ans, la peau brunie par le soleil, de longs cheveux flottants dénoués sur les épaules, Nok se tenait immobile à la proue de la maison, sa jupe longue tel un tuyau chamarré au-dessus duquel reposait l'énorme globe de son ventre. Une étole de soie usée, jetée autour du cou, pendait sur sa poitrine gonflée. Ti-Eye serait de retour avant la nuit, le poisson-chat de quarante kilos qu'il avait remonté dans ses filets n'aurait pas trouvé preneur sur l'étal dressé devant la maison, et il s'était résolu à rallier la ville dans l'espoir d'en négocier un bon prix. Il avait exprimé son inquiétude, hésitant à la laisser seule, mais Nok l'avait rassuré. Elle savait son corps sujet aux marées intérieures et leur cinquième enfant ne les rejoindrait pas avant que la lune soit pleine. Nok compensait sa frêle stature par une énergie considérable et on s'étonnait souvent de la trouver aussi forte qu'un homme. La veille encore, elle avait aidé son mari à remonter à bord l'énorme poisson. Le riz safrané déposé chaque mois dans le bol à offrande avait dû leur attirer les bonnes grâces des bouddhas, car il était devenu rare de capturer de si belles prises. Le développement du commerce avec l'étranger, la remontée du fleuve par des clippers anglais autour desquels les barques des pêcheurs s'affairaient tels les moustiques à la tombée de la nuit, avaient fait fuir les plus gros spécimens. Si cela continuait, un jour il n'y aurait plus de poissons ici, songea Nok, avant de balayer pareille sottise d'un sourire. Depuis que le monde était monde les hommes vivaient de la pêche et de l'élevage. Il s'agissait d'un ordre immuable, comme les neiges himalayennes, dont son grand-père lui avait parlé, si hautes et inaccessibles qu'elles resteraient immaculées. Elle croyait à l'ordre des choses, mais d'ici quelques heures, cette notion allait être bannie à jamais de ses convictions.

Après avoir débarrassé l'autel des pétales de jasmin séchés, et rallumé l'encens, Nok se rendit sur la grève où un enclos de bambou délimitait leur élevage de canes et de canards. En pleine saison de la ponte, elle ramassait chaque jour des dizaines d'œufs dans les nids de ramures, cimentées par la vase, que les canes tapissaient de leurs plumes ventrales. Nok laissait toujours un œuf au fond du nid pour leurrer les femelles, car de progéniture il n'était nullement question. Les œufs récoltés étaient destinés à la consommation des gourmets et leur vente procurait de substantiels revenus à la famille. La jeune femme s'accroupissait et se relevait rapidement, passant d'un couvoir à l'autre, déposant délicatement son butin dans un panier, lorsqu'une douleur fulgurante la saisit. Elle manqua de lâcher l'anse et posa sa main libre sur son ventre, subitement aussi dur que du teck. La vie rude sur le fleuve mettait les corps à l'épreuve sans se soucier de différence entre les sexes. Lors de chacune de ses grossesses précédentes des contractions étaient survenues très tôt, mais s'étaient rarement montrées aussi intenses et durables que celle-ci. Nok se concentra sur sa respiration, la bouche ouverte, en attendant le reflux de la douleur. L'allégresse et une forme d'insouciance, qui sont la marque des esprits forts, caractérisaient la jeune femme. Nok ne considérait jamais une peine sans envisager le répit qui la suivait, promesse d'un chemin tracé vers de nouvelles joies. Aussi, après quelques minutes, s'attela-t-elle de nouveau à sa tâche, et gagna-t-elle le cellier attenant à la maison flottante où elle plongea chaque œuf dans une mixture d'argile et de sel, avant de le recouvrir de cendres froides. Ainsi embaumés, ils restaient frais et délicieux quelques années. Elle terminait de disposer les œufs sur une clayette quand déferla une nouvelle vague de douleur. Depuis ses reins, se répandant dans chaque flanc, l'élancement enserra son ventre d'une prise dont l'intensité croissait sans répit. La crise la tordit et son épaule bouscula la clayette, deux œufs basculèrent dans le vide. Hallucinée, elle observa leurs coquilles éclatées, les blancs et les jaunes mêlés s'écoulant entre les joncs tressés du sol en un funeste présage. Trois semaines. Il reste au minimum trois semaines avant la naissance, martelait sa raison. Il suffisait de s'octroyer un moment de repos et les contractions s'évanouiraient aussi soudainement qu'elles étaient apparues. Nok se dirigea à pas lents vers l'avant de la maison, s'appuyant d'une main au rotin de chaque chaise, la main libre offrant un soutien à son ventre. Dans la pièce où ils vivaient et prenaient leurs repas, elle s'allongea sur la natte, face au fleuve. Couverte de sueur elle s'efforça de recouvrir une forme de paix, à mesure que la douleur relâchait son étreinte. Son tempérament allègre reprit le dessus, cependant, telle la pesanteur désormais installée dans son bassin, une sourde anxiété lestait son esprit.

En premier il y eut l'air, subitement refroidi, poussé en avant par une force démesurée. L'instant d'après, la brume se dissipa devant la muraille grise jetée par le ciel. Enfin ce fut le son d'une averse prodigieuse, roulant sur les feuilles de palme comme sur la peau d'un tambour, tandis que des myriades de couronnes se déposaient à la surface du fleuve. Nok frissonna, un pressentiment dirigé vers son mari, qu'elle savait en train de naviguer quelques centaines de coudées en aval, s'empara d'elle. Elle pria pour qu'il trouve au détour d'une anse la protection de frondaisons épaisses. En entendant les pleurs de Dai, elle se redressa et amorça une tentative de se relever. Si elle ne mettait pas sa cadette au sein, la petite réveillerait ses deux sœurs et leur frère, surexcités depuis des semaines à l'idée que la famille s'agrandisse à nouveau. Nok ne se sentait pas de taille à affronter une telle ribambelle. Une fois debout, elle s'aperçut que ses cuisses étaient mouillées. Les essuyant avec le tissu de sa jupe, elle jeta par réflexe un œil en direction du toit dont elle et son mari avaient changé les palmes après la saison des pluies. L'étanchéité ne montrait aucun défaut. Une tache s'élargissait pourtant sur la natte qu'elle venait de quitter. Effarée, elle comprit que l'eau s'écoulait de son corps.

Les ondulations du fleuve épousaient la colonne vertébrale du roi Nāga, sinuant dans la jungle dense à moins d'une heure des marchés flottants de la ville. Jadis, alors que le Bouddha méditait au pied d'un arbre, un orage violent avait éclaté. Le gigantesque serpent avait surgi des profondeurs aquatiques pour protéger le seigneur de la pluie et de la montée des eaux, s'enroulant en sept anneaux pour le porter et déployant le capuchon de ses sept têtes au-dessus de lui. Ti-Eye tenait pour preuve de cette présence fabuleuse dans les eaux du fleuve l'apparition de sphères lumineuses à la surface, fanaux évanescents des nuits d'octobre, qui s'élevaient dans les cieux et ne pouvaient être que les œufs du reptile légendaire. L'existence du pêcheur, tout entière conditionnée par l'observation de son environnement, s'accommodait aussi bien du religieux, que de la superstition et du rationnel, trois ressources dans lesquelles il puisait selon les circonstances. Le roi Nāga était un principe fertilisateur, il commandait à la fécondité des femmes. Ti-Eye s'en remettait à lui pour que leur vienne un garçon qui restaurerait l'équilibre entre les mâles et les femelles au sein de la fratrie, et augmenterait le nombre de bras auquel on juge la richesse d'une famille. La pluie avait cessé aussi brusquement qu'elle était advenue et le ciel se découvrait, griffé des derniers lambeaux de nuages. Accroupi sur le plat-bord arrière de son embarcation, Ti-Eye souquait avec la plus grande énergie, se projetant dans un avenir radieux, où il gagnerait assez de ticaux d'argent pour construire une maison plus vaste et parviendrait à économiser quelques pièces de cuivre pour parier sur les combats de coqs. Un sourire resplendissant découvrit ses lèvres teintées, ses gencives et ses dents abîmées par l'incessant mâchage du bétel. D'humeur complice avec les divinités il leur adressa ses prières, sans imaginer que son souhait d'augmenter le nombre de bras de la famille allait trouver un cruel exaucement.

Nok hurlait à s'en déchirer les poumons et la gorge, incapable de retrouver son souffle dans le ressac ininterrompu des douleurs. Agun, sa voisine accoucheuse, avait l'oreille pour ce genre de cris. Elle avait accouru quelques minutes auparavant, saisissant l'imminence de l'enfantement, et avait enjoint à sa propre fille de faire sortir les quatre petits de Ti-Eye dont les pleurs aggravaient le tumulte. Puis elle avait couvert l'autel de prières avec la jupe que Nok avait retiré de toute urgence. La position de la jeune femme : à quatre pattes, les mains appuyées sur une chaise, étant peu respectueuse de la statue de pierre du Bouddha. Ici on avait toujours accouché ainsi. Les humains prenaient modèle sur les animaux et le travail s'en trouvait simplifié. Dans cette position, la femme ressentait moins la tension de ses organes, et la descente du bébé était facilitée. Agun était expérimentée, on l'appelait aussi souvent pour venir en aide aux femmes qu'aux bufflonnes ou aux chèvres, et pour l'instant, postée à la croupe de Nok, qui se balançait d'avant en arrière en criant, elle se contentait d'observer l'apparition progressive d'une tête luisante dans le défilé ensanglanté des cuisses.

De son point de vue, tout se déroulait normalement. Elle encourageait Nok de la voix. L'enfant était là, ce ne serait plus long. Mais Nok s'inquiétait, puisque la tête du bébé était aussi engagée, pourquoi devait-elle souffrir autant, tellement plus que lors de ses précédents accouchements ? C'était le cinquième, elle sentait bien que cette venue au monde n'était pas semblable aux précédentes, comme si quelque chose ancrait l'enfant en elle et le retenait. Agun tenta de la divertir, parla des cheveux du bébé, on voyait qu'il en avait beaucoup, c'était le signe qu'il serait fort, et s'il était en avance, c'était pour prendre sa place dans le monde au plus tôt, une preuve de sa détermination. Alors que le nez de l'enfant franchissait l'huis distendu, la progression de l'accouchement s'interrompit. Le menton n'aurait pas dû tant tarder, Agun savait l'instant délicat, elle requit l'aide de la mère, mais Nok s'épuisait à pousser en vain, de moins en moins efficace. Elle lui sembla prête à renoncer. Une différence majeure entre les animaux et les humains. Les premiers ne renonçaient jamais à faire naître, infatigables serviteurs de l'instinct de perpétuation, quand les humains étaient capables de se perdre en conjectures, ce qui les conduisait parfois à se débarrasser d'un enfant avant qu'il ne soit viable. Agun vivait pour mettre au monde, son destin était d'augmenter le nombre des destins, alors elle plongea ses mains dans une calebasse d'huile de frangipanier, entamant une méticuleuse onction du crâne de l'enfant dont elle sentait les artères battre au travers de la fine peau, puis elle enduisit la vulve dilatée, surveillant la peau du périnée, d'une blancheur d'ivoire tant elle était proche de se déchirer. Millimètre après millimètre elle introduisit l'index et le majeur de sa main gauche à l'intérieur du corps dilaté de Nok, en direction du menton de l'enfant. Quand elle l'atteignit, sa surprise fut grande de sentir des orteils au bout de ses doigts, deux pieds qui formaient comme un collier autour du cou. Un temps elle se demanda si l'enfant était plié en deux et tentait d'exhumer sa tête et ses pieds dans le même temps. Elle n'avait jamais vu cela, malgré la souplesse des nouveau-nés, alors la seule hypothèse véritablement plausible lui apparut. Les pieds appartenaient à un second bébé et gênaient la sortie du premier. Agun exhorta Nok de rassembler d'ultimes forces, deux enfants logeaient dans son ventre et le deuxième se présentait par le siège. La voix d'Agun, porteuse de l'extraordinaire nouvelle, parvint à Nok, murée dans sa douleur, comme étouffée. Elle hocha la tête pour signifier qu'elle comprenait et poussa, poussa encore, au bord de l'évanouissement. Au milieu de son sang qui ruisselait abondamment, de l'urine et des excréments expulsés, son ventre parvint à chasser un peu plus de chair. Un premier talon apparut sous les doigts d'Agun, qui plongea son autre main en Nok, agrippa le second pied, le tira et libéra le cou du premier enfant, puis le fit pivoter, dégagea les épaules, entraînant avec elles les jambes du deuxième enfant. Les bébés étaient tête-bêche, emmêlés l'un à l'autre d'une façon si étroite qu'Agun devait les dévisser hors des entrailles de Nok, si bien qu'il s'agissait d'un double accouchement et non de deux accouchements successifs comme cela se produit habituellement avec les jumeaux. Agun criait maintenant plus fort que la mère, ne prodiguait plus d'encouragements mais commandait, oui Nok pouvait le faire, encore, elle le devait, et rester consciente, ainsi ses enfants pourraient vivre. Elle taisait leur peau cyanosée, plus foncée à chaque minute écoulée. Ils bleuissaient entre ses mains, entre les cuisses maculées de leur mère, mais Agun refusait que Nok meure et lui ordonnait de rester en vie. À l'extérieur les voisins accoururent, saisissant aux cris échangés qu'un évènement extraordinaire advenait dans leur village, mêlèrent leurs voix, leurs prières, dans un tohu-bohu qui alla croissant et cessa brusquement dès lors qu'un cri de nouveau-né retentit, immédiatement suivi d'un second.

Nok se laissa tomber sur le dos et, tandis qu'Agun lavait et essuyait son corps meurtri, elle contempla les deux enfants tête-bêche posés sur son ventre. Elle eut l'impression qu'un unique cordon les liait encore à son propre corps. Ils étaient si étroitement imbriqués, les bras de l'un serrés autour des jambes de l'autre, et, à chaque extrémité de l'étonnant amalgame, une tête s'agitait frénétiquement, avide de son sein. Il sembla à Nok que l'urgence n'était pas de défaire ce que neuf mois d'exiguïté et d'existence partagée avaient construit, mais de rassasier ses petits. Viendrait bien assez tôt le temps de les confronter à l'univers aérien où ils devraient évoluer l'un sans l'autre. Elle saisit la tête du premier qu'elle posa sur son sein droit, puis après qu'il en eut vidé la dernière goutte de lait, les retourna en bloc, présentant la tête du deuxième à son sein gauche. Ce faisant, elle découvrit successivement qu'il s'agissait de garçons et, pour la première fois depuis des heures, sa gaieté naturelle revint.

Le sommeil s'abattit sur la mère avant la fin des tétées. Elle dormait si profondément qu'Agun put procéder à la délivrance sans lui imposer une nouvelle épreuve. Les deux frères étaient liés à un placenta unique par un cordon ombilical qu'elle coupa et ligatura dans sa partie apparente. L'endroit où le cordon commun devait nécessairement bifurquer en deux rameaux de vie semblait pris entre les corps rapprochés et elle se dit qu'elle sectionnerait ceux-ci lorsque les enfants seraient désunis. Nok était si profondément endormie qu'Agun aurait pu le faire dès cet instant, mais elle songea qu'interrompre l'intimité troublante de ces nouveau-nés était une responsabilité qui ne pouvait échoir qu'à leur mère.

Dans le village, la nouvelle de la naissance des jumeaux était parvenue à la connaissance de tous, et tous en partageaient la félicité. Les quatre enfants du couple étaient intenables, ils voulaient connaître leurs petits frères, mais les consignes d'Agun ne souffraient aucune exception. Le repos de Nok ne devait être troublé d'aucune manière, elle dormirait le nombre d'heures nécessaires. Agun veillerait à lui mettre les enfants au sein lorsqu'ils réclameraient, en attendant elle resterait seule auprès d'elle.

Samut Songkhram s'était développée à l'embouchure du fleuve, telle une mangrove insatiable lorgnant sur Bangkok, qui prospérait soixante kilomètres plus à l'est. Dédale de bazars flottants, de pagodes et de jardins, majoritairement peuplée de Chinois, la ville savait faire bon accueil aux siens et Ti-Eye n'eut eu aucun mal à y vendre son poisson en une fois. La cuisinière d'une riche famille dont la fille de treize ans allait épouser un marchand de la capitale lui en donna un bon prix et le pêcheur célébra la transaction en buvant quelques succulentes bières de millet. D'ordinaire, une légère ébriété accentuait son caractère entreprenant, mais ce jour-là, elle déposa un voile épais sur les projets qui étaient siens le matin même. Sur le chemin du retour, Ti-Eye se demanda pourquoi se lever à chaque aube, manger, se reproduire. Les cycles de vie auxquels on lui avait demandé de croire formaient-ils réellement des cercles successifs au sein desquels il progressait ? Et si, même, l'au-delà n'existait pas ? Alors il n'y aurait aucun fruit à récolter des actions effectuées au cours de la vie, et les hommes comme lui seraient semblables aux chèvres rassemblées en troupeaux. Des colonnes domestiquées ayant le bonheur familial pour illusion suprême. Ce n'était pas la première crise de doute du pêcheur. En général elles passaient vite, mais au crépuscule de cette journée, à chaque plongée de son aviron sous la surface du fleuve c'était comme s'il creusait un peu plus le puits dans lequel allait s'engloutir sa foi.

Lorsqu'il eut sa maison en vue, Ti-Eye s'étonna de n'apercevoir personne sur le pont. La demeure était silencieuse alors qu'elle aurait dû résonner des cris et des rires des enfants. Il aborda et amarra l'embarcation en appelant sa femme. La silhouette qui s'encadra dans l'arche de la pièce principale n'était pas celle de Nok, mais celle d'Agun l'accoucheuse. Ti-Eye comprit aussitôt que l'enfant était né et il se précipita, écoutant à peine Agun lui dire que sa femme allait bien. Nok dormait, étendue sur une natte de bambou, roulée dans un plaid en soie, le visage pâle et serein. Ses bras enserraient deux bébés, endormis eux aussi, enlacés à l'envers, la tête de chacun au contact des pieds de l'autre. Agun répéta à voix basse que Nok allait bien, mais que la naissance des jumeaux avait été difficile. Ti-Eye trouva les nouveau-nés plus petits, plus fragiles, que leurs précédents enfants. Elle lui expliqua que c'était souvent le cas chez les jumeaux car ils avaient dû se partager le sang de la mère. Et comme il s'étonnait de leur étrange position, Agun haussa les épaules, ils étaient nés ainsi et la naissance avait dû les épuiser, alors pour l'instant, ils restaient disposés comme ils l'avaient été dans le ventre, les huit premiers mois de leur existence. Ti-Eye hocha la tête et s'approcha de ses enfants sans les toucher. Leur respiration calme et synchrone les animait d'une même onde paisible. Ils étaient si étroitement imbriqués qu'on ne pouvait distinguer leur sexe. L'accoucheuse lui sourit. Oui, il s'agissait de garçons. Deux d'un coup. Ti-Eye, ému, s'assit en tailleur près de sa femme. Toute sombre pensée évanouie et, retrouvant la foi aussi promptement qu'il l'avait perdue, il adressa une prière de remerciement au Bouddha pour ce formidable présent.

Nok ouvrit les yeux après que la herse de la nuit se fut abattue sur le fleuve. Elle prit conscience de la présence de son mari à son côté et lui tendit la main, l'attirant vers elle, le rapprochant des jumeaux, ce qu'il n'avait osé faire jusqu'à présent. Les enfants étaient beaux, ils avaient poussé de grands cris, ce qu'elle avait enduré ne comptait plus. Ti-Eye mâchait lentement une feuille de bétel, il laissa échapper un jet de salive rouge-orangé et annonça qu'il fallait profiter de leur sommeil pour défaire les jumeaux. Tel était le rôle de l'homme, toujours à l'origine de l'enfant, mais qui n'en était jamais l'hôte. Empêcher qu'après le premier cri, l'union de chair perdure entre la mère et sa descendance. C'était exactement ce qui s'était produit les quatre fois précédentes et lui avait permis d'affirmer sa position dans le foyer. Séparer l'enfant de la mère et, dans le cas de ces petits emmêlés, commencer par les séparer, eux. Nok approuva et le regarda faire tandis qu'il saisissait tour à tour les bras des enfants et défaisait en douceur la corbeille que chacun avait formée autour des jambes de son frère. Habitué à réparer ses filets et à effectuer d'autres gestes minutieux de la pêche, Ti-Eye fit preuve d'une grande habileté, malgré la largeur de ses mains, si bien que les enfants bougèrent à peine dans leur sommeil. Lorsque leur père les eut dénoués, il adressa un signe à sa femme pour qu'elle en retienne un, tandis qu'il écartait l'autre.

Agun, que Ti-Eye avait souhaité renvoyer chez elle, avait préféré rester. Elle se tenait dans un coin discret et approcha à pas lents pour observer la manœuvre. Elle se douta que quelque chose ne se déroulait pas comme prévu lorsqu'elle vit Ti-Eye insister, sans parvenir à séparer un enfant de l'autre. Puis elle entendit le juron du pêcheur, aussitôt suivi d'un gémissement émis par Nok. Agun, en se penchant, découvrit ce qui provoquait la consternation des parents et expliquait la position tête-bêche des jumeaux. Leurs deux thorax étaient soudés par une épaisse bande de chair, tordue sur elle-même, d'où émergeait un unique cordon ombilical. Les jumeaux étaient unis en un seul double et indivisible corps. Ti-Eye était aussi pâle qu'un mort, ses mains tremblaient, quant aux yeux de Nok, noyés sous les larmes, ils avaient perdu leur regard. Agun reprit ses esprits la première, il fallait comprendre, remettre les nourrissons face à face, les détordre pour considérer plus précisément le phénomène. Ti-Eye s'exclama qu'il n'y avait rien à examiner chez ce double enfant ! Quel humain aurait à gagner à s'inviter au spectacle de la colère divine ? Il quitta la pièce sans un mot ni un regard pour sa femme, s'enfonçant dans la nuit en piochant compulsivement dans la bourse de bétel. Le double enfant reposait à nouveau sur le ventre de Nok, et, comme doté d'un poids considérable, semblait la tenir clouée sur la natte d'osier. La jeune mère avait perdu ses moyens. Elle regrettait qu'Agun, en lui sauvant la vie, ait permis cette naissance. Elle aurait préféré être morte, ou retourner huit mois en arrière, pour se refuser à son mari. Agun se mit à murmurer des paroles d'apaisement, chacun des enfants paraissait viable, il y aurait certainement un moyen de trancher ce lien. Des enfants naissaient avec un doigt en plus ou en moins, cela ne les empêchait pas de s'illustrer sur les bateaux de pêche. Nok, abasourdie, ne répondit pas, elle laissa faire l'accoucheuse, qui, maintenant, prenait les petits et les faisait tourner l'un sur l'autre, ventre contre ventre, parvenant ainsi à détordre la vrille de chair qui les joignait. D'un mouvement progressif, elle réussit à les positionner visage contre visage, leurs épaules se faisant face, sans qu'ils se soient réveillés. Leur extraordinaire bande de peau commune s'étendait sur une dizaine de centimètres de hauteur, depuis le bas du sternum jusqu'à l'endroit où se tenait habituellement l'ombilic. Elle mesurait à peine trois ou quatre centimètres de largeur, ce qui laissait aux nouveau-nés peu de latitude pour s'éloigner l'un de l'autre. En la palpant, il sembla à l'accoucheuse qu'elle faisait preuve d'une certaine plasticité et battait au rythme des cœurs. Agun présenta à Nok son enfant double, doté de deux têtes, quatre bras, deux sexes et quatre jambes. En voyant les traits de ces visages, si réguliers, la perfection du dessin de ces mains et de ces pieds, la mère fut submergée par une vague de tendresse et de commisération, et déclara qu'elle allait le baigner.

En langue thaï, Mae Klong signifiait : « La mère de tous les fleuves. » Une mère nourricière qui subvenait aux besoins de ses riverains, depuis les confins montagneux de la Birmanie jusqu'aux plaines fertiles en bordure du golfe de Siam, mais aussi une mère exigeante, qui séparait les peuples au lieu de les réunir lorsque les pluies, poussées par les vents de mousson, rendaient la navigation impossible, et que le fleuve enflait, envahissait les terres, emportait les huttes, noyait les buffles, détruisant ce qu'il avait laissé croître la saison précédente, suscitant un questionnement permanent quant au véritable dessein de la nature. Le fleuve, tantôt matrice, tantôt frontière, théâtre obligé d'une telle mise au monde. La nouvelle inouïe de l'avènement d'un double enfant suivit son cours en serpentant d'un village à l'autre. À chaque confluent, elle enflait et se transformait, traversant les vallées luxuriantes de l'arrière-pays, faisant fi du courant, aussi prompte à franchir les escarpements en direction des sources himalayennes qu'elle descendait vers l'océan. Si bien qu'avant que les nouveau-nés aient vécu dix semaines, chacun dans la région eut son idée sur la question. Certains tenaient cette naissance pour un prodige. Ganesha, dieu de la sagesse et de l'intelligence, à la tête d'éléphant et au corps d'enfant, possédait lui-même quatre bras. Quant à Brahma, le dieu démiurge de l'hindouisme, il était représenté avec quatre têtes et quatre bras aux frontispices des temples anciens où les murs et les contreforts végétaux avaient fusionné. Mais pour la plupart de ceux qui avaient entendu parler du double enfant, il s'agissait d'un maléfice. Ti-Eye, éploré, appartenait à cette majorité. Les premiers temps il s'était efforcé de s'adapter à la présence des jumeaux liés. Il assistait sa femme lors des tétées car les bouches des bébés étaient si rapprochées qu'il était nécessaire d'écarter la tête de l'un pendant que l'autre se nourrissait. Il observait avec une stupéfaction inquiète le fonctionnement de ces êtres qui s'endormaient exactement dans la même seconde et se réveillaient simultanément, qui pleuraient et souriaient en même temps. Comme si l'appendice qui les unissait n'était pas une chair inerte, mais le lieu de passage d'émotions et de sensations communes. Nok lui avait fait remarquer que la partie supérieure du lien était ferme, d'une consistance semblable à celle du cartilage de l'oreille, mais qu'en dessous le tissu était souple et se contractait si l'un des jumeaux toussait ou éternuait. Elle en avait conclu qu'il intégrait une sorte de muscle ou d'organe partagé par les deux enfants. Cette idée épouvantait Ti-Eye qui n'accepta jamais de toucher la bande de chair. Pas plus qu'il n'éprouvait l'envie de prendre ses enfants dans ses bras, comme il l'avait pourtant fait avec leurs aînés, bercés et couverts de baisers. Il se contentait vis-à-vis de ses fils de gestes fonctionnels, tels que les laver ou les changer. Cette dernière opération le laissant pantois, quand il eut constaté qu'ils urinaient et déféquaient de concert. En réalité, Ti-Eye ne parvenait pas à les aimer et luttait contre le dégoût que ses enfants lui inspiraient. Il n'en parlait jamais à Nok, avec qui, naguère, il partageait pourtant chaque doute, chaque questionnement. À mesure que les enfants grandissaient et prenaient du poids, un mur de silence s'érigeait au milieu du couple. Ti-Eye était persuadé que la seule solution était de séparer les jumeaux liés. L'unique possibilité, aussi, pour qu'il se remette à aimer Nok, qui, la nuit précédente, avait souhaité se donner à lui, et qu'il avait honorée mécaniquement, tant, désormais, l'image de tout corps mêlé le révulsait.

Nok n'était pas dupe, mais elle était déterminée, partagée entre le sentiment de plus en plus puissant qu'elle éprouvait pour ces enfants si différents, et la volonté de restaurer sa relation avec son mari. Souder le noyau familial était l'objectif qu'elle s'était fixé afin de préserver l'avenir des aînés, mais aussi celui des jumeaux liés. Elle savait les rumeurs qui couraient dans le village, et lorsqu'il lui était arrivé de sortir de la maison avec ses petits dans les bras, elle avait vu les regards se détourner. Agun, lui ayant assuré qu'une naissance aussi originale ne pouvait se reproduire, elle pensait que si elle tombait enceinte à nouveau, l'enfant à venir contribuerait à gommer le traumatisme. Ainsi s'employait-elle à séduire à nouveau son mari dont elle voyait chaque jour la mine s'assombrir. Il passait de plus en plus de temps sur l'embarcation de pêche, rentrait après la nuit tombée, mangeait peu, ne dormait pas, sujet à des sautes d'humeur, avait maigri et ne restait plus une minute sans fourrer une chique de bétel dans sa bouche, de sorte que les traces de ses crachats d'un orangé brunâtre balisaient son navrant égarement, en tous lieux et à toute heure.

Tandis que le père constatait une similitude absolue dans le face-à-face des nourrissons, l'un paraissant être le reflet exact de l'autre, la mère percevait au contraire de minimes différences, preuve selon elle que leurs natures commençaient à s'individualiser. L'un riait depuis peu, basculant la tête en arrière dans des éclats de joie dont personne ne pouvait anticiper la cause. L'autre dardait des yeux ronds sur son frère, comme s'il essayait de percer le secret de l'étrange phénomène dont il était le spectateur obligé. Elle décida qu'il était temps de les distinguer et s'inspira pour les nommer d'un fruit délicieux. Celui qui riait, dont elle estimait le développement plus avancé, elle l'appela Jun, qui veut dire « jaune », la couleur de la papaye quand elle est mûre. Tandis que l'autre fut nommé In, qui veut dire « vert », couleur de la papaye immature. Et à l'image de ce fruit qui se consomme aussi bien jaune, sucré, que vert en salade épicée, elle signifiait à chacun que ses nouveau-nés devraient être considérés pour leurs qualités distinctes. Nok nota également que la bande de chair qui unissait ses petits était ductile et qu'elle s'était légèrement étirée à force d'être soumise aux soubresauts et agitations frénétiques dont les nouveau-nés, en pleine répétition de la vie à venir, étaient prodigues. Elle se prenait parfois à rêver qu'un jour ils ne soient plus bridés.

Ti-Eye, décidé à agir sans plus attendre, se rendit à Samut Songkhram, désireux de s'entretenir avec la cuisinière qui avait acquis sa pêche le jour funeste de la naissance. Trois mois s'étaient écoulés, mais le sort lui fut favorable et, de requête en requête, il explora une dizaine de canaux encombrés et nauséabonds avant de la retrouver sur un ponton, en train de choisir des crabes salés dans un tas presque aussi haut qu'elle. Il fourbissait ses arguments en se demandant ce qu'il lui proposerait en échange de son entremise, quand elle le devança et l'apostropha. N'était-il pas ce pêcheur qui avait vendu un poisson-chat dont toute la noce s'était régalée ? Ti-Eye, surpris et flatté, inclina à plusieurs reprises son maigre torse. Mais aussi, et surtout, poursuivit-elle, n'était-il pas le père de cet enfant né double ? Ti-Eye recula d'un pas. Comment était-ce possible ? La cuisinière le scrutait intensément, vérifiant si le pêcheur n'était pas affligé de quelque monstruosité qui lui aurait échappé la première fois et le maintiendrait éloigné de l'espèce. L'examen passé, elle lui déclara, en élargissant sa bouche édentée d'une expression amusée, que l'histoire lui avait été narrée dès le lendemain par un de ses voisins pêcheurs, et qu'elle s'était ensuite empressée de la rapporter à son patron, médecin du dedans. C'est-à-dire ayant servi au sein même du palais royal dans l'entourage du roi. L'illustre homme de science s'était montré particulièrement curieux de l'anomalie et l'avait assaillie de questions auxquelles elle avait peiné à répondre. Ti-Eye écoutait le caquetage de la femme, reproduisant à intervalle régulier une salutation obséquieuse, qu'il ponctuait d'une expiration bruyante pour marquer son intérêt. Il sentit que la chance tournait. C'était exactement la raison pour laquelle il était venu. Contacter la vieille, atteindre son patron à travers elle, afin de recueillir de doctes conseils pour procéder à la séparation de ses enfants. Après qu'il eut vendu le poisson-chat, trois mois auparavant, un marchand de vannerie l'avait averti qu'il valait mieux qu'il n'ait pas empoisonné ses clients, membres d'une lignée de médecins renommés de père en fils, n'ayant jamais échoué à guérir leurs patients. Pas de ces sorciers qui battent la campagne et vous obligent à dépenser votre vie pour la sauver.

Trois semaines plus tard, une riche embarcation propulsée par douze rameurs, portant une tente en toile de soie, accosta à la demeure de Nok et de Ti-Eye. La proue sculptée en tête de dragon et la poupe, qui représentait les neuf queues de la créature, dépassaient de part et d'autre de la maisonnette flottante, de sorte que l'image offerte aux voisins accourus était celle d'un animal mythologique en pleine digestion de la modeste habitation. Le médecin royal débarqua, reconnaissable à sa coiffe pointue, ciselée d'or. Une servante s'empressa de protéger le mandarin du soleil en brandissant une ombrelle en papier huilé. Ses deux fils, têtes nues, le suivirent. Leur langouti était en soie jaune, retenu à la taille par une ceinture de pierres précieuses.

Ti-Eye se prosterna devant l'éminent visiteur, l'invitant à s'avancer en prodiguant d'abondantes marques de soumission et de respect. Nok, intimidée, attendait à l'intérieur, se contentant de s'incliner avec déférence car elle portait le double enfant dans ses bras. Depuis que Ti-Eye l'avait avertie de la venue probable du mandarin, elle était en proie à un sentiment mêlant désespoir et colère.

De son point de vue, In et Jun n'étaient pas malades et ne requéraient nullement la présence d'un médecin. Au fil des semaines elle les voyait évoluer et, mis à part la très faible latitude de mouvement consentie par leur lien, ils ne se comportaient pas différemment de ses précédents enfants, lesquels, d'ailleurs, agissaient avec les jumeaux liés de la façon la plus normale. Nok n'était pas dupe de l'anomalie de ses petits. Lorsqu'elle les emmenait le long des berges pour accomplir les tâches nécessaires à l'entretien du foyer, elle lisait défiance et inquiétude dans le regard de ses voisins. Peu à peu s'était logée en elle la certitude que son rôle dans cette vie avait été de mettre au monde une double progéniture, et qu'il lui appartenait maintenant de la protéger. L'amour s'était insinué en elle comme le mortier entre les pierres et la frêle jeune femme était devenue une citadelle de convictions. L'irruption de cet homme de science dans sa famille, et avec lui, l'intrusion des forces démonstratives de la richesse et du pouvoir, la plongeait dans une rage qu'elle avait du mal à contenir. Il n'avait jamais échappé à Nok que les hautes murailles des palais n'avaient pas pour unique objet de se défendre contre l'ennemi. Dans toutes les régions du royaume elles séparaient distinctement deux espèces d'humains. À l'intérieur, sur les dalles de marbre, les premiers allaient, vêtus de broderies et de tissu cousus d'or, arborant gemmes et amulettes d'argent au point de ne laisser visible aucun centimètre carré de leur peau, leur démarche entravée par les bijoux. Princes de sang ou moines bouddhistes élevés au rang de princes, chefs militaires, ministres et hauts fonctionnaires administraient, jugeaient, décrétaient. Dans l'enceinte du palais royal se jouxtaient tribunaux, théâtres, bibliothèques, arsenaux, écuries ainsi qu'un gynécée de sept cents concubines et leurs servantes. Les bonzes officiaient dans de somptueuses pagodes aux tuiles vernissées, surmontées de flèches d'or. Un millier de novices les assistaient, leurs robes couleur safran virevoltant entre pyramides de porcelaine et colonnes de granit. Au sommet de tous figurait le roi, devant lequel chacun devait ramper sur les genoux et les coudes. Maître absolu des êtres et des choses, il ne sortait de son palais de Bangkok qu'une fois par an, précédé de quatre cents serviteurs et de trente éléphants. Pourquoi serait-il sorti plus souvent ? C'est le monde qui vient au souverain, pas l'inverse.

En dehors des murs vivait la seconde espèce, qui ne connaissait le plus souvent la première que par ouï-dire. Forte de six millions d'individus, elle grouillait, quasi dénudée dans les cités, au sein de huttes étroites qu'il fallait reconstruire après les pluies ou le long de canaux laborieusement gagnés sur les marécages, ou bien elle résidait dans les campagnes, tentant d'extraire son avenir des boues de la terre et des eaux du fleuve. Une configuration immuable du monde semblait régir les rapports entre ces castes et imposait la naissance comme critère unique d'appartenance à l'une ou à l'autre. De la double existence d'In et de Jun, Nok redoutait que les puissants se mêlent, en une prémonition dont elle ne pouvait imaginer l'exactitude, ni à quel point la renommée de ses fils, en franchissant les frontières du royaume, allait un jour surpasser celle de leur propre roi.

Après avoir demandé à Nok de déshabiller les enfants liés et de les allonger sur une natte d'osier, le mandarin joignit ses mains et entama une prière destinée à éclairer son diagnostic. Il y adorait la sainte loi du Bouddha et saluait les anges des sphères célestes, pourvoyeurs de remèdes. De part et d'autre de lui, ses fils, qui étaient encore des adolescents, remuaient les lèvres en un murmure inaudible qui semblait avoir pour seul but de prouver à leur père qu'ils étaient aussi concentrés que lui. Et tous trois, pour conclure, honorèrent le maître Khün Arrapan, fondateur de la médecine siamoise, qui était parvenu au Nirvana. Commença l'examen, que Nok trouva d'une brutalité extrême. Le premier geste du médecin fut d'insinuer ses doigts entre les enfants et de pincer le pont de chair en son milieu ce qui déclencha les pleurs des petits. Puis il les tourna et les retourna, comme une planche de bois, pour tenter d'apercevoir le lien sous tous ses aspects. Ensuite, il les mesura, releva le périmètre des boîtes crâniennes, compara les tailles des membres, compta le nombre de leurs doigts, vérifia que leurs anus étaient libres, et reçut au passage un double jet de pisse émis simultanément. Alors qu'on se précipitait pour l'essuyer, il en profita pour goûter les deux urines et annonça qu'elles avaient le même goût ce qui prouvait, selon lui, l'existence d'une communication des fluides entre les enfants. Il en voulait pour preuve la douleur qu'ils avaient ressentie au même moment lors de la striction du lien, ainsi que le pouls qui animait sa surface. Le corps humain, expliqua-t-il aux parents, était formé de quatre éléments, le vent, l'eau, le feu et la terre. Toute maladie avait pour cause une rupture de l'harmonie nécessaire entre ces quatre principes. En conséquence de quoi, il apparaissait miraculeux que les enfants soient en bonne santé, et il était évident que cela ne pouvait durer. Il fallait considérer la bande de chair comme un canal qui modifiait courants et convections naturels, inéluctablement responsable de l'apparition de graves déséquilibres. Le pronostic était sombre à moins de mettre un terme, le plus rapidement possible, à la communication entre ces êtres. Puis l'homme s'abîma dans une profonde réflexion, que ne vint troubler aucune parole, aucun bruit, si ce n'était le gazouillis des enfants, que leur mère avait repris entre ses bras. Après une minute, le verdict du mandarin tomba : il fallait séparer en deux cet organisme unique afin que chaque partie survive et soit autonome.

Ti-Eye s'inclina respectueusement, rassuré de voir que le diagnostic du médecin corroborait son intuition, mais en voyant la pâleur de sa femme, il comprit la nécessité de la rassurer. Et pour cela, l'homme pragmatique le sait, il ne faut pas laisser courir l'imagination. Quelle serait donc la méthode à utiliser pour cette séparation ? Fallait-il trancher, comme avec un membre gangréné ? Il pensait la chose rassurante pour Nok, car on avait vu des hommes revenir de guerre avec un bras ou une jambe en moins et reprendre une vie pratiquement normale. Alors, un petit pont de chair… Mais le médecin fut catégorique, une séparation rapide risquerait d'être nuisible car il fallait considérer que les individus étaient liés depuis de nombreux mois dans la matrice. Il préconisa donc un processus lent et naturel. On suspendrait l'enfant double de part et d'autre d'une corde en boyau d'animal, à la manière dont on fait sécher le linge. Ainsi par la force de la pesanteur, une ligature progressive s'opérerait sur le lien avant que celui-ci nécrose et se rompe comme la croûte d'une plaie. L'effet obtenu serait celui d'une libération progressive. Comme la connaissance de la science n'exclut pas de s'intéresser aux mystères de l'émotion, le médecin ajouta à l'attention de Nok que ses enfants, une fois séparés, pourraient marcher, nager et voir autre chose du monde que leurs propres faces. Avait-on une idée du temps requis par ce processus ? enchérit Ti-Eye. Le médecin resta évasif, on n'avait jamais vu de cas semblable. Certainement pas moins que plusieurs semaines.

Nok tremblait de tous ses membres. Le traitement recommandé lui paraissait la pire des tortures. Elle imaginait la difficulté, voire l'impossibilité de nourrir ses enfants une fois suspendus, séchant en plein courant d'air, comme des poissons que l'on aurait salés. Sans compter la douleur, car elle avait remarqué à de nombreuses reprises que le cordon était sensible en son centre. Elle tenta une autre voie, expliquant que le pont de chair s'était légèrement distendu depuis la naissance. Ils avaient au moins gagné un centimètre de mobilité l'un vis-à-vis de l'autre. Il y avait peut-être une autre possibilité. Elle reprit volontairement les termes du mandarin pour parvenir à l'infléchir : si les organismes, au contraire, s'adaptaient, organisaient d'eux-mêmes la circulation des principes vitaux en leur sein, s'ils pouvaient modifier leur position et faire face au monde… Le médecin, peu habitué à ce que les gens du peuple le contredisent, fut tenté de répliquer vertement, mais, sensible à la détresse d'une mère, il préféra employer la métaphore. On n'imagine pas improviser l'irrigation d'une rizière avec des canaux creusés en dépit du bon sens. Retarder la séparation ne pouvait qu'aggraver le processus, et interdirait à jamais toute récolte. Il laissait aux parents le soin de commencer le traitement quand ils le voudraient, à condition que cela n'excède pas la nouvelle lune. Il insista sur la nécessité de tresser la corde en boyau animal et non en fibres végétales, pour ne rien mêler d'incompatible à la chair. Puis il fit volte-face, accepta le panier d'œufs de cane préparé par Ti-Eye, et remonta, avec sa suite, à bord de l'embarcation.

Nok n'attendit pas que le bateau ait disparu pour se planter face à son mari. Si ses enfants devaient subir un tel supplice, alors autant qu'elle se pende à la même corde et mette fin à ses jours. Elle ne croyait pas qu'ils survivraient à cette barbarie. Tie-Eye répliqua, outré que sa femme ne respecte pas le savoir de l'homme qui avait fait gratuitement un tel trajet pour les conseiller. Ce qui eut pour effet de déclencher une hilarité inattendue chez sa femme. Le mandarin lui-même avait reconnu qu'il n'avait jamais vu pareil cas. De quel savoir disposait-il alors ? Ti-Eye aurait-il jeté ses filets sur un poisson dont il ne connaissait ni les mœurs ni la profondeur à laquelle il nageait ? Aurait-il mâché la feuille d'une plante inconnue ? Naviguerait-il en pleine nuit sur un fleuve dont il ignorait l'emplacement des bancs de sable ? Ti-Eye ne s'attendait pas à une telle résistance. À court d'arguments, il asséna froidement à sa femme que la différence de leurs enfants était une monstruosité. Les séparer, c'était les réinscrire dans le périmètre de l'espèce plutôt que de les protéger au sein d'un cercle réduit qui, s'ils y survivaient, les exclurait définitivement du nom d'homme. Comme le roi ? lâcha

Nok. Pourquoi certaines différences étaient-elles honnies et d'autres révérées ? Qu'avait-il de moins monstrueux ce souverain que personne ne devait voir, mais qui décidait du destin de millions de sujets ? Où sa difformité se nichait-elle ? Ti-Eye, affolé, lui fit signe de se taire, de telles paroles pouvaient les conduire à se faire arracher la langue. On avait aussi vu des têtes rouler pour de moindres offenses. Il avait entendu que lors de l'inauguration récente d'une porte du palais, la volonté royale avait été d'immoler trois innocents sur le seuil, afin que métamorphosés par leur sacrifice en génies, ils gardent à jamais cet accès. Chemin de pensée faisant, il ne pouvait s'empêcher d'admirer l'audace de sa femme et de reconnaître qu'en modifiant le prisme par lequel il lui était offert de regarder le monde, elle lui révélait un point de vue intéressant.

À présent, les deux se faisaient face. Ils venaient de partager ce qui avait été leur premier désaccord depuis leur mariage. Nok avait l'intuition que son mari pouvait changer d'avis. Elle avait vu Ti-Eye développer de l'affection au contact des leurs aînés, et l'avait parfois surpris, témoignant à leur égard d'une tendresse qui aurait dû être celle d'une mère. Elle se lova contre lui et se fit le serment qu'un jour leurs enfants verraient le monde en face. Dorénavant, elle exercerait leur lien au lieu de le couper, comme on détend une soie à force de tractions douces, et peu à peu In et Jun acquerraient plus d'autonomie. Un jour, elle en était certaine, ils pourraient marcher et nager. Le couple allait bâtir ses propres murailles, derrière lesquelles les enfants liés se développeraient à l'abri des regards malveillants. Nul besoin de sacrifier quiconque pour en garantir l'entrée. Leur solidarité familiale serait gage de sécurité d'autant que le nombre de gardiens allait croître à nouveau. Ti-Eye écarquilla les yeux. Avait-il bien saisi le sens de cette phrase ? Nok s'empara de sa main et la posa sur son ventre. Oui, effectivement, un enfant grandissait à nouveau en elle. Cependant chacun garda pour lui la première pensée qui lui était venue à l'esprit : le ventre de Nok allait-il engendrer d'autres différences ?

Huit mois plus tard, Agun retourna dans la maison fluviale à l'appel de Nok. L'accoucheuse était emplie d'appréhension au souvenir de l'évènement précédent, et dans le même temps, animée d'une extrême curiosité à la perspective de découvrir ce qui allait advenir. Cette fois, à l'occasion d'une naissance rapide et facile, un garçon unique vint, complet et messager d'un soulagement infini. L'existence de la famille, le plus souvent à l'abri des regards, tendit alors vers une forme nouvelle de routine, qu'une saison des pluies clémente ne mit pas en péril. In et Jun grandissaient. La gymnastique quotidienne qu'imposait Nok à leur lien produisait ses premiers effets. Une heure par jour Nok oignait la charnière de chair d'une pommade grasse et exerçait de doux étirements, si bien que le lien s'était allongé de quatre centimètres, à mesure que les enfants prenaient du poids et grandissaient. Ils pouvaient désormais se tenir légèrement en biais l'un par rapport à l'autre et à ce rythme pourraient bientôt téter chacun un sein.

Une humanité simple, aux apparences banales, s'organisait en symbiose avec le fleuve, le mouvement des oiseaux dans le ciel et les entrailles du monde.

Cependant, à Bangkok, dans l'enceinte du palais royal, la nouvelle de la double naissance s'était répandue par l'intermédiaire du mandarin, vexé qu'on n'ait pas suivi ses préceptes. Le roi Rama II n'était pas insensible aux formes élevées des arts et de la poésie et, à ce titre, avait été touché par la fabuleuse anomalie advenue aux portes de sa capitale. Néanmoins, la plupart de ses conseillers ne partageaient pas son point de vue. Avec autant de sujets, des voisins belliqueux et le plus florissant des territoires à protéger, une telle anicroche de la nature pouvait augurer de sombres menaces. Si de puissants typhons, crues ou séismes trouvaient leur origine au sein de mouvements advenus dans les airs, les fleuves ou la terre, quel genre de désastre annonçait pareille modification de la forme humaine ? Et comme l'air chaud, en coulissant sur l'air froid, ensemence les tornades, pouvait-on craindre par une amplification secondaire du phénomène la fin d'une période enchantée et l'avènement d'une ère des monstres ? Rama II aimait les arts mais il préférait le pouvoir. Il prononça donc par prudence une sentence de mort à l'encontre des deux enfants liés.

La pesanteur de l'administration, aggravée par de multiples rivalités entre des fonctionnaires qui préféraient user de leur influence que de leurs compétences, retarda la mise en exécution de la décision. Dans cette période survinrent des nouvelles surprenantes de l'Occident, que l'on commençait à observer avec moins de dédain qu'auparavant. Un empereur français autoproclamé, héritier d'une révolution ayant précipité la décapitation du monarque

Louis XVI, avait défait plusieurs rois d'Europe et soumis d'immenses territoires. À la cour on débattit de l'opportunité de dépêcher à ce Napoléon Ier une ambassade, même si on jugeait dans l'entourage immédiat de Rama II que le bicorne en feutre noir manquait de panache en comparaison du couvre-chef royal qui dardait vers les cieux son ambitieux pic d'or. Aux frontières orientales du Siam, les préoccupations étaient moins stratégiques. Le voisin cochinchinois se développait grandement et on devait trouver un moyen de signer de nouveaux accords commerciaux. Autrement dit, sous les riches plafonds du palais, l'objectif prioritaire n'était pas d'occire une paire d'enfants. Ainsi, aucune expédition ne fut diligentée afin de rendre la sentence exécutoire. La rumeur de la condamnation s'était néanmoins frayé un chemin jusqu'au foyer d'In et de Jun. Ti-Eye en avait été informé par la cuisinière du mandarin lors d'une de ses visites au marché de Samut Songkhram. Les enfants avaient atteint leur quatorzième mois et leur musculature était suffisamment développée pour qu'ils commencent à tenir debout. Paradoxalement, leur situation en quasi-face-à-face était un avantage, leur procurant un équilibre supérieur à celui des autres rejetons. Comme si le torse de l'un servait d'étai à l'autre, tandis que leurs jambes constituaient un quadrilatère difficile à ébranler. Ainsi, ils progressaient rapidement dans l'apprentissage de la marche, développant sous le contrôle exigeant de leur mère une technique analogue à celle des crabes de rivière, avançant de biais, par petits pas rapides. Leur caractère s'étoffait également et les attentions permanentes de leurs frères et sœurs les incitaient à sourire au monde sans retenue. Quand ce n'était pas l'un dont les lèvres ourlées délivraient un sourire, c'était l'autre qui émettait un rire de cristal. Ainsi le double enfant diffusait-il deux fois plus qu'un enfant isolé le sentiment d'être heureux. À un bambin radieux l'adulte sourit davantage, ce qui, en retour, augmente le désir de communication du petit, et, par l'effet de cette séduction réciproque, certains habitants du village cessèrent de détourner la tête au passage de Nok et des frères liés. D'autres parents, que la nécessité ne poussait pas à un dévouement de chaque instant envers leur progéniture, constatèrent la vive intelligence qui émanait de ce double corps, au point de se demander si leurs enfants simples n'étaient pas affligés d'un handicap. Nok aurait dû se réjouir de cette évolution positive ainsi que de leur acceptation progressive dans le tissu social du fleuve, mais chaque nuit elle s'effondrait en larmes, trouvant refuge dans les bras de son mari, affligée par son impuissance face à la décision souveraine, qui un jour ou l'autre, à la façon des vents de mousson, viendrait s'abattre sur eux.

L'année suivante, les pluies transpercèrent le ciel des semaines entières sans répit, le fleuve entra en crue, cependant, de délégation royale chargée d'exécuter les enfants, on ne vit pas la pointe d'un chapeau. Il se trouva qu'à la cour, le juge Lao s'interrogeait sur le bien-fondé de cette condamnation à mort. Selon ce magistrat, point n'était besoin d'avoir recours à des ressources telles que le témoignage humain ou la preuve matérielle, peu fiables et aisément falsifiables, puisqu'il existait des préceptes d'essence divine pour rendre la justice des hommes. Ainsi, lorsqu'un homme niait avoir commis un crime dont il était accusé, Lao lui ordonnait de sortir à mains nues une pierre d'un chaudron rempli d'eau bouillante. Puis les mains du suspect étaient bandées et on examinait l'état de sa peau quatre jours plus tard. Si l'individu portait des traces de brûlure il était déclaré coupable du crime. Si ses mains ne montraient aucune marque, preuve d'une intervention des dieux, il était déclaré innocent et libéré sur l'heure. L'édile érudit était réputé pour condamner beaucoup, mais lorsqu'il accordait sa clémence, on savait qu'il s'appuyait sur de solides raisons. Aussi, quand il annonça qu'il souhaitait intervenir en faveur des enfants liés, le roi le reçut-il promptement.

Plusieurs mois après la sentence, Lao plaida qu'il fallait en premier lieu dresser le constat qu'aucune catastrophe n'était venue ravager le pays. Les récoltes avaient été bonnes, l'armée était puissante et en force aux frontières, le peuple obéissait et travaillait. Rien ne semblait donc avoir contrarié les dieux qui veillaient sur le Siam. En second lieu, il préconisa le réexamen de leur situation à la lumière de récents rapports de diplomates, revenus avec des informations passionnantes des nations extérieures. Le magistrat avait notamment découvert l'existence de publications européennes destinées à transmettre jour après jour des nouvelles de la vie des hommes, ce que d'aucuns appelaient « journaux ». Il avait eu l'occasion d'en tenir un exemplaire entre ses mains, lesquelles, au passage, avaient été souillées par l'encre insuffisamment fixée sur ces fines feuilles de cellulose. Rien à voir avec les livres somptueux du palais, gravés au stylet de fer sur des feuilles de palme que l'on empaquetait dans une enveloppe de soie après les avoir cousues et enluminées. Le juge, prosterné à quatre pattes devant le roi, appuyé, ainsi que l'exigeait le protocole, sur les coudes et les genoux, s'exprimait avec une bonhomie matoise. Il veillait à ce que ses propos flattent le souverain, lequel, il le savait, œuvrait avec les plus éminents lettrés de la cour à la traduction en langue thaï du poème épique sanskrit du Râmâyana. Le juge Lao se doutait que l'existence d'une littérature profane, s'attachant à relater des phénomènes éphémères, à contre-courant des récits légendaires et cosmogoniques, risquait de heurter le roi. Le peuple devait être éclairé par le pouvoir suprême et non par la recension des évènements du monde temporel. Quoique, sans doute, il y eût du positif à diffuser toutes sortes de connaissances, à condition qu'elles soient réservées à une élite capable de l'interpréter. Et c'était précisément le point de l'entrevue où le juge Lao souhaitait conduire son souverain. Les émissaires siamois lui avaient soumis l'existence d'un bulletin spécialisé dans les sciences, qui faisait état de naissances semblables à celles des jumeaux liés, sans que, selon lui, les nations où elles s'étaient produites se soient attirées les foudres de la malédiction. En l'an 1100 de l'ère chrétienne, calendrier en usage en Occident, on rapportait la naissance de sœurs en miroir : Mary et Eliza, fusionnées des épaules aux hanches, venues au monde dans le comté de Kent. L'Angleterre était ce royaume insulaire, aujourd'hui à la tête de la coalition qui s'opposait aux visées hégémoniques de l'empereur Napoléon Ier. Ce qui démontrait qu'à part l'arrogance française, aucun désastre national n'avait entravé le développement de ce pays depuis sept siècles. Plus récemment deux garçons étaient nés à Glasgow, liés dos à dos. Ils avaient été placés sous la protection du roi James III, éduqués et élevés à la cour où ils avaient vécu jusqu'à l'âge de vingt-huit ans. On rapportait des cas plus sévères en Prusse et en Europe centrale d'enfants unis par le sommet du crâne et dont les corps s'étaient trouvés placés en continuité, sur une même ligne droite. Dans tous ces cas de tempête morphologique, conclut le magistrat, les écrits rapportaient qu'ils mouraient jeunes, car de constitution affaiblie et sujets aux maladies, ou moins aptes à éviter les accidents de la vie. Le roi Rama II comprit l'intérêt politique qu'il y avait à laisser la nature mettre fin à l'abomination qu'elle avait elle-même suscitée. Si ces formes de vie ne duraient guère, il n'y avait aucun intérêt à s'arroger un droit d'achèvement précoce. Qui connaissait, après tout, la raison de telles naissances ? De quelle voix supérieure ces monstres étaient-ils les messagers ? Et comme le phénomène ne semblait pas spécifiquement siamois, à l'orée de cette période de nouvelles relations internationales, le roi avait plus à gagner à faire preuve de mansuétude. À l'issue de l'audience, Rama II nomma le juge Lao au poste de conseiller spécial auprès des missions diplomatiques et, sans revenir sur la sentence de mort, car la parole du roi était irrévocable, fit savoir qu'elle ne serait pas appliquée. Enfin, il demanda qu'on le tienne informé de l'évolution des enfants accolés. L'inquiétude liée à l'inconnu avait finalement cédé, chez le monarque, à la curiosité.

Encouragés de façon permanente par leur mère à pratiquer des exercices physiques, In et Jun furent bientôt dotés d'une constitution physique et d'une agilité supérieures à celles des enfants de leur âge. Après être restés longtemps silencieux, comme s'ils se suffisaient à eux-mêmes, le langage leur était venu, et ils régalaient maintenant leurs proches de finesse et d'esprit. La bande de chair qui les entravait s'était suffisamment distendue pour qu'à l'orée de leur cinquième année ils parviennent pour la première fois à se tenir côte à côte, le bras de l'un passé autour du cou de l'autre. Un observateur non averti, les voyant arpenter les berges du fleuve, aurait pu se méprendre, pensant apercevoir deux amis qui cheminaient en se tenant par l'épaule. La période où des curieux venaient, parfois de loin, pour se moquer des jumeaux liés, à moins que ce soit pour éprouver le soulagement rétrospectif d'avoir échappé à une telle mise à l'écart de l'humanité, était révolue. L'anomalie des enfants tombait dans l'oubli à mesure qu'ils démontraient être au moins aussi capables que les autres jeunes. Ils couraient vite, sautaient des barrières et étaient doués pour l'acrobatie. Ils parvenaient même à exécuter une sorte de roue qui laissait pantois leurs frères et leurs sœurs, au nombre de sept maintenant. Fascinés par les spectacles itinérants de théâtre qui mêlaient jonglages, performances d'avaleurs de sabre et de cracheurs de feu, In et Jun tentaient systématiquement de reproduire ce qu'ils avaient vu. La conscience de leur différence les incitait à en repousser sans cesse les limites. Ti-Eye avait même commencé à leur apprendre à nager et on eût dit que dans l'eau ils allaient comme un flotteur en liège, tournant sur lui-même dans le clapot, à l'occasion d'un mouvement alterné où l'un respirait à la surface tandis que l'autre brassait en profondeur. Cette stupéfiante capacité à se dépasser physiquement trouvait son origine dans leur fusion mentale, dont on voyait un effet flagrant dans la pratique des échecs. Nok leur en avait enseigné les rudiments, la communauté chinoise y excellant tout autant qu'au jeu de go, et rapidement ils avaient maîtrisé les arcanes du jeu au point de battre leurs aînés et de commencer à mettre leur mère en difficulté.

— À deux, c'est plus facile que seul... semblaient-ils s'excuser humblement.

Si In et Jun s'exprimaient avec aisance et clarté, ils ne se parlaient jamais pendant une partie, poussaient les pièces sans concertation apparente, jusqu'à acculer leur adversaire à l'abandon. À plusieurs reprises, on leur proposa de s'affronter l'un à l'autre.

— Nous n'en voyons pas l'intérêt, répondait In.

— La main droite d'une personne sait toujours quelle pièce avancera la main gauche, complétait Jun.

Un même sang irriguait leurs cerveaux, traçant ainsi un chemin de pensées communes. Le phénomène leur permettait de coordonner leurs gestes avec précision et d'anticiper les mouvements de l'autre comme s'ils étaient les siens. Leur excellence physique et intellectuelle tenait tout simplement à ce prodige.

Le jeu préféré des jumeaux consistait à se jeter du haut de la colline, enlacés l'un à l'autre, et à se laisser rouler sur l'herbe, comme un tronc coupé, un arbre de vie et de joie dont les feuilles auraient été des éclats de rire. Un jour qu'ils s'y adonnaient, Ti-Eye et Nok les observèrent, émus. Ti-Eye demanda pardon à sa femme, fait rare chez un homme, au Siam. Mais certains évènements parviennent à ouvrir l'esprit d'un individu, libérant en une fois ce que les générations précédentes avaient cadenassé. Nok avait eu raison de lui résister, de ne céder ni aux injonctions du mandarin ni aux rumeurs du voisinage, et surtout d'espérer pour le couple. Il lui fit le serment qu'aussi longtemps qu'il vivrait, il protégerait les jumeaux liés et se dévouerait à leur éducation. Il forma le plan de les mener à l'école dès l'année prochaine pour qu'ils apprennent à lire et à écrire, certain que l'instruction favoriserait également la construction de leurs individualités. Ce qui lui semblait un atout indispensable dans les combats qu'ils auraient à affronter en grandissant. Comme en écho aux propos visionnaires de Ti-Eye, le son d'une violente dispute parvint alors aux oreilles du couple. Nok bondit, aussitôt suivie par son mari, et ils coururent en direction du pied de la colline où semblait avoir éclaté une rixe. En entendant les cris et les hurlements de douleur de leurs enfants, ils crurent qu'ils avaient été pris à partie par des gamins du voisinage, mais à leur arrivée, ils constatèrent que la bagarre ne concernait que Jun et In, amalgamés plus encore que d'habitude, ruant de coups portés sans retenue aux visages et aux jambes l'un de l'autre. Jun, plus vif, dominait clairement le combat, même s'il accusait deux centimètres de moins que son opposant. Mais In ne se laissait pas faire, plus patient, attendant qu'une volée de coups passe pour répliquer à son tour et frapper avec méthode, ce qui en retour décuplait la colère de son frère.

— Mais pourquoi tu n'as pas voulu remonter ! vociférait Jun. C'est toujours toi qui décides ! moi, je voulais continuer à jouer !

— Menteur ! répliqua In. C'est toi qui commandes tout le temps, moi je veux aller nager maintenant. J'en ai assez de la colline, on ne remontera plus !

Les parents restèrent pétrifiés, ne pouvant user des moyens habituels qui consistaient à séparer ceux de leurs enfants qui venaient à se battre. Impossible d'en prendre un et de l'éloigner, de les mettre chacun dans une pièce différente. Ils se jetèrent sur les jumeaux, le père retenant les bras de Jun, la mère saisissant ceux d'In, mais ainsi encore les enfants continuaient de s'asséner des coups de pied. Qui avait commencé ?

— C'est In, proclama Jun.

— Jun, répliqua In.

— C'est faux ! hurlèrent-ils de concert, en recommençant à se battre.

Alors leur père les attrapa, et les jetant sur son épaule, se hâta en direction du fleuve, poursuivi par Nok qui redoutait ce que projetait son mari. Les enfants hurlaient et gigotaient tel un fardeau enragé, trouvant en l'espèce une raison de s'unir à nouveau face à l'adversaire qui venait de se déclarer. Ils suppliaient leur père de les lâcher, mais Ti-Eye restait insensible, leur répliquant que puisqu'on ne pouvait pas les mettre à distance l'un de l'autre, il fallait trouver un autre moyen de les calmer. Arrivé sur la berge, il avança dans l'eau, et quand il en eut jusqu'à la taille, il fit basculer d'un geste les enfants et les maintint de force immergés. Les jumeaux firent preuve d'une force insoupçonnée, mais ils ne se débattirent pas mieux que le poisson-chat légendaire attrapé la veille de leur naissance et Ti-Eye parvint à leur garder la tête sous la surface. Nok hurlait, lui reprochant de vouloir noyer ses enfants, elle lui sauta sur le dos, lui agrippa les bras, si bien qu'il devait lutter contre trois personnes en même temps, mais il tint bon, persuadé qu'une telle leçon était nécessaire, afin de bannir à jamais l'idée même de leurs esprits qu'une lutte puisse se produire entre frères inséparables. Sinon, dès qu'ils auraient la force d'un adulte, ils se tueraient. Après plus d'une longue minute, ce qui témoignait de l'incroyable résistance physique des enfants, il sentit leurs muscles commencer à faiblir et leurs mouvements ralentir. Alors, d'une brusque traction, il les hissa à nouveau à l'air libre. Les enfants fendirent la surface en émettant une puissante double aspiration, l'eau leur sortait en cascade par le nez, leurs yeux étaient rougis, ils toussaient et crachaient, mais ne se disputaient plus. À leur père qui demanda s'ils étaient calmés, ils répondirent d'un hochement de tête synchrone. Plus tard, assis dans la maison, ils écoutèrent avec attention le discours de Ti-Eye qui leur expliqua qu'ils n'auraient jamais d'autre option que de se tolérer malgré leurs désaccords, que le compromis serait pour eux aussi indispensable que l'oxygène dont ils avaient failli manquer sous l'eau, et que le contrôle de soi serait la clef de leur survie. Nok approuvait les propos de son mari, scrutant attentivement ses enfants, gagnée par le sentiment que personne dans la famille ne pourrait oublier ce jour de première dispute, ce moment précis où les personnalités en développement des enfants avaient pris le pas sur leur indéfectible association. Face à elle, sur la droite (à gauche du point de vue des jumeaux) se tenait Jun, le plus prompt à s'emporter, celui qui prenait le plus d'initiatives aussi, dont le regard ne lâchait pas celui de son père. À gauche (à droite du point de vue des jumeaux) In, plus arrangeant, plus docile et qui prenait toujours le temps de réfléchir, préférait regarder son frère. Jun était un peu plus petit qu'In, c'était le seul moyen de les différencier car pour le reste, leurs traits à cet âge étaient identiques et leurs corps développés pareillement. Selon Agun, dont la conversation était toujours porteuse d'enseignements, une cause située à l'intérieur de leurs corps devait expliquer pourquoi le plus petit des deux se situait à gauche. De la même façon que le sein gauche des femmes est souvent plus petit que le droit à cause de l'emplacement du cœur, elle l'avait constaté à de nombreuses reprises. La suggestion amena Nok à se demander si l'intérieur du double enfant était le reflet de leur apparence, symétrique et complète, ou s'ils partageaient des organes en commun. Peut-être un même cœur ? se demanda-t-elle. Ce qui aurait pu expliquer pourquoi les pouls à leurs cous étaient synchrones, qu'ils battent puissamment lors d'un effort, ou faiblement à l'occasion du repos.

Cependant l'année suivante, un évènement amena à se poser d'autres questions sur la manière inhabituelle dont leurs corps fonctionnaient. Le même jour, In et Jun contractèrent la variole. En quelques heures le corps de droite se moucheta de vésicules dures et celui de gauche fut envahi par une éruption similaire. À la même heure ils déclarèrent une fièvre importante qui les amena à délirer, prononçant l'un et l'autre des phrases dépourvues du moindre sens. Fidèles à leur tempérament, Jun semblait plus volubile dans son délire et In plus retenu, mais dans les deux cas on n'y comprenait goutte. Dans la famille, tous furent persuadés qu'ils allaient perdre les jumeaux car le tribut habituellement payé à la variole était effroyablement lourd. Un vaccin venait d'être découvert en Angleterre, mais il était en cours de généralisation et, dans le royaume de Siam, si prompt à se penser supérieur aux autres nations, on préférait prier ses dieux plutôt que subir l'inoculation de la vaccine. Près de huit malades sur dix mouraient ainsi de la maladie et ceux qui survivaient étaient souvent défigurés par les cicatrices. Cependant, après un mois où le double corps fut suspendu entre la vie et la mort, la fièvre retomba le même jour chez chacun, aussi subitement qu'elle était apparue. In et Jun recouvrèrent leur pleine conscience et les pustules se résorbèrent sans se surinfecter. Une divergence d'évolution se manifesta : le torse et les épaules de Jun restèrent constellés de cicatrices alors qu'In guérit quasiment sans traces. Cette première différence physique fut si remarquable qu'elle resta gravée à vie dans leur peau.

— Nous sommes identiques pourtant je suis le plus beau, clamait In, car non seulement mon frère est petit mais en plus il est grêlé.

— Peut-être, mais le plus malin des deux, c'est moi, rétorquait Jun, car mon frère est incapable de tenir sa langue.

La variole les avait épargnés, mais une autre maladie joua un rôle décisif. L'année de leurs huit ans, une épidémie de choléra frappa le royaume et ne ménagea aucune des provinces. Agun, l'accoucheuse, fut parmi les premiers à mourir après avoir été contaminée par une parturiente et son nouveau-né, atteint lui aussi. Puis ce furent un frère et une sœur d'In et de Jun qui périrent en quelques heures. Malgré les précautions sanitaires et les remèdes, aucun foyer ne fut épargné. Ti-Eye et Nok pleuraient encore leurs enfants disparus lorsqu'un troisième mourut. La famille s'organisa pour aller chercher de l'eau de source loin dans les montagnes en espérant qu'elle serait exempte du germe tueur. Les morts s'amoncelaient si rapidement que les vivants n'avaient plus le temps de les enterrer ou de les brûler. Les cadavres étaient jetés dans le fleuve où ils se décomposaient en travers des labyrinthes de jacinthes d'eau. Par endroits, ils formaient des îles de chairs, des barrages fétides arrimés aux racines qui serpentaient le long des berges. L'odeur était telle que plus personne ne naviguait, et la faim s'ajoutait à la déshydratation et à la peur. Le courant emportait la mort d'amont en aval et la maladie se répandait d'un village à l'autre. Ti-Eye fut frappé à son tour et se trouva subitement sans force. Ne pouvant plus se lever, s'alimenter, et perdant toute l'eau de son corps. Il maigrit rapidement, sa peau tendue sur ses os saillants, desséchée comme celle d'une momie. Ses yeux étaient si profondément enchâssés dans les orbites qu'il perdit son regard. Les enfants veillaient leur père sans relâche. Nok leur avait interdit de le toucher et ils lui parlaient sans savoir s'il était encore capable de les entendre. Jun ne décolérait pas, il éprouvait un sentiment d'injustice inédit. Bien supérieur à celui que sa propre infirmité pouvait engendrer. S'accommoder du destin que les dieux semblaient avoir choisi pour son père lui paraissait inacceptable. Chaque jour il se retenait d'arracher des mains de sa mère les bâtons d'encens et les boutons de lotus qu'elle allait déposer devant le temple, dont l'entrée était barrée par des milliers d'offrandes vainement amoncelées. Moines et novices avaient péri eux aussi et le lieu de culte était aussi abandonné que l'étaient désormais les humains. Jun décida que le sourire indéfinissable du bouddha n'exprimait pas la compassion mais un cynisme absolu et que plus jamais il ne se joindrait aux prières familiales. In, quant à lui, n'était pas intéressé par un jeu de devinettes portant sur les volontés divines. Il espérait de tout cœur que leur père en réchappe, mais il ne pouvait s'empêcher d'envisager ce qui se passerait après, si celui-ci succombait. Deux autres de leurs cadets venaient à leur tour de mourir. Seuls survivaient encore leur sœur et leur frère aînés. De onze, la famille était réduite à six, peut-être bientôt à cinq. Les bras allaient manquer pour le travail et il faudrait faire preuve d'ingéniosité pour aider leur mère lorsque l'épreuve serait passée. Il pensa qu'il faudrait développer le commerce des œufs de cane, plus rémunérateur et moins exigeant en force physique que la pêche. Que Ti-Eye survive ou non, telle était la voie qu'In traçait pour sa communauté. Et comme le pragmatisme n'empêche pas le chagrin, In pleurait abondamment au chevet de son père, alors qu'à son côté gauche, Jun se murait dans un silence obstiné.

Nok tomba malade à son tour, mais elle ne fut pas aussi gravement atteinte que Ti-Eye, qui décéda le trentième jour de son agonie, alors que l'épidémie commençait à refluer. De nouveaux officiants bouddhistes avaient été dépêchés et les cérémonies de crémation purent reprendre. Nok, éplorée, dépensa les ultimes économies du foyer afin d'offrir à son mari des funérailles dignes de l'amour qu'elle lui avait porté. S'il n'y avait eu les jumeaux, dont elle pensait qu'ils avaient encore besoin d'elle, elle se serait jetée dans le bûcher funéraire pour accompagner son mari. Quant à ceux-ci, ils se tenaient si étroitement enlacés l'un à l'autre derrière le rideau mouvant des flammes, Jun sanglotant dans le cou d'In, qu'on eût pu penser que leur ligament s'était rétracté, qu'il était revenu aux dimensions de leur prime enfance, et qu'ainsi le double corps exprimait son refus de se voir projeté dans le monde des adultes.

Pourtant, moins de cinq années furent nécessaires à Jun et à In, pour s'imposer comme les véritables chefs de la famille. À treize ans, suivant les préceptes d'In, ils abandonnèrent la pêche et investirent le champ du commerce, étendant sur un arpent leur exploitation d'œufs de cane. En une année, ils parvinrent à en vendre plus de quinze mille grâce à leur faconde et à la curiosité que leur arrivée sur un marché ne manquait jamais de provoquer. Mis à part le caquetage envahissant du cheptel, les aînés, à qui avait été confiée la mission d'embaumement des œufs, impressionnés par la clairvoyance de leur double cadet, ne trouvaient rien à redire à son ambition. Nok, elle, s'en mêlait peu, restant le plus souvent recluse à bord de la maison. La perte de son mari et de cinq de ses enfants l'avait courbée et avait raidi son dos. Elle ne marchait qu'à petits pas, le regard obstinément rivé au sol, les bras pendant de chaque côté de son torse, légèrement écartés à la manière des balanciers d'une pirogue. Sa nature optimiste semblait avoir été emportée le jour de la combustion du corps de Ti-Eye, dissipée par les courants ascendants dans l'éther surchauffé. À quarante-sept ans, elle ne manifestait plus de volonté personnelle, mais restait méfiante à l'égard de tout.

In et Jun abordaient leur quatorzième année. Convaincus de la nécessité de varier leur commerce, l'élevage de volatiles ne pouvant s'étendre à l'infini, ils envisageaient maintenant de se lancer dans la chasse aux tortues aquatiques. Ce jour-là, ils s'étaient rendus dans une portion du fleuve où les eaux peu profondes et sablonneuses étaient propices au développement de ces animaux. Ils avaient exploré en vain différents fonds et nageaient, bredouilles, lorsqu'ils entendirent qu'on les hélait. À l'avant d'une embarcation légère, déplacée par des rameurs, un homme blanc, de haute stature, leur faisait signe. In et Jun se hissèrent à bord de leur canoë et l'examinèrent avec suspicion alors qu'il approchait, souhaitant visiblement engager la conversation. Ils avaient déjà aperçu des Occidentaux sur les marchés où ils se rendaient pour vendre leur marchandise, sans jamais les approcher, ni converser avec eux. Le principe de supériorité du Siam à toute autre nation ayant largement infusé des strates supérieures du royaume aux couches les plus populaires, In et Jun n'étaient pas différents de leurs concitoyens sur ce point. Cependant, Robert Hunter les surprit d'emblée car il s'exprimait dans leur langue, se présentant comme un négociant écossais, installé depuis peu à Bangkok. Le trentenaire, le front haut, les traits fins, buriné par des années de navigation sur les mers d'Asie du Sud-Est, détenait, via une compagnie basée à Singapour, des parts dans quatre navires de fort tonnage. Il était un des premiers étrangers à avoir reçu une autorisation de commercer avec le gouvernement du Siam. Attiré par la rumeur, ou, comme il le prétendit, venu par hasard dans cette boucle du fleuve, Hunter les avait vus nager et piquer sous la surface, croyant d'abord apercevoir un animal chimérique, un dauphin d'eau douce doté de quatre bras et de quatre jambes d'humains. D'une nature chaleureuse, il s'appuyait sur la traduction de ses guides lorsque tel ou tel mot de vocabulaire lui manquait. Comme les jumeaux s'étonnaient qu'il se trouve si loin de Bangkok, il justifia sa présence par les excursions régulières qu'il menait dans l'intérieur du pays à la recherche d'un artisanat exportable, mais aussi par la fascination qu'exerçait sur lui la diversité des paysages siamois.

— Nous aussi, nous sommes des marchands, se flatta Jun. Spécialisés dans la vente d'œufs de cent ans.

— Et nous allons nous diversifier dans le commerce de tortues à carapace molle, ajouta In.

— Dont on fait d'excellents ragoûts ! précisa son frère. Notre flotte est composée de deux navires, celui sur lequel nous nous tenons, et notre maison.

— Elle est amarrée plus en amont.

Robert Hunter, impressionné par leur éloquence, les interrogea longuement sur la nature de leur attachement, tant physique qu'affectif. In et Jun avaient l'habitude d'être interrogés sur ce sujet en tous lieux où ils se rendaient, et la perception qu'ils avaient de leur similitude avait considérablement évolué au fil des ans. Aujourd'hui, ils la voyaient comme un atout, n'étant en rien empêchés dans les activités du quotidien et en tirant une notoriété qui flattait leurs esprits adolescents. Aussi, s'exprimèrent-ils volontiers. En retour, Hunter répondit à leurs nombreuses questions sur le pays dont il était originaire, évoquant d'immenses cités où chaque maison était bâtie en pierre et comportait plusieurs étages, éclairés grâce à la maîtrise de la combustion du gaz. On y circulait sur des voitures à cheval au travers de rues pavées, qu'un réseau de rigoles et de canaux permettait de drainer en cas de précipitations. Hunter était un orateur malicieux qui savait comment captiver son auditoire. Il parvint à faire entendre aux enfants le martèlement des sabots et le grincement des roues cerclées de fer, il leur fit voir la neige poudreuse et immaculée qui recouvrait les toits en hiver, leur fit goûter la saveur des pancakes et des cookies, leur apprit que chez lui le climat permettait de transformer le lait des vaches en crème et que celle-ci, fouettée et sucrée, devenait la plus douce des neiges comestibles. En Grande-Bretagne les femmes étaient magnifiques et savamment vêtues et maquillées, si bien que chacune avait l'apparat d'une princesse. Mais des princesses que l'on pouvait croiser dans son salon, écouter jouer de la musique, et parfois même embrasser. Enfin, il leur assura qu'il avait parcouru les océans sur des bateaux à vapeur qui auraient laissé sur place les plus véloces des navires à voiles, et avait commercé de continent en continent avec des femmes et des hommes dont la couleur de peau allait du noir d'une nuit sans lune et sans étoiles, au blanc des pierres de craie.

Les enfants l'écoutaient, subjugués, ils avaient jusque-là imaginé le monde extérieur comme un archipel de petites nations à peine développées, peuplées de gens sans intérêt. Jun était particulièrement fasciné par les progrès technologiques dont parlait Hunter, quoique In doutait de l'existence de pays où chacun bénéficiait de conditions de riches et de puissants, des nations dont certaines, d'après leur interlocuteur, n'avaient même pas de roi.

Comme il se faisait tard, Hunter souhaita rencontrer leur mère afin de lui demander l'autorisation de revenir et les jumeaux le guidèrent jusqu'à leur foyer flottant.

Dès ce premier contact il parut évident à Nok que l'Écossais nourrissait un dessein qui incluait les jumeaux dans le périmètre de ses affaires, mais malgré cela elle accepta l'idée de sa fréquentation. Personne n'était plus capable qu'elle de sonder les esprits des fouineurs ou des moqueurs qui gravitaient depuis sa naissance autour du double enfant. L'expérience l'avait dotée d'une véritable science en la matière, mais elle pensa à la valeur éducative des récits de ce voyageur et que de telles histoires, même si la plupart semblaient tenir de la fable, contribueraient à l'élargir le champ de pensée de ses fils. Juste avant de les quitter, ce jour-là, Robert Hunter glissa une pièce dans la main droite de chacun des jumeaux.

Généralement, In et Jun tombaient de sommeil au même moment et s'endormaient sans aucune difficulté, mais le soir de la première visite de Robert Hunter ils restèrent longtemps les yeux ouverts, allongés sur leur natte, tournant et retournant dans leurs esprits les images suscitées par les dires du marchand. Parmi celles-ci, les figures de courtisanes à la peau claire revenaient avec insistance, et insensiblement s'imposèrent à toutes les autres. L'idée que ces femmes puissent consentir à embrasser des hommes enflamma l'imagination de ceux qui achevaient leur puberté, et délivra une forte charge érotique dans leur inconscient. Le désir circula de manière simultanée dans leurs cerveaux, puis dans leurs corps, si bien que chacun eut une érection. Une seule sphère d'intimité englobait In et Jun, semblable à la poche amniotique qui les avait abrités lors de leur gestation, et leur double corps ne suscitait aucune retenue de l'un envers l'autre. De la même façon que les jumeaux liés allaient à la selle ensemble, qu'ils urinaient conjointement, ils saisirent chacun son sexe et se masturbèrent en même temps, jouissant de concert, avant de sombrer dans un sommeil subit.

En juillet, Nok parut retrouver de l'allant et tout le monde constata qu'elle marchait plus vigoureusement, reprenant goût à la promenade, alors même que les pluies diluviennes décourageaient quiconque de fréquenter les berges. Étaient-ce les séjours répétés de Hunter qui ravissaient leur mère ? Xiu, leur sœur aînée, émit l'idée que Nok pouvait éprouver un sentiment pour le marchand écossais dont la familiarité allait grandissante, et qui, à plusieurs reprises, avait partagé leur repas, mais In et Jun réfutèrent l'hypothèse. La mémoire de Ti-Eye était si présente que jamais leur mère ne la trahirait. Tao, qui était maintenant un homme, sourit avec goguenardise à la réaction de ses cadets liés, ajoutant que la naïveté les entravait plus sûrement encore que leur ligament. Peu de temps après, Nok les surprit tous en révélant ce qui la réjouissait autant. Dans un pays où l'on est envoyé au cachot pour un seul regard levé sur le roi, se féliciter de la mort du souverain fait risquer la peine capitale. Cependant la nouvelle du décès de Rama II, survenu dans sa cinquante-septième année, l'avait comblée d'une telle félicité qu'elle ne pouvait continuer à rester muette. Avec le monarque disparaissait la condamnation à mort d'In et Jun, qui, même si elle n'avait jamais été appliquée, demeurait certainement inscrite dans un livre administratif. Et le poids de ce registre n'avait jamais cessé de peser sur les épaules de Nok. Pour la première fois, elle raconta aux jumeaux liés le funeste intérêt que leur naissance avait suscité auprès de la cour et le miracle qui avait permis que la sentence tombe dans l'oubli. Elle leur dit également qu'elle avait lutté contre l'injonction des autorités médicales et de tous ceux qui voulaient les séparer à l'époque, taisant cependant que leur défunt père s'était un temps rangé à cet avis. L'effarement des adolescents se doubla d'une frayeur qui n'était pas seulement rétrospective. Ils se rendirent compte que leur différence pouvait à tout moment les mettre en danger. Se considérant comme des humains à part entière, ils demandèrent à leur mère pourquoi ceux qui détenaient le pouvoir n'envisageaient-ils pas dans ce cas de supprimer les nains, les boiteux, ou les sourds ? En réponse, Nok leur tint des propos qu'en dehors du foyer on aurait qualifiés de séditieux, mais qui constitueraient dorénavant le mantra des jumeaux liés : il convenait à chacun de faire bon usage de ses atouts. Ceux qui, de naissance, avaient obtenu la puissance et la richesse pouvaient voir celles-ci se transformer en la pire des infirmités. Mais ceux qui étaient nés frappés d'infirmité pouvaient agir de façon qu'elle devienne la plus grande des richesses.

Le répit de Nok fut de courte durée car dans le palais royal de Bangkok, un nouveau monarque, Phrabat Somdej Phra Nangklao Chaoyuhua, venait d'être intronisé sous le nom de Rama III. Réputé pour ses talents militaires, il trouvait habituellement distraction dans les invasions et les conquêtes, toutefois ses conseillers lui révélèrent l'existence de ces jumeaux liés dont l'anatomie défiait les lois de la nature. Rama III songea qu'aucun autre pays n'aurait pu produire une telle merveille et se demanda s'il ne pouvait l'utiliser à des fins stratégiques. Quelques mois plus tard, le palais dépêcha un émissaire à Nok qui fondit en larmes lorsqu'elle apprit la convocation d'In et Jun à la cour. Quinze ans après, elle traversait les mêmes affres. Le cycle de l'épouvante se reproduisait implacablement et elle se demanda si, jusqu'au dernier soir de sa vie, il lui faudrait en craindre le retour. Cette dynastie n'avait-elle pas de préoccupation plus impérieuse ? Puisque Rama III aimait les champs de bataille, que n'allait-il envahir la Malaisie ou le royaume de Vientiane plutôt que son foyer ? In et Jun tentèrent d'apaiser les angoisses de leur mère en lui faisant remarquer qu'on ne dépêchait pas une jonque royale à des personnes que l'on a décidé de décapiter. En vérité, ils étaient terriblement excités à l'idée de rencontrer le roi, la personne la plus importante du monde. Quoi qu'il en soit, aucun choix ne leur était véritablement offert, l'invitation à une audience royale ne se déclinait pas. Nok obtint de pouvoir les accompagner et ils embarquèrent. Elle, le cœur serré. Eux, en proie à la plus grande exaltation.

Au cours de leur navigation vers Bangkok, l'émissaire les abreuva de recommandations sur la façon dont ils auraient à se comporter pendant leur entrevue avec le souverain. Les jumeaux liés s'exercèrent alors à la position de déférence, prenant appui sur leurs quatre genoux, le coude droit d'In et le gauche de Jun, leurs fronts touchant le sol. Puis ils se relevèrent et recommencèrent neuf fois de suite comme le voulait le protocole. Voyant qu'ils suscitaient l'intérêt de l'équipage, ils enchaînèrent par une roue suivie d'un équilibre sur leurs mains libres, remuant les jambes dans le ciel comme si leurs quatre pieds communiquaient ensemble. Enfin ils tinrent la position, alternativement, sur une main de l'un, puis sur une main de l'autre, déclenchant rires et applaudissements. Après leur démonstration, ils ne furent plus traités à bord comme des paysans, dont on ne savait pour quelle raison ils bénéficiaient d'une audience avec le roi, mais comme des invités prestigieux à qui l'on proposa du thé et des étoffes. Soieries dans lesquelles Nok s'empressa de tailler et de coudre un double pourpoint. Ensuite elle les coiffa et réunit leurs longues chevelures en chignons qu'elle attacha soigneusement sur le sommet de leur crâne.

À l'aube du deuxième jour, le navire quitta le golfe de Siam pour remonter le fleuve Chao Phraya, si large à son embouchure que dans la brume on ne pouvait en distinguer les rives. In et Jun se tenaient à la proue, scrutant la moindre silhouette, ou bâtiment, qui leur aurait indiqué l'entrée de la capitale royale. Nok, rassurée de la tournure prise par les évènements, avait rejoint ses fils sur le pont. Ce n'était que la troisième fois qu'elle se rendait à Bangkok et elle était gagnée par l'enthousiasme de ses enfants. La jonque croisait de plus en plus de vaisseaux de toutes tailles, canoës et pirogues allant sur le cours principal du fleuve, ou provenant d'une multitude de canaux latéraux, tandis que le bruissement feutré de l'étrave sur l'eau cédait la place à une rumeur croissante, au bruit des rames et aux sons des ancres jetées à l'eau. L'émissaire royal leur indiqua de tourner la tête à bâbord, où ils découvrirent le Wat Arun, qu'un rayon du soleil levant révéla tel un pic de porcelaine serti d'or. Les enfants n'avaient jamais vu une construction humaine aussi haute, la pyramide centrale du majestueux temple bouddhiste culminait à près de deux fois la hauteur des plus grands arbres environnants. Entourée de quatre pavillons de taille plus modeste, elle veillait en sentinelle au bord du fleuve, éblouissant toute personne qui arrivait en ville et provoquant certainement le regret de ceux qui la quittaient. L'émissaire leur apprit que le stupa s'élevait à quatre-vingt-deux mètres, toutefois l'outrage des siècles avait rendu l'édifice instable et dangereux. Par conséquent, Sa Majesté Rama III, illustrissime chef de guerre, mais également protecteur des arts et de la foi, avait ordonné d'en accélérer la rénovation. À présent, les enfants distinguaient des échafaudages de bambou aux verticales irrégulières, sur lesquels sculpteurs et tailleurs de pierre restauraient d'innombrables statues d'animaux et de somptueux motifs floraux. C'était à se demander comment il était possible qu'un assemblage aussi gauchi ne s'effondre pas. À n'en pas douter, le Bouddha lui-même devait l'assurer d'une main invisible. De la base au pinacle, des dizaines de maçons scellaient les marches d'escalier dont la pente augmentait à mesure qu'on s'élevait, symbolisant la difficulté d'atteindre les stades supérieurs de l'existence. Sans avoir besoin d'échanger un mot, In et Jun se firent la promesse de gravir, un jour, le temple de l'Aube jusqu'à son sommet.

L'audience avec le monarque n'eut lieu que le jour suivant. En attendant, In, Jun et leur mère furent introduits dans la plus grande discrétion à l'intérieur des murailles du palais, car aucun courtisan ne devait les apercevoir avant que la curiosité royale ait été assouvie. Cachés sous un voile de coton, ils franchirent trois portes gardées par des militaires, se hâtant sur un pavage de marbre, avant de rejoindre un appartement dont la splendeur était telle qu'ils crurent être dans celui du roi. Jamais auparavant ils n'avaient vu de tels plafonds avec des caissons en bois, richement peints de scènes animalières et d'épisodes mythologiques, qui les laissèrent tête haute et bouche bée. À la suite de quoi, Jun se plaignit d'élancements dans le dos, un phénomène qui se répétait depuis quelque temps et inquiétait aussi bien son frère que sa mère. Celle-ci refusa de solliciter de l'aide car elle redoutait de croiser à nouveau le mandarin qui les avait visités à la naissance, ou un de ses fils qui lui aurait succédé. Cependant, peu après, un praticien surgit discrètement d'une porte dérobée, tandis qu'attirés par des barrissements, Nok et ses enfants avaient couru se poster face à la baie du salon.

Le palais était si vaste qu'entre ses murs se trouvaient une forêt, des jardins, un lac et plusieurs prairies, dont une, en contrebas, où des cornacs équipaient une douzaine d'éléphants royaux. Les animaux, protégés par un drap de soie, étaient recouverts de la tête à la queue d'une armure de cuir, doublée de plaques métalliques. Leurs pattes étaient enserrées dans des jambières hérissées de pointes acérées. Sur leur dos, on installait des palanquins en osier d'où les archers pourraient décocher leurs flèches. Le plus haut spécimen de la horde était en train d'être équipé d'un canon, hissé au moyen d'un palan. Les jumeaux liés observaient le spectacle, fascinés, tout en piochant à satiété dans de vastes plateaux d'argent emplis de mangues et de lychees. Ayant laissé passer quelques minutes, le praticien choisit de manifester sa présence. Lui aussi avait mis à profit ce moment pour observer une scène dont l'originalité surpassait celle du harnachement d'animaux aussi fabuleux que les pachydermes de guerre : des jumeaux liés par un ligament, visible de dos, le bras gauche d'In passé sur l'épaule de Jun, le bras droit de Jun sur celle d'In. Nok tressaillit de surprise quand l'homme se présenta. Elle en déduisit que malgré l'extrême hospitalité du palais, ils étaient épiés, mais ne se formalisa guère. Après tout, ils allaient voir le roi, ce qui n'arrivait jamais à des gens de leur condition.

Le médecin demanda humblement l'autorisation d'examiner les enfants, car il soupçonnait l'origine des douleurs dont se plaignait Jun. Ayant reçu leur assentiment il avança, le regard enflammé, frappé d'un syndrome d'émerveillement.

Il tâta avec douceur leur ligament, constatant que la partie supérieure cartilagineuse, durcie, semblait émaner du sternum de l'un et de l'autre, tandis que la partie inférieure, molle, contenait vraisemblablement un viscère. Il palpa longuement leurs épaules, leur cou, leurs côtes et leur colonne vertébrale, avant de décréter que Jun, accusant quelques centimètres de moins que son frère, compensait ce déficit de taille par une posture inclinée. Il souffrait donc d'une scoliose et comme les adolescents étaient en pleine croissance, celle-ci se manifestait par des élans douloureux. Il était vraisemblable que la peine s'atténuerait lorsque les enfants parviendraient à leur taille adulte, mais il ne pouvait en jurer, n'ayant aucune référence en matière d'êtres liés.

— C'est affaire de peu de temps, pérora Jun. Je vais le rattraper et même le dépasser. Puis, s'adressant à In : D'ici un an ou deux, c'est toi qui devras te pencher vers moi, comme le bambou s'incline sous le vent.

In sourit, mais il s'inquiétait pour son frère.

— Disposez-vous d'un remède qui puisse le soulager ? demanda-t-il. Figurez-vous que demain nous rencontrons le roi et nous devons être en forme.

Le médecin sourit, tout le monde dans le palais connaissait la raison de leur présence. Assurément une des plus attendues audiences à la cour. Il proposa une décoction à base d'opium dont Jun avala immédiatement quelques gouttes.

Peu après le départ du médecin, Jun annonça que les élancements s'atténuaient.

— In, est-ce qu'on peut s'allonger ? J'ai soudainement très envie de dormir…

In accepta et ce fut la première fois que le sommeil ne les atteignit pas simultanément. Une fois Jun assoupi, In profita de l'instant inédit pour converser en tête à tête avec sa mère.

— Tu es la personne que j'aime le plus au monde, confessa-t-il.

— Et ton frère ?

— Eh bien… À moins d'être aveuglé par l'orgueil on ne peut s'adorer soi-même, sourit-il. Je l'aime forcément comme je m'aime. Mais, toi, c'est différent.

L'ambiguïté de la formule n'échappa point à Nok, mais elle ne fit aucune remarque. À huit reprises, elle avait porté des enfants et les avait aimés de façon aussi intense et variée qu'ils avaient été divers dans la vie, et pour certains, dans la mort. En ce qui concernait les jumeaux liés, elle avait affronté une situation nouvelle. Dès leur premier souffle, elle avait éprouvé un amour d'un seul bloc pour les deux, cependant depuis qu'ils se démarquaient l'un de l'autre elle luttait contre la survenue d'une préférence pour Jun. Le frère de gauche lui semblait plus vulnérable physiquement, ses douleurs au dos en attestaient, et elle discernait, dans son caractère prompt à s'emporter, la preuve d'une fragilité psychologique. Aussi se sentit-elle prise en défaut par la déclaration d'In, et particulièrement mal à l'aise que celle-ci survienne lors d'un moment d'inconscience de son frère. In, sans comprendre le trouble de sa mère, lui saisit la main, et, les yeux rivés au plafond, se lança dans le commentaire égayé des scènes épiques. L'une d'elles montrait un faisan, volant au-dessus d'un lapin, perché sur la tête d'un singe, lui-même juché sur le dos d'un éléphant. L'euphorie singulière de l'adolescent s'accrut tandis qu'il imitait successivement le cri rauque du faisan, les hurlements du singe et le barrissement de l'éléphant, avant de se taire, incapable de produire le son d'un lapin. Alors, il fut secoué d'un rire qu'il ne put bientôt plus réfréner. En voyant son fils, les yeux brillants et humides, emporté par une crise d'hilarité, Nok comprit qu'une partie de l'opium ingéré par Jun avait transité au travers du lien dans le corps de son jumeau, où elle produisait un effet différent et amoindri.

Le lendemain matin, les jumeaux liés s'éveillèrent, toutes facultés recouvrées. Nok avait été prévenue qu'elle n'était pas conviée à assister à l'audience royale, aussi lorsque l'émissaire officiel vint quérir ses enfants, les laissa-t-elle partir le cœur serré.

En pénétrant dans la salle d'audience plus vaste que vingt maisons, In et Jun furent impressionnés par les immenses murs peints d'un rouge de sang, sur lesquels se détachaient d'étincelantes corniches d'or. Deux rangées de colonnes géantes en bois supportaient un plafond si haut qu'il se perdait dans l'ombre. De part et d'autre de l'allée centrale, des centaines de courtisans en tenue d'apparat les scrutaient dans un silence absolu. À l'extrémité de la salle, le trône d'or, coiffé d'une ombrelle à neuf étages, scintillait au sommet d'une estrade entourée d'un dais de brocart. Et sur ce trône, Rama III, assis, dardait un regard inquisiteur sur les adolescents. Comme ils étaient pétrifiés, l'officier de cour leur murmura une phrase à l'oreille, et, subitement rappelés à une réalité pourtant plus irréelle que le plus fantastique des songes, In et Jun s'acquittèrent du protocole, s'agenouillant et se prosternant neuf fois de suite, dans une simultanéité absolue. Une rumeur de stupéfaction naquit dans la cour et s'accrut à mesure qu'ils avançaient en direction du trône, et que chacun put apercevoir leur ligament, largement visible hors du double pourpoint. Arrivés au pied du trône, ils se prosternèrent à neuf reprises, à nouveau. Cette fois, ils n'étaient plus à bord du bateau, l'heure n'était pas à l'effronterie. In et Jun s'efforçaient de combattre l'émotion qui les submergeait. À l'unisson, ils déclamèrent la formule de déférence qu'on leur avait enseignée :

— Seigneur exalté, souverain de tant de princes, daigne marcher sur les têtes de ton esclave qui se prosterne et reçoit de ton pied une poussière d'or.

Un murmure de surprise parcourut aussitôt l'assemblée. Les jumeaux se regardèrent et comprirent qu'ils avaient dit « les têtes de ton esclave » au lieu de « la tête de ton esclave ». Inconsciemment, ils s'étaient présentés tels qu'ils étaient, dotés d'un double corps.

Les frères liés osèrent enfin lever les yeux sur Rama III dont le corps dodu disparaissait dans une ample robe d'or. Les joues replètes, la tête découverte, laissant apparaître une chevelure courte et soigneusement peignée, un sourire indéfinissable courant sur ses lèvres épaisses, il semblait s'amuser de l'erreur des jumeaux. À près de quarante ans, le monarque avait davantage l'allure d'un commerçant prospère que d'un guerrier cruel. Il fixa longuement sur eux ses yeux d'un noir d'obsidienne, puis, satisfait de son examen, émit un signe de la main à l'attention de son plus proche conseiller, car le roi ne s'adressait jamais directement au peuple. Le conseiller leur posa donc de nombreuses questions sur la manière dont ils ressentaient leur assujettissement, dont cela influençait leurs rapports avec autrui, avec leur famille, s'ils avaient des amis, et de quelle façon ils parvenaient à subsister. Tout en répondant avec docilité les jumeaux usèrent de finesse d'esprit et de répartie, In s'enhardissant à conclure par la maxime, dont il savait qu'elle frappait systématiquement l'esprit de leurs auditeurs :

— Sire, dans de nombreuses situations, l'existence à deux est plus facile que seul…

Le roi, qui avait eu connaissance de rapports sur l'épanouissement physique des enfants liés, ainsi que sur leur commerce en société, parut amplement satisfait par leur maturité et leur agilité mentale. Il mit fin à l'entretien d'un dodelinement bref de la tête. Le son des gongs résonna comme un coup de tonnerre dans la salle et, tandis que les vibrations se reproduisaient à l'infini, la foule des dignitaires sembla se disloquer, les centaines de genoux frappant le sol, les fronts s'abaissant, dans un tourbillon d'étoffes luxueuses, d'or et de pierres précieuses. Le dais de brocart coulissa autour du trône et masqua le roi à la vue de tous. In et Jun, surpris d'une telle soudaineté, se retrouvèrent seuls encore debout. Le roi avait disparu, l'audience était terminée, mais pas leur exposition. Car déjà, chaque membre de la cour, selon son âge et sa souplesse, s'empressait de se relever et se dirigeait vers eux, les plus hardis voulant les toucher, éprouver leur ligament, les plus réfléchis leur demandant s'ils avaient la capacité de grimper aux arbres ou de jouer de la flûte. En retrait de cette foule dont la retenue s'était volatilisée en même temps que le monarque, un homme âgé se tenait, appuyé sur une canne. Il s'agissait du juge Lao, qui avait conseillé au précédent souverain d'épargner ces enfants quinze ans plus tôt. Les voir ainsi, devenus presque adultes, reçus en audience, élevés au rang d'affaire nationale, emplissait son cœur d'émotion et de satisfaction. Il avait eu raison de ne pas douter de l'humanité.

Trois semaines plus tard, Robert Hunter, de retour d'un fructueux périple en mer de Chine, débarqua à Bangkok. La notoriété acquise par les jumeaux liés était telle que le port bruissait d'anecdotes sur l'audience, tout aussi débordantes les unes que les autres d'inventions. Le roi lui-même serait descendu de son trône pour toucher leur ligament. Son Altesse aurait autorisé ces monstres à visiter son harem, où ils auraient pu danser avec des concubines. On leur avait permis d'entrer dans le temple de Gautama et de se recueillir devant la statue de bouddha taillée dans une émeraude aussi haute qu'eux. Quelles assertions étaient vraies, lesquelles étaient fausses ? Le marchand écossais s'en fichait, il voyait dans ce phénomène la validité du projet qu'il fourbissait en secret depuis sa première rencontre avec les jumeaux. Jamais il n'aurait entre les mains une marchandise dont l'exportation serait plus lucrative que cette paire d'adolescents liés. Leur spectaculaire exhibition devant un public occidental pouvait déclencher un engouement qui dépasserait les frontières. L'effet qu'In et Jun avaient produit à la cour de Siam serait identique, voire supérieur car mâtiné d'exotisme, dans toutes les cours d'Europe. Hunter s'était lié d'amitié avec eux, avec leur mère, dans l'espoir un jour de les convaincre de traverser les océans en sa compagnie. Le temps était venu pour lui de divulguer son projet. Il se rendit donc au village où il trouva les jeunes gens affairés et moins enclins que d'habitude à bavarder. Ils étaient revenus de la cour, chargés de cadeaux offerts par le roi. Cadeaux qu'ils s'étaient empressés de vendre pour investir dans leur commerce. Voulant jouer sur cette fibre, Hunter leur fit miroiter l'opportunité de gagner beaucoup d'argent en se produisant sur des scènes de théâtre occidentales. À quinze ans, il était temps pour eux de prendre leur destin en main. Hunter leur enseignerait l'anglais et, ensemble, ils mettraient au point des numéros de spectacle. Ce ne serait pas compliqué, il suffisait qu'ils montrent ce dont ils étaient naturellement capables. Ils deviendraient de fameuses vedettes et empocheraient en une journée l'équivalent de ce qu'ils gagnaient ici en un an. In et Jun trouvaient leur interlocuteur sympathique, mais ils le prenaient pour un rêveur. L'audience royale les avait transformés et ils mirent en doute les propos du marchand écossais.

— Monsieur Hunter, vous n'avez pas, vous-même, rencontré le roi ? demanda Jun, qui connaissait d'avance la réponse. Voyez-vous, les richesses que nous avons vues là-bas sont insurpassables. Il ne peut exister de nation supérieure au Siam.

— D'ailleurs, enchérit In, pourquoi vous évertuez-vous à revenir dans notre pays si le monde extérieur est si intéressant ? On se demande ce qui vous fait renoncer à ces cités d'Angleterre ou d'Amérique, solidement bâties et peuplées de gens exceptionnels de beauté et d'intelligence ?

Hunter se trouva prisonnier d'un piège en miroir, celui de la prétendue supériorité de l'Occident. Il ne s'attendait pas à une telle résistance, mais dans le même temps, sa détermination s'en trouva renforcée, au constat que la jugeote des gamins serait un indéniable atout sur le chemin de la fortune. Changeant de stratégie, le marchand écossais leur proposa d'en référer au palais. Comme n'importe quel sujet siamois, les frères liés étaient la propriété personnelle du roi et personne ne pouvait quitter le pays sans son accord. Aussi, le souverain trancherait-il ce débat. En suggérant cela, Hunter était persuadé d'avoir gain de cause. Ses liens commerciaux avec le gouvernement n'avaient cessé de se renforcer et il avait l'oreille de plusieurs ministres. Il ne doutait pas que quelques avantages habilement consentis résoudraient son problème. In et Jun, sans rien promettre, déclarèrent qu'ils seraient attentifs à l'avis officiel.

Aussitôt retourné à Bangkok, Hunter joua de ses relations afin de soumettre sa requête le plus rapidement possible. Il se préparait à une longue attente car les affaires royales sont abondantes et complexes, mais le refus lui fut signifié en trois jours à peine. Le roi n'accorderait pas de permission de sortie aux deux frères pour l'Occident, car il avait déjà un projet pour eux. Rama III souhaitait les voir accompagner une mission diplomatique en Cochinchine. Le monarque avait acquis la certitude que les jumeaux liés constituaient l'exemple de ce que le génie siamois pouvait produire de mieux et qu'en distrayant l'empereur Minh-Mang, ils favoriseraient l'ambassade dont le but était d'améliorer les routes commerciales entre les deux pays. L'Écossais ne put manifester de désaccord avec la décision royale, mais il ne renonça à rien, persuadé que le temps ne jouait pas contre lui. Les jumeaux allaient avoir seize ans et plus la marchandise serait mûre plus elle intriguerait, émerveillerait, plus elle rapporterait. Pour manœuvrer dans la complexité des intrigues de palais, il lui fallait trouver le bon guide. Et en attendant, il s'efforcerait de maintenir le lien avec la famille des jumeaux, en rendant visite à Nok le plus régulièrement possible.

Le voyage d'In et de Jun en Cochinchine les tint éloignés de leur mère le reste de l'année 1827. Ils quittèrent Bangkok, en compagnie de la délégation diplomatique, sur une jonque en acajou de quatre mâts, que manœuvraient quatre-vingt-dix hommes d'équipage. Jamais les jumeaux liés n'avaient vu de navire si imposant, si luxueux, et ils passèrent le plus clair de leur temps sur le pont en teck tandis que le bateau remontait le golfe du Siam jusqu'aux côtes du Cambodge. À chaque escale, des curieux s'amassaient dans les ports. Non pas pour apercevoir l'ambassadeur siamois et sa suite, mais pour vérifier l'existence de cet homme double, dont une rumeur affirmait la présence à bord. Lorsqu'ils empruntèrent la rivière de Saigon, il sembla que des vents favorables poussaient plus fort la rumeur que le navire lui-même, malgré ses quatre grand-voiles rectangulaires. Des centaines de badauds accouraient sur les rives au passage de la jonque. Jun les saluait de la main, à la manière d'un chef d'État, ce qui ne manquait pas de déclencher une moue ironique de l'ambassadeur. In, moins sensible à la célébrité, imitait timidement son frère lorsque celui-ci, d'une pression sur l'épaule, lui en intimait l'ordre.

Quand la jonque jeta l'ancre à Saigon et que la délégation fut menée à terre, quatorze éléphants d'apparat attendaient pour les conduire. Les jumeaux liés n'étaient jamais montés sur un tel animal, mais ils dominèrent aisément leur appréhension, surprenant et enchantant les observateurs par leur agilité, même si quelques esprits chagrins notèrent que de mémoire de cornac on n'avait jamais vu si grosse araignée grimper sur le dos d'un éléphant. Devant la résidence que leur avait réservée le gouverneur, une foule bruyante et excitée s'était massée. Chacun voulait voir les curiosités siamoises et tâter l'incroyable ligament. Jun et In ne purent descendre en sécurité que lorsque les officiers eurent chassé les plus téméraires des citoyens à coups de cannes en rotin. Enfin, les jumeaux purent se réfugier à l'intérieur du bâtiment et reprendre leur souffle, méditant sur les avantages et les inconvénients de la notoriété. L'ambassadeur les rejoignit après avoir remis sa lettre de créance au gouverneur de Saigon, afin qu'elle soit transmise à l'empereur de Cochinchine qui résidait en son palais de Hué, à près de mille kilomètres dans le nord du pays. Le diplomate, qui doutait depuis le début de la réussite de sa mission, se félicitait du tapage provoqué par l'arrivée des jumeaux. Une telle nouvelle parviendrait nécessairement aux oreilles de l'empereur et contribuerait à ce qu'il accepte de les recevoir en son palais. Il se félicita de la clairvoyance de son monarque, Rama III avait eu une bonne intuition en flanquant la délégation diplomatique de ces deux surprenants monstres.

Dès le premier soir, les officiels de la ville leur rendirent visite, désireux de présenter leurs hommages. Ce qui consista à s'enivrer en partageant des litres d'alcool de riz, car les usages voulaient qu'en tombant inconscient devant ses invités, on leur délivre la plus belle marque de confiance. L'art de la diplomatie nécessitant de se glisser, au moins partiellement, dans l'esprit d'autrui, la délégation siamoise ne resta pas inactive du goulot. En conséquence de quoi, peu avant minuit, In et Jun étaient les seuls êtres humains qui tenaient encore à peu près sur leurs pieds. Ils déambulaient au milieu de corps avachis par l'alcool, au son de ronflements et d'éructations mal contrôlées. Une légère ébriété troublait cependant leur démarche, et il n'était pas certain qu'avec seulement deux jambes ils auraient pu rester verticaux. In, par rationalité, avait cherché à savoir si l'étrange phénomène de propagation d'un esprit à l'autre provoqué par l'opium se reproduirait avec l'alcool. Comme tous les adolescents du monde, ils testaient leurs limites, à la recherche du mode d'emploi de leur double corps.

— Moi, je vais boire, avait-il décidé. Et toi tu observes.

— Et pourquoi pas l'inverse ? avait protesté Jun.

— Parce que tu ne sais pas t'arrêter. Et que je n'ai pas envie qu'on finisse comme ces officiels, officiellement saouls. Alors je commence, et toi tu me dis si ça te fait de l'effet.

Jun accepta en maugréant tandis qu'In se remplissait un premier gobelet. Tous deux pensaient que le facteur premier d'influence serait la quantité de boisson ingérée, aussi

In but-il quelques centilitres à peine qui frayèrent un chemin de feu au travers de son gosier jusqu'à son estomac. Ses yeux se remplirent de larmes tandis qu'une grimace déformait ses traits, sous le regard jaloux et circonspect de son frère. Il ne se produisit aucune autre conséquence. Emportés par la naïveté de leur jeunesse, ils négligèrent le nécessaire délai de latence à la manifestation de l'ivresse, si bien qu'In, poussé par l'insistance de Jun, termina le premier gobelet et s'en resservit d'autres avant que sa tête ne commence à tourner. Symptôme ressenti quasi simultanément par Jun. L'expérience était concluante, leur sang partageait l'alcool, pratiquement sans décalage. Pour célébrer cette indéniable réussite scientifique, Jun s'empara à son tour d'un gobelet qu'il remplit avant de l'avaler d'un trait. Devinant que les effets de l'alcool n'étaient pas arrivés à leur apogée, ils cherchèrent une place confortable, afin de cuver leur ivresse expérimentale dans les meilleures conditions. Avisant un parterre de coussins de soie, ils s'y laissèrent glisser, grisés par le début de cette aventure en Cochinchine. L'un et l'autre pensaient au formidable accueil qui leur était réservé depuis qu'ils avaient quitté le Siam. Hors de leur pays, les rassemblements s'apparentaient à de l'adulation. In repensa à la proposition de Robert Hunter d'aller séduire le public occidental : était-il possible qu'en allant loin, ils soient davantage aimés ?

— Ailleurs, notre différence est un atout, pas un défaut, murmura-t-il, le regard rivé sur le plafond, un sourire indéfinissable courant sur les lèvres.

— Quel défaut ? demanda Jun, dont la vue se troublait.

Le lendemain matin, ils se réveillèrent, assaillis d'une douleur identique au crâne, et partageant de manière égale la sensation d'avoir les idées confuses. L'ambassadeur vint les prévenir qu'on avait déployé une centaine de soldats armés autour de la résidence, afin de garder la foule à distance. La troupe resterait présente tant qu'ils attendraient l'invitation officielle de l'empereur, dont on ne savait quand elle leur parviendrait. Les frères acquiescèrent, mais en découvrant cette armée sous leur fenêtre, ils se sentirent emprisonnés. Dans les faits, ils ne l'étaient pas car, chaque jour, sous bonne escorte, la délégation visitait Saigon, à pied, comme le grand bazar, élégante enfilade de boutiques où se vendaient les meilleures soieries et les plus fines porcelaines, et dont la propreté et l'organisation contrastaient avec les marchés de Bangkok ; où à dos d'éléphant, accompagnés par la garde d'honneur pour se rendre à la résidence officielle du gouverneur. Ils découvrirent de nouvelles coutumes et une organisation sociale moins rigoureuse que de celle du Siam. L'architecture des pagodes, la préparation des plats et la façon même de pratiquer la religion, si elles ressemblaient à celles de leur pays, variaient par une multitude de détails. Mais le clou du séjour se déroula incontestablement dans l'enceinte du fort de Saigon où leur fut proposé d'assister à un combat de tigres et d'éléphants. In et Jun avaient toujours vécu proches des animaux, ils ne voyaient pas l'intérêt de faire s'affronter à mort des créatures aussi majestueuses. S'estimant légitimes pour affirmer que le spectacle était contre-nature, ils exprimèrent leur refus de s'y rendre, mais l'ambassadeur ne leur laissa pas le choix. Ils ne pouvaient risquer de s'aliéner le gouverneur en dédaignant sa proposition. En cas d'échec de la mission, il était vraisemblable qu'au retour, sa tête et celles des jumeaux rouleraient au pied du roi du Siam. Les jumeaux liés, qu'ils le veuillent ou non, iraient donc s'asseoir au centre de la tribune.

Boudeurs et mutiques, In et Jun furent escortés jusqu'au fort où ils assistèrent à l'arrivée du gouverneur, entouré de mille soldats en uniforme d'or et de quatre-vingts éléphants de cérémonie. Le combat se déroulerait sur une esplanade en terre battue où un tigre, attaché à une corde d'une douzaine de mètres de long, attendait que son sort soit scellé. Il s'agissait davantage d'une exécution que d'un combat, tout ayant été conçu pour que l'affrontement se déroule à sens unique. Jun et In ressentirent une immense tristesse en constatant que les pattes de l'animal étaient ensanglantées car ses griffes avaient été arrachées, et que sa gueule avait été cousue. Les rugissements de colère, étouffés dans la gorge de l'animal, se transformaient en une plainte lugubre et continue. Face à lui, cinquante éléphants de haute taille furent alignés, leur entrée provoquant des exclamations enthousiastes de la part des membres des délégations officielles et des civils conviés au spectacle, notables et religieux de haut rang. La plupart des pachydermes, à la vue du tigre, émirent de puissants barrissements et replièrent instinctivement leurs trompes, de peur d'être mordus par l'animal. Enfin, le gouverneur ordonna que la joute commence. Le premier éléphant, poussé avec vigueur par son cornac s'élança vers le tigre qui tournait en rond autour de son pieu. À l'approche du mastodonte, le félin sembla reculer, mais en réalité il prenait de l'élan et, trouvant assez de mou dans la corde qui le retenait, parvint à bondir et à asséner un coup de patte à la tête du cornac. Celui-ci aurait été égorgé si le tigre avait encore été muni de griffes, mais le coup l'assomma et le précipita au bas de sa monture. L'éléphant, effrayé par l'audace de l'assaillant, recula et piétina le corps du cornac dont on entendit les os se rompre sèchement. Un cri d'horreur parcourut l'assemblée alors que des soldats surgissaient dans l'arène pour emporter la dépouille disloquée. L'éléphant sans guide fut maîtrisé et un second mastodonte fut désigné pour affronter le tigre. La foule se dressa pour l'encourager, galvanisée par le sang déjà versé, mais In et Jun ne participaient pas à la liesse, ils n'avaient d'yeux que pour le félin, dont le flanc se creusait au rythme d'une respiration saccadée. Entre ses côtes saillantes, ils voyaient tous deux, distinctement, les battements du cœur apeuré du tigre, et projetaient leur propre destin sur celui de l'animal captif, exhibé devant une foule assoiffée de sensationnel.

Les deux éléphants suivants s'élancèrent et renâclèrent subitement, effrayés, accomplissant un demi-tour l'un après l'autre, frustrant le public du spectacle. Leurs cornacs furent menés devant le gouverneur lequel ordonna qu'on leur administre cent coups de bambou chacun. Un quatrième mastodonte ne dévia pas dans sa course. Cornaqué avec adresse, il baissa la tête face au tigre, avant de la relever brusquement et d'empaler le félin sur une de ses défenses. Il projeta les trois cents kilos de muscle et de colère aussi loin que la corde le permettait. In, voyant dans ce lien qui privait la victime de toute échappatoire une étrange similitude avec le ligament qui l'unissait à son jumeau, tourna la tête vers Jun qui avait préféré fermer les yeux, mais ne pouvait empêcher les clameurs déchaînées de lui dévoiler l'issue du combat. L'éléphant se rua à nouveau sur le tigre et à plusieurs reprises l'embrocha et le projeta en l'air, répétant son geste jusqu'à ce que l'animal retombe au sol exsangue, inanimé. Les applaudissements et les cris de la foule se mêlant au terrifiant barrissement de victoire poussé par le mastodonte.

Pendant les semaines que la délégation siamoise passa à Saigon, Robert Hunter ne resta pas inactif à Bangkok. Son envie d'exporter In et Jun en Occident tournait à l'obsession. Pas un matin il ne se levait sans essayer d'avancer ses pions sur l'échiquier relationnel de la cour, dont aucune des cases n'était vraiment rectangulaire ni vraiment blanche ni noire. Pas un soir où il ne se couchait, en imaginant les applaudissements d'un public conquis par l'exhibition des jumeaux. Le marchand écossais trouva dans la guerre que menait Rama III au nord, contre les nationalistes du Laos, l'opportunité de se rapprocher d'Abel Coffin, le capitaine américain d'un robuste navire de commerce : le *Sachem*. Abel Coffin, dont la femme et les enfants étaient restés à Boston, naviguait en Asie depuis plusieurs années. Il avait le même âge que Hunter, les cheveux noirs et bouclés, un visage poupin, un embonpoint naissant. On aurait dit un enfant qui avait trop vite grandi, mais dans ses rondeurs se logeait un esprit rusé et avide. Quelques mois auparavant Coffin s'était porté acquéreur d'une cargaison de fusils à percussion, lors d'une vente aux enchères à Calcutta, capitale de l'Empire britannique en Inde, et l'avait revendue, en empochant un substantiel bénéfice au gouvernement siamois. Il se murmurait sur les docks qu'au palais on ne pouvait rien refuser au capitaine américain, car à la frontière de l'État vassal du Laos, en rébellion, les armes modernes fournies par Coffin avaient fait des ravages dans les rangs de l'ennemi. On annonçait même la capture de Chao An, le prince insoumis. Ce fut dans ces circonstances que Robert Hunter prit attache, le plus discrètement possible, avec Abel Coffin. C'est qu'il s'agissait de ne pas ébruiter la bonne affaire. L'Asie du Sud-Est regorgeait d'aventuriers et de mercenaires qui auraient eu moins de scrupules que lui à préserver les intérêts de Nok et de sa famille.

À Saigon, un message en provenance de Hué avait fini par arriver et la délégation siamoise prit la mer en direction de Tourane, un port de la côte Est, situé à plusieurs jours de navigation en mer de Chine. Jamais les jumeaux n'avaient été aussi éloignés de leur foyer et ils y trouvaient un intérêt sans cesse renouvelé, curieux des paysages et des populations croisés au cours de leur périple. Lorsque la jonque siamoise jeta l'ancre au large de Tourane, une nuée de pirogues et de sampans quitta la côte, venant entourer de toutes parts le vaisseau. Les embarcations, pour la plupart couvertes d'un toit de toile, montaient et descendaient, tels des ludions colorés, au gré de la houle. À leur bord, leurs occupants se dressaient, joyeux, faisant de grands gestes de la main. Chacun voulait vérifier si la légende de l'homme double du Siam était vraie. Parfois, certains perdaient l'équilibre et tombaient à l'eau dans des éclats de rire et d'écume. Mais bientôt, les embarcations s'éparpillèrent à la surface des ondes, quatre galions de guerre impériaux approchaient pour escorter la jonque siamoise, chacun mesurant plus de trente mètres. Longs, étroits, effilés, propulsés par quarante rameurs, fendant les vagues tels de redoutables prédateurs. Le jour suivant, l'expédition parvint à l'embouchure de la rivière des parfums. Des tirs de bombardes saluèrent leur arrivée, puis l'ensemble de la délégation fut installé dans une maison de briques cuites, cernée par une garnison de soldats. Le soir même, à la réception d'honneur, un dîner fut servi, composé de soixante-seize plats dont cinq préparations différentes de rat, des filets d'alligator et un subtil ragoût de chat, préparé par les meilleurs cuisiniers de l'empereur. Pendant trois jours, In et Jun allèrent de surprise en surprise, les spectacles proposés, les défilés militaires et les dimensions du palais impérial surpassaient tout ce qu'ils avaient pu voir à Bangkok, malgré le récit siamois qui vantait leur pays comme le plus noble et le mieux doté du monde. Ils comprirent lors de ce séjour que les frontières ne servaient pas seulement à délimiter les territoires et les individus, mais aussi à contenir une sorte de mystification nationale.

À l'image de celle du roi Rama III, l'audience de l'empereur Minh-Mang fut brève. Le détenteur du pouvoir suprême les observa scrupuleusement avant de déclarer avec morgue que son pays connaissait de nombreux cas de personnes liées de cette façon, atténuant d'une phrase l'extraordinaire démonstration d'originalité de ses visiteurs. L'ambassadeur siamois s'inclina, il savait ce mensonge éhonté, et comprit qu'il traduisait une position de faiblesse que ne compenseraient jamais un ragoût de chat ou le massacre d'un tigre. Un pays qui ne respecte pas ses félins est un pays amoindri. Au Siam, le peuple comme les princes appréciaient les chats pour leur intelligence et leur commerce avec l'homme. Avec leur tête triangulaire, leur pelage court, leurs yeux en amande et leurs pupilles de saphir, il ne serait venu à l'idée de personne de les cuire. Fort de cette conviction, l'ambassadeur ne céda rien lors de ses négociations avec les délégataires de l'empereur Minh-Mang, obtenant gain de cause sur l'ensemble des sujets sur lesquels il était mandaté. À son retour à Bangkok, il fut amplement récompensé par le roi et conserva sa tête sur ses épaules. Les jumeaux liés obtinrent de vives félicitations et une compensation financière pour leur temps et leur peine, puis ils se hâtèrent de quitter la ville pour retrouver leur mère après ces mois de séparation.

Les jours qui suivirent, Nok comprit que leur village natal était devenu trop petit pour eux. L'élevage de canes, la pêche et le commerce ne les motivaient plus comme avant. L'exaltation gagnait In comme Jun, dès qu'il s'agissait d'évoquer leur voyage en Cochinchine. La ferveur populaire les avait grisés tout au long du voyage. Aussi lorsque Robert Hunter vint leur rendre visite, accompagné du capitaine Abel Coffin, les accueillirent-ils avec tous les égards. La nuit précédente, un rêve identique avait traversé les esprits des jumeaux. Ordinairement, ils se souvenaient peu de leurs rêves et ceux-ci étaient toujours différents. C'était d'ailleurs la marque la plus significative de leur individualité. Pourtant, la nuit précédente, leur père leur était apparu en songe. Ti Eye, disparu dix ans plus tôt, lors de l'épidémie de choléra, souriait en mâchant du bétel. Il leur désignait le fleuve qui s'élargissait sous leurs yeux.

Les rives s'éloignaient et disparaissaient à mesure que le Mae Klong se transformait en un océan sans limite, sur lequel ils voguaient, perdant peu à peu le contact visuel avec la terre. Sur le moment, les jumeaux ne se parlèrent pas de leur rêve, chacun se sentant coupable d'avoir reçu un tel signal de leur père, persuadé qu'il était le seul.

Robert Hunter et Abel Coffin avaient conclu un accord sur un partage moitié-moitié des recettes qui proviendraient de l'exploitation commerciale des jumeaux aux États-Unis. Abel Coffin les transporterait à bord du *Sachem* jusqu'à Boston, où ils se produiraient en premier. Coffin, en débarquant dans leur modeste maison, comprit que Robert Hunter avait vu juste. Le potentiel de ces garçons était extraordinaire. Il étudia leur ligament, échangea avec eux et se fit battre à plate couture aux échecs. Puis il leur demanda de pagayer, de nager et de marcher sur les mains. Avant la fin de l'entrevue, il sut que Boston ne serait qu'un commencement et que sans effort, viendrait le tour de New York, de Londres et de Paris.

Cette fois, In et Jun avaient envie de voyager, ils firent part de leur enthousiasme et se sentaient prêts à découvrir le fabuleux monde occidental. La proposition alarmait Nok et les deux hommes d'affaires firent équipe avec les jumeaux pour contrer les arguments de la mère inquiète. La mort lui avait enlevé un mari et cinq enfants, à cinquante-trois ans elle exigeait l'assurance de revoir ses enfants avant de mourir. Robert Hunter jura que l'éloignement ne durerait pas plus de trente-six mois, In et Jun reviendraient au Siam l'année de leurs vingt et un ans.

Nok avait peur des voyages sur l'océan, les Siamois connaissent le fleuve et savaient dompter ses caprices, mais rien n'était moins rassurant qu'une étendue d'eau sans bornes et sans profondeur. Coffin vanta les mérites de son navire et les nombreux voyages qu'il avait effectués sur tous les océans du globe. Ensuite, Nok, voulut avoir la certitude que ses enfants seraient traités avec dignité, ce à quoi Coffin s'empressa de rajouter qu'il était lui-même père de deux enfants et que sa femme Susan et lui traiteraient In et Jun comme les leurs. Quant à Hunter, il se porta garant de la sécurité et du confort des garçons. Enfin, les deux hommes, sentant que Nok fléchissait, lui proposèrent une somme de trois mille dollars pour aider sa famille à subsister, puisque les jumeaux ne pourraient plus, pour un temps, assurer le gagne-pain familial. Rassurée par ces promesses, elle finit par accepter et ses enfants l'enlacèrent longuement, lui promettant de ne jamais la laisser sans nouvelles. Maintenant que l'accord des principaux intéressés était donné, ne restait qu'à convaincre Rama III, mais comme l'avait prévu Hunter, le roi ne pouvait rien refuser à Abel Coffin. Il donna cette fois son autorisation aux jumeaux de quitter le territoire, à condition qu'il soit rappelé au monde que seul le royaume du Siam pouvait produire, de toutes les nations sur terre, une aussi formidable forme de vie.

C'est ainsi qu'après un premier versement de cinq cents dollars effectué entre les mains de Nok, les jumeaux embarquèrent à bord du *Sachem* en avril 1829, alors qu'ils allaient avoir dix-huit ans.

DEUXIÈME PARTIE

Pourquoi ces jeux de nature, qu'a-t-elle voulu ?

Isidore Geoffroy Saint-Hilaire,
Rapport à l'académie royale des sciences,
19 octobre 1829

Le *Sachem*, sorti d'un des meilleurs chantiers navals du Massachusetts, jaugeait trois cent quatre-vingt-sept tonneaux. Il emportait une cargaison de bois de sappan, de gomme de latex, de cornes de buffle et des peaux de léopard, dont le capitaine Coffin fit une large moisson au cours d'escales à Singapour et à Java. Parvenu dans l'océan Atlantique Sud, le navire remonta les côtes d'Afrique occidentale jusqu'au large de la Namibie, puis il mit le cap vers l'île de Sainte-Hélène. À son bord, In et Jun avaient amorcé leur métamorphose occidentale, dont le prérequis était l'apprentissage de l'anglais. Robert Hunter était un bon professeur, quoique son accent écossais influençât la prononciation des jumeaux, au grand dam du capitaine qui craignait que le mélange des intonations siamoises et gaéliques nuise à l'intelligibilité du futur spectacle. Aucun contrat n'avait été signé, cependant In et Jun avaient consenti de manière éclairée à se produire en public et ils devaient être en mesure de certifier qu'ils étaient présents de leur plein gré. Abel Coffin, croyant, et membre de la bourgeoisie bostonienne, redoutait presque autant sa femme que Dieu. Il lui importait d'être en paix avec

Susan comme avec son créateur. Hunter était moins strict sur les principes, il désirait seulement voir l'aboutissement de son entreprise et récolter le fruit de quatre années d'investissement. L'Écossais n'avait pas de cornes de buffle ou de peaux de léopard à vendre à l'arrivée. Sa cargaison la plus précieuse résidait en ces deux Siamois amarrés l'un à l'autre, ce qui ne l'avait pas empêché de développer une forme d'affection pour les jumeaux et, certainement, une considération pour leur vivacité intellectuelle. Dans ses meilleurs jours, Hunter se baladait avec eux sur le pont, tenant In par l'épaule qui, lui-même, tenait Jun par l'épaule. Les marins interrompaient leurs tâches pour laisser passer l'étrange équipage. Parvenu au plat-bord, l'Écossais fixait l'océan dont les profondeurs abritaient monstres et mystères, se plaisant à imaginer que les jumeaux aient trouvé en lui un substitut paternel.

Il y eut peu de grains et beaucoup de temps calme. Comme à leur habitude, les jumeaux liés s'emparèrent avec passion et pugnacité des circonstances, mettant à profit chaque lieue marine parcourue, chaque halte dans un port pour emmagasiner savoirs et souvenirs. La nouveauté emplissait leurs esprits comme les vents alizés gonflaient la voilure du *Sachem*. Lorsque les plages de sable rose des Bermudes furent en vue, Robert Hunter leur annonça qu'il allait débarquer au port de Hamilton où un navire l'attendait pour le mener en Angleterre.

— Mais pourquoi vous nous abandonnez ? On avait dit qu'on restait ensemble jusqu'aux États-Unis ! protesta Jun, toujours plus prompt qu'In à laisser l'émotion l'emporter.

La séparation d'avec Nok, leur frère et leurs sœurs lui pesait davantage à chaque brasse parcourue par le *Sachem* et la disparition du dernier visage familier de leur entourage le navrait. Hunter eut beau lui expliquer qu'en Angleterre, il travaillerait pour eux, étudiant les conditions d'une tournée dans les îles Britanniques, et qu'ils se reverraient là-bas, rien ne semblait pouvoir consoler Jun.

— Peut-être pourrions-nous en profiter pour adresser une lettre à notre mère ? suggéra In. Une fois à terre, Robert, vous pourriez la confier à l'équipage d'un navire qui fait voile vers le Siam. Qu'en penses-tu Jun ?

— Oui, nous allons lui écrire que nous avons les quatre pieds marins ! s'exclama Jun, subitement ragaillardi.

— Et que nous ne souffrons nullement du mal de mer ! ajouta In, en adressant un sourire complice à Hunter qui alla quérir le nécessaire.

Comme les jumeaux ne savaient ni lire ni écrire leur propre langue, le marchand écossais prit sous la dictée les phrases touchantes et naïves qui rassuraient leur famille et louaient les merveilleuses attentions de Robert Hunter et d'Abel Coffin. Ils affirmèrent qu'à leur retour dans trois ans, comme prévu, leurs bras seraient chargés de cadeaux. Robert Hunter, après leur avoir relu le courrier, promit de le déposer à la capitainerie afin qu'il soit remis au commandant d'un navire se rendant à Bangkok. Mais au fond de lui, il doutait que la lettre parvienne jamais à sa destinataire.

Après cette courte halte aux Bermudes, le *Sachem* vogua en direction de la côte Est des États-Unis. Le capitaine

Coffin était rassuré, les progrès en anglais de son inestimable cargaison étaient conséquents, les jumeaux seraient capables de répondre aux questions simples du public. Un nouveau sujet le chagrinait cependant. Le capitaine s'était aperçu que les membres de son équipage avaient du mal à différencier In et Jun et à les désigner par leurs prénoms. Ils les appelaient « celui de droite », ou « celui de gauche », créant de la confusion selon qu'on considère le point de vue des garçons ou celui de l'observateur. Décrétant que les noms donnés par leur mère avaient des consonances trop similaires pour les oreilles américaines, Coffin interpella les frères liés, prenant pour modèle « Pierre des antipodes », l'acrobate qui se produisait avec succès dans un théâtre de Bowery à Manhattan. L'homme, soi-disant né dans le Caucase, parvenait à marcher au plafond et il était si fort qu'il pouvait soulever un chariot contenant une dizaine d'hommes. Mais en réalité, Pierre ne venait pas de l'autre bout du monde, il était né à Brooklyn. Il y avait aussi le « Turc », cet automate qui jouait aux échecs et avait infligé une défaite à l'empereur Napoléon Ier. Ce Turc, quant à lui, avait beau porter un turban, il n'avait jamais vu les rives de la mer Noire. Et pour cause, l'automate abritait un nain espagnol qui calculait les coups et animait la machinerie de l'intérieur. Dans le monde vers lequel voguaient les jumeaux liés, le poids des ancêtres était moins puissant qu'en Asie, on ne se sentait pas forcément redevable de son héritage culturel, de son village d'origine ou du métier de ses parents. On pouvait adopter un nom de scène. Chang, par exemple, était un prénom chinois des plus répandus, Coffin pensait qu'il serait facile à retenir pour le public. In résista, insistant sur leur origine siamoise, mais Coffin allégua qu'on n'allait pas s'embarrasser de détails. Pour les Yankees, Siamois et Chinois c'était du pareil au même. L'important était les cinquante cents que les spectateurs paieraient pour les voir.

— Et comment sera partagée la somme en question ? intervint Jun.

Coffin, qui avait jusque-là soigneusement évité ce genre de discussion, jura qu'ils répartiraient les bénéfices en quatre parts égales, une pour Hunter, une pour lui, et une pour chacun d'eux. En attendant qu'ils soient capables de le gérer par eux-mêmes, le capitaine administrerait leur pécule. Il leur allouerait une pension régulière, réglerait leurs frais et enverrait de l'argent à leur mère, comme convenu.

— Très bien, fit Jun, satisfait, dans ce cas je serai Chang. Et toi, In, tu n'auras qu'à t'appeler… Eng.

— Ce n'est pas très différent, Eng, s'étonna son frère.

— Si, Chang et Eng, c'est bien, affirma Jun. Qu'en pensez-vous, monsieur Coffin ?

Coffin valida le choix et commença à réfléchir à la composition de l'affiche qui allait fleurir sur les murs de Boston quelques semaines plus tard. Au centre, il imaginait un dessin réaliste des garçons, vêtus à l'orientale, le double pourpoint ouvert découvrant largement leur lien de chair. En dessous, en lettres capitales :

CHANG & ENG LES JUMEAUX SIAMOIS
les merveilleux phénomènes

Le samedi 15 août 1829, le *Sachem* dépassa un baleinier empanné dans la baie du Massachusetts. Chang et Eng se précipitèrent sur le pont pour observer le cétacé, amarré à couple au bâtiment. Depuis le plat-bord, des marins torse nu dépeçaient l'animal au moyen de tranchets fixés à de longs manches en bois. À mesure qu'elles se détachaient du squelette, les bandes de chair blanche étaient crochetées et hissées sur le pont, où des feux étaient attisés sous des chaudrons. La surface de l'océan était teintée de rouge écarlate, une odeur de graisse fondue viciait l'air salin, les rires et les chants des marins équarrisseurs témoignaient du plaisir qu'ils retiraient de l'infernale besogne. Le spectacle plongea Chang et Eng dans un malaise profond, mais l'exaltation, après quatre mois de traversée, de poser le pied sur la terre ferme d'Amérique, relégua en quelques heures ce souvenir dans un profond recoin de leur mémoire.

Le lendemain, en fin de matinée, le *Sachem* s'amarra au Long Wharf du port de Boston. Chang et Eng trottinèrent sur la passerelle de débarquement, enveloppés dans une large cape destinée à masquer leur singularité, puis ils furent invités à monter dans une calèche fermée dont les fenêtres étaient obstruées par d'épais rideaux de velours. Ils y attendirent près d'une heure que Coffin ait donné les instructions nécessaires au déchargement du reste du fret. À l'aplomb des quais, le soleil rayonnait dans un ciel sans nuages, la température s'éleva rapidement dans l'habitacle où aucun souffle d'air ne pouvait circuler. Coffin leur avait interdit d'ouvrir les rideaux. Il redoutait que quiconque puisse profiter gracieusement de l'attraction qu'il avait transportée à si grands frais sur la moitié de la circonférence terrestre. La banquette en cuir était chaude et poisseuse, les jumeaux souffraient de cette touffeur sèche, difficilement supportable pour leurs organismes habitués à la chaleur perpétuellement humide du Siam. Toutefois, leur envie immodérée de connaître ce pays l'emportait sur la gêne, même si leurs motifs divergeaient.

À bord, Eng avait mis à profit ses progrès en anglais pour lire un récit de la guerre d'Indépendance américaine. Les États-Unis s'étaient affranchis de la tutelle britannique cinquante-trois ans auparavant. La nouvelle que la nation avait exactement le même âge que leur mère l'avait stupéfié et il s'était passionné pour cette jeune république. Dans l'union, composée de vingt-quatre États, rien ne fonctionnait comme dans le multiséculaire royaume du Siam. Le pouvoir ne s'obtenait pas par filiation, mais grâce au vote du peuple et, pour la première fois, un homme venait d'accéder à la mandature suprême en étant élu au suffrage universel. Découvrant que le président Andrew Jackson était né dans une cabane de cultivateurs et avait été élevé dans une famille modeste, Eng comprit que, dans cette contrée, n'importe qui pouvait s'élever au-dessus de sa condition et devenir puissant. Ainsi, il fut passionné par la démocratie avant même d'avoir posé le pied en Amérique. L'intérêt de Chang était davantage porté sur le mode de vie des Américains que sur leurs institutions. Il avait tendu l'oreille aux propos des membres de l'équipage sur la beauté des Bostoniennes, qu'elles soient venues d'Irlande, d'Italie ou d'Europe centrale. Puis les marins leur avaient fait déguster du rhum et on avait vu le plus petit des jumeaux trahir leur habituelle synchronisation gestuelle en levant son verre plus souvent que son frère. À la suite de quoi Coffin les avait sermonnés, les surprenant en train de tituber sur le pont. Un matelot avait initié le jeune siamois à l'allumage de sa bouffarde et lui avait offert l'objet. Chang avait pris goût au parfum du tabac cubain chauffé dans le fourneau. Le soir, il laissait rouler la fumée bleue dans sa bouche avant de l'expirer en volutes qui incommodaient Eng, lui faisant détourner la tête autant qu'il le pouvait. C'est-à-dire très peu. Ainsi, à mesure que les deux garçons s'éloignaient du Siam, la bulle d'indifférenciation qui les avait enveloppés durant l'enfance dissolvait sa membrane. Chang se révélait davantage matérialiste, porté sur les plaisirs de la vie et plus sociable. Eng était plus réfléchi, avide de lecture et des nourritures de l'esprit. L'adoption de nouveaux noms n'étant pas étrangère à l'accentuation de leurs individualités.

Cependant ils restaient unis par cette fantaisie secrète de la nature qui les dispensait de se concerter pour agir.

Ballotés sur les pavés de Boston, Chang et Eng tournaient la tête en même temps, à gauche, à droite, profitant des bâillements furtifs des rideaux de la calèche pour saisir des vues instantanées de cette ville animée. Après plusieurs mois de promiscuité maritime, le capitaine Coffin ne s'étonnait plus de voir leurs gestes commandés par un désir identique. Il les avait vus se hisser au sommet du grand mât et s'asseoir sur la plus haute des vergues sans avoir eu besoin d'échanger un mot lors de l'ascension. Il avait observé leurs courses silencieuses sur le pont et avait assisté à leur saut par-dessus une écoutille laissée ouverte, sans qu'ils se soient concertés. À aucun moment de la traversée, il ne les avait vus s'engager dans des directions opposées. Tout se déroulait comme si leurs mouvements résultaient d'une intention unique. Intrigué, il avait fait l'expérience de pénétrer dans leur cabine pendant leur sommeil et, en touchant l'un, il avait réveillé l'autre. Non seulement Coffin ne s'étonnait plus du phénomène, mais il y voyait une opportunité supplémentaire d'enrichissement. Et comme il leur proposait un verre d'eau, évidemment, ils s'en saisirent conjointement.

Initialement, le capitaine avait prévu d'accueillir les frères liés dans sa résidence du bord de la rivière Charles, mais Susan, son épouse, s'y était vigoureusement opposée. Forte et maîtresse femme, elle doutait de la nature de la cargaison rapportée par son mari. Elle refusait d'exposer leurs enfants, âgés de six et huit ans, à pareille anomalie qui ne pouvait en aucun cas résulter de la volonté de Dieu. Aussi avait-il opté pour une pension discrète où il avait réservé une chambre avec un lit double. En 1829, Boston comptait soixante mille âmes, mêlant des émigrés européens pauvres et industrieux aux bourgeois puritains, descendants des pères fondateurs de la Nouvelle-Angleterre. Le soir, tous se retrouvaient dans les tavernes où les tonneaux de whisky irlandais, débarqués le matin même, étaient vidés avant l'aube. Edmund Kean, le célèbre acteur londonien, convoquait William Shakespeare sur les planches du Old Drury Theater, tandis que dans le parc du Boston Common, où des vaches paissaient par dizaines, Luciano Bartoli, l'homme-orchestre, jouait simultanément de dix-neuf instruments devant un public admiratif. Dans l'effervescence du Nouveau-Monde, chacun était avide de distractions prodigieuses.

Le logement des jumeaux se situait sur Bunker Hill, une des éminences qui veillaient à l'Est sur la presqu'île de Boston. Ces collines avaient été le théâtre de la plus sanglante des batailles de la guerre d'indépendance et leurs noms étaient célébrés depuis près d'un demi-siècle dans tout le territoire des États-Unis. Aujourd'hui, les ravages de la guerre avaient été effacés, les arbres avaient repoussé, de petites maisons en pierre et en briques rouges avaient surgi formant des allées calmes aux bords des chemins de galets. Le quartier était idéal pour échapper aux regards des curieux. On y accédait par un pont de briques construit au-dessus de la rivière Charles et, en apercevant le courant paisible former des sillages de part et d'autre des piliers, Chang et Eng ressentirent un même bouleversement. Ils furent saisis par une envie irrépressible de s'immerger dans les chatoiements de l'eau fraîche mais n'osèrent s'en ouvrir à Coffin. Depuis leur départ du Siam, c'était le premier fleuve qui s'offrait à leur vue, cependant aucune maison n'y flottait, il n'y avait ni pêcheurs ni barques, et les berges taillées formaient deux bordures régulières de part et d'autre du lit. L'eau coulait, d'une nature identique à celle qui irriguait leur pays d'origine, toutefois un ordre différent régnait sur ce paysage ordonné, comme si, ici, une muraille invisible tenait les hommes à distance du reste de la création. Au plus profond de lui-même, Eng forma le souhait que le peuple américain les considère comme étant du bon côté de cette frontière.

Abigaëlle O'Sullivan, veuve du quartier-maître Shane O'Sullivan, proposa la chambre située au premier étage de sa demeure aux protégés d'Abel Coffin. Son mari avait servi de nombreuses années sous les ordres du capitaine avant d'être emporté par une fièvre tropicale. Par respect pour sa mémoire, autant que par intérêt, la veuve accepta la somme proposée par Coffin, en dédommagement du dérangement, et pour s'assurer de sa discrétion. Après ce long séjour en mer, les jumeaux eurent l'impression que les larges lattes de parquet de leur chambre étaient animées d'un lancinant mouvement, et ils durent s'allonger près d'une heure avant de retrouver une sensation normale d'équilibre.

À leur réveil, ils descendirent dans le salon du rez-de-chaussée où les attendait un visiteur. Coffin les invita à prendre place sur une méridienne, qui les surprit autant par son confort que par l'asymétrie de ses dossiers, présage selon eux de complexités inutiles. Face à eux se trouvait un certain Kelly, éminent reporter du *Boston Patriot*, le quotidien le mieux informé de la ville, à qui le capitaine avait promis l'exclusivité d'une rencontre. Le bonhomme arborait d'épaisses touffes de poils, poussées à la jonction des favoris et de la moustache, qui débordaient sur le col de sa redingote comme deux grosses pattes de chat. Chang, amusé et curieux, fit remarquer dans sa langue que le plus imposant des silures n'arborait pas de tels barbillons. L'homme de presse sortit un carnet de la poche intérieure de son costume, mais au lieu de s'adresser aux jumeaux, il posa ses questions à Coffin, agissant comme si Chang et Eng n'étaient pas présents. Il s'enquit de leur âge, de leur taille et de leur pays d'origine, ainsi que des conditions de leur voyage à bord du *Sachem*. Les jumeaux prirent l'initiative de répondre eux-mêmes, leurs interventions vives et synchrones finissant par déclencher chez Kelly un frémissement de pilosité faciale en guise de sourire. Finalement, le journaliste demanda s'il pouvait examiner leur lien de chair de plus près. Coffin hocha opiniâtrement de la tête et les jumeaux s'exécutèrent, déboutonnant leur pourpoint, révélant leur ligament dans son intégralité. Kelly eut du mal à masquer une expression de dégoût, il s'approcha d'eux sans oser les toucher, prenant à distance des mesures approximatives au moyen de son pouce et de son index. Enfin, il posa quelques questions supplémentaires sur l'organisation générale de leur exhibition. Coffin précisa le lieu de la première représentation publique, la date, et le montant de l'entrée, fixé à cinquante cents. Il avait loué une tente pouvant contenir plus d'un millier de spectateurs et il comptait sur le papier de Kelly pour la remplir. Le journaliste nota soigneusement chaque détail et promit que l'article à paraître le lendemain serait sensationnel.

Malheureusement, la teneur du papier, paru dans la rubrique « Sports et Nature », déçut aussi bien les Siamois que leur protecteur. Dès les premières lignes, Kelly se donnait le beau rôle en révélant qu'il avait réussi à examiner deux monstruosités de la nature, débarquées le matin même sur le port. Chang et Eng, relatait la chronique, étaient deux jeunes Siamois mâles aux corps liés depuis leur naissance par une substance de nature indistincte, provenant de la région ombilicale de chacun. Des garçons bien faits, mesurant cinq pieds de haut, de bon tempérament et d'un commerce plaisant. Leurs bras enlaçaient les épaules de l'autre, position dans laquelle ils étaient obligés de se déplacer. Leur union naturelle n'était pas, selon le journaliste, un aussi grand motif de curiosité que la surprenante satisfaction avec laquelle ils semblaient vivre pareil handicap. Selon lui, les jumeaux auraient dû paraître affectés et il concluait en distillant le doute, rappelant qu'en d'autres lieux on avait trompé le public en exhibant d'habiles mascarades. Coffin rugit en jetant le journal sur le sol : ce phoque prétentieux insinuait que la malformation n'était pas réelle, comme le « Turc » n'était pas turc et comme l'homme fort des Carpates n'avait jamais vu l'Europe centrale. C'était une catastrophe, les spectateurs ne se mobiliseraient jamais pour assister à ce qui était présenté comme une grossière farce.

Le capitaine, atterré, jura que plus jamais il n'accorderait sa confiance aussi librement. Il avait dépensé une fortune pour réserver le chapiteau et, déjà, l'entreprise était menacée. Quant à Eng et Chang, ils étaient outrés, n'ayant jamais imaginé qu'on puisse remettre en question l'authenticité de leur condition. Mais quel était l'état de la pensée dans un pays qui niait la réalité des faits et laissait prospérer des vérités inventées ? Cependant, il arrivait que le contenu d'un article de presse importe moins que le fait qu'il existe. Le pire ennemi du spectacle était le silence, pas la critique. En réalité, l'article de Kelly avait lancé une rumeur dans tous les quartiers de Boston, et chacun y allait de son hypothèse. Ces monstres étaient-ils réels ou fabriqués ? Des jumeaux, peut-être, mais pas joints. Il faudrait aller vérifier soi-même. Mais où ? Et quand ? Et combien cela coûterait-il ?

— Capitaine Coffin, s'ils pensent que nous ne sommes pas vrais, il n'y a qu'une chose à faire, proposa Eng, convoquer un homme de science qui attestera de la réalité.

— On en a rencontré quelques-uns, au Siam, confirma Chang. Ils aiment l'argent, mais ils ont de grands savoirs.

Coffin jugea l'idée bonne, et après s'être ouvert à ses relations de la société bostonienne, il entra en contact avec le docteur John Collins Warren, professeur d'anatomie et de chirurgie à l'école de médecine de Harvard, qui avait la réputation d'être un homme de progrès. Les jumeaux acceptèrent de se soumettre à l'examen du médecin et on prévint leur logeuse de la prestigieuse visite.

Aussitôt, Abigaëlle O'Sullivan fondit en larmes. La tombe de son mari avait été profanée quelques jours à peine après son inhumation, et des individus, qui ne méritaient plus le nom d'homme, avaient revendu son cadavre à la faculté. Elle savait que pour mettre fin à ces commerces, le docteur Warren militait pour l'utilisation des corps des pauvres non réclamés, en vue de dissections. Ainsi, aux yeux de la veuve, ce docteur méritait-il la plus grande considération. Chang et Eng s'enquirent du sens du mot « dissection ». Une fois qu'il leur fut expliqué, un silence pesant s'installa dans la pièce. Il n'échappait à personne que le double organisme pouvait, après sa mort, devenir le champ d'investigation rêvé des scientifiques aussi bien que des fouineurs. Les jumeaux liés étaient persuadés que leur karma était unique, puisqu'en tout point ils agissaient de concert et que leurs pensées ne différaient guère. Aussi se croyaient-ils destinés à connaître un sort semblable au cours de leur prochaine vie. Chang imaginait qu'ils renaîtraient doubles, à la manière dont on voit sur les étangs certains lotus porter deux fleurs sur une même tige. Eng, lui, supposait qu'ils pourraient être physiquement détachés, mais liés par leur âme, comme les abeilles sont uniques, mais obéissent toutes à la même ruche. En général, leurs échanges sur le sujet s'achevaient en rires, l'un raillant les hypothèses de l'autre et réciproquement. Mais ce jour-là, à l'évocation de ce qui pourrait advenir après que leurs corps auraient achevé ce cycle terrestre, ils n'eurent aucune envie de plaisanter. D'une voix commune, ils arrachèrent au capitaine le serment que s'il leur arrivait malheur, il interdirait à quiconque de les disséquer.

Le docteur Warren fut donc le deuxième représentant de la société bostonienne autorisé à rencontrer les jumeaux. Très grand, aussi maigre qu'une brindille, son apparence évoquait celle d'un phasme. Le chirurgien portait un haut-de-forme et une canne à pommeau d'argent. Ses longues mains fines se mouvaient avec agilité et précision. Le regard intense, les sourcils hirsutes, les joues creusées, son visage était celui d'un homme dévoré par la passion de son métier. Il se présenta fort civilement aux frères, lesquels déclinèrent leur nom. Après avoir recueilli leur assentiment, il prit leurs pouls et, posant ses mains sur la carotide de l'un et de l'autre, observa qu'elles battaient de manière synchrone. Les jumeaux apprécièrent qu'il s'adresse directement à eux, contrairement au journaliste du *Boston Patriot*. Ils déboutonnèrent sans façon leur pourpoint et l'ôtèrent afin de laisser toute latitude à leur examinateur. Le docteur Warren ponctua son examen de murmures, moins destinés à autrui qu'à lui-même, par lesquels il exprimait surprise et intérêt. Il mesura les dimensions précises de la masse de chair unissant les jumeaux et constata la présence d'un ombilic unique à sa face inférieure, large de cinq centimètres. Il en déduisit qu'un seul cordon avait nourri les deux êtres à leur stade fœtal. Il détermina la nature en partie cartilagineuse de ce pont, notant qu'il était parcouru de vaisseaux sanguins et de conductions nerveuses qui, selon lui, jouaient un rôle dans l'impressionnant synchronisme de leurs mouvements.

Il était vraisemblable, leur dit-il, qu'une partie de leurs organes se trouve partagée au travers du lien. Pour cette raison une séparation chirurgicale n'était pas envisageable car elle mettrait leur vie en péril.

— Ce n'est pas pour cela qu'on vous a demandé de venir, réagit vivement Chang.

— Il n'a jamais été question de vous consulter à propos d'une séparation, mais pour attester que ceci est vrai ! enchaîna Eng en saisissant leur ligament et en tirant dessus.

Le chirurgien sourit, il ne pouvait nier ni la prodigieuse fusion de leurs corps ni leur parfaite santé. Il les mit toutefois en garde contre le régime alimentaire américain dont ils pourraient souffrir assez vite. S'ensuivit une conversation générale avec eux dont Coffin, cette fois, se sentit exclu. Warren testa leur agilité intellectuelle et, à l'issue de l'entretien, certifia que bien des jeunes Américains ne possédaient ni l'intelligence ni le sens philosophique de ces deux garçons.

Le lendemain soir, Coffin, triomphal, fit irruption chez la logeuse en brandissant le bulletin que le docteur Warren venait de rendre public. Chang et Eng, brûlants d'impatience, écoutèrent la lecture qu'en fit leur mentor. Dans ce « Compte-rendu de l'examen des frères siamois, unis depuis leur naissance », le chirurgien consignait l'intégralité de ses observations et concluait, à la grande satisfaction des jumeaux liés, que leur apparence n'était nullement fallacieuse ou inconvenante.

— Évidemment, ponctua Chang.

L'opuscule se propagea dans Boston à une vitesse foudroyante. Coffin fut pressé de nouvelles demandes d'interviews. Désormais, plus personne ne remettait la vérité en question. Sentant le vent tourner en sa faveur, le capitaine lança l'impression des affiches dont il avait rêvé. Elles furent placardées par centaines dans la ville, et, en quelques jours, les noms de Chang et d'Eng étaient sur toutes les lèvres, dans toutes les têtes.

La première apparition en public des frères siamois se déroula le 23 août 1829, une semaine après qu'ils eurent posé les pieds sur le sol des États-Unis d'Amérique. Le succès fut immédiat. Dès le premier soir, le chapiteau accueillit mille spectateurs qui se pressèrent devant l'estrade surélevée où Chang et Eng se présentaient à pourpoint couvert. Les deux jumeaux furent impressionnés par cette foule bruyante, immense, bien plus dense que celle des mandarins qui les avaient pressés de questions après l'audience royale de Rama III. Les dames en larges robes et à la mine bien faite côtoyaient leurs lavandières aux joues rouges. Les bourgeois en costume se tenaient coude à coude avec des dockers qui avaient transporté leurs marchandises le matin même. L'humanité mélangée de Boston communiait face à plus grande altérité qu'elle-même.

Sur scène, le capitaine Coffin dirigeait la manœuvre, narrant l'enfance des frères siamois, les offrant au regard comme on montre des bestiaux en foire, se référant mot pour mot à certaines des conclusions du docteur Warren. Il y eut un mouvement de foule lorsqu'une femme s'évanouit, soit parce qu'elle ne supportait pas la vue de leur lien de chair, soit parce que la chaleur ne cessait de s'élever. Un homme voulut monter sur scène pour les toucher et Coffin s'employa à le repousser. Des mains se levaient, des questions fusaient. Chang et Eng ne maîtrisaient pas suffisamment l'anglais pour tout comprendre, mais ils se prêtèrent avec docilité à la démonstration, probablement aussi intrigués par l'assemblée que cette dernière l'était par eux. On débattit de savoir s'ils étaient un ou deux, et si eux-mêmes le savaient, ce qui provoqua le rire des frères, aussitôt salué par une clameur, tant leurs visages s'étaient animés conjointement. Un prêtre demanda s'ils étaient catholiques. Coffin rappela que dans leur pays d'origine le bouddhisme était l'unique religion, l'ecclésiaste s'enquit alors de savoir ce qui se passerait si, par exemple, Eng se convertissait au catholicisme, tandis que Chang continuait d'honorer le Bouddha ? Dieu accepterait-il l'âme de l'un et pas de l'autre ? Une voix proclama que les deux seraient perdus pour le Christ, vu que l'un resterait païen. Avec adresse, Coffin répondit qu'il revenait à l'homme d'église d'apporter la réponse et lui proposa de réfléchir et de revenir le lendemain pour l'énoncer devant tous. Il précisa qu'une place à demi-tarif lui serait consentie, ce qui déclencha l'hilarité générale. L'imprimeur des affiches, qui avait vu le portrait des jumeaux liés défiler toute la semaine sur ses rotatives, avait voulu les découvrir de visu. Il se tenait au premier rang et leva la main pour connaître l'âge des jumeaux. Chang répondit qu'ils avaient dix-huit ans. À la suite de quoi l'imprimeur s'étonna : « Tous les deux ? », provoquant à son tour un soulèvement de joie dans la foule. Maintenant, chacun voulait en savoir plus sur eux. Comment ils dormaient, mangeaient, s'ils avaient mal et s'ils voulaient être détachés l'un de l'autre ?

Après une heure, Chang commença à se fatiguer. En outre, il appréciait peu les mimiques de dégoût ou certains gestes de moquerie, ostensiblement affichés par une partie du public. Eng les avait remarqués aussi, mais son tempérament l'inclinait à s'attarder davantage sur les regards brillants de tendresse et les bouches arrondies par ce qu'il pensait être de l'admiration. Pour les frères liés, s'exhiber s'avéra plus fatigant qu'ils ne l'avaient envisagé. Cela nécessitait qu'ils fassent d'importants efforts de concentration afin de saisir les propos de leur auditoire et trouvent les mots justes pour répliquer. Coffin mit fin à l'épreuve en les faisant sortir par l'arrière du chapiteau, sous des applaudissements nourris auxquels se mêlèrent malgré tout quelques sifflets. Les jumeaux liés regagnèrent l'abri de leur calèche tandis que le capitaine, ivre de réussite et les poches pleines, continuait de répondre aux questions de quelques spectateurs attardés, qui s'étaient jusque-là retenus, par timidité ou par peur du ridicule. Dans l'intimité et la quasi-obscurité de l'habitacle fermé, les deux frères se serrèrent l'un contre l'autre, et trouvèrent le sommeil au même moment.

Le lendemain, les jumeaux virent débouler James Webster Hale, un jeune notaire de vingt-huit ans à l'allure naïve et souriante, recruté par Coffin. Le jeune homme n'avait qu'une dizaine d'années de plus qu'eux et leur parut immédiatement sympathique. Sa fonction consisterait à assister Chang et Eng dans leurs demandes matérielles et, accessoirement, à seconder Coffin pour l'organisation du spectacle et la publicité. Mais Chang et Eng constatèrent assez vite que le jeune homme négligeait le principal pour l'accessoire. À peine arrivé, il se lança dans la rédaction d'une brochure détaillant les principales étapes de leur vie, destinée à être mise en vente chaque soir à l'entrée du chapiteau. Une de ses tâches consistait également à compiler une revue de presse quotidienne. Les jumeaux l'attendaient chaque matin avec impatience, désireux d'enrichir leur champ lexical d'expressions telles que : « gémellité prodigieuse », « sensationnelle et fabuleuse fratrie », « admirables d'adaptabilité ». Mais parfois ils découvraient qu'on les avait qualifiés d'« abominations de la nature », ou de « repoussantes créatures » ce qui plongeait Eng dans une insondable tristesse et arrachait à Chang des cris de rage. Depuis une semaine le chapiteau ne désemplissait pas, renouvelant chaque soir son lot de débats, lesquels ne se limitaient pas à l'enceinte du spectacle. Dans les journaux les courriers des lecteurs regorgeaient d'échanges les concernant. Chang et Eng étaient friands de ces rubriques dont Hale leur faisait la lecture. Jamais, en si peu de temps, ils n'avaient autant réfléchi sur leur condition. Un policier posait la question suivante dans le *Boston Daily Courier* :

« Que conviendrait-il de faire si l'un des frères siamois enfreignait la loi ? » et exposait le paradoxe : « Les envoyer en prison serait injuste à l'égard de celui des deux qui n'a rien commis de répréhensible, mais les laisser libres reviendrait à ne pas rendre la justice vis-à-vis du délinquant. » On s'enflamma sur le sujet, une majorité estima qu'ils devaient être tous les deux punis, car leur intelligence étant en tout point semblable, ce qu'avait fait l'un, l'autre était susceptible de le faire aussi. Un emprisonnement préventif en quelque sorte. De son côté, une lectrice du *Harbour Magazine* voulait connaître la position de l'Église dans le cas où Chang ou Eng tomberait amoureux. L'épris serait-il autorisé à se marier ? Le sacrement pouvait-il aboutir à l'union de trois personnes ? Une réponse claire fut apportée par le pasteur Everton de l'Église unitarienne : « Refuser le mariage aux frères siamois reviendrait à les pousser à la fornication. Or la prévention de la fornication est une priorité absolue de l'Église. » Chang et Eng, qui n'avaient jamais douté qu'un jour ils tomberaient amoureux, accueillirent favorablement la prise de position de cet ecclésiastique, posant ainsi la première pièce de l'édifice de leur future conversion au Dieu unique des chrétiens. Dans un courrier au *Boston Patriot*, un professeur émérite de philosophie adressa une question ouverte aux jumeaux : « Messieurs Chang et Eng, si l'un d'entre vous meurt, comment accepterez-vous de perdre la moitié de vous ? » Pour les jumeaux liés ce n'était pas sérieux. À dix-huit ans personne n'envisage véritablement l'hypothèse de sa mort, eux moins que quiconque. Ils y avaient échappé de peu dans leur petite enfance et se sentaient désormais protégés d'une telle menace. En revanche, le soir même, les réactions des Bostoniens les firent frissonner de terreur. Sous le chapiteau, une voix s'éleva, en réponse à la sornette spéculative, prétendant qu'il fallait séparer les jumeaux pour éviter une telle situation. Dans cette assemblée surchauffée, l'aspect philosophique de la question passa rapidement au second plan. On y préféra la nécessité organique. Les uns rappelant qu'il était nécessaire de couper les branches mortes d'un arbre. Les autres, que l'on tranchait un membre gangrené. Pour la majorité il s'agissait du seul moyen de rétablir la normalité.

— Normalité pour qui ? réagit Chang.

— Notre bonheur est d'être unis, c'est cela notre normalité ! plaida Eng. Nous n'avons jamais envisagé d'être séparés.

Ces réponses choquèrent les plus radicaux qui s'adressèrent directement à Coffin, recommandant au protecteur des frères de les séparer de force si nécessaire. Et si l'opération s'avérait mortelle, cela prouvait que ces Siamois devaient mourir, quoi qu'il arrive ! Coffin prit vigoureusement le parti de leur différence. Il exhorta chacun à respecter la volonté de ces deux êtres et, à travers eux, celle de Dieu, dont le dessein, parfois obscur, n'est jamais critiquable. Chang et Eng lui surent gré d'une telle prise de position. Mais la vérité était qu'une séparation des jumeaux aurait fait perdre à Coffin une manne financière inestimable.

L'exhibition des frères siamois devint rapidement le divertissement le plus attractif de Boston. Chaque jour, omnibus à chevaux, charrettes bondées, fiacres et calèches se pressaient devant le chapiteau. Le succès sans cesse croissant du spectacle se jaugeait aux monticules de crottins abandonnés par les montures. Les spectateurs empressés y souillaient leurs semelles, puis maculaient le sol de la salle. Chang s'enquérait avant chaque représentation de la puanteur ambiante, gage de fréquentation. Eng, lui, soupirait de dépit, se demandant pourquoi les Bostoniens ne prenaient pas la peine de regarder où ils posaient leurs pieds. Hale avait procédé à la réimpression de sa brochure, il l'avait augmentée de dessins, censés représenter l'enfance des jumeaux : « Chang et Eng à la cour royale », « Chang et Eng nageant dans le fleuve Mae Klong », « Chang et Eng faisant la roue sur le pont du *Sachem.* » À elles seules, les ventes finirent par représenter un tiers du chiffre d'affaires.

Lorsque Chang et Eng demandèrent à Coffin ce que le spectacle rapportait et à combien s'élevait leur part, ils obtinrent une réponse confuse de laquelle émergeait la notion de frais liés à la location du chapiteau, à l'impression des affiches et à la publicité en général, au salaire de monsieur Hale, sans oublier l'achat de la méridienne de madame O'Sullivan et le coût de son transport, afin de permettre aux jumeaux de s'asseoir sur scène. Coffin assura qu'il allait s'intéresser au sujet et calculer les bénéfices avec précision. On reparlerait de tout cela à New York, prochaine étape de leur conquête du public américain. Les jumeaux liés s'étonnèrent que l'estimation de ses gains n'ait pas suscité l'intérêt de Coffin auparavant, d'autant qu'ils l'avaient vu sur le *Sachem* noircir ses livres de compte après chaque escale, n'attendant même pas d'avoir rejoint le large pour chiffrer l'inventaire. Cependant, de nature confiante, ils ne voyaient pas pourquoi se défier de celui qui veillait à ce qu'ils soient toujours convenablement nourris et accompagnés par Hale, dès lors qu'ils manifestaient le souhait de visiter la ville à bord de leur calèche close, quand bien même de mauvaises langues murmuraient qu'elle ressemblait plus à une geôle qu'à un moyen de locomotion.

Depuis qu'ils se trouvaient loin des maisons fluviales, du monde de Rama III et de la tendresse de leur mère, Chang et Eng s'étaient adaptés avec une facilité déconcertante à leur nouvel environnement. Leur condition singulière les avait mieux préparés que quiconque à tout ce qui était différent, mais la découverte de New York les plongea dans un étonnement sans pareil. Ici, les fleuves étaient de larges avenues pavées, qu'empruntaient des centaines de voitures, dans un fracas permanent de roues, de fers et de hennissements. Sur les berges rectilignes et encombrées des trottoirs bruissait la foule des New Yorkais sans cesse en mouvement. De part et d'autre de ces cours grondants s'élevaient les murailles de grès et de briques des édifices à plusieurs étages. De leurs cheminées jaillissaient des fumées noires qui peinaient à se dissoudre dans un ciel écrasant. Sur Broadway, l'artère la plus animée, qui irriguait la ville du sud au nord, Chang et Eng furent captivés par le foisonnement des enseignes de commerces, de restaurants et d'hôtels. Aux frontispices des théâtres, d'immenses affiches coloraient les façades. Des échelles de corde de secours, suspendues aux hauts bâtiments, leur firent penser aux gréements du *Sachem*. Mais ces navires minéraux restaient immobiles tandis qu'à leurs pieds, le monde grouillait. Au Sans Souci on donnait du burlesque ; au Park Theater, Modeste, un géant canadien qui mesurait deux mètres vingt-trois et pesait deux cent quatre-vingts kilos, régalait son public de son imposante présence. New York était plus folle que Boston, son public réclamait davantage de distractions, de bizarreries. Le goût de cette ville pour l'inédit et l'étrange était insatiable. Certains y voyaient une échappatoire à la dureté de la vie sur les docks, d'autres la promesse de sensations nouvelles à peu de frais.

La réputation des jumeaux liés les avait précédés. Hale avait été chargé de couvrir la ville d'affiches présentant leur venue comme une faveur après le succès de Boston. Coffin avait rameuté les journalistes et, le 21 septembre, l'*Evening Post* annonça l'arrivée d'une merveilleuse curiosité internationale : « Les frères jumeaux siamois seront visibles dans le grand salon du Masonic Hall, chaque jour de 9 h à 14 h et de 18 h à 23 h. » Le journaliste précisait que le spectacle était d'un grand intérêt quoiqu'on ne pût se départir d'un fort sentiment de commisération à la vue de telles difformités. Selon l'homme de presse, qui se faisait l'écho de son collègue de Boston, ces jeunes Siamois paraissaient satisfaits de leur compagnonnage forcé, alors qu'il eût été préférable qu'ils soient disjoints afin de ne pas souffrir toute leur vie de multiples blessures morales. Au moins, l'article ne les accusait pas de forfaiture.

— Pourquoi les Américains tiennent-ils tant à nous séparer ? demanda Eng.

— Parce que ce peuple tient l'individualisme pour une des qualités les plus importantes, ironisa son frère.

— Dans notre pays natal, plus personne n'a évoqué l'idée d'une division à partir du moment où le roi nous a reçus.

— On n'a qu'à rencontrer le président des États-Unis, alors. Ensuite on nous fichera la paix !

Coffin ne doutait pas que cela puisse advenir un jour, mais en attendant il était souhaitable d'allumer un contre-feu. Le spectacle devait être distrayant et pas se transformer, comme à Boston, en agora où chacun se permettait un commentaire. Pour cette raison, ils avaient décidé qu'il était temps de le faire évoluer en performance théâtrale. Chang et Eng ne se contenteraient plus de s'exhiber passivement et de répondre aux questions du public. Ils allaient effectuer des sauts périlleux avant et arrière, des déambulations sur les mains et des exercices de force. Mais il ne fallait pas seulement montrer des tours de singes, Hale insista pour mettre leur intelligence en valeur. Aussi acquit-il un échiquier afin d'inviter des spectateurs à affronter les jumeaux siamois.

Coffin réédita la stratégie mise en place à Boston en demandant à des sommités médicales locales de donner leur avis sur une éventuelle séparation. Opération qu'il se disait prêt à financer, passant ainsi pour un quasi saint homme. Cette fois, Chang et Eng furent complices, tant ils avaient hâte de monter sur scène dans cette ville qui leur tendait les bras. Quelques jours plus tard, le docteur Anderson, un éminent chirurgien, visita les jumeaux, en compagnie du docteur Mitchell, expert en sciences philosophiques. Chang et Eng logeaient dans une chambre d'un modeste hôtel de Hanover Street non loin des bâtiments des compagnies maritimes et des assureurs de fret. Ils reçurent les hommes de science fort civilement, lesquels confirmèrent le diagnostic établi à Boston. En se fondant sur leur expérience passée des phénomènes de hernie, ils ajoutèrent que les fragments d'organes qui traversaient le lien pouvaient varier selon la position des sujets. Tantôt morceau d'intestin, foie, estomac ou rate. Autrement dit, si une chirurgie était pratiquée, le risque hémorragique se doublait d'un risque d'infection secondaire à l'exposition de la cavité péritonéale. Navrés de constater l'inéluctabilité et la fatalité de la connexion entre les deux frères, les hommes de science adressèrent à Coffin une lettre dans laquelle ils l'exhortaient à renoncer à toute intervention hasardeuse.

Il n'en fallait pas davantage pour le capitaine qui chargea immédiatement Hale de rendre public ce courrier. Le texte fit le tour de New York. Chaque citoyen, persuadé qu'il ne pouvait y avoir meilleur traitement que celui réservé à ces deux jeunes siamois par leur protecteur, put envisager de se rendre au spectacle, en règle avec sa conscience. L'onde de choc provoquée par cette communication des médecins new-yorkais fut considérable. Elle atteignit Philadelphie et d'autres grandes villes des États-Unis, où bientôt on réclama la visite des frères siamois. Puis elle se propagea en Angleterre, où Robert Hunter attendait de pareilles nouvelles. Le marchand écossais relaya ce courrier à la presse londonienne et attisa l'intérêt de nombreux propriétaires de théâtres.

Le spectacle se jouait à guichets fermés et rapportait des milliers de dollars au capitaine Coffin. La nouvelle mouture de la représentation déchaînait l'admiration. Les acrobaties enchantaient par leur harmonie et leur synchronicité. Le public saluait de cris enthousiastes des exploits qui n'étaient pour Chang et Eng que de simples exercices pratiqués depuis l'enfance. Les deux frères acquirent l'expérience de la scène et le sens du public avec une rapidité stupéfiante, reléguant leur exhibition de Boston au rang de travail d'amateur. Chang et Eng savaient s'attirer les faveurs d'une salle où chacun s'étonnait autant de leur intelligence que de leur condition physique. Ils étaient capables de soutenir deux conversations en même temps, chacune avec un spectateur différent sur un sujet distinct. À un borgne qui prenait place dans l'audience ils proposèrent que le tarif soit remisé de cinquante pour cent. À un paralytique ayant perdu bras et jambes ils offrirent de le porter jusqu'au premier rang. Leur sens de l'humour ravissait, leur force séduisait, car avec quatre bras et quatre jambes ils étaient capables de soulever des charges plus lourdes que la plupart des hommes. Ils avaient pris l'habitude de repérer la personne la plus corpulente de l'assemblée et s'amusaient à la porter tout autour de la salle, déclenchant rires et tonnerres d'applaudissements. Quand venait le temps des parties d'échecs, ils jouaient tour à tour contre un volontaire, ne communiquaient jamais, semblant exécuter une même stratégie, laissant se répandre jour après jour la rumeur qu'en plus ils lisaient dans les pensées l'un de l'autre. À New York, personne ne parvint à les mettre mat.

Ce nouveau spectacle était plus exigeant physiquement et les jumeaux liés retournaient chaque soir épuisés dans leur hôtel, tombant de sommeil avant même que Hale eût fini de tourner la clef dans la serrure de leur chambre. Ce fut au bout d'une semaine, après avoir joué chaque jour, que surgirent leurs premiers désaccords avec le capitaine Coffin. Jusque-là, ils avaient laissé Coffin diriger leur vie et leur emploi du temps, mais la fatigue jouant son rôle, la nouveauté se tarissant, ils commencèrent à rechercher leur indépendance. Chang voulait qu'ils choisissent leur propre hébergement et soient libres d'aller et venir. Eng s'étonnait que Coffin continue de rester obstinément muet sur le montant de leur recette alors qu'il ne cessait de mettre l'accent sur les coûts immodérés de la publicité et relevait la moindre dépense occasionnée par les jumeaux. Notamment, il les réprimanda après que Chang, qui accusait toujours quelques centimètres de moins qu'Eng, eut commandé des semelles sur mesure pour compenser leur différence, mais aussi pour apaiser son dos. La discussion fut orageuse, les jumeaux évoquant leur déracinement et la difficulté de se montrer sans pudeur face à des gens qui parfois les traitaient avec mépris, mais Coffin fit semblant de ne pas comprendre. Il s'efforça de leur faire ressentir un sentiment de culpabilité, n'avait-il pas tout fait pour eux ? Ne leur avait-il pas permis de découvrir un monde dont ils seraient restés ignorants ? L'argent qu'ils gagnaient n'était-il pas destiné à leur mère et au reste de leur famille ? S'ils voulaient tout arrêter, ils étaient libres, conclut-il. Eng resta silencieux tandis que Chang prenait la parole :

— Nous ne voulons pas tout arrêter, nous réclamons seulement un jour de vacances par semaine. Une journée entière pendant laquelle nous serions libres de choisir nos activités.

Coffin concéda ce repos hebdomadaire, mais argua que cela ne pourrait avoir lieu à New York. Toutes les places du grand salon du Masonic Hall étaient réservées jusqu'au dernier jour de représentation, cependant il promit une organisation différente à l'avenir. Ils étaient libres par ailleurs de changer de logement si ça leur chantait, mais se débrouilleraient seuls pour en trouver un, puisque tel était leur désir.

Le lendemain de l'altercation, Hale leur proposa néanmoins de les accompagner dans leur recherche.

— Non, merci, monsieur Hale, refusa Chang. Nous saurons trouver notre demeure nous-mêmes.

— Et ne vous inquiétez pas, nous serons à l'heure ce soir pour la représentation, rassura Eng, pensant que c'était la raison pour laquelle Hale souhaitait les escorter.

— Comme d'habitude… conclut Eng.

Ainsi, pendant plusieurs heures, ils redevinrent de simples piétons, évoluant au milieu de la foule sans même qu'on les remarque. Ils avaient glissé une étoffe autour de leurs cous qu'ils laissaient pendre devant leurs torses afin de masquer le lien. Dans cette ville exubérante et empressée, où toutes les origines se côtoyaient, personne ne fit attention à ces deux Asiatiques qui marchaient côte à côte, apparemment enlacés. Ils traversèrent un quartier composé de rues courbes et étroites, avant d'arriver sur de spacieuses avenues bordées de saules. Il leur sembla que la ville entière se modelait et s'élevait sous leurs yeux. Partout des immeubles de briques remplaçaient les maisons de bois, on rajoutait des étages, on rehaussait les toits. Lorsqu'ils avisaient une pancarte proposant une chambre à louer dans une maison qui leur plaisait, ils entraient. Mais une fois en face de leurs bailleurs, il leur était difficile de cacher leur singularité physique et ils s'attiraient une méfiance immédiate. Si une conversation parvenait cependant à s'enclencher, la couleur de leur peau et la source de leurs revenus ruinaient rapidement toute possibilité d'aboutir. Ils essuyèrent sept refus de suite et commençaient à désespérer lorsque la chance leur sourit. La huitième maison devant laquelle ils se présentèrent était une masure en bois, située sur John Street. Il se trouva que la propriétaire avait assisté à leur spectacle l'avant-veille. Madame Flaherty les reconnut immédiatement et leur offrit de s'asseoir au salon et de partager une boisson chaude, ravie de pouvoir exprimer de nombreuses questions qu'elle n'avait pas osé poser devant la foule.

— Je n'ai pas envie de faire la conversation et encore moins d'offrir une représentation privée… lâcha Chang, en siamois, tandis qu'Eng adressait un sourire poli à madame Flaherty.

À l'invitation de leur hôtesse, Eng amorça un mouvement vers le salon que Chang fut bien obligé de suivre.

— Elle nous reçoit sans mépris, c'est la première et elle a une chambre libre, murmura-t-il. Que veux-tu ? Retourner devant Coffin et lui avouer qu'on a échoué ?

Chang se rangea à l'avis de son frère, mais il était persuadé que cette femme voulait profiter de leur compagnie pour assouvir une curiosité malsaine.

— Tu verras, au dernier moment, elle trouvera un prétexte pour refuser de nous louer sa chambre, relança-t-il. Puis il afficha un large sourire et s'adressa à la femme en anglais : Demandez-nous tout ce que vous voulez, nous nous ferons un plaisir de vous répondre.

Quelques tasses de thé plus tard, madame Flaherty accepta de leur louer sa chambre vacante pour la durée de leur séjour à New York, révélant qu'elle avait versé des larmes lors du spectacle. Précisément lorsque, répondant à une question sur la composition de leur famille, Chang et Eng avaient évoqué la mort de leur père et de plusieurs de leurs frères et sœurs. L'affaire fut donc conclue et ce soir-là, lors de la représentation, Chang et Eng firent preuve d'un allant supérieur à l'habitude. Ce qui incita Coffin à réfléchir à la manière dont il fallait jouer de la bride avec les jumeaux. D'autant que le montant du loyer réclamé par madame Flaherty était particulièrement raisonnable.

Dans cette période, Hunter et Coffin échangèrent plusieurs courriers dans lesquels ils se persuadaient mutuellement qu'ils pouvaient viser des profits supérieurs. La presse anglaise était encore plus friande de nouvelles exotiques que la presse américaine et elle n'avait aucun scrupule à embellir la vérité si cela lui permettait de vendre plus de papier. La gloire les attendait sûrement de ce côté-ci de l'Atlantique. Les associés décidèrent que Chang et Eng devaient se produire en Europe et ils sécurisèrent leur investissement en assurant sur la vie les jumeaux liés. Coffin contracta en outre une garantie couvrant la préservation de leur dépouille et son rapatriement en cas de décès. Après tout, le capitaine avait promis aux deux frères de ne jamais les faire disséquer, mais il n'avait pris aucun engagement quant à une éventuelle exhibition de leurs cadavres. Le montant de la police était considérable car les experts estimèrent, au vu de leur difformité, que Chang et Eng n'étaient pas promis à une longue existence.

Ainsi, le 16 octobre 1829, le capitaine Coffin, au bras de son épouse Susan, qui le dépassait d'une tête et de deux épaules, et James Webster Hale embarquèrent en compagnie des jumeaux, à bord du navire *Robert Edwards*, en direction de l'Angleterre. Chang, en apercevant la femme de Coffin pour la première fois, comprit pourquoi le capitaine semblait la craindre. Il fit remarquer à son frère qu'elle devait peser au moins le double de leur mère, et que son ventre aurait été plus adapté que celui de Nok pour faire naître un double enfant. Mais tandis que Coffin, sa femme et Hale se dirigeaient vers les premières classes, Chang et Eng furent dirigés vers l'entrepont, dépourvu d'ouvertures, où étaient stockées les marchandises. Aucune couchette double n'avait été prévue pour eux, seule une planche large posée sur des caisses, avec une paillasse enfermée dans une toile de jute, avait été mise à leur disposition. Après deux mois passés sur le territoire américain, à dormir dans des lits épais et souples, leurs corps s'étaient déshabitués de telles conditions de couchage pourtant semblables à celles de leur enfance siamoise. Les douleurs vertébrales de Chang se réveillèrent dès la première nuit, probablement accentuées par les efforts accomplis lors des représentations. Alors que les époux Coffin et Hale profitaient de repas de viande fraîche et de légumes, arrosés de vins français et de liqueurs, servis dans la confortable salle à manger du navire, les jumeaux se nourrissaient d'un régime monotone de bœuf salé et de pommes de terre partagés avec l'équipage. Chang, en souvenir des bons moments passés avec les matelots du *Sachem*, tenta de tisser des liens avec les marins du *Robert Edwards*, mais ces derniers, affectés aux liaisons de l'Atlantique Nord, n'avaient jamais vu d'Asiatiques de près, et tenaient cette paire de Chinois fusionnés pour des moins que rien. Au quatrième jour de mer, Eng prit la décision de protester auprès de Coffin, mais sa femme leur déclara que le navire était complet. Il n'y avait plus de place en première classe, et pourtant, jura Coffin, il leur avait bien acheté des billets de cette catégorie. Il s'en ouvrirait dès que possible au capitaine Shelburn afin d'obtenir le remboursement. Quant à prendre les repas en leur compagnie, c'était inenvisageable. Certains passagers (il faillit dire : « normaux ») ne trouvaient déjà pas de place pour s'asseoir. Les époux Coffin eurent beau leur promettre qu'en Angleterre leurs conditions de logement seraient dignes de princes, Chang et Eng, en regagnant les entrailles du bateau, se sentirent amers et floués, doutant pour la première fois de la bienveillance du capitaine Coffin à leur égard. Chang vitupérait et avait du mal à garder son calme, Eng, plus pragmatique, parvint à raisonner son frère et à lui faire entendre raison. Ils étaient coincés comme des rats dans cette cale et n'avaient aucun moyen d'infléchir le cours des évènements. En revanche, tout serait différent quand ils retrouveraient Robert Hunter, qu'ils considéraient comme un véritable ami. Le marchand écossais avait de l'influence sur Coffin et tout s'arrangerait. Chang finit par se taire, ce qui signifiait qu'il s'en remettait aux arguments de son frère, et décida de prendre son mal en patience.

Une semaine plus tard, au large de l'île de Wight, le ciel de la Manche se teinta subitement d'acier. Les vents enflèrent et tourbillonnèrent, soulevant la mer en dômes hauts et larges entre lesquels le navire, drossé vers le pied des falaises de craie, semblait n'être qu'un jouet. Dans l'entrepont, les amarres des marchandises rompirent sous les effets conjugués des tangages et des roulis, projetant caisses et barils les uns contre les autres. Chang et Eng ne durent qu'à leur extrême agilité de ne pas être écrasés à l'instar des matelots descendus aux premières minutes de la tempête. Ils se précipitèrent au-dehors, glacés, terrorisés et vomissant. Coffin leur ordonna de ne pas rester sur le pont balayé sans cesse par les lames. Tous les marins étaient à la manœuvre, réduisant la voilure, obéissant aux ordres aboyés par le capitaine Shelburn qui tentait de rejoindre l'abri d'une crique. Les frères liés se souvinrent de la mise en garde adressée par Nok. Ils appartenaient au peuple du fleuve, pas à celui de la mer. Jamais ils n'avaient été au cœur d'un tel déchaînement des éléments. Les crues du fleuve et les coulées de boue, ils parvenaient encore à les embrasser du regard, mais là, autour d'eux, se dressaient des montagnes d'eau noire et d'écume grondante. Au zénith, les sommets rectilignes et blafards des falaises suivaient la partition de la houle, s'élevant et s'abaissant dans les ténèbres, telles de gigantesques touches de piano. Ils crurent leur dernière heure arrivée, et retrouvèrent instinctivement les prières adressées aux dieux de leur enfance. Après une heure de lutte acharnée contre les assauts de la colère marine, Shelburn parvint à faire entrer son navire dans une crique où le bâtiment se trouva moins vulnérable aux rafales. Mais de forts mouvements de houle perduraient et l'ancre se brisa, le navire manquant d'être à nouveau emporté au large. Une seconde ancre lancée en catastrophe résista et le bateau, tournant lentement autour de son point d'amarrage, parvint à garder une position relativement fixe à l'abri du vent. Peu à peu, à bord, on écopait, on retrouvait son calme. Le capitaine ordonna qu'on fasse l'inventaire des disparus : quatre membres de l'équipage et deux passagers. On soigna les multiples blessés, on jeta par-dessus bord des dizaines de caisses éventrées et de barils brisés. Le mauvais temps dura plusieurs jours et, malgré leur transfert dans la cabine de première classe, libérée par les victimes, les jumeaux débarquèrent dans le brouillard, le jeudi matin du 19 novembre, dans le port de Southampton, malades et épuisés.

L'arrivée en Angleterre ne ressembla en rien à leur entrée solaire sur le territoire américain. Trois mois à peine séparaient ces évènements, mais tant de changements, de prises de conscience, de réflexions sur leur condition s'étaient produits, que les jumeaux liés avaient érodé leur capital d'émerveillement et de naïveté. Tout à leur espoir de revoir Robert Hunter, ils s'assombrirent encore en apprenant que le marchand écossais les attendait à Londres. La tempête avait bouleversé l'organisation de Coffin et une voiture à cheval se trouvait sur le quai, prête à les emmener sans délai à plus de cent milles de là. Hale prit la route avec eux, tandis que Coffin et sa femme s'accordèrent une journée de repos.

La route entre Southampton et Londres fut difficile, l'air était si froid et humide qu'il en coûtait aux frères de respirer. Le dos de Chang était douloureux et Eng demanda à plusieurs reprises au cocher de freiner l'allure, mais Hale dissuada l'homme de ralentir, au prétexte qu'un influent journaliste du *News* se languissait de les rencontrer dans la capitale. Hale ouvrit le cahier dans lequel il consignait les tâches importantes et commença à renseigner les jumeaux sur le programme qui les attendait. Une avant-première était prévue dans cinq jours à Piccadilly à l'Egyptian Hall, la plus somptueuse salle de spectacle de la capitale, dont la façade s'inspirait de celle du temple de Dendérah en Égypte. Fidèles à la stratégie qui avait fait ses preuves aux États-Unis d'Amérique, Coffin et Hunter avaient convié les plus éminents médecins de Londres à assister à cette représentation. Ils comptaient que l'opinion des sommités serve de point d'appel au public. Ils attendaient d'eux une caution d'authenticité, mais aussi une garantie que le spectacle de ces corps était tolérable pour chacun, afin de ne pas risquer un incident comme celui qui venait de se produire en France.

— Quel incident ? s'étonna Eng, les jumeaux n'ayant rien entendu de tel.

Hale prétexta que ça ne les regardait pas lorsque Chang, davantage fragilisé par la fin dramatique de la traversée et mécontent d'être baladé sans aucun confort dans les forêts du sud de l'Angleterre, réagit vivement :

— J'en ai assez qu'on nous traite comme des enfants irresponsables ! Si vous ne nous dites pas ce qui s'est passé en France, eh bien je n'irai pas à cette avant-première !

— Ce qui rendra ma venue compliquée, ironisa Eng.

— Votre salaire est prélevé avant le calcul des bénéfices à répartir entre Coffin, Hunter et nous-mêmes, poursuivit Chang. Oui ou non ?

Hale acquiesça. Il avait demandé à être augmenté avant le départ en Angleterre et touchait désormais cent dollars par mois.

— Par conséquent, nous sommes vos employeurs, reprit Chang, et vous devez nous obéir

— C'est comme ça que ça fonctionne en Amérique, non ? appuya Eng.

Toutefois, ce dernier garda pour lui le commentaire qui lui venait à l'esprit à propos des sommes censées leur revenir, dont ils n'avaient toujours pas vu le reflet d'une pièce. Il espérait secrètement que leur mère, au moins, avait reçu l'argent qui lui avait été promis. Étant donné l'état d'épuisement et d'énervement de Chang, il décida que ce n'était pas le moment d'envenimer la situation. En fin de compte, Hale, penaud, n'eut d'autre choix que de leur avouer qu'un séjour de l'autre côté de la Manche avait été envisagé. Plusieurs dates de représentation ayant été prévues à Paris, mais qu'il avait fallu annuler à la suite de ce qu'il nomma leur échec français.

À l'origine de cet échec se tenait Isidore Geoffroy Saint-Hilaire, un jeune naturaliste parisien de vingt-quatre ans, qui avait été informé de l'existence des jumeaux liés par le correspondant spécial de la société médicale de Paris à New York. Apprenant que ceux-ci voguaient vers l'Europe, il avait rédigé une communication dont il souhaitait donner lecture à l'Académie royale des sciences, intitulée : *Rapport sur deux frères attachés ventre à ventre depuis leur naissance, présentement âgés de dix-huit ans, et dont on annonce la prochaine arrivée en France.* Isidore était le fils d'Étienne Geoffroy Saint-Hilaire, illustre professeur de zoologie à la faculté des sciences, qui, le premier, avait émis l'idée qu'il existait un plan d'organisation unique dans le règne animal. Un canevas commun en quelque sorte, à ce qui naissait, vivait, se reproduisait et mourait sur terre, dans l'air, ou les eaux. Poursuivant l'intuition de son père, Isidore Geoffroy Saint-Hilaire était persuadé que l'existence de malformations de naissance n'était pas contre-nature, mais qu'elle s'intégrait au contraire dans le processus normal de formation des hommes, à ceci près qu'un évènement en avait influencé le résultat. Comme une malfaçon accidentelle survenue dans une usine, aboutissant à une pièce défectueuse, n'invalide pas l'ensemble de la chaîne de montage.

Depuis qu'il avait observé qu'une femme ayant reçu un coup de pied à l'abdomen lors de son quatrième mois de grossesse avait donné naissance à un enfant « cyclope », dépourvu d'appendice nasal et dont les yeux étaient fusionnés en un seul, il ne faisait pas de doute pour le jeune homme passionné que la monstruosité n'avait rien de déterminé, mais qu'elle était accidentelle, le résultat d'une entrave au développement fœtal. Sinon, argumentait-il, certaines femmes auraient donné naissance à des lignées de « monstres » qui eux-mêmes se seraient reproduits sous des formes anormales. L'exception était là, pour rappeler que la nature restait fidèle à ses premières données et que toute autre interprétation ne relevait pas de la science, mais de la croyance ou de la superstition. Les positions de Saint-Hilaire l'opposaient constamment à de nombreux détracteurs, tous plus âgés et couverts d'honneur que lui. Les uns étant persuadés que les malformations des nouveau-nés étaient secondaires à l'intervention de sorcières ou qu'elles relevaient d'accouplements opposés à la morale. Les autres les associaient à des phénomènes célestes inexpliqués tels que les passages de comètes ou les pluies de météorites. Certains de ses collègues ne classaient même pas ces pauvres hères parmi les humains, mais les rapprochaient d'espèces à l'anatomie étonnante comme les hippocampes ou les caméléons. Aussi, Isidore considérait-il que la venue en Europe des jumeaux liés était un évènement d'une importance majeure. Il était prêt à tout pour les rencontrer à Paris et les étudier, décidé à leur ménager une place de choix dans l'ouvrage dont il avait entrepris la rédaction : *Histoire générale et particulière des anomalies de l'organisation chez l'homme et les animaux*. Entreprenant, audacieux, et ne subissant aucun empêchement par sa jeunesse, Isidore voulait fonder une nouvelle discipline scientifique : la tératologie, dédiée à l'étude des malformations apparues lors du développement de l'embryon, que les plus acharnés de ses contradicteurs qualifiaient ironiquement de « science des monstres ».

Le matin du 19 octobre 1829, juste avant de quitter l'hôtel particulier des Saint-Hilaire, dans le cinquième arrondissement, le jeune homme enlaça l'une après l'autre ses sœurs cadettes à qui il vouait une affection sans limite. Stéphanie et Virginie étaient jumelles. Non liées organiquement, elles éprouvaient néanmoins une communion spirituelle et affective qui transcendait celle prévalant ordinairement dans une fratrie. Elles n'avaient jamais besoin de s'exprimer pour se comprendre et, lorsqu'elles se parlaient, avaient recours à un jargon de leur invention, que personne d'autre ne pouvait déchiffrer. La vocation d'Isidore, évidemment influencée par la survenue dans sa famille de sœurs jumelles homozygotes, reposait donc finalement sur deux piliers aussi puissants l'un que l'autre : la curiosité scientifique et l'amour.

Il pressait le pas le long du Jardin des Plantes, impatient d'en découdre avec ceux qui voyaient le désordre dans ce qui n'était qu'une manifestation de la vie. D'une constitution menue, son énergie le faisait paraître robuste. Ses yeux animés d'une lueur de détermination ne s'éteignaient que pour de très brèves périodes de sommeil. Le reste du temps, il travaillait sans relâche, labourant les traits juvéniles de son visage de rides soucieuses qui s'étendaient sur son front précocement dégarni. Empruntant le quai Conti, au bord d'une Seine houleuse sur laquelle les péniches manœuvraient pour éviter les bancs de sable, il arriva en vue de l'Institut de France. L'ancienne chapelle du collège des Quatre-Nations abritait ce vénérable parlement des savants dont Isidore était l'un des plus jeunes membres. Après avoir traversé la cour pavée, le naturaliste fut accueilli par un huissier qui le conduisit sous la coupole où il salua ses doctes aînés, avant de prendre place à la tribune. Face à lui, dans l'hémicycle solennel, se tenait l'assemblée des redingotes noires, chemises blanches et lavallières sombres, têtes chenues que la lumière zénithale semblait orner du tain de la connaissance. Enfin, il déploya ses notes sur le pupitre. Ses gestes étaient précis, Isidore semblait calme quand en lui tout n'était que feu et passion. Dans quelques instants, il croiserait le fer avec les plus sceptiques de ses confrères.

Dans leur voiture, Chang et Eng écoutèrent, ébahis, Hale leur révéler qu'on avait débattu de leur existence dans une si prestigieuse institution au moment même où ils croupissaient au fond de la cale du *Robert Edwards*. Était-ce leur destinée d'offrir au reste de l'humanité un reflet déformé dans lequel il pouvait se satisfaire d'avoir été créé sans défaut ? N'obtiendraient-ils jamais pour tout paiement en retour qu'une forme ou une autre d'asservissement ? Loin du Siam et de l'environnement familial qui avait élevé autour d'eux une barrière protectrice, Eng se convainquit que son frère et lui ne devraient s'en remettre qu'à eux-mêmes pour obtenir la considération de ceux qu'ils ne pouvaient appeler leurs semblables, tant ces derniers aimaient souligner leur différence.

À Paris, Isidore affirma que tout être humain considéré comme normal était double à sa manière, puisqu'il était le produit de deux moitiés semblables, celle de gauche et celle de droite. Les systèmes se fondaient l'un sur l'autre, certains des organes ne subsistant que d'un côté : le cœur, le foie, la rate ; d'autres demeurant appariés : les poumons, les reins, les yeux ; enfin, certains se trouvant en position médiane, tels que l'utérus, la vessie et l'urètre. Le jeune naturaliste, expliquait l'existence de Chang et d'Eng par la fusion de quatre moitiés et de quatre systèmes. Ce qui ne créait aucune exception au plan de la nature. Saint-Hilaire aborda le cas d'autres doubles humains, décrivant des enfants liés par le crâne, le bassin ou le dos. Selon lui, l'emplacement de la fusion ainsi que son importance dépendaient du moment du développement de l'embryon où l'aléa s'était produit. La viabilité des sujets découlait directement de ce facteur. Nombre des cas évoqués lors de son allocution étaient décédés ou nés dans des pays trop lointains pour être examinés. Les jumeaux, en provenance d'Amérique, représentaient une occasion d'étude unique et merveilleuse et il invita ses confrères à appuyer sa requête lors de leur venue. Enfin, il acheva son discours en comparant la science à la vie humaine. Elle s'était d'abord traînée dans une pénible enfance, comme chaque individu le fait, mais maintenant qu'elle brillait par sa maturité, qui voudrait l'empêcher de régner ? Ses propos parurent convaincants à nombre de ses confrères qui l'applaudirent et commencèrent, dès lors, à prendre au sérieux ses théories. Malheureusement, les autorités administratives françaises ne partagèrent pas cet avis. La communication du scientifique produisit l'inverse de l'effet escompté. En attirant l'attention sur le phénomène des frères siamois, Saint-Hilaire avait provoqué les milieux les plus réactionnaires et une interdiction de séjour en France fut promulguée à l'encontre des jumeaux. On craignait que leur apparition impressionne les femmes enceintes et les fasse accoucher de monstres à leur tour. Que la venue de Chang et d'Eng à Paris déclenche en quelque sorte une épidémie de monstruosité. Car selon des superstitions rétrogrades, la vision de sujets monstrueux par une future mère pouvait s'imprimer sur le corps de l'enfant qu'elle portait.

Pour avoir de beaux enfants, une femme enceinte devait voir de belles choses. Conception absurde d'une caste privilégiée, car si les femmes n'avaient dû porter leur regard que sur la beauté, l'espèce humaine se serait tarie depuis belle lurette.

En arrivant à leur auberge londonienne, les jumeaux liés n'eurent guère le loisir de méditer sur les conséquences de cette décision, car le vortex dans lequel ils étaient entraînés depuis leurs premiers pas en Occident ne cessait d'être alimenté par ceux qui prétendaient prendre soin d'eux. En lieu et place de Hunter, retenu auprès d'un imprimeur, ils découvrirent un certain David Leef, honorable correspondant du *News*, pipe en bouche, confortablement installé sur un canapé du South American Coffee House. Il s'agissait d'une auberge traditionnelle dans laquelle une chambre leur avait été réservée, avec vue sur une Tamise cafardeuse qu'on distinguait à peine de la brume descendue sur la ville. Dès qu'il les vit, le journaliste laissa un large sourire s'épanouir sur ses joues, comme s'il avait enfin l'assurance qu'on ne lui avait pas menti. Les deux garçons aux traits asiatiques se tenant devant lui, pâles et grelottants, paraissaient en si piteux état que rien ne laissait penser qu'ils soient partie prenante d'une supercherie. Hale lui demanda l'autorisation de permettre à Chang et Eng de se réchauffer et de s'alimenter avant de commencer l'entretien. Le journaliste, qui fournissait des articles de qualité depuis près de vingt ans, pressentit qu'il tenait avec ces jeunes garçons à l'aspect navrant un sujet qui pouvait satisfaire le besoin de sensationnel de son lectorat, tout en contentant sa fibre compassionnelle. Il les pria de se mettre à l'aise et assista silencieusement à leur déjeuner, composé d'un bouillon de bœuf et d'une tranche de rôti qu'ils semblèrent apprécier. Il notait mentalement chaque détail du spectacle saisissant auquel il assistait, la simultanéité de leur gestuelle, la symétrie de leur appétit, le moment où ils avaient soif ensemble. Il examinait leurs mains, leurs visages, vérifiait en somme leur conformité au genre humain, et voyait les couleurs revenir peu à peu sur leurs joues. Il ne lui échappa pas que l'homme présenté comme leur assistant, ce monsieur Hale, s'efforçait de satisfaire leur moindre besoin, toutefois une gêne semblait tendre leurs relations, que le journaliste mit sur le compte du long voyage qu'ils venaient d'effectuer.

Chang et Eng, quant à eux, ne manquaient pas de jauger le personnage. Aux États-Unis, ils s'étaient confiés à certains journalistes plus qu'à d'autres. Ils avaient éprouvé de la sympathie à leur endroit avant de découvrir le lendemain, sous la plume de ces personnes, qu'ils étaient des abominations vivantes inspirant le dégoût. Désormais ils se livreraient moins spontanément. Hale avait insisté, la relation avec la presse était d'ordre professionnel et non confidentiel, un prolongement ou une anticipation du spectacle qu'ils donnaient sur scène, *part of the job*. Chang et Eng étaient des acteurs, leurs corps étaient leur outil de travail. Les journalistes étaient des relais auprès du public, pas des amis. Aussi, après s'être restaurés et avoir bu un café, les jumeaux liés tentèrent de maîtriser leurs réponses aux questions posées par David Leef. L'entretien cordial fut perturbé par de violentes crises de toux qui saisissaient presque simultanément les deux garçons. Hale, inquiet, s'enquit d'un médecin auprès de l'aubergiste, qui lui recommanda le docteur Bolton, connu dans le quartier pour ses qualités humaines. Lorsque le journaliste quitta l'auberge en remerciant Chang et Eng pour leur collaboration et en se disant ravi d'avoir fait leur connaissance, les jumeaux regagnèrent leur chambre avec le sentiment d'avoir gardé une certaine forme de contrôle sur l'interview, mais leur jugement était altéré par la fièvre qui s'emparait d'eux.

Le docteur George Buckey Bolton était un homme de cinquante ans, mince, à la mise simple, qui ne cédait jamais rien aux convenances. Après trois décennies d'exercice de la médecine dans les districts populaires de Londres, il avait connu de nombreux moments de sidération. La diversité des infirmités, des difformités acquises ou congénitales, les états pathologiques persistant par ignorance ou par défaut de soins l'avaient constamment amené à réviser sa notion des limites humaines. La semaine précédente, il avait été appelé au chevet d'une patiente alitée et fébrile, qui souffrait d'une fracture ouverte consécutive à une chute de cheval, trois semaines auparavant. Depuis vingt jours, dix centimètres d'un de ses os de la jambe jaillissaient à angle droit de sa cheville. Autour de l'énorme esquille, la peau était œdématiée et bleuie, et une odeur particulière de gangrène émanait de la plaie. La blessée avait tardé à appeler le médecin car elle était persuadée que l'os se redresserait seul et que la plaie se refermerait d'elle-même. En somme, elle pensait en guérir comme d'une simple coupure au doigt.

Si Bolton, au cours de sa carrière, en avait vu beaucoup, rien ne l'avait pourtant préparé à ce qu'il découvrit en franchissant le seuil de cette chambre. La première réflexion venue à son esprit, après qu'il eut poussé la porte, fut qu'il n'était pas raisonnable de laisser ces jeunes patients dans un même lit. La promiscuité favorisait la contagion et il était capital d'isoler les malades les uns des autres. Puis, se rendant compte que les sujets d'origine asiatique se ressemblaient trait pour trait, et mettant cette proximité sur le compte du comportement gémellaire, il s'en ouvrit à Hale. Lequel lui répondit que sa demande de séparation ne pouvait être satisfaite. À l'appui de ses dires, l'assistant découvrit avec précaution la couverture sous laquelle grelottaient les frères. Chang et Eng, torses nus, virent le docteur Bolton reculer d'un pas et chercher appui au pied du lit. Cependant, aussi pâle qu'il fût, presque autant qu'eux désormais, il se reprit, les salua avec civilité et déclina son identité. Puis il demanda avec tact s'il leur était possible de s'asseoir afin qu'il ausculte leurs poumons. Les jumeaux liés apprécièrent que ce médecin trouve le juste équilibre entre la nécessité de sa consultation et la curiosité dévorante qui ne pouvait que l'étreindre. Étendus, ils gardaient chacun leur bras intérieur le long du corps, mais pour gagner la position requise, ils les passèrent l'un par-dessus le cou de l'autre et se redressèrent, offrant de manière ostensible à la vue du praticien le lien de chair entre leurs poitrines. Malgré sa sidération, Bolton se pencha sur leur dos et posa son oreille entre les omoplates de Chang d'abord, puis d'Eng. L'ensemble des sens en éveil, le médecin recueillit exactement les mêmes informations de ces deux examens successifs, la peau brûlante contre sa joue, le silence inquiétant des quatre poumons, encombrés au point qu'on n'entendait plus les alvéoles se déployer, le tonnerre de toux grasse qui emporta les deux frères lorsqu'il leur demanda de respirer la bouche ouverte, et en fond sonore, dans chaque poitrine, un cœur qui battait à en rompre les côtes. Il posa le diagnostic d'un début de pneumonie et demanda l'autorisation de poursuivre son observation. Il détailla leurs mains, palpa leurs ventres, chercha leurs rates, testa leurs réflexes, notant au passage que lorsque ses doigts percutaient le tendon d'un frère, l'autre semblait s'en rendre compte, alors même qu'il regardait ailleurs. Il utilisa un thermomètre à mercure, dérivé de l'invention du professeur Gabriel Fahrenheit, pour mesurer leurs températures buccales, qui se révélèrent identiques au dixième de degré près et terriblement élevées. Dans le but de déterminer lequel avait contaminé son frère, Bolton s'enquit de savoir si l'un avait commencé à tousser avant l'autre, mais les souvenirs concordants de Chang et d'Eng invalidèrent cette hypothèse. La première quinte de toux les avait incommodés en même temps, peu après leur débarquement à Southampton. La maladie avait assailli de concert leurs organismes affaiblis par cette tragique traversée, maintenant elle se développait parallèlement et avec la même virulence chez ses hôtes. Bolton prescrivit des fumigations, un repos complet et une alimentation riche en agrumes afin de renforcer les défenses naturelles. Comme Hale se souciait de leur capacité à honorer l'engagement de l'avant-première, le médecin posa un interdit rigoureux. Si l'infection des poumons progressait, on ne pourrait rien pour eux. Hale insista, les enjeux financiers étaient importants, n'existait-il aucun traitement qui puisse accélérer la guérison ? Bolton répliqua que la santé de ces deux jeunes personnes était un intérêt supérieur à toute considération économique. Ce que la nature avait créé d'extraordinaire en dix-huit ans, elle pouvait tout aussi bien le ravir en quelques jours. La seule chose que le praticien pouvait tenter s'inspirait d'une méthode de traitement de la maladie par le mouvement, importée des colonies britanniques en Orient. En Inde la médecine ayurvédique préconisait les massages et les exercices corporels. Les médecins de l'armée de Sa Majesté s'étaient aperçus qu'en percutant à la main les muscles intercostaux et en comprimant les cages thoraciques on parvenait à décoller les humeurs captives des poumons et ainsi à accélérer la guérison. Mais la méthode pouvait paraître brutale et n'était pas sans causer des douleurs.

Hale se tourna vers Chang et Eng, percevant qu'une lueur nouvelle se mêlait à la brillance enfiévrée de leur regard. De tels remèdes étaient connus dans la communauté chinoise de leur pays. Autrefois des bonzes taoïstes avaient rédigé le *Cong Fou* qui conseillait les postures et les massages à effectuer selon les maladies. À l'aube, face au fleuve, ils étaient nombreux à s'entraîner à ces gymnastiques douces et lentes qui recherchaient l'harmonie des corps et des esprits. Nok y avait initié ses enfants depuis leur plus tendre enfance et ces exercices avaient probablement sauvé la vie des jumeaux en favorisant l'assouplissement de leur lien de chair. Ils n'étaient pas étrangers non plus à l'exceptionnelle fluidité de leurs mouvements. Les deux frères éprouvèrent une grande confiance à l'égard de ce médecin. À leurs yeux il se démarquait de la congrégation habituellement conviée par Hunter pour se prononcer sur leur état, ou de ces praticiens qui avaient accouru à leur spectacle pour vérifier l'exactitude des rumeurs qui bruissaient en ville. Bolton n'avait jamais entendu parler d'eux auparavant, il ne s'était forgé aucune idée préconçue de leur état. Il les respectait en tant qu'individus et non en tant que phénomène. Chang lui demanda quand il pouvait commencer.

La première séance de kinésithérapie respiratoire se déroula l'après-midi même, après qu'ils eurent somnolé quelques heures en position semi-assise comme l'avait préconisé le médecin. À son retour, Chang et Eng s'installèrent sur le ventre, position inconfortable pour eux en temps normal, mais qui confina au supplice tant elle déclencha des quintes incoercibles. Bolton, de la paume de sa main creusée en cuillère, commença par heurter leurs dos. Il frappait sèchement, progressant du flanc vers la colonne, l'hémicorps gauche puis le droit, d'un frère puis de l'autre, ensuite il répéta ses gestes en remontant jusqu'entre leurs omoplates. Au début il retint ses coups, étudiant la configuration particulière de leur anatomie. Voyant qu'ils ne semblaient pas souffrir ni se plaindre exagérément, nonobstant les accès de toux déclenchés par les manipulations et, sentant sous sa main que leur musculature était puissante, il recommença plus fort et plus vite, en s'enquérant régulièrement de leur ressenti. Enfin, il les fit s'asseoir et, se plaçant à leur flanc libre, il les étreignit tour à tour à pleins bras, exerçant d'avant en arrière de violentes constrictions répétées sur leurs cages thoraciques. Jamais à part leur mère, ils n'avaient laissé un être humain prolonger un contact aussi intime avec eux. Les effluves raffinés du parfum de Bolton et de son savon à barbe les enveloppaient. Chang et Eng se laissèrent aller entre ses bras comme des enfants, expectorant sans discontinuer dans un bol en cuivre. La séance s'acheva après trente minutes, les laissant épuisés, mais capables de respirer plus librement. Un nouveau rendez-vous fut pris pour le lendemain.

Après le départ de Bolton, les frères siamois sombrèrent dans un profond sommeil, interrompu par l'arrivée tant attendue de Robert Hunter. L'homme portait beau, paré d'un haut-de-forme et d'une redingote en gabardine de laine. Les dernières semaines passées dans son île natale lui avaient permis de regagner les kilos perdus lors de son long séjour en Asie, et probablement d'en ajouter quelques-uns. Son visage aux traits épaissis n'en demeurait pas moins marqué par le souci. Coffin l'avait averti de la maladie des jumeaux et, à l'instar de son associé, il s'alarmait du risque que ce mauvais état de santé faisait peser sur leur investissement. La location de l'Egyptian Hall, la campagne de publicité londonienne et les frais occasionnés par la traversée avaient épuisé la trésorerie de l'entreprise. Une annulation du spectacle leur faisait risquer la banqueroute.

En ouvrant les yeux au bruit de la porte, les frères liés découvrirent le marchand écossais, penché à leur chevet. Le visage de Chang s'élargit d'un sourire rayonnant. Hunter représentait son dernier lien avec le Siam et le jeune homme éprouva un réconfort immédiat. Aussitôt se manifestèrent les bulles heureuses du passé, leur première rencontre des années auparavant sur le fleuve, tandis qu'ils remontaient, le corps luisant d'eau, sur leur embarcation, le souvenir des repas pris en famille lors desquels Hunter prenait place à côté de leur mère. Il tendit sa main gauche en direction du marchand écossais, lequel s'en empara avec douceur. En revanche, Eng fut moins démonstratif. Comme à son habitude, il se laissait moins aisément emporter par l'émotion que son frère. La fièvre lui conférait-elle une lucidité plus aiguë ? Toujours est-il qu'à la lueur des évènements récents, Eng ne pouvait plus jeter sur Hunter un regard aussi naïf qu'autrefois. Il estimait que Coffin et lui leur devaient des précisions sur la nature et l'exécution de leurs accords. Cependant il réagit à la main présentée par le marchand écossais en la serrant à son tour. Hunter prit conscience, au contact des paumes brûlantes des deux frères, que l'affaire était sérieuse. Se renseignant sur la visite du docteur Bolton, dont Hale lui avait dit le plus grand bien, il s'inquiéta du manque de notoriété de ce médecin. Un praticien de quartier, tout aussi compétent qu'il fût, pouvait-il apporter aux jumeaux liés les soins nécessaires ? Était-il suffisamment formé pour affronter un cas aussi étrange ? Ce fut la première fois que Hunter discrimina ouvertement les jumeaux devant eux. « Ses chers amis » comme il se plaisait à les appeler, « ses talentueux acrobates des rives du fleuve » n'étaient-ils rien d'autre qu'une anomalie médicale ? Son inquiétude venait-elle en une seconde de lui faire perdre la maîtrise d'une situation qu'il contrôlait depuis des années ? Chang et Eng avaient maintes fois abordé avec Hunter le sujet de leur particularisme et de ses conséquences. Ils avaient répondu sans artifice à ses interrogations. Mais depuis toujours, ils lui savaient gré de ne jamais les évoquer devant autrui. Face à ses interlocuteurs, Hunter avait jusque-là eu l'élégance de les maintenir dans la communauté humaine. Alors, Eng décida d'enfoncer un coin dans leur relation, à la manière dont les enfants testent les limites des adultes.

— Le docteur Bolton nous a été d'un grand secours, affirma-t-il avec calme. Il s'est comporté avec une bienveillance à laquelle nous ne sommes pas habitués et nous souhaitons le voir poursuivre ses thérapeutiques. Réservons les médecins capés et grassouillets, dont les épaules croulent sous le poids des diplômes, pour les nécessités du spectacle et la connaissance des foules.

Puis il retira sa main de celle de Hunter. Chang jeta un bref regard de surprise à son frère et l'imita. Hunter acquiesça lentement. Il allait de soi que l'avant-première devait être maintenue et il quitta les jumeaux en déclarant que si la tournée à Londres était remise en question, la responsabilité leur en incomberait entièrement.

La nuit suivante, Eng éprouva des difficultés pour s'endormir. Mélancolique, il se demanda s'il serait capable de supporter deux années supplémentaires de cette vie dont il avait l'impression, après l'attrait de la découverte, qu'elle leur réservait de nombreux désagréments. À son côté, Chang tirait une conclusion exactement opposée. Il avait le désir de combattre pour trouver sa place dans cette société.

L'un se demandait s'il n'était pas préférable de retourner au Siam dès à présent, l'autre ne démordait pas de gagner sa place en Occident, mais il leur était impossible d'aller dans des directions différentes.

Comme en bien des circonstances, le succès allait gommer les dissensions et effacer les mouvements d'humeur. Les effets bénéfiques du traitement du docteur Bolton avaient réduit l'infection pulmonaire et permirent à Chang et Eng d'être présents sur la scène de l'Egyptian Hall le 29 novembre 1829. Plusieurs centaines d'invités se pressèrent à l'avant-première, chacun étant honoré d'avoir été convié à un tel évènement. Les Londoniens avaient ceci de différent des New-Yorkais que les premiers étaient les sujets d'une monarchie ancienne quand les seconds, thuriféraires du régime présidentiel, brandissaient leur fraîche constitution et ses amendements en guise de couronne. Depuis des siècles, les Britanniques avaient les yeux tournés vers les mariages princiers, les couronnements dispendieux à l'abbaye de Westminster, les festins somptueux du château de Windsor. Qu'elle soit aristocratique ou roturière, originaire d'Écosse, d'Irlande, du Pays de Galle ou d'Angleterre, chaque composante de ce peuple portait en elle le secret désir d'avoir une place au banquet de l'histoire. Et donc, une invitation pareille ne se refusait pas.

Vingt-quatre médecins appartenaient à la première cohorte de spectateurs, membres des hautes instances de santé de la métropole. Ils montèrent sur scène et examinèrent Chang et Eng, lesquels, assis sur des tabourets, avaient revêtu un double pourpoint vert et de traditionnels pantalons siamois. Puis, les hommes de science reçurent le renfort de lettrés qui testèrent l'activité intellectuelle des jumeaux liés. Comme on leur demandait ce qui les étonnait le plus à Londres, Chang répondit sans délai : « Le nombre de corbillards », ce qui déconcerta Eng, encore en train de réfléchir à sa réponse.

— Eh bien oui ! expliqua le plus petit des deux frères. J'en ai vu circuler à de nombreuses reprises. C'est à se demander comment on peut mourir autant dans une ville où le nombre de médecins par habitant est si considérable, d'après ce que je peux juger de leur présence dans cette salle.

La saillie déclencha une salve d'applaudissements admiratifs, parmi lesquels ceux de son propre frère. À la suite de quoi fut cosignée une déclaration dans laquelle ces personnalités certifièrent que le projet de représentation publique n'était nullement trompeur, serait distrayant et n'offenserait pas la délicatesse. Satisfaits, Hunter, Coffin et Hale proposèrent que des échanges débutent avec le public, assurant que Chang et Eng élucideraient volontiers toute énigme soulevée par leur condition. Immanquablement, le sujet de la séparation fut abordé et les jumeaux répétèrent qu'ils ne l'envisageaient nullement. L'honorable sir Astley Cooper, considéré comme un des meilleurs chirurgiens du royaume depuis qu'il avait réussi la ligature d'un anévrysme de la carotide, murmura à Coffin que pour rien au monde il ne fallait s'y risquer, glissant d'un air entendu que ces garçons allaient rapporter bien plus d'argent en étant unis que séparés. Seul un médecin, resté parmi le public, ne partageait pas l'excitation générale : Bolton. Assis au second rang il éprouvait une grande tristesse à voir Chang et Eng, ainsi dévêtus, exhibés, examinés par ces sommités qui n'avaient d'yeux et de mains que pour ce que les garçons présentaient d'exceptionnel, omettant leurs caractéristiques ordinaires, finalement plus essentielles et nombreuses. Le deuxième échantillon professionnel le plus représenté était constitué par des journalistes. Les gazetiers consignèrent la gentillesse déployée par le capitaine Coffin, l'infatigable anxiété manifestée par le jeune monsieur Hale, ainsi que la bonhomie attentive de Robert Hunter, qualités toutes orientées vers le bien-être et le bonheur des frères siamois. Un chroniqueur nota que le prince Esterhazy, l'ambassadeur d'Autriche, s'était avancé pour offrir aux jumeaux une boîte de ces cookies couverts de perles sucrées, que les Anglais nomment *nonpareils*, sans que l'on sache s'il avait choisi ces gâteaux par ironie ou par ignorance. Enfin, on fut subjugué par la deuxième partie de l'exhibition, au cours de laquelle Chang et Eng, dopés par la présence de cette foule conquise, effectuèrent des roues, des équilibres, et levèrent des poids. Puis, s'emparant chacun d'une raquette de badminton, sport dont on appréciait autant la pratique au Siam qu'en Angleterre, ils tapèrent un volant de droite et de gauche, se le renvoyant de l'un à l'autre sans jamais le perdre. Leur virtuosité subjugua la presse qui s'empressa, dès les jours suivants, de louer le spectacle unique offert par cette créature dotée de deux têtes, quatre jambes, quatre bras et deux raquettes, mais qui, de toute évidence, semblait animée d'une volonté unique.

Après avoir déployé sous les yeux des jumeaux l'ensemble des coupures de presse concernant l'avant-première, Hale leur donna lecture du seul article dont l'avis tranchait dans le concert de satisfecit. Dans le *Times*, l'auteur, moins sensible que ses confrères aux fanfaronnades et aux exercices tapageurs, soulignait que l'anomalie présentée par les deux individus les privait nécessairement des plaisirs de la vie. Le lien qui les unissait, commentait-il, était plus durable que n'importe quel lien de mariage. Aucune séparation ne pourrait jamais avoir lieu, légale ou illégale. Aucun acte officiel ne pourrait les faire divorcer. On les avait enlevés à l'attention de leur mère, à la simplicité de la pêche et de l'élevage, et ils étaient condamnés à être trimballés dans toutes les parties du monde, exposés aux vicissitudes du climat, aux ennuis et aux dangers d'une vie d'errance. En somme, à passer leur vie comme des esclaves. Hale reposa la feuille en tremblant, guettant la réaction des deux frères. L'un et l'autre hochèrent lentement la tête, comme lorsqu'on regarde par une fenêtre alors qu'il pleut à verse et que l'on se demande comment se vêtir pour aller à l'extérieur.

— L'analyse de ce journaliste est intéressante, commença Eng. En tout cas dans sa première partie : rien ne pourra jamais nous séparer mon frère et moi pour la bonne raison que nous ne le désirons pas. Mais il se fourvoie totalement par la suite. Nous ne sommes pas des esclaves. Y a-t-il un seul plaisir de la vie qui nous soit refusé ? Nous mangeons et buvons ce que nous voulons…

— Je fume, ajouta Chang.

— Et rien ne nous interdit d'aimer, poursuivit Eng.

— Grâce aux échos positifs de l'avant-première, le succès nous garantira une aisance financière.

— Je commence à être capable de lire William Shakespeare et nous avons prévu de nous rendre à des spectacles.

— Nous sommes confortablement logés, élégamment vêtus, et notre santé ne craint plus rien depuis que Robert Hunter a accepté de mettre le docteur Bolton à notre service tant que durerait notre séjour en Angleterre…

Hale, médusé, les écoutait enchaîner leurs propos, comme sortis d'une même bouche.

— Nous allons et venons à notre guise.

— Depuis que notre fièvre est tombée, nous sommes sortis à plusieurs reprises.

— Le capitaine Coffin ne nous impose plus de voyager en voiture close.

— Et nous aimons cette ville.

Les alentours solennels et majestueux du palais de Buckingham leur avaient laissé une aussi forte impression que les murailles du palais royal de Bangkok. Chang et Eng avaient également arpenté le bazar de Baker Street, dont les échoppes en briques flottaient dans le brouillard londonien comme des embarcations à la surface d'un fleuve de coton, et où la profusion de marchands n'avait rien à envier à celle des canaux du Siam. Ils avaient admiré la forteresse de la Tour de Londres veillant sur la ville depuis son imprenable situation en bord de la Tamise. Londres vibrait en eux, plus ancienne que les villes américaines et plus riche en histoire. Malgré l'éloignement et le climat, elle leur semblait proche.

— Nous savons bien que c'est pour favoriser la publicité que le capitaine Coffin nous autorise à sortir, reprit Chang.

— Dès qu'on nous aperçoit quelque part la rumeur enfle.

— Et les places pour le spectacle se réservent par dizaines…

— Alors, selon vous, monsieur Hale, conclut Eng, de quoi sommes-nous exclus, nous, qui à dix-huit ans avons vécu deux fois notre âge ?

Depuis début décembre le spectacle ne désemplissait pas, six jours sur sept, de douze heures à seize heures. En quelques semaines les frères siamois devinrent la coqueluche de la société londonienne. Aucun détail de leur vie n'échappait désormais aux gazettes. Entre un article sur Vidocq, l'espion français, ou une rubrique sur l'hydropisie du roi George IV, on apprit de quelle étoffe les jumeaux unis du Siam étaient vêtus, de quoi ils dînaient, et, surtout, les noms des célébrités qui avaient dépensé une demi-couronne pour assister au spectacle. Le plus fameux fut sans nul doute le duc de Wellington, vainqueur quinze ans plus tôt de Napoléon à Waterloo, devenu Premier ministre du pays.

Un soir, accompagnés par Robert Hunter, ils se rendirent au théâtre royal Dury Lane dans le West End, à l'invitation de lord Chesterfield. En général, après leur spectacle, Chang préférait se reposer à l'auberge, mais Eng avait insisté pour qu'ils se rendent à cette représentation d'*Artaxerxès*, un opéra en trois actes dont le rôle-titre, composé à l'origine pour un castrat, était chanté par une femme travestie en homme. Le mélange des genres, comme tout ce qui brouillait les certitudes humaines, déclenchait un intérêt particulier chez le plus grand des deux frères. Cependant, une indiscrétion de la presse, très certainement favorisée par lord Chesterfield lui-même, révéla la venue des Siamois, si bien qu'à leur entrée dans la loge drapée de velours d'or, le public du parterre, qui les guettait, se mit à les acclamer. Des corbeilles et des balcons montait la même rumeur et bientôt tout le monde fut debout pour les applaudir. Chang et Eng, vêtus de vestes et de pantalons noirs, s'inclinèrent et saluèrent comme s'ils étaient les véritables vedettes du spectacle. Au baisser de rideau, alors que les jumeaux se dirigeaient vers la sortie, Sophia Summer, jeune et belle aristocrate, se précipita vers eux. Elle leur déclara qu'elle avait assisté à de nombreuses reprises à leur spectacle et qu'elle était violemment tombée amoureuse d'eux. Puis elle leur tendit un florilège de poèmes dont ils avaient été les inspirateurs. Eng, prenant cette flamme déclarée pour de l'enthousiasme maladroit, s'intéressa aux vers écrits par la jeune femme, tandis que Chang s'attachait davantage à observer son décolleté. Rougissant de la curiosité de l'un comme de l'autre, Sophia déclara qu'elle les aimait comme s'ils n'étaient qu'un, et qu'elle souhaitait donc les épouser tous les deux. « Comment pourrais-je être heureuse avec chacun, si l'autre cher charmeur est absent ? », avait-elle écrit en tête de son recueil. Des exclamations d'amusement mêlées à des grognements de dégoût retentirent dans l'aréopage immédiat des jumeaux. Lord Chesterfield recula d'un pas, ne souhaitant pas être mêlé à une telle aberration.

Hunter intervint, considérant que ce sentiment, étalé au vu et au su de tous, contrevenait à la morale, car un tel mariage serait considéré comme de la bigamie et risquait de conduire la prétendante en prison. Ce qui aurait eu un impact désastreux sur les entrées du spectacle. En conséquence de quoi, il pria Sophia Summer de ne plus importuner ses protégés et lui intima de ne pas diffuser ses poèmes. En éloignant Chang et Eng, le marchand écossais lança à la jeune femme qu'elle ferait mieux d'épouser une personne unique, ce qui déclencha une dispute dans le fiacre qui ramenait les frères à l'auberge.

— Pourquoi avoir humilié publiquement cette dame ? lui reprocha Eng. Ses sentiments sont respectables, même s'ils resteront sans objet puisqu'elle ne me plaît pas.

— Mais je ne sais pas, moi, j'ai de l'attirance pour elle, au contraire ! affirma Chang. En tout cas, je regrette que vous interveniez, vous ou Coffin, dans notre vie privée. Nous apprécions la compagnie du sexe opposé et nous sommes particulièrement sensibles à la beauté…

— Certaines femmes sont attirées par nous, assura Eng, il y a des regards qui ne trompent pas…

— Alors pourquoi pas cette Sophia Summer ? appuya Chang, contre l'avis de son frère.

Cependant, ce dernier ne voulait pas se désolidariser de Chang sur un sujet aussi capital :

— Vous lui avez recommandé d'épouser un être unique, rappela-t-il, mais mon frère et moi ne sommes-nous pas, à notre manière, uniques ?

Hunter les écoutait, amusé. Puis il répliqua, qu'uniques ils l'étaient à coup sûr, mais de quoi parlait-on au juste ? De mariage ou d'amour physique ?

Pendant un instant, on n'entendit plus que le roulement du véhicule sur le pavé, comme si la rue elle-même attendait la réponse des jumeaux. Leur silence fut assez durable pour que Hunter hoche la tête, l'air entendu, et ordonne au cocher de changer de direction pour se diriger vers l'East End. Chang et Eng se laissèrent conduire sans mot dire, ils savaient que derrière les persiennes baissées des maisonnettes de ce quartier était établie la majorité des lupanars de Londres. L'un et l'autre connaissaient les mêmes états de tension et savaient comment les satisfaire. Le continuum de leurs corps abolissait de fait toute notion de pudeur. Leur singularité anatomique avait dicté ses propres normes et aucune infraction à leur bienséance commune ne pouvait avoir lieu. Néanmoins une appréhension légitime les saisissait au moment où pour la première fois ils allaient étreindre une femme.

Le cocher immobilisa le fiacre sur Whitechapel. Le boulevard était désert, les températures glaciales avaient chassé le brouillard mais aussi les marginaux qui pullulaient habituellement dans le quartier. Hunter demanda aux jumeaux de patienter, puis il s'engouffra dans un immeuble d'habitation de trois étages dont les bow-windows, obturés par d'épais rideaux, laissaient échapper de faibles lueurs. Quelques minutes plus tard, le marchand écossais, jetant des regards de tous côtés, réapparut en compagnie d'une jeune femme, vêtue d'un long jupon blanc, de bottines noires lacées et d'un corset cintré. Grace inhala profondément l'air glacé qu'elle souffla en buée avec un petit rire, imitant le geste d'un fumeur tirant sur un cigare, puis se laissa entraîner jusqu'à la fenêtre du véhicule. Hunter présenta la prostituée aux jumeaux et tandis qu'ils ouvraient la porte du fiacre, il l'assura qu'il paierait plus du double du tarif si elle s'acquittait de sa tâche sans faire d'histoires ni poser de questions. Ensuite, il donna une pièce au cocher, lui recommandant de l'avertir au moindre problème, et retourna dans l'établissement. Pour y avoir passé des soirées mémorables, le marchand écossais savait la matrone attentive à la santé de ses filles. Un médecin passait les examiner toutes les deux semaines. À la moindre suspicion de chancre, elles étaient frictionnées au mercure, soumises à des fumigations, puis éloignées dans d'autres bordels où l'on attachait moins d'importance à l'hygiène. En général, elles ne retournaient jamais chez Rebecca Carlyle, soit parce qu'elles avaient été intoxiquées par le traitement, soit parce que, forcées à un abattage dans des établissements moins réputés, elles avaient sombré dans l'alcoolisme. Plus on s'éloignait du centre de Londres, plus les filles étaient maigres et moins elles avaient de dents. Hunter, qui ne voulait pas risquer de voir son propre gagne-pain contracter la syphilis, avait choisi avec soin cette brunette à l'air vif qui semblait saine, et n'avait pas besoin d'une couche de maquillage pour camoufler les marques du temps. De son côté, Grace avait accepté sans hésitation la proposition de ce bourgeois empâté d'aller dépuceler deux frères de ses amis. Elle ne rechignait pas à coucher avec plusieurs hommes à la fois si cela lui permettait de gagner davantage. Grace était entrée dans le métier parce qu'elle ne pouvait plus faire face à ses engagements financiers. Madame Carlyle avait racheté sa dette et, désormais, la jeune femme travaillait pour elle, contrainte de s'acquitter, en sus du principal, du montant d'un loyer, de la nourriture, des vêtements qu'elle portait chaque jour, de ses cigarettes et de ses magazines, sans compter certaines bouteilles qu'elle offrait parfois à ses clients. Rebecca Carlyle avait la réputation de ne pas distribuer trop de pénalités et Grace espérait se défaire de sa dette en trois ou quatre ans afin de trouver un emploi dans la confection, rêvant de dessiner un jour les robes somptueuses que portent les femmes des aristocrates.

La jeune femme avait accepté de rencontrer ses clients dans le fiacre, pour le plaisir de sortir, seulement de quelques mètres, la nuit, même en décembre. Cela n'arrivait jamais. Les filles, une fois pensionnaires de la maison close, ne voyaient plus du monde que d'étroites bandes dans l'entrebâillement des tentures. Le risque pour madame Rebecca étant de voir son capital s'égailler à la première occasion. Si une fille s'envolait, ne restait que sa dette à honorer. Malgré tout, la tenancière avait cédé à l'insistance de Hunter. Une somme d'argent, laissée en garantie du retour de Grace, avait permis de sceller un accord entre les parties, Hunter évoquant la notoriété de ses protégés pour justifier d'une discrétion absolue. La vérité était que le marchand écossais redoutait un scandale ou toute rumeur malvenue sur l'anatomie des frères. Il n'avait pas la moindre idée de ce que pouvait être leur sexualité et avait volontairement passé sous silence leur particularité physique, se contentant de préciser qu'ils étaient jumeaux. En attendant que la prostituée s'acquitte de sa tâche, Hunter décida de tirer avantage de sa présence dans l'établissement en montant avec une certaine Margaret, habile à distribuer des fessées.

Dans le fiacre la place manquait. Comme les jumeaux restaient étrangement proches l'un de l'autre sur leur siège, Grace souleva ses jupons et écarta les cuisses pour enrober leurs quatre jambes et s'installer à califourchon. La position n'était pas difficile à tenir car les deux frères étaient de petite taille et elle autorisait toute exploration impudique. La jeune femme invita ses clients à cesser de se tenir par l'épaule pour l'enlacer plutôt, elle, et comme ils obéissaient, elle guida leurs doigts fins sur les lacets de son corset. Alors que l'étoffe s'ouvrait en découvrant sa poitrine, elle s'aperçut que leurs mouvements avaient quelque chose d'inhabituel, qu'elle mit d'abord sur le compte de l'inexpérience. Les deux hommes effectuaient exactement les mêmes gestes au même moment, sur ses tétons, autour des formes pleines de son buste. On aurait dit une chorégraphie à quatre mains. Comme elle leur demandait leur nom, elle retint que celui qui lui pelotait le sein droit s'appelait Chang et que celui qui se consacrait à son sein gauche s'appelait Eng. À son tour, elle partit explorer leurs corps, en se demandant par lequel elle allait commencer. Ses mains, glissées sous le tissu de son jupon retroussé, remontèrent le long de leurs cuisses jusqu'à leurs sexes. Son expérience lui avait appris que jamais deux hommes n'avaient des pénis identiques et que ceux-ci ne présentaient jamais la même qualité d'érection. Elle se demandait avec curiosité s'il en allait de même avec des jumeaux.

Chang et Eng lui donnèrent volontiers l'occasion de découvrir leur parfaite similitude en ce domaine, comme dans les autres. Sous les caresses adroites de la prostituée, leurs esprits arraisonnés par un désir impérieux ne firent bientôt qu'un. Dans l'habitacle réduit, sans autre témoin que cette femme, ils furent plus que jamais ramenés à leur essence humaine, fusionnés en un seul corps, une seule conscience. Simultanément leurs mains quittèrent la poitrine de Grace pour descendre le long de son ventre et gagner son intimité. Alors qu'en un mouvement exploratoire inverse, les mains de la jeune femme remontaient le long des torses des garçons, elle parvint à leur point de jonction, découvrant ce qu'elle n'avait jusque-là pu discerner dans la pénombre, et qui fournit une explication à la fixité de ses clients. Elle plongea son regard dans ceux des deux frères qui se figèrent subitement. Grace laissa ses doigts aller et venir sur le pont de chair, l'entourant et le caressant, puis, estimant qu'une telle anomalie pouvait lui rapporter une belle rallonge, elle dégagea sa jambe droite et vint s'empaler sur le sexe dressé d'Eng, tout en branlant celui de Chang. Après que son partenaire eut joui, elle changea la posture, chevauchant le sexe de Chang, en continuant de caresser celui d'Eng. Lorsque à son tour Chang eut éprouvé du plaisir, elle se retira, essuya l'intérieur de ses jambes avec le tissu du jupon, et se tint un instant à demi dressée dans l'habitacle, le souffle court, la poitrine libre. Enfin elle quitta la voiture et courut jusque dans l'immeuble où elle se mit en quête de Hunter, pour lui réclamer un supplément.

Dans la voiture, Chang et Eng se rhabillèrent lentement. Depuis leur arrivée en Occident, ils avaient franchi avec succès de nombreuses étapes, toutefois cette dernière se parait de mélancolie et de honte. Une fois satisfaits, les frères liés prirent conscience que leur condition et celle de cette prostituée étaient similaires. Elle les repoussait aux marges de la société, elle les exposait à de semblables servitudes, à commencer par la nécessité, pour subvenir à leurs besoins, d'exhiber et de faire commerce de leurs corps. Mais à la différence de Grace, Chang et Eng pouvaient affirmer qu'ils avaient choisi de vivre ainsi.

— Sommes-nous ce que les gens prétendent ? finit par demander Eng.

— Que veux-tu dire mon frère ?

— Ils disent que nous sommes des monstres. Sommes-nous des monstres ?

— Il paraît qu'il n'y a pas d'exception dans l'espèce humaine… répondit Chang, après un temps.

Le lendemain matin, Eng ouvrit l'œil le premier, réveillé par des cris d'enfants et les échos d'un jeu se déroulant sous leurs fenêtres. Depuis leur arrivée en Occident, ils évoluaient quasi uniquement dans un monde d'adultes. Ceux qui gravitaient autour de l'organisation de leur tournée, le public qui se déplaçait pour les voir, ou les journalistes qui écrivaient des articles. Au Siam, les enfants étaient présents dans chaque secteur de la vie, mêlés à leurs aînés avec qui ils travaillaient sur le fleuve ou dans les champs. Il n'y avait pas d'activité qui ne soit exaltée par leur gaieté. Il en était de même avec les vieillards, piliers des communautés siamoises, tandis qu'ici on semblait les tenir à l'écart. Certes les réalisations des civilisations occidentales étaient incontestables et leurs progrès technologiques impressionnants, mais qu'en irait-il, à long terme, d'une société qui se prive, à une extrémité, de son enthousiasme et à l'autre, de sa sagesse ?

Quelques secondes plus tard, ils furent debout, postés à la fenêtre de leur chambre. Le spectacle était saisissant. Aussi loin que portait leur regard, le quartier était blanc. Les toits, les rambardes des balcons, chaque surface horizontale était doublée d'une épaisse couche poudreuse et immaculée. Seul, à l'horizon, un corbeau se détachait du tableau, volant lentement, comme s'il n'osait se poser nulle part. Les jumeaux liés n'eurent pas besoin de nommer le phénomène, Hunter leur avait déjà parlé de la neige, mais aucune description n'avait pu enchanter leur esprit autant que ce don de la nature apparu dans la nuit. Pour la première fois, sous leurs yeux, une des mythologies occidentales s'incarnait. Chang et Eng n'auraient pas été plus impressionnés si le roi Nāga était venu se lover dans leur barque, au détour d'une sinuosité d'un fleuve. Dans la rue, les fils de l'aubergiste, auxquels s'étaient mêlés de jeunes voisins, avaient entamé une bataille. Les boules de neige éclataient sur leurs dos, leurs coudes, les rires des enfants mêlaient leur cristal à ceux des flocons qui étincelaient sous le soleil. Chang et Eng s'habillèrent en hâte, ils voulaient toucher, participer.

Leur première impression, après qu'ils eurent ramassé une poignée de neige, au milieu de l'assemblée subitement interdite, fut que la substance était si froide qu'elle brûlait et ils comprirent pourquoi ces enfants portaient tous des gants ou des mitaines. Ils se passèrent la boule de main en main, la polissant sous leurs regards fascinés. Les jeunes du quartier savaient qui résidait dans l'auberge, mais pour la plupart ils n'avaient jamais vu les frères liés, pas plus que Chang et Eng n'avaient touché de neige. Eng se saisit de l'étole qui tombait devant leur ligament et la déchira en plusieurs fragments, puis ils s'en entourèrent les mains, provoquant la stupeur des gamins qui découvrirent le lien de chair dans son intégralité. Les jumeaux ramassèrent d'autres boules et les façonnèrent promptement de leurs quatre mains. Ils jetèrent un premier projectile à l'un des fils de l'aubergiste, lequel riposta aussitôt en riant. Le jeu s'installa sans délai : les Anglais contre les Siamois. Ces jeunes Londoniens eurent fort à faire face aux jumeaux qui disposaient de deux fois plus de bras et pouvaient atteindre leur cible, pratiquement dans n'importe quelle direction. Leur agilité hors du commun, alliée à leur synchronisme naturel, leur permettait d'esquiver la plupart des projectiles. Après de longues minutes de ce combat inégal, leurs jeunes adversaires saluèrent la victoire des frères siamois par de longs applaudissements qui supplantèrent dans le cœur d'Eng et de Chang ceux qui ponctuaient chacune de leurs représentations à l'Egyptian Hall.

Le soir, revenant de leur spectacle, ils furent frappés de stupeur en descendant de la calèche. Le froid perdurait sur la ville et la neige avait tenu. Devant l'auberge une paire de bonshommes de neige avaient été façonnés, joints par le milieu, un lien de glace passant en pont de l'un à l'autre. Chang et Eng firent face à leurs jumeaux immaculés dans la clarté lunaire. Les enfants avaient utilisé des carottes pour les nez, des pépites de charbon pour les yeux et des branches d'arbre pour les bras. Il y avait un bras droit pour le bonhomme de droite, un gauche pour celui de gauche, et deux branches au milieu, emmêlées à l'horizontale, derrière les boules qui faisaient office de têtes.

Pendant sept mois, des dizaines de milliers de spectateurs se pressèrent à l'Egyptian Hall et presque autant d'exemplaires de la brochure rédigée par Hale se vendirent au prix d'un shilling pièce. Chang commençait à se demander ce que cela leur rapportait réellement. À chaque tentative d'aborder la question avec Coffin, ce dernier répétait qu'il mettait leur part de côté, de façon qu'ils puissent en bénéficier à leur retour au Siam. Quels besoins supplémentaires avaient-ils, dès lors qu'ils étaient logés, nourris et habillés, et que s'il le fallait on leur louait les services d'une putain ? Eng, de son côté, était las de répéter le même numéro chaque soir, il réclamait des aménagements. Des tensions surgirent entre les jumeaux et les époux Coffin. À plusieurs reprises, Robert Hunter dut jouer les ambassades, mais lui aussi commençait à se fatiguer de la monotonie de cette vie, aussi rentable soit-elle. Aussi lorsque Coffin annonça son projet de mettre en place une tournée qui les emmènerait dans l'ensemble des îles Britanniques, Hunter évoqua pour la première fois la possibilité d'abandonner leur partenariat. Il se voyait retourner à Bangkok et s'établir dans une spacieuse demeure payée avec l'argent amassé grâce aux jumeaux. Une bâtisse au bord du fleuve dont la table serait ouverte aux consuls étrangers et aux officiels siamois, depuis laquelle il ferait fructifier ses investissements dans le commerce du pavot. Tel était le plan qu'il avait secrètement conçu pour les années à venir. Coffin, persuadé que les Siamois allaient continuer de rapporter bien davantage que n'importe quel trafic d'opium, bondit sur l'occasion et proposa à Hunter de lui racheter ses parts. La négociation fut rondement menée et, nanti de plusieurs dizaines de milliers de dollars supplémentaires, le marchand écossais topa avec son complice.

Avant que la petite troupe ne quitte l'Angleterre pour l'Écosse, Hunter vint informer Chang et Eng de la transaction conclue avec Coffin. Les frères liés se sentirent trahis, abaissés au rang de marchandises que l'on achète ou que l'on vend. Hunter se défendit, soulignant que leur association à quatre comportait désormais trois interlocuteurs et que d'une certaine manière leurs voix pèseraient davantage face à Coffin. Puis il prétexta qu'il voulait se rapprocher de sa famille, rappelant à Chang et Eng que depuis ces six dernières années il avait passé plus de temps avec eux qu'avec ses propres enfants. Les jumeaux, qui n'avaient pas été élevés dans la rouerie, ne devinèrent pas que Hunter leur mentait outrageusement. En fait, ce dernier n'avait pas mis les pieds dans son foyer depuis son retour d'Asie, et il s'en allait, à quelques jours à peine de leur arrivée en Écosse. Il les enlaça comme s'ils étaient ses fils et les quitta sans se retourner. Le pire fut que son discours influença le comportement de Chang et Eng, qui s'en voulurent d'avoir retenu si longtemps leur ami loin des siens. Leur sentiment de culpabilité les plongea dans un tel état de soumission qu'ils servirent docilement les intérêts d'Abel et Susan Coffin, désormais leurs seuls protecteurs.

En route vers le Nord, ils se produisirent chaque soir dans une ville différente, Birmingham, Leicester, Manchester, Leeds. Systématiquement, le succès était au rendez-vous, appuyé sur la réputation que les jumeaux s'étaient créée dans la capitale. Dès qu'ils furent en Écosse, Susan Coffin se précipita dans leur chambre, cramoisie de colère. Elle brandissait la facture d'une mercerie d'Édimbourg pour un matelas garni de plumes d'oie. Et pourquoi pas de cygnes ? Mais pour qui se prenaient-ils, des aristos ?

— Je souffre de plus en plus du dos, se justifia Chang, alors j'ai demandé à Hale s'il pouvait investir dans un matelas épais que nous ajoutons sur les lits, parfois un peu durs…

— Il est vrai qu'on ne fait pas étape dans les meilleures auberges, reprocha Eng, faisant redoubler l'irritation de Susan.

Elle dominait les deux frères de sa stature imposante, vitupérant et postillonnant, les réprimandant également pour s'être procuré des tissus onéreux aux fins de la confection de leur costume à double pourpoint. Ils avaient trop côtoyé la bonne société à Londres, maintenant c'en était fini de leur petite vie agréable, ils devraient suivre une discipline plus ferme ! Puis elle tourna les talons et claqua la porte, sans qu'Eng ni Chang comprennent ce qui avait pu motiver une telle rage. Après qu'elle eut quitté la chambre, Chang se saisit de la bouteille de whisky tourbé qu'on leur avait offert la veille et s'en servit consécutivement trois verres qu'il avala sans dire un mot à son frère ni lui en proposer. Eng, ébahi et inquiet, l'observa en se demandant s'il ne valait pas mieux s'allonger dès maintenant car il n'avait aucune envie de tituber.

En vérité, ils ne tardèrent pas à comprendre que l'humeur chaque jour plus sombre de Susan Coffin était consécutive à une annonce de son mari. Abel Coffin, certainement influencé par la liberté de Hunter, souhaitait à son tour se détacher des tournées d'exhibition. Contrairement à son ancien partenaire, il n'avait aucune intention de céder ses parts d'une entreprise aussi lucrative, mais il se voyait bien reprendre la mer tout en confiant l'intégralité des responsabilités à sa femme.

La suite du circuit fut terriblement éprouvante pour les frères liés. Ils enchaînèrent voitures à chevaux et bateaux, et parcoururent des milliers de kilomètres, se produisant devant deux cent mille personnes au total. À presque vingt ans, ils étaient robustes et avaient pris deux kilos chacun. Leur carnation était bien plus pâle, et ils souffraient d'être éloignés du Siam, du fleuve, et de leur famille. À Dublin, ils découvrirent dans l'*Irish Paper*, sous la plume d'un journaliste qu'ils n'avaient pas rencontré, un prétendu entretien dans lequel ils déclaraient s'être parfaitement acclimatés aux îles Britanniques et apprécier leurs conditions de voyage. On leur faisait dire qu'ils n'avaient plus aucun désir de revoir le Siam et que si jamais ils y retournaient, il leur faudrait nécessairement une cuisinière anglaise. Devant leur surprise, Hale leur révéla les dessous de la contrefaçon. Susan Coffin était en train de reprendre en main leur carrière, à commencer par les rapports avec la presse. Désormais, elle raconterait aux journalistes ce qu'ils avaient envie d'entendre.

— Il y a au moins une chose de vraie dans cet article, commenta Eng, maussade, nous nous occidentalisons. Ce qui a pour effet de nous faire perdre notre naïveté... Maintenant nous nous rendons compte que tous nos soi-disant amis profitent de nous.

Hale baissa le regard et ne répondit pas. Et qu'aurait-il pu dire, lui, leur assistant qui portait depuis peu des costumes hors de prix ?

À l'issue de la tournée, Coffin embarqua comme il l'avait prévu pour Singapour, et Susan retourna aux États-Unis, seule avec les jumeaux. Quatorze mois après leur arrivée en Angleterre, Chang et Eng repartaient, nimbés d'une notoriété légendaire, mais lestés d'une amertume profonde. Hunter et Coffin, en disparaissant successivement de leur horizon, avaient déchiré les derniers lambeaux de leur enfance. Pendant le trajet du retour, à bord du *Cambria* sous le commandement du capitaine Moore, Chang et Eng firent leur possible pour éviter les échanges avec Susan Coffin qu'ils trouvaient aussi repoussante que désagréable. Ils souffrirent d'un sentiment écrasant de confinement. Ces deux dernières années, la vie avait imprimé sur eux des stimulus variés, conduisant insensiblement leurs corps à réagir de manière plus autonome, mais cette différenciation physiologique régressait à présent, comme si, face au dépaysement et à l'adversité, ils se repliaient mutuellement l'un sur l'autre. De nouveau leur envie de manger survint aux mêmes heures, ils s'endormaient simultanément, se réveillaient et satisfaisaient leurs besoins naturels ensemble et perdirent l'habitude de goûter des aliments différents. Devant les caprices de leurs organismes, Chang et Eng se trouvèrent tout autant questionnés par la nature qu'ils avaient envie de la questionner sur la raison même de leur présence parmi les hommes.

Les jumeaux liés célébrèrent leur vingtième année sur une route cahoteuse entre New York et Philadelphie à bord de la nouvelle calèche close que Susan Coffin avait affrétée pour eux. Elle estimait que le manque à gagner était trop important si le public potentiel les voyait à l'occasion de leurs déplacements. La tournée américaine qu'elle avait mise en place les conduisit dans tous les États de la côte Est, mais désormais Chang et Eng réagissaient moins naïvement aux questions du public. Ils devenaient critiques, achevant d'une certaine manière leur transformation en Américains. À Portland (Maine) on leur demanda lequel des deux payait les dettes si l'un en contractait.

— Grâce à vous, nous gagnons suffisamment d'argent pour ne pas avoir à nous endetter, répliqua Eng, avec malice.

À Providence (Rhode Island), on voulut savoir si, lorsqu'ils allaient manger au restaurant, ils payaient pour un ou deux couverts.

— Invitez-nous et vous le saurez, rétorqua Chang.

À Bridgeport (Connecticut), une femme cria à la supercherie, ils n'étaient pas deux, mais un seul, elle en avait la preuve : si l'un mangeait des asperges, l'urine de l'autre sentait une odeur aigrelette !

— Mesdames et messieurs, veuillez applaudir la personne qui nettoie chaque jour nos cabinets d'aisances ! proclamèrent-ils, en déclenchant une allégresse générale.

Toutefois, les jumeaux éprouvaient de plus en plus de difficulté à supporter les questions idiotes et les remarques désobligeantes. Chang buvait très régulièrement, il ne pouvait plus entrer en scène sans avoir avalé un verre de whisky et s'en resservait un dès leur retour en coulisses. Dans le même temps, Eng constatait que son ébriété secondaire diminuait, il lui semblait que son frère pouvait boire de plus en plus grandes quantités sans que lui-même soit saoul. On était loin de l'expérience d'ivresse partagée de Saigon. Il supposa que son organisme s'habituait aux effets de l'alcool, à moins que ce fût celui de Chang.

À Bethlehem (Pennsylvanie), un tanneur de cuir voulut monter sur scène, muni d'une aiguille. Son intention était de piquer Chang à l'épaule pour savoir si Eng ressentirait la douleur.

— Je vous préviens, le mit en garde Chang. Si vous vous autorisez le moindre contact, vous allez connaître l'expérience de vous faire casser la figure par deux personnes en même temps !

Susan Coffin ne détestait pas que les jumeaux aient du répondant, ils déclenchaient les rires du public et cela créait une bonne publicité pour le spectacle. Il y avait toujours un journaliste dans la salle pour relayer la savoureuse anecdote et accroître leur réputation. En revanche, elle n'apprécia pas ce qui se passa à Athens (Alabama), lorsqu'un médecin à qui ils avaient refusé le droit de les examiner monta sur scène malgré leur avertissement, pointant son doigt sur eux, les accusant d'être des faux, clamant à l'assemblée qu'on l'abusait et que chacun devait être remboursé. Encouragé par quelques applaudissements et sifflets en provenance du public et, se prenant subitement pour la vedette du spectacle, il déclara que pour les concevoir, leur mère avait dû avoir un rapport sexuel avec deux hommes en même temps ! Chang avait-il bu plus que de raison ? Toujours est-il qu'il ne supporta pas la remarque et frappa le prétendu docteur au visage. L'homme retomba dans la fosse et cela déclencha une bagarre générale, certains spectateurs prenant fait et cause pour les jumeaux, d'autres pour le praticien. Les coups volèrent, les chaises et les tabourets, aussi. Chang et Eng s'amusaient beaucoup depuis la scène, ayant le sentiment de dominer un troupeau de bêtes, lorsqu'un spectateur leur jeta un seau d'eau. Alors ils descendirent se battre dans la mêlée. Ils auraient pu être blessés si la police, alertée par Susan Coffin, n'était pas intervenue. Arrêtés pour trouble à l'ordre public et voie de fait, les frères furent traduits devant un juge, qui les condamna à trente-cinq dollars d'amende.

— Chacun ? Ou pour les deux ? réagit Eng, laissant le magistrat sans voix.

Suzan Coffin, irritée d'avoir à régler cette somme et, horripilée par l'image négative donnée à son entreprise, les admonesta sur le parvis du tribunal. Elle se plaignit d'avoir à les chaperonner comme s'ils étaient des garnements et les mit en garde contre la reproduction d'un tel évènement.

— Ah oui, et que ferez-vous ? lui demanda Chang. Nous retenir un salaire dont nous ne voyons jamais la couleur ?

— Nous empêcher de remonter sur scène, au risque de perdre la recette ?

— À l'avenir, nous ne laisserons plus personne nous toucher ou examiner notre ligament, fit l'un.

— Ni nous insulter ou insulter notre mère, ajouta l'autre.

Le visage de Susan se radoucit subitement. Elle leur proposa de prendre une semaine de vacances. Elle connaissait un hôtel confortable et accueillant à Lynnfield, dans le Massachusetts. Magnifiquement situé entre les bois et les étangs, ce serait l'occasion pour eux de se reposer et de retrouver de l'allant. Qu'en pensaient-ils ?

Les jumeaux ne s'attendaient pas à une proposition pareille. Espérant sincèrement que leur réaction avait amené Susan Coffin à mieux les considérer, ils acceptèrent et, apercevant à cet instant l'homme que Chang avait molesté, sur le parvis du tribunal, ils insistèrent pour aller lui présenter leurs excuses.

À l'Old Oak Inn, une immense demeure victorienne nichée au milieu d'une forêt d'érables et de pins rouges, ils furent accueillis avec respect et courtoisie par un personnel hautement qualifié. Hale ne les quittait pas d'une semelle, chargé de les seconder dans leurs moindres besoins, mais surtout de se faire l'écho auprès de Susan Coffin du moindre incident. Chang et Eng passèrent deux premières journées reposantes à pratiquer la chasse et la pêche, leurs loisirs favoris. Mais à partir du troisième jour, des habitants des environs, avertis de leur présence, commencèrent à les suivre. Rapidement, ils furent près d'une vingtaine à observer les jumeaux liés, armés chacun d'un fusil. Si deux oiseaux levaient en des endroits différents de la prairie, Chang et Eng tiraient dans des directions divergentes, faisant pousser des cris d'admiration à leurs suiveurs lorsque leurs proies s'abattaient au milieu des herbes hautes, ou de moquerie s'ils rataient leur cible. Les curieux dérangeaient chaque jour davantage les frères liés qui se demandaient s'il existait un seul endroit sur cette terre où on cesserait de les importuner. La veille de leur départ, ils réclamèrent à Hale d'éloigner ces gens afin de pouvoir jouir tranquillement de leurs ultimes coups de fusil, mais lorsque leur assistant tenta de parlementer, les fâcheux refusèrent. On n'avait pas l'habitude des « jaunes d'œufs » par ici, et encore moins des « doubles jaunes », alors il ne fallait pas s'étonner si on restait, proclama un grand type dégingandé. On est encore chez nous, non ? lança-t-il à la cantonade, approuvé par la majorité des voyeurs, tandis que deux d'entre eux, mal à l'aise, rebroussaient chemin. Hale insista pour que tous s'éloignent, sinon, menaça-t-il, les Siamois leur tireraient dessus. Chacun, ajouta-t-il, avait eu largement le temps de constater leur adresse. Mais la bravade n'eut pas l'effet escompté. Au premier rang, un homme aux cheveux blancs et à la moustache fournie, le colonel Gerry Elbridge, déboutonna sa veste et avança d'un pas en hurlant. Il offrait sa poitrine aux projectiles des Chinois, prêt à mourir pour faire barrage à de tels monstres ! Sa diatribe n'était pas finie que les jumeaux se jetèrent sur lui et Chang, enragé, lui asséna un coup de crosse. S'écroulant au sol, le colonel ramassa une pierre qu'il jeta sur eux, atteignant Eng au front. Alors, ensemble, les deux frères firent feu et, dans la fumée des tirs, tout le monde se dispersa en hurlant, le colonel y compris, pour chercher refuge dans une grange voisine.

Hale ne bougeait plus, tremblant, effaré, tandis que Chang et Eng, riaient à gorge déployée.

— Les fusils étaient chargés à blanc, rassurez-vous ! s'exclama Chang en voyant la pâleur de leur assistant.

— Vous imaginez bien qu'on n'aurait pas raté ce type, on sait viser, ajouta Eng, en essuyant le sang qui ruisselait sur son visage.

Hale se demanda pourquoi les jumeaux avaient cette fois-ci chargé leurs fusils à blanc pour aller à la chasse, mais il doutait cependant qu'ils aient pu prendre le risque inconsidéré de tirer sur quiconque à balle réelle.

Une autre personne ne fut pas disposée à les croire sur parole, ce fut le shérif Bar, venu les arrêter à l'hôtel après que le colonel Elbridge eut porté plainte. La charge de tentative de meurtre fut rapidement abandonnée car plusieurs témoins attestèrent que les jumeaux avaient sciemment tiré au-dessus des têtes, mais personne ne put déterminer avec certitude la nature des munitions utilisées. Aussi invraisemblable que cela fût, Chang et Eng maintinrent que les douilles étaient remplies d'étoupe et qu'il n'y avait pas de balle.

— Pour cette dernière cession de chasse, nous avions décidé d'épargner les faisans, déclara Eng en scrutant le colonel Elbridge, assis sur le banc des plaignants, tandis que Chang examinait le public, venu en nombre, assister au procès.

De nombreux sourires éclairèrent les visages et des rires fusèrent, aussitôt interrompus par le marteau du juge. L'amende fut fixée à cent dollars, que Hale n'eut d'autre choix que de régler pour le compte des jumeaux.

Dans les mois qui suivirent, la tournée reprit, mais sans Hale, subitement mis à pied par Susan Coffin. Celle-ci reprocha au timoré jeune homme d'être devenu trop proche des frères liés et d'être incapable de canaliser leur sauvagerie. Les sujets de discorde allant croissant, elle recruta Charles Harris, un gaillard de quarante ans, qui avait servi dans l'armée. De grande stature, le visage osseux, les yeux enfoncés dans leurs orbites, une moustache grise et épaisse, Harris imposait une autorité naturelle et ne chercha nullement à établir une relation personnelle avec les jumeaux. Ainsi, tout l'hiver, furent-ils ballottés sur des routes rendues quasiment impraticables par la pluie et la neige, emmitouflés dans d'épaisses couvertures, face à l'ombrageux monsieur Harris. À bord de la voiture détériorée par les intempéries, tractée par un cheval efflanqué, Chang et Eng mûrissaient leur réplique. Ils s'étaient enfermés dans un mutisme dont ils ne sortaient que pour négocier du foin pour le cheval, une paire de chaussettes de laine supplémentaire, un lit plus large dans une auberge, ou pour honorer leurs engagements dans des salles mal chauffées, désertées par le public. Norwich, Dover, New Haven, Newark, Morristown, Frederickstown, Baltimore se succédèrent ainsi, jusqu'à Washington, où la petite troupe se produisit trois semaines d'affilée. Pendant ce séjour dans la capitale, Chang et Eng reçurent la visite du capitaine Shelburn, l'ancien commandant du *Robert Edwards,* à bord duquel ils avaient effectué leur dramatique traversée vers l'Angleterre. Ce souvenir n'incita pas les jumeaux à accueillir Shelburn avec enthousiasme, mais ils cédèrent à la curiosité, en apprenant qu'il était accompagné d'un certain capitaine Gavin, récemment revenu d'un long voyage en Asie.

Dès son entrée dans la loge, Shelburn présenta ses excuses aux frères. Il leur avoua que Coffin, contrairement à ses dires, n'avait jamais acheté de places en première classe pour eux. Leur mentor les avait sciemment relégués dans l'entrepont, mettant ainsi leur vie en péril. La complicité de race et de classe sociale qui avait uni Shelburn et le capitaine Coffin avait depuis été rongée par le regret. Shelburn suivait l'épopée des jumeaux et les félicita d'avoir acquis une telle renommée, constatant avec satisfaction qu'ils avaient changé physiquement et paraissaient moins vulnérables. Chang et Eng réagirent comme s'ils n'étaient pas surpris, en fin de compte, par la trahison du capitaine Coffin. En réalité l'impact de l'information était atténué par l'intensité des épreuves que sa femme leur faisait endurer. Selon eux, la dureté de Susan Coffin valait, à elle seule, bien des tempêtes dans la Manche.

En revanche, leur cœur se serra lorsque le capitaine Gavin prit la parole à son tour. Le quadragénaire au visage buriné, dévoré par une imposante barbe rousse, revenait du Siam où l'avait conduit son activité dans le négoce. Gavin, qui avait bien entendu parler de la réputation des frères siamois, avait eu l'occasion de remonter le fleuve à la suite d'une escale à Samut Songkhram, et il avait rencontré leur mère.

Les yeux d'Eng s'embuèrent, tandis que Chang pressait Gavin de questions :

— Comment est-elle ? Que vous a-t-elle dit ?

Gavin révéla qu'elle avait été très émue d'apprendre que ses fils étaient devenus célèbres aux États-Unis et en

Europe. Restée sans nouvelles d'eux depuis leur départ, elle les pensait morts.

— Comment est-ce possible ? Elle n'a jamais reçu aucune de nos lettres ? s'exclama Chang, abasourdi.

— Alors Coffin nous aura menti à ce sujet également, murmura Eng. Puis, en interpellant Shelburn : Si mère n'a pas eu nos lettres, elle n'a pas reçu d'argent non plus...

Gavin haussa les épaules en signe d'ignorance, mais il déclara que Nok ne semblait pas vivre dans l'opulence. Shelburn, à qui Gavin avait déjà tout raconté, baissa les yeux, incommodé.

— Et Susan Coffin le sait, évidemment, vitupéra Chang. Et vous, poursuivit-il, en se tournant vers Shelburn, vous présentez votre mine contrite, mais vous n'êtes pas différent d'eux. Vous vous êtes enrichis sur notre dos !

— Savez-vous comment notre mère fait pour se nourrir, pour subvenir à ses besoins ? enchaîna Eng, à l'attention de Gavin.

S'ensuivirent deux interrogatoires menés parallèlement par les jumeaux, à la manière d'une hydre enfiévrée, une tête délivrant son flot de questions à Gavin, tandis que l'autre acculait Shelburn dans ses retranchements.

— Notre mère se retrouve-t-elle seule ? Ou notre frère et notre sœur vivent-ils toujours avec elle dans la maison ?

— Vous ne pouviez pas ignorer les malversations de Coffin, insista Chang, vous étiez complices à vous remplir la panse avec lui pendant que nous croupissions à fond de cale !

Puis ils échangèrent les rôles, Eng ensevelissant Shelburn sous les reproches :

— C'est le rôle d'un capitaine de protéger tout passager à bord, ce qui signifie que vous ne nous avez pas considérés comme des êtres humains mais comme des marchandises.

Pendant que Chang questionnait à son tour Gavin :

— Les voisins sont-ils d'un quelconque secours pour notre mère, ou vit-elle dans le dénuement ?

Gavin leur apprit que leur frère Tao ainsi que leur sœur Xiu vivaient encore avec elle, mais que Nok avait accepté de fréquenter un voisin chinois, qui l'aidait financièrement.

Chang et Eng restèrent silencieux, envisageant la pire des situations.

— Rassurez-vous, étant donné l'âge de votre mère, la cour menée par cet homme prouve les bonnes intentions qui l'animent.

Simultanément, des larmes brouillèrent les regards des deux frères. À cinquante-cinq ans, Nok n'était plus la farouche habitante du fleuve dont l'amour s'était érigé en armure durant leur enfance. Leur mère avait affronté les volontés des plus hautes autorités du pays, combattu chaque préjugé du voisinage et les avait éduqués contre tous. Nok avait agi avec une constance et une détermination sans faille pour que ses fils acquièrent indépendance et liberté d'esprit, et ils l'avaient trahie. En l'abandonnant à son sort, en voulant croire aux mensonges de Coffin, en n'osant pas regarder la vérité en face, grisés par la notoriété et le succès, mais pire encore, en galvaudant cette liberté, puisque aujourd'hui ils se trouvaient prisonniers de la parole donnée deux ans auparavant à Coffin et à Hunter, liés par un ligament d'honneur plus robuste que leur propre chair.

Le 11 mai 1832, Chang et Eng rédigèrent une lettre à l'attention de Susan Coffin, dans laquelle ils s'exprimèrent comme un seul homme, unis pour faire front :

Aujourd'hui, j'ai atteint l'âge de vingt et un ans et je considère que j'ai rempli dans l'esprit et dans la lettre tous les engagements contractés au Siam avec le capitaine Coffin et Mr Hunter. Par conséquent j'estime être arrivé au terme de mon contrat et mets fin aux relations qui nous lient. Je suis libre et vivrai désormais par moi-même. Chang Eng.

Susan Coffin tenait les jumeaux dans un tel mépris qu'elle refusa de croire que des sauvages puissent avoir rédigé pareille lettre, allant jusqu'à accuser Harris d'en être l'auteur. Bien que taiseux, Harris ne disposait pas moins d'une faculté acérée à sonder les âmes, dont le silence et l'observation étaient les pierres d'affûtage. Il quitta donc pour la première fois sa réserve, signifiant à Susan Coffin l'admiration qu'il ressentait pour des êtres qui devaient chaque jour prouver leur valeur face à des gens se croyant supérieurs, et qui, pour la plupart, ne leur arrivaient pas à la cheville. Population de fats superstitieux, aussi prompts à pratiquer la discrimination qu'à s'enrichir, dans laquelle il incluait sa patronne. Harris déclara qu'elle devait s'estimer heureuse que les jumeaux ne la poursuivent pas en justice, elle et son mari, pour les avoir escroqués depuis des mois. Évidemment, sa démission allait de soi. Puis il quitta le salon de la femme du capitaine, la laissant au bord de l'apoplexie, accrochée aux montants en acajou de son mobilier de Louisiane, fraîchement acquis à prix d'or.

À la suite de la rupture, Chang proposa à Eng de retourner au Siam. Ils pourraient négocier une place à bord du navire du capitaine Gavin qui s'apprêtait à retourner en Orient.

— Nous n'avons pas été abusés que matériellement, affirma-t-il. Notre naïveté a été le point d'entrée de cette lame qui transperce nos cœurs. Pour me protéger aujourd'hui, je ressens la nécessité de me replier et ne plus croire en rien.

— Tu as raison sur les faits, mon frère, mais j'en tire une conclusion exactement contraire. Il nous faut penser bien plus loin qu'aujourd'hui. Veux-tu m'écouter ?

Chang acquiesça, il estimait son frère plus apte que lui à manier l'abstraction. Il reconnaissait volontiers que le cerveau d'Eng avait un fonctionnement plus complexe que le sien et, d'une certaine manière, il en tirait fierté. Car, dans leur organisme unique, si certaines pensées incombaient au premier, certains actes étaient du ressort du second.

— Nous parlons couramment anglais, reprit Eng, nous le lisons sans problème…

— Surtout toi, sourit Chang.

— Tu ne te trompes jamais en lisant l'étiquette d'une bouteille de whisky.

— C'est vrai. Ni l'offre de services d'une maison de plaisir.

— Nous avons appris les mathématiques, poursuivit Eng, nous sommes donc capables de tenir la balance de nos recettes et de nos dépenses. Notre célébrité est un atout qu'il faut continuer à faire fructifier…

Évidemment, à ce stade, Chang avait compris où voulait en venir son frère et il termina sa phrase :

— … nous pourrions nous établir à notre compte.

— Et recueillir les profits de nos performances.

— Ainsi, nous rentrerons au Siam lorsque nous serons riches, approuva Chang.

— Rentrer maintenant, ce serait reconnaître que nous avons échoué, conclut Eng.

Les deux frères restèrent un instant silencieux, puis Chang demanda :

— Harris ?

— Harris, bien sûr.

Harris fut ravi de retrouver un emploi, quelques jours à peine après avoir perdu le précédent. Chang et Eng le chargèrent de mettre en place une nouvelle tournée et l'envoyèrent négocier avec Susan Coffin le rachat de la voiture, du cheval et des accessoires. Elle commença par refuser, se prétendant dévastée par le départ des jumeaux, elle qui leur avait prodigué tant d'amour et de confort, mais Harris lui remit une nouvelle lettre de ses patrons, qui l'obligea :

Chère Madame Coffin,
Je voulais vous remercier d'avoir accepté ma proposition. En me permettant d'étudier, de voyager, de mieux comprendre le monde qui m'entoure, vous m'avez donné les moyens de ma liberté. Vous comprendrez donc nécessairement que j'en use désormais. C'est de tout temps l'éducation qui permet l'affranchissement de l'état d'esclavage dans lequel certains en maintiennent d'autres.

Chang Eng

TROISIÈME PARTIE

Nous tenons pour évidentes par elles-mêmes ces vérités, que tous les hommes sont créés égaux, qu'ils sont dotés par leur créateur de certains droits inaliénables, parmi lesquels sont la vie, la liberté et la poursuite du bonheur.

Thomas Jefferson,
Déclaration d'indépendance des États-Unis d'Amérique, 4 juillet 1776

En 1833, Chang et Eng reprirent les routes, plus fréquemment et plus longtemps que sous le magistère des Coffin, mais ils étaient désormais leurs maîtres. Ils se produisirent dans chaque village et ville de l'État de New York, écumèrent le New Jersey, la Pennsylvanie, la Virginie et l'Ohio. Ils se procurèrent de nouveaux vêtements, des armes, des cravates en soie, des gants, des cigares de La Havane, des livres et dépensèrent abondamment en frais de coiffeurs, de parfumeurs et de prostituées. Ils se produisirent devant des salles de plus en plus grandes, exténués, mais riches. À mesure qu'ils menaient grand train, leur projet de retour au Siam s'estompait. Ils recevaient régulièrement des nouvelles de leur mère, à qui ils avaient enfin pu faire parvenir de l'argent, via le capitaine Gavin et d'autres capitaines de confiance. Nok venait de se remarier à son voisin chinois nommé Sen, un homme bon et généreux. Le couple vivait dans la même maison flottante sur le fleuve. Leur frère Tao et leur sœur Xiu leur adressaient d'affectueuses pensées. Nok espérait revoir ses fils un jour, mais elle n'ignorait pas que le voyage était long et compliqué. Elle se satisfaisait donc, en attendant, de savoir In et Jun heureux et prospères.

En 1834, Isidore Geoffroy Saint-Hilaire prit contact avec eux. La parution des premiers volumes de son ouvrage sur la tératologie avait déclenché une révolution dans la manière d'envisager les malformations congénitales. À trente ans, il avait quitté son statut de jeune homme fougueux, aux théories farfelues, pensant dans l'ombre de son père, pour acquérir un prénom et une stature scientifique incontestable, qu'il avait mis à profit pour adoucir la position des autorités françaises. La notoriété des jumeaux, ajoutée au constat que leurs tournées n'avaient jamais provoqué un accroissement de naissances monstrueuses, avait ramené la rationalité au pays de Descartes. L'occasion allait enfin être donnée à ces jeunes hommes, dont la réputation avait, dans un cas comme dans l'autre, largement dépassé les frontières, de se rencontrer à Paris.

Chang et Eng choisirent un logement dans une voie bourgeoise, située à quelques pas du Théâtre-Français. La rue Richelieu comportait de nombreux hôtels particuliers constitués de vastes appartements de confort, dont les propriétaires proposaient des baux éphémères à des visiteurs ou résidents provisoires de la capitale. Les frères y disposaient de l'eau courante, d'un cabinet d'aisances particulier, d'une lingerie et d'un salon de réception équipé d'une cheminée. L'ensemble se payait d'un loyer élevé, mais ils nourrissaient un grand espoir de succès à Paris.

C'est dans cet appartement qu'eut lieu leur première entrevue avec Isidore Geoffroy Saint-Hilaire. Introduit par Harris dans le salon, en compagnie d'un interprète, mandaté pour l'occasion. Le scientifique découvrit Chang et Eng assis sur un banc, tournant le dos à l'âtre allumé, leur ligament visible dans le biais de leur pourpoint, les contours de leur silhouette commune auréolés du halo des flammes. Le jeune scientifique, habitué à s'exprimer devant les parterres d'intellectuels de la capitale, resta cependant muet devant cette preuve vivante de la condition parfaite de la nature. Chang et Eng lui souriaient, le premier buvant une coupe de champagne, boisson qu'il venait de découvrir et qui était en passe de détrôner le whisky au panthéon de ses plaisirs, le second, refermant un journal dans lequel on annonçait leur arrivée sur les rives de la Seine.

— Cher ami, dit Eng, quel bonheur de vous connaître enfin.

— Prenez place, ajouta Chang en emplissant une seconde coupe qu'il lui tendit après que Harris eut avancé deux fauteuils.

— Nous n'avons pas eu l'honneur de lire votre ouvrage, dont on nous dit qu'il est volumineux, sur cette nouvelle science que vous avez nommée…

L'interprète hésitant sur la bonne manière de traduire « tératologie » en anglais, Saint-Hilaire expliqua qu'il avait emprunté le terme à un vocable grec signifiant « récit de choses extraordinaires », lui-même composé de *teratos*,

« un signe envoyé par les dieux » et du suffixe *logos*, la parole, mais aussi la raison, selon Platon.

— Ainsi vous avez mêlé la raison au merveilleux, apprécia Eng. Grâce à vos travaux, nous restons dans la lignée humaine…

— Le fait de nous savoir le produit d'un aléa advenu pendant la grossesse de notre mère, intervint Chang, nous a débarrassés du sentiment d'être fautifs…

— Mais selon vous, notre mère devrait-elle se sentir responsable ? Ce qui nous est arrivé, aurait-elle pu l'éviter ?

La conversation dura fort tard sur les causes et les conséquences des malformations congénitales. Chang et Eng voulurent tout connaître de la classification de Saint-Hilaire qui leur révéla qu'ils étaient « tératopages », catégorie qui regroupait des sujets complets unis par un pont anatomique pouvant se situer de la tête au bassin, et qu'ils étaient, plus particulièrement, membres du sous-ensemble des « xiphopages », c'est-à-dire, unis de l'appendice xiphoïde à l'ombilic. Existait aussi le groupe des « tératodymes », qui comprenait les individus en « Y », tels que par exemple des enfants nés avec deux têtes, deux torses, mais un seul bassin et une seule paire de jambes. À l'opposé des « lambdoïdes », en forme de λ, qui présentaient, par exemple, une seule tête, un seul torse et deux corps complets à partir des lombes. Enfin, les « xioïdes » en forme de X, avec deux têtes, un seul torse et quatre jambes. La taxinomie de Saint-Hilaire découlait autant de ses observations directes que de dizaines de cas recensés historiquement, parvenus à sa connaissance.

Chang et Eng se surprirent à être horrifiés de l'exubérante diversité de ces anomalies. Ils eurent beaucoup de difficulté à réprimer un sentiment de dégoût, partageant en fin de compte la réaction habituelle d'un très grand nombre de leurs interlocuteurs. Mais aussi, pour la première fois, ils prirent conscience que malgré la faible proportion de ces anomalies, le très grand nombre de naissances aboutissait nécessairement à la production d'une population non négligeable d'humains présentant un défaut.

De son côté, Isidore fut conquis par la hauteur intellectuelle de ses interlocuteurs, l'intelligence réflexive d'Eng, l'humour et la droiture de langage de Chang, persuadé que les épreuves qu'ils avaient subies les avaient amenés à développer une capacité d'adaptation supérieure à la moyenne. Il admirait leur faculté à avoir conquis leur indépendance et à s'occuper de leurs affaires eux-mêmes. Ce jour-là, Isidore Saint-Hilaire se jura de faire découvrir à l'intelligentsia littéraire et artistique de la Ville Lumière l'extraordinaire destin de ces fils du fleuve.

Pendant trois mois, Chang et Eng reçurent le public à l'hôtel de l'Europe, chaque jour de treize heures à seize heures en faisant payer l'entrée deux francs et cinquante centimes. Charles Harris avait fait imprimer cent cinquante affiches grandeur nature et plus de mille prospectus, distribués dans les rues de la capitale. Quatorze ans après le décès de Napoléon Bonaparte, un an après la mort du marquis de La Fayette, Paris vivait dans la nostalgie de sa gloire passée.

Le roi Louis-Philippe, âgé de soixante-deux ans, régnait sans charme et distillait l'ennui parmi ses sujets. Aussi la visite des jumeaux apporta-t-elle la distraction dont les Parisiens avaient besoin et leur engouement ne tarit pas.

Le matin, Chang et Eng louaient généralement un fiacre pour visiter la capitale. Ils effectuèrent de longues promenades dans le bois de Boulogne, dont certains taillis leur rappelèrent leur pays natal, ils se recueillirent sur la tombe de Voltaire au Panthéon, visitèrent la manufacture de porcelaine de Chine à Sèvres, et la vue de cet art familier déclencha en eux un profond sentiment de mélancolie. Mais, sans conteste, leur visite la plus remarquable se déroula au Jardin des Plantes où Isidore tint à les emmener voir la girafe Zarafa, nommée d'après le terme arabe qui désignait l'espèce. Capturée au Soudan, puis offerte par le vice-roi d'Égypte au roi Charles X, Zarafa résidait dans la rotonde de la ménagerie du Jardin des Plantes depuis huit ans. Entre-temps, plus de six cent mille personnes étaient venues observer le fabuleux animal.

— Je ne sais pas si nous battrons un tel record, commenta Chang, en observant avec intérêt la longue langue bleue de l'animal se déployer comme un serpent pour se saisir d'un feuillage d'eucalyptus que lui présentait Afir, son soigneur.

Saint-Hilaire leur expliqua qu'Afir était arrivé en France avec la girafe, et qu'il logeait depuis tout ce temps sur un balcon, à hauteur de la tête de l'animal.

— Nul besoin d'avoir un long cou ou le sternum collé, pour se retrouver encagé, marmonna Chang.

— Isidore, pourquoi avez-vous tenu à nous amener ici ? demanda Eng.

En réponse, Isidore évoqua le lien, quasi familial, qui l'unissait à la girafe.

Huit ans plus tôt, lorsque le fantastique animal avait accosté à Marseille, s'était posée la question de son acheminement à Paris car son immense cou ne lui permettait de monter à bord d'aucun moyen de transport. Après avoir pensé à mandater un directeur de cirque, les autorités avaient décidé de confier la mission à Étienne Geoffroy Saint-Hilaire, le directeur du Jardin des Plantes, ce que ce dernier avait accepté avec enthousiasme. Le père d'Isidore défendait la thèse de Lamarck selon laquelle les espèces se modifiaient et évoluaient pour une meilleure adaptation à leur environnement. En cela il s'élevait contre l'avis de Georges Cuvier qui affirmait que les races demeuraient immuables. Quelle aubaine, donc, pour le zoologiste de pouvoir observer le comportement de Zarafa, et vérifier que le développement de son long cou était bien survenu au fil des temps pour favoriser le broutage en hauteur, à la différence d'espèces voisines, telles que les antilopes, qui paissaient uniquement dans les plaines. En 1827, Geoffroy Saint-Hilaire s'était donc rendu à Marseille, malgré les rhumatismes dont il souffrait cruellement, pour organiser cette traversée de la France. Deux vaches laitières, six gendarmes à cheval et un groupe de gardes égyptiens avaient accompagné l'animal le long des neuf cents kilomètres qui le séparaient de la capitale. Pendant quarante jours, des centaines de milliers de Français avaient accouru de chaque village pour observer ce fabuleux accomplissement de la nature, qui n'avait épargné aucun figuier ou platane sur son trajet.

Le soir, après leur représentation, Saint-Hilaire conduisait Chang et Eng dans les lieux parisiens où les artistes du siècle rivalisaient d'esprit. Dans le salon de madame de Récamier ils rencontrèrent Honoré de Balzac, qui avait connu le succès depuis la parution de *La Peau de chagrin*, mais qui croulait sous les dettes et se montra intéressé par les sommes empochées par les jumeaux grâce à leur spectacle. Le consul auprès des États pontificaux, Henri Beyle, dit Stendhal, de bref passage à Paris, proposa de les aider à tenir la plume afin de faire paraître leur histoire sous la forme d'un feuilleton dans la *Revue des Deux Mondes*, mais il abandonna l'idée aussi vite qu'elle était venue, accaparé par l'écriture de son prochain roman. Rue Notre-Dame-de-Lorette, dans l'atelier d'Eugène Delacroix, ils dissertèrent des avantages respectifs de la monarchie et de la république sous les études de *La Liberté guidant le peuple*. Au Procope, ils dégustèrent des huîtres pour la première fois en compagnie du jeune pianiste virtuose, Frantz Liszt, qui les présenta à son amie Aurore Dupin, connue sous le nom de plume de George Sand. Ce fut elle qui les convainquit d'abandonner leur costume traditionnel siamois pour s'habiller comme de vrais Parisiens et dès le lendemain, Chang et Eng apparurent vêtus de manteaux bleu foncé, portant cravates de soie noire, pantalons marron et chapeaux hauts de forme.

Pendant près d'une année, Saint-Hilaire fut leur guide et leur conseiller, il leur fit rencontrer ses sœurs jumelles Virginie et Stéphanie ainsi que son père Étienne, alors âgé de soixante-trois ans. Lorsque ce séjour à Paris s'acheva, les jumeaux et Isidore Saint-Hilaire s'enlacèrent et se jurèrent de se revoir. Si le jeune naturaliste contribuait par ses travaux à changer le regard du monde sur les anomalies innées, tout au long de l'année il avait aidé Chang et Eng à changer le regard qu'ils portaient sur eux-mêmes.

De retour aux États-Unis, Chang et Eng renoncèrent aux petites salles et aux organisations de guingois pour se produire exclusivement dans les Peale's Museums appartenant à Rubens Peale, qui en fondait dans la plupart des grandes cités américaines. À New York, le premier de ces établissements était un haut bâtiment de briques rouges, muni de fenêtres par lesquelles le soleil baignait les enfilades de salles aux parquets blonds. Les amateurs de curiosités biologiques pouvaient y apprécier des centaines de sculptures d'animaux représentés dans leur habitat natif, ainsi qu'un empilement invraisemblable de vitrines de toutes dimensions où figuraient des échantillons naturalisés de la flore américaine, mais aussi des gemmes, cristaux, et pierres du Nouveau Monde. Pour attirer plus de public, le propriétaire avait fait entrer des momies égyptiennes et des squelettes attribués aux premiers habitants de la Terre, puis il fit venir des enfants indiens vivants, exhibés dans tous les aspects de la vie tribale, et enfin Deborah et Susan Tripp, les incroyables enfants obèses, dont la première pesait soixante kilos à trois ans, et la seconde, cent deux, à six ans. Le succès fut tel que dans les cinq étages du bâtiment, les sciences naturelles cédèrent progressivement la place aux bizarreries, monstres et autres merveilles. Désormais Nicholas le ventriloque régalait les visiteurs de ses interventions, Henry le vétéran désarticulait chacun de ses membres à la demande, et une troupe de canaris dressés jouait aux dominos.

À la même époque, Phineas Taylor Barnum, redoutable concurrent de Rubens Peale, inventait le cirque itinérant. Il y présentait en vedette Joice Heth, une esclave noire soi-disant âgée de cent soixante et un ans, dont les yeux semblaient avoir disparu au fond de ses orbites. Barnum prétendait que la vieille femme, édentée et presque paralysée, était l'ancienne nourrice de George Washington, l'homme illustre qui avait conduit les pères héroïques de la nation sur le chemin de la victoire et la liberté. En réalité, l'homme d'affaires avait racheté la pauvre femme, qui devait avoir tout au plus soixante-dix ans, à un planteur du Kentucky, pour la somme de mille dollars.

Cirques, musées, zoos humains, l'industrie du divertissement se structurait et organisait l'exhibition des étrangetés humaines à grande échelle. Dans chaque État, le public jouait des coudes pour s'asseoir au banquet des monstres, semblant n'être jamais repu d'extravagances réelles ou imaginaires, se moquant de distinguer entre réalité et supercherie. Il voulait se repaître des différences, jusqu'à la nausée, tour à tour méprisant et admiratif. Chang et Eng n'étaient pas dupes. Ils avaient conscience de contribuer à entretenir l'épidémie de voyeurisme, mais c'était selon eux le prix à payer pour un meilleur avenir.

Pendant quatre ans, ils attirèrent un public plus éduqué et plus familial qu'à leurs débuts dans l'écrin rassurant et confortable des musées de Rubens Peale. Les discussions portant sur le désir de rentrer et de revoir leur mère ne cessaient pourtant jamais, cependant à mesure que le temps passait, Chang et Eng n'étaient plus certains de savoir où se situait leur vraie maison. Aux États-Unis d'Amérique ou au Siam ? Sans fatigue, ils allaient de ville en ville, gagnaient beaucoup d'argent et économisaient le plus possible.

— Je ne suis pas certain que l'on ne voudra jamais nous considérer en dehors d'une salle de spectacle, s'inquiétait Chang. Qui nous apprécierait en tant que voisin, collègue, ou ami ? Seules la curiosité malsaine et la cupidité animent ceux qui nous entourent. Puis, prenant un temps, avant d'ajouter : Tu sais comme je respecte et admire notre mère, mais elle-même nous a laissés partir aux États-Unis contre la promesse de recevoir trois mille dollars.

— J'y ai souvent pensé aussi, concéda Eng. Mais, maintenant que nous avons de l'argent, nous pourrions nous permettre de vivre comme n'importe qui. C'est aussi simple que cela.

— Crois-tu ? Moi je pense que notre différence nous rattrapera, quelle que soit notre fortune.

— Je te démontrerai l'inverse. Depuis que nous avons quitté les Coffin, nous avons connu des moments de vie ordinaire à l'occasion de nos tournées, ici, ou en Europe.

— Quelques jours à admirer la beauté d'une ville, oui. Une soirée en compagnie de convives intelligents, une nuit dans les bras d'une prostituée qui n'a d'autre alternative que de nous accepter. Mais par exemple, de l'amour. Qui pourra réellement nous en donner ?

— Des femmes nous ont écrit que nous leur plaisions.

— Ah oui, pourquoi ? Que connaissaient-elles de nous ? Quel frisson recherchaient-elles ? Nous auraient-elles donné des enfants ?

Eng réfléchit longuement avant de répondre à son frère :

— Avoir des enfants, ce serait pour toi la preuve que nous avons trouvé notre place dans la société ?

— Une place dans l'espèce, oui. Si un jour, un enfant s'adresse à moi en m'appelant « père », je conviendrai que nous avons réussi, affirma gravement Chang.

— Je te fais le serment que cela sera, répondit Eng.

À la fin de l'année 1837, les jumeaux se produisaient à Richmond, en Virginie, quand un spectateur, le docteur Calloway, impressionné par leur personnalité et leur intelligence, toqua à la porte de leur loge. Au lieu des habituelles questions sur leur anatomie et leur physiologie, leur visiteur, âgé d'une dizaine d'années de plus qu'eux, aborda des sujets généraux et la conversation prit un tour amical lorsqu'ils se découvrirent un intérêt commun pour la chasse et la pêche. Le comté de Wilkes, d'où était originaire Calloway, en Caroline du Nord, était riche en collines et en montagnes qui regorgeaient de cerfs, de dindes sauvages, d'écureuils et de faisans. Leurs pentes étaient dévalées par des torrents, grouillant de poissons fins. Les villages étaient coquets et tranquilles, un havre de paix, les assura Calloway, comparé à l'agitation et à l'embarras des métropoles. Selon le praticien, il s'agissait d'un peuple paisible à la mode ancienne, peu enclin aux troubles et aux tourments, composé de fermiers aux besoins modestes. Lorsqu'ils étaient trop pauvres, les habitants le rémunéraient d'une miche de pain ou d'un bol de gruau fumant arrosé de sauce *gravy*.

Tout au long de la conversation le docteur Calloway s'adressa aux jumeaux comme à des gens normaux qu'il invita à lui rendre visite lorsqu'ils le voudraient. Après son départ, Chang et Eng eurent le sentiment qu'on venait de leur décrire le paradis sur terre et décidèrent qu'à l'issue de leurs engagements actuels, ils n'accepteraient aucun nouveau contrat avant d'avoir séjourné quelques jours dans le comté de Wilkes.

En mai 1839, la voiture conduite par Charles Harris pénétra en Caroline du Nord, longeant la rivière Yadkin, dans cette région sauvage que le flanc oriental du massif des Appalaches baignait de brumes bleues.

À bord, Chang et Eng paraissaient détendus et sereins, cependant leurs esprits étaient la proie de pensées contraires. Eng était persuadé qu'il était temps de cesser les tournées, il aspirait à un mode de vie plus proche de celui de son enfance et espérait secrètement que cette région en soit le creuset. Chang, quant à lui, était plus enclin à profiter d'une pause. Il ne se voyait pas se retirer à vingt-huit ans, convaincu que la fascination qu'ils exerçaient sur les foules était le meilleur substitut de l'intégration. Ainsi, tandis que leur calèche remontait la rue principale de Wilkesboro, le second se persuadait qu'il s'agissait d'une simple étape dans leur parcours, quand le premier espérait qu'elle en serait l'achèvement. Aucun des deux frères n'ignorait leur désaccord, mais ils avaient choisi de ne pas l'aborder frontalement. Sachant depuis toujours que leurs chemins ne pouvaient diverger, ils misaient sur l'avenir pour trancher un débat qui risquait, sinon, d'être inextricable.

Harris tira sur la bride du cheval devant l'auberge du capitaine Carmichael. Le docteur Calloway leur avait recommandé le lieu pour ses plats de gibier, arrosés du meilleur vin brûlé du monde, ainsi que pour l'épaisseur des édredons et la qualité des matelas. En quelques jours, les jumeaux eurent l'occasion de découvrir leurs nouveaux voisins. Les citoyens de Wilkesboro étaient délicieux et peu intrusifs. Certes ils avaient été surpris par l'apparence des nouveaux venus, bien que nombre d'entre eux aient déjà entendu parler des fabuleux frères siamois, mais ici on s'occupait de ses propres affaires avant de s'intéresser à celles des autres. Le labeur et l'honnêteté étaient mis à l'honneur dans cette population dont les mentalités étaient influencées par leurs voisins du sud et de l'ouest, Caroline du Sud, Tennessee, Géorgie, Alabama et Mississippi. Tout le monde se doutait que les jumeaux étaient fortunés et que leur argent, ils ne l'avaient pas volé. Toutefois, il arriva qu'en pleine rue, un planteur crache sur leur passage et marmonne qu'ils retournent dans leur pays, mais Chang et Eng firent semblant de ne pas avoir entendu. Au fond d'eux-mêmes les Siamois préféraient être l'objet de quolibets racistes plutôt que d'être traités de monstres. Ils trouvaient plus de banalité à cette forme de discrimination et espéraient que les habitants du comté s'habituent à leur couleur de peau. La constitution rendant obligatoire un recensement fédéral tous les dix ans, dans lequel les esclaves ne comptaient que pour les trois cinquièmes d'un habitant libre, et les Amérindiens pour rien, Chang et Eng avaient pris acte de cette ségrégation.

Ils se félicitaient qu'elle épargne les Orientaux et supputaient que le nombre d'esclaves noirs employés dans les champs de tabac ou de coton alentour suffirait à absorber la majeure partie du ressentiment des citoyens du comté de Wilkes.

Les paysages étaient à la hauteur de la promesse du docteur Calloway. Les daims abondaient dans les montagnes proches, les renards dans les champs autour du village, les truites dans les ruisseaux clairs de la vallée et les perches pullulaient dans les lacs. Après onze ans de voyages ininterrompus, de face-à-face avec le public, et tant de brimades et de déceptions, Chang et Eng eurent l'impression que cet État du Sud formait une bulle hors du monde. La révolution industrielle l'avait épargné, les routes entre les villes étaient peu développées, le chantier de construction des voies de chemin de fer était loin d'avoir atteint ses frontières. Les communications étaient pauvres, les journaux s'occupaient davantage des nouvelles locales que des actualités nationales. De longues discussions avec le docteur Calloway les éclairaient chaque jour un peu plus sur la façon dont la vie s'écoulait. On attachait les patients à la table d'opération et on leur donnait de l'alcool avant de les amputer, il n'y avait pas de système scolaire public, le sens de l'ordre dominait, les délits étaient punis sévèrement par la loi et la peine de mort infligée en cas de récidive. On défendait son honneur par le duel, les femmes chiquaient le tabac et crachaient, ce qui rappela aux jumeaux l'usage du bétel en leur pays. Les Indiens Cherokee avaient été massivement déportés hors de l'État et leurs terres, saisies, produisaient généreusement. La mentalité de la population était conservatrice, moyennant quoi, lorsqu'elle vous avait accepté, c'était pour toujours.

Un soir de septembre, dans la semi-obscurité de la nuit tombée, Chang et Eng dégustaient un whisky dans le salon de l'auberge du capitaine Carmichael. Les braises déclinantes de l'âtre semblaient donner vie aux trophées de chasse accrochés au mur. Dehors, les vents tourbillonnant, entraînaient les premières feuilles mortes dans une danse gracieuse. Chang, comme à son habitude, s'était resservi à plusieurs reprises.

— Mon frère, commença-t-il, j'ai beaucoup réfléchi au long de l'été que nous venons de passer ici, et je suis prêt à me lancer dans l'aventure à laquelle tu aspires. Il y a dans cet État du Sud une conformation d'esprit qui me convient. Je sais que tu n'en parles jamais de peur de me fâcher, mais il se pourrait que tu aies raison et que le temps de reprendre la route soit révolu.

Eng ne s'attendait pas à un tel revirement. Ou plutôt, il ne s'attendait pas à ce que cela survienne si vite, trois mois après leur arrivée en Caroline du Nord. Il s'autorisa donc à lui répondre avec sincérité, car lui aussi avait avancé dans sa réflexion :

— Nous avons économisé suffisamment d'argent. Nous pourrions acheter une terre et la cultiver.

Chang acquiesça, en remplissant son verre de whisky, qu'il vida d'un trait.

— Un esclave efficace coûte sept cents dollars, dit-il, nous veillerons à ne pas trop dépenser au début.

Eng, embarrassé, repensa à la lettre qu'ils avaient envoyée à Susan Coffin dans laquelle ils l'avaient accusée de les avoir asservis. Devaient-ils, pour briser leurs chaînes, assujettir d'autres êtres humains ? Si la liberté se comptait en nombre de barreaux à gravir, il lui sembla qu'ils n'avaient d'autre choix que de les empoigner un à un. Pour s'insérer dans cette société, il était prêt à en épouser les travers.

— Nous construirons notre maison nous-mêmes, lâcha-t-il. Nous n'allons pas rester indéfiniment dans cette auberge.

— Même si le whisky est délicieux…

— J'ai pensé autre chose, poursuivit Eng. Si nous voulons nous intégrer dans cette communauté, nous devrions nous faire naturaliser.

Chang se pencha pour se saisir d'une bûche qu'il lança au-dessus du pare-feu. Un jet d'escarbilles incandescentes raviva le foyer, puis de nouvelles flammes se formèrent.

— De toute façon, chaque jour passé dans ce pays nous éloigne davantage du Siam, conclut-il, en guise d'assentiment.

Le 12 octobre 1839, assistés d'un juriste recommandé par le docteur Calloway, Chang et Eng lancèrent une procédure en naturalisation auprès des autorités de Caroline du Nord. Leur requête stipulait qu'ils résidaient continûment depuis neuf ans en Amérique et qu'ils s'étaient installés à Wilkesboro depuis le mois de mai 1839. Omettant sciemment les deux épisodes de violence qui leur avaient valu une condamnation dans d'autres États, ils relataient s'être conduits en hommes de bonne moralité depuis leur arrivée sur le territoire américain. Ils ajoutaient vouer une fidélité sans faille aux principes de la constitution, être attachés à l'ordre, et affirmaient renoncer à leur allégeance au roi de Siam ainsi qu'à tout autre État, roi ou prince ou potentat. Pour que la requête soit examinée par la cour, il leur fallait choisir un nom de famille. Chang et Eng décidèrent d'emprunter celui des frères Bunker, trois gentlemen qu'ils avaient rencontrés à New York, après avoir quitté l'orbite de Susan Coffin. Fred, William et Barthel Bunker vantaient les mérites de la libre entreprise à l'américaine, ils les avaient encouragés à se mettre à leur compte, promettant à Chang et Eng que devenir leurs propres patrons les conduiraient à travailler dix fois plus qu'auparavant, mais qu'ils en récolteraient les profits en se forgeant une place dans la communauté.

C'est ainsi qu'In et Jun, les enfants siamois, postulèrent pour devenir Eng et Chang Bunker, citoyens américains. En attendant la réponse du tribunal, les jumeaux acquirent pour trois cents dollars une propriété sauvage et reculée à Trapp Hill, au bord de la rivière Little Sandy Creek. Soixante hectares de terrain à défricher sur lesquels ils entreprirent de construire une maison en bois d'un étage, postée à flanc de colline, ceinturée d'une spacieuse véranda. L'escalier qui menait à l'étage fut pensé d'une largeur surdimensionnée, pour qu'ils puissent l'emprunter sans se gêner. Ils voulaient laisser entrer la lumière du jour et posèrent des fenêtres doubles qui unissaient les parquets d'acajou aux plafonds de larges lattes peintes en blanc. Autour du bâtiment principal, les jumeaux construisirent une annexe pour la cuisine, avec une cheminée assez grande pour faire cuire un cerf. Et, attenante, une resserre destinée à abriter les réserves d'épicerie et une écurie.

Charles Harris applaudit le choix des frères liés. En approchant la cinquantaine, lui aussi estimait qu'il était temps de faire autre chose de sa vie. En compensation de la perte de son emploi, les jumeaux lui offrirent le chariot avec lequel ils avaient parcouru tant de chemin. Harris s'empressa de le vendre et, ce pécule venant en complément des salaires qu'il n'avait jamais eu le temps de dépenser, il put reprendre une petite exploitation agricole située à mi-chemin entre Wilkesboro et Trapp Hill. Durant toute la période de la construction de la maison des jumeaux, il vint leur prêter main-forte, son rapport avec Chang et Eng évoluant rapidement de la subordination à l'amitié. Chang et Eng commandèrent un mobilier solide à Henry Moose, le menuisier de Wilkesboro, comportant une chaise munie d'une double assise pour prendre place à la table du salon, un fauteuil double pour trôner en face de la cheminée et un lit de très grande largeur, muni d'un sommier en fer forgé.

Un an après leur arrivée en Caroline du Nord, Chang et Eng emménagèrent dans leur maison de Trapp Hill. La saison des semences approchant pour le tabac, ils se hâtèrent de faire débroussailler un champ par deux jeunes Noirs dont ils avaient âprement négocié le prix au marché aux esclaves des quais de Wilmington.

Charles Harris, que l'on interrogea à ce sujet à la table de poker de Nathaniel Burguess, un riche planteur de coton dont la fille, Fannie, lui plaisait beaucoup, répondit avec courage et ironie. On s'étonnait que des Orientaux aient recours à l'esclavage des Noirs ? Mais les maîtres devaient-ils forcément être des Blancs ? D'ailleurs, l'histoire antique regorgeait d'exemples où des populations asservies avaient été blanches. Il conseilla aux propriétaires terriens présents autour de la table de poser la question aux jumeaux eux-mêmes. Pourquoi ne les inviteraient-ils pas à partager leur prochaine partie ? Eng, le plus grand des deux, s'y entendait bien en maniement de la mise. Harris rappela qu'il les fréquentait depuis plusieurs années et que personne, mieux que lui, ne pouvait se vanter de connaître ces êtres, pluriels en esprit, singuliers en corps. Il n'était nul besoin d'avoir l'apparence d'un monstre pour se comporter monstrueusement. C'était à la portée de n'importe quel homme ordinaire, et de n'importe qui, par exemple, assis autour de ce tapis vert. Une telle réponse provoqua un malaise général, mais divertit grandement Nathaniel Burguess, d'une nature aussi hardie au jeu de cartes que dans la vie. Ce qui expliqua qu'il ne formule aucune opposition à la demande ultérieure de Harris de courtiser Fannie.

Quelques mois plus tard, la plus haute juridiction de Caroline du Nord accorda officiellement à Chang Bunker et à Eng Bunker le statut de citoyens américains. Plus que quiconque ils aspiraient à se fondre dans la masse, à se comporter comme la majorité, à ne déroger en rien pour ne rien déranger. La grande nation qui venait de les accueillir plaçait si haut la réussite matérielle que les milliers de dollars accumulés par les frères liés leur facilitèrent la tâche. Si leur dépôt était protégé par cinq centimètres d'acier dans le coffre-fort de la banque de Wilkesboro, son montant avait fuité hors de l'établissement, si bien que dans les rues en terre battue, sur les chemins caillouteux, comme sur les allées herbeuses, plus personne ne formulait de remarques désobligeantes à leur passage. Le temps des saltimbanques semblait définitivement révolu. Les frères Bunker étaient à la tête d'un troupeau de quarante moutons, de six chevaux et de douze cochons. Ils cultivaient le tabac et le coton, et songeaient à se faire baptiser. Impressionnés par les enseignements du christianisme, il leur était cependant difficile de renoncer à certaines représentations religieuses inculquées par leur mère. Aussi la croyance en un Dieu suprême et dans la figure d'un messie envoyé pour expier les péchés des hommes se mélangeait-elle désormais dans leur esprit aux principes du bouddhisme. Ils n'avaient acheté qu'une bible et elle se trouvait plus souvent dans le tiroir de la table de nuit du côté d'Eng que de Chang, non loin d'une coupelle où reposaient une offrande du riz et des pétales de fleurs. Mais tous deux croyaient en la punition des mauvais et en la récompense des bons.

Maintenant, les jumeaux liés avaient un banc réservé à la table de poker de Nathaniel Burguess. Ils y pratiquaient la diplomatie de la paire d'as, selon Eng, qui se révéla un joueur redoutable, aux nerfs d'acier et à la stratégie imprévisible. Chang, lui, s'ennuyait autour du tapis vert. Il préférait écluser du whisky et fumer le cigare plutôt que pousser des jetons. Fondamentalement, les jeux de cartes lui inspiraient de la défiance, car il estimait que leur fortune avait été trop ardue à conquérir pour laisser au hasard le soin de la dilapider.

— Ce n'est pas une question de hasard, mais de talent, lui expliquait Eng. Quand m'as-tu vu perdre ?

Opportunément, la consommation abondante d'alcool et de tabac faisait partie intégrante du schéma d'incorporation du cénacle de Burguess. Ainsi, tandis qu'Eng se faisait admettre en plumant sans vergogne ces Blancs nantis dont il devinait le moindre bluff, Chang conquérait leur estime à force de défis virils relevés.

En avril, Fannie Burguess épousa Charles Harris, et les frères liés se rendirent au mariage. La réception se déroulait sur les terres de Nathaniel Burguess et réunissait tout ce que la région comptait de familles sudistes influentes et de portefeuilles garnis. Les calèches d'apparat se succédaient sur une allée de chênes centenaires, aux branches desquelles de longues traînes de mousse espagnole pendaient comme des barbes de vieillards. Les voitures étaient parquées dans l'oliveraie où les domestiques faisaient griller des cochons par dizaines. Plus de trois cents invités se pressaient autour des buffets dressés sur une terrasse gazonnée, sous les tonnelles de jasmin, entre des colonnes romaines entourées d'aubépine. À l'intérieur, Chang et Eng, vêtus d'habits de cérémonie à basques, confectionnés spécialement pour l'occasion, déambulaient de salon en salon, sous les moulures d'acajou ciselé, parmi les pièces d'argenterie et la porcelaine, contribuant au baroque du décor par leur seule présence. Eng tentait de réfréner la consommation de whisky de son frère qui se saoulait consciencieusement depuis leur arrivée, distribuant sourires et saluts avec une ostentation qui ne cessait d'aller croissant. Sa propre tête lui tournait et l'angoisse de ne pas se montrer à leur meilleur avantage lors de cette première sortie en société l'accablait. Il parvint à entraîner Chang à l'écart de la foule, dans la véranda qui ceinturait la demeure.

Là, deux jeunes femmes, accoudées à la rambarde en bois blanc, observaient la noce en contre-bas. Une brise aux fragrances de jasmin animait la mousseline blanche de leurs robes à cerceaux d'un modèle identique, sauf que l'une était brodée de motifs de fleurs vertes et l'autre de fleurs bleues. Leurs tailles fines, enlacées d'un même ruban de satin ivoire, semblaient jointes. De dos, elles paraissaient si proches et si semblables que les cœurs des jumeaux s'emballèrent. Les cheveux blonds et bouclés de la jeune femme de droite cascadaient depuis l'abri de son large chapeau de paille, tandis que la chevelure brune de celle de gauche s'épanouissait en mèches torsadées de part et d'autre de son cou diaphane.

Comme si elles avaient senti la caresse des regards sur leurs épaules dénudées, les deux sœurs Yates se retournèrent en même temps. Adélaïde, la blonde, était la cadette, âgée de dix-sept ans ; Sarah, la brune, avait dix-huit ans. Toutes deux avaient le nez retroussé et les pommettes hautes, les yeux d'un bleu myosotis pour Adélaïde, noisette pour Sarah. Elles s'inclinèrent avec une grâce juvénile et se présentèrent spontanément aux deux arrivants. Adélaïde et Sarah étaient les filles de David Yates, un riche cultivateur dont la massive demeure dominait la vallée de Mulberry Creek. Elles s'empressèrent d'ajouter que leur père possédait cinq cents hectares de terre, dix-huit chevaux et quinze esclaves. Les jeunes femmes étaient comblées de rencontrer les frères Bunker. Il n'était pas fréquent de voir des vedettes internationales honorer de leur présence un rassemblement de fermiers. Chang et Eng se plièrent volontiers à leur requête insistante de les transporter par le récit de leurs voyages. Bangkok, Saigon, les mers du Sud, Boston, New York, Londres, Paris, aucune de ces destinations ne lassa la curiosité de leurs interlocutrices, repoussant la limite des heures à la tombée de la nuit, et reléguant le mariage de leur ami Charles Harris au second plan. Adélaïde et Sarah voulurent connaître le moindre détail des univers qu'ils avaient explorés, des coutumes étrangères. À leurs yeux, ce qui différenciait Chang et Eng Bunker des autres habitants du comté de Wilkes n'était pas le handicap, mais bel et bien qu'ils avaient parcouru le monde. Elles se languissaient au milieu des champs et du bétail, déplorant qu'ici les houppes soyeuses du coton tiennent lieu de neige et que les rodéos fassent pâle figure auprès d'un combat de tigre et d'éléphants. Stupéfiés par la libre parole des sœurs Yates, Chang et Eng furent également subjugués par leur charme et leur vivacité. Dans ce reflet féminin d'eux-mêmes, ils perçurent la complicité, la mutualité des émotions, la communion des intérêts, une possible alternative à leur vie double et pourtant solitaire. Toutefois, l'importance et la quantité des obstacles à franchir, leur pudeur sentimentale et l'absence de certitude concernant la véritable opinion des sœurs Yates à leur sujet les engagèrent à ne rester qu'allusifs.

— Une jeune femme pourrait avoir la volonté de se marier aujourd'hui, lâcha Eng, énigmatique, en contemplant les invités qui venaient de se lancer dans un quadrille endiablé, au son du violon et de l'harmonica.

— Mais n'est-ce pas ce qui se déroule sous nos yeux ? fit mine de s'étonner Chang.

— Ce n'est peut-être pas le bon mariage, répondit Eng. Puis s'adressant à Adélaïde et à Sarah : mon frère pense qu'il est temps de se marier.

— En vérité, c'est lui qui souhaite se marier, corrigea Chang. Il me met ça sur le dos dans le seul but de parler d'amour avec vous.

Eng joua les offusqués, tandis que les deux sœurs rougissaient et augmentaient la fréquence du battement de leurs éventails.

— Si vous saviez, poursuivit Chang. Eng serait prêt à tout pour se marier, même avec un laideron.

— Certainement pas, car je suis plus malin que toi, se défendit Eng. Toi, tu épouserais n'importe qui, même la fille la plus bête du comté, si jamais elle voulait de toi.

— Non, car je réfléchis plus que toi.

— Alors dans ce cas, conclut Eng, nous sommes tous deux plus malins l'un que l'autre !

— Quel dommage qu'à cause de cela aucun de nous ne se marie, conclut Chang.

Les deux sœurs rirent et Adélaïde, la plus jeune mais aussi la plus effrontée, ne put résister au plaisir d'y participer. Allant à l'encontre de la réserve imposée par ses préceptes éducatifs, elle déclara qu'il serait regrettable que Chang et Eng ne se marient pas. Cela priverait assurément deux jeunes femmes du bonheur de connaître les deux parfaits maris qu'ils pourraient être. D'autant que ces prétendantes pouvaient tout à fait être belles et intelligentes.

S'ensuivit un moment de silence, et, personne ne voulant franchir une ligne de convenance, ils prirent congé en se disant qu'ils avaient encore bien des choses à se dire.

— Si vous êtes d'accord, proposa Eng, mon frère passera vous rendre visite un jour.

— Et si vous l'autorisez, ajouta Chang, je viendrai accompagné de mon frère, quoique je préfère le laisser en arrière, car il a tendance à monopoliser la conversation.

Adélaïde et Sarah quittèrent la véranda et disparurent dans un froissement de tissu léger, qu'accompagnaient leurs rires.

De retour à Trapp Hill, Chang et Eng installèrent leur chaise double sur le perron de la maison, nimbé du halo lunaire. Dans la nuit saturée d'humidité, ils contemplèrent la pente douce de leur champ de coton dont la limite se perdait à l'orée d'une forêt giboyeuse. Les deux frères restèrent un long moment silencieux, leurs esprits traversés par un même trouble. Aucun des deux n'osant délivrer le premier son avis sur la rencontre avec les sœurs Yates.

— Je suis certain qu'on leur plaît, finit par dire Chang. Elles nous ont regardés comme des personnes normales.

Eng laissa un sourire triste se dessiner sur son visage.

— Je crains qu'effectivement tout ceci soit normal, tempéra-t-il. Aussi normal qu'une discussion sympathique dans un mariage…

— Tu dis cela parce que tu as peur d'être déçu, lui répondit son frère. Je sais que tu as ressenti la même chose que moi cette après-midi.

Eng savait que son frère disait vrai. Un émoi inhabituel causé par la compagnie de ces deux jeunes femmes l'avait remué au plus profond et il restait interdit qu'elles n'aient semblé faire aucun cas de leur apparence. Lui ne pouvait prétendre pareille indifférence. La beauté des sœurs Yates était pour beaucoup dans son inclination. Tout particulièrement, la blonde Adélaïde l'avait enchanté. Le grain et l'éclat de sa peau lui apparaissaient encore s'il fermait les yeux.

— Oui, tu as raison, se résolut-il à dire, il s'est passé quelque chose…

— Mais j'en suis certain, mon frère, dit Chang en saisissant les mains d'Eng, geste rare et difficile à accomplir, qui démontrait son extrême émotion. Il faut revoir ces deux sœurs, leur dire sur nous bien plus que ce qui est écrit dans les journaux. Je rêve qu'elles veuillent nous épouser…

— Tu vas vite en besogne, s'amusa Eng.

— L'un pense, l'autre agit.

— Écoute, relança Eng, peut-être éprouveront-elles un sentiment pour nous. Mais je ne crois pas qu'elles nous épouseront.

— Et pourquoi pas ?

— Mais quelle fille au monde accepterait de partager un lit à quatre et de s'exposer ainsi ? Nous-mêmes, sommes-nous prêts à cela ? Une femme seule avec deux hommes, ça nous est arrivé, avec des professionnelles, mais ces sœurs ravissantes et éduquées…

— Tu as tort de penser ainsi, l'interrompit Chang. Seul un engagement amoureux sincère peut justifier un tel partage d'intimité. Nous ne méritons pas que notre condition physique nous prive de descendance.

Eng acquiesça tristement.

— Ne m'as-tu pas promis qu'un jour un enfant s'adresserait à moi, en m'appelant « père » ?

— Si, répondit Eng. Mais dis-moi alors, laquelle des deux sœurs serait l'élue de ton cœur ?

— Adélaïde, bien sûr, répondit Chang, j'aime la couleur de ses cheveux, de ses yeux, la forme de sa bouche... et puis j'ai remarqué que tu fixais Sarah avec attention.

Eng dissimula sa déception. S'il avait fréquemment regardé Sarah, c'était pour s'empêcher de dévorer Adélaïde du regard.

— Est-ce que je me trompe ? reprit Chang.

— Pas du tout mon frère, mentit Eng. De toute façon, quelle que soit celle à qui tu souhaites faire la cour, l'autre n'en sera pas moins mon choix.

Pour honorer le serment fait à son frère, Eng était prêt à ne pas laisser croître le sentiment, né spontanément, à l'égard d'Adélaïde. Et puis, tenta-t-il de se convaincre, Sarah était charmante, elle aussi.

— Mais pour commencer, il faudrait qu'elles acceptent de nous revoir.

Adélaïde et Sarah, couchées chacune dans sa chambre de la maison familiale, ne parvenaient pas à trouver le sommeil, ou plutôt ne le cherchaient pas, laissant tourner dans leurs pensées le souvenir exquis de ces dernières heures. Toutefois, leurs préoccupations ne rejoignaient pas celles de Chang et d'Eng. Le bilan qu'elles dressaient mentalement de leur rencontre différait de celui des frères liés. Adélaïde, à dix-sept ans, rêvait de s'affranchir de l'ordre et de la rigueur imposés par ses parents. Elle souffrait de famine intellectuelle, se lamentait d'un assèchement de l'esprit. La jeune femme aspirait à lire des romans, à découvrir des symphonies, à connaître les tableaux des maîtres. Ses parents étant originaires de Hollande, elle avait été bercée d'Europe, mais n'avait jamais mis les pieds hors des limites du comté. Elle n'avait pas visité Charlotte, la plus grande ville de l'État, située à peine à une demi-journée, ni foulé le sable des plages de l'océan Atlantique, sur lesquelles vivaient des troupeaux de chevaux sauvages. Les noms de Rembrandt, Wolfgang Amadeus Mozart, Michel-Ange, Victor Hugo, Nathaniel Hawthorne, Jean Sébastien Bach, Mary Shelley, Jérôme

Bosch, prononcés par les jumeaux, avaient allumé autant de flammes éblouissantes auxquelles elle souhaitait confier son âme. Elle avait enregistré qu'à l'âge de vingt et un ans les jumeaux s'étaient libérés de la tutelle de leurs soi-disant protecteurs et elle était désormais convaincue de devoir agir à l'identique. Sarah, à dix-huit ans, avait des préoccupations plus politiques, elle voulait renverser le système en place, qui déniait aux femmes le droit d'attaquer en justice, de détenir une terre en leur nom et de rédiger un testament. Elle rejetait l'idée qu'après le mariage, la loi de la Caroline du Nord prive les femmes de tout pouvoir au profit de leur mari. Féministe, réformiste, elle avait été subjuguée par la force morale des frères liés, admirant l'indépendance d'esprit dont ils avaient dû faire preuve, estimant sans erreur les préjugés qu'ils avaient dû combattre pour se hisser à leur place. Mais cette nuit-là, de sentiments ou de préludes à une relation amoureuse, il ne fut question pour aucune des deux.

Le lendemain, les sœurs Yates pénétrèrent dans le grand salon où le petit déjeuner était servi par des domestiques noires. Leur mère, à qui rien n'avait échappé de leur rencontre avec les frères Bunker, les accueillit dans un silence lourd de reproches. Nancy Yates avait déjà eu cinq enfants (Adélaïde et Sarah étaient les deux premières). À chacune de ses grossesses, elle se lestait de vingt-cinq kilos qu'elle ne perdait jamais. Plus large que haute, on ne connaissait pas exactement son poids, pour la raison qu'aucune balance de l'État n'était en mesure de la peser sans se rompre. À quarante-cinq ans, elle venait d'annoncer être enceinte à nouveau mais à cause du tablier de graisse, personne ne pouvait se rendre compte de son état. Nancy régnait sur la maisonnée, promulguant une morale sévère, d'une voix puissante, hachée par un souffle court. David Yates, son mari, était un petit bonhomme vif, au corps sec, au teint buriné, qui passait le plus clair de ses journées dehors, à veiller à la prospérité de ses plantations. Lorsqu'il paraissait au bras de sa femme, lors des offices baptistes ou des ventes de charité, le contraste physique du couple était aussi marqué qu'entre une orange juteuse et une figue desséchée. Néanmoins, ils étaient alignés par l'esprit et partageaient une même vue stricte et conformiste du monde et des rapports humains.

Le chemin qui menait à Wilkesboro passait devant l'immense maison blanche des Yates. Dans les semaines qui suivirent la noce, Chang et Eng prirent l'habitude de venir leur présenter leurs hommages, en allant ou en revenant de la ville. Passé la première surprise, Nancy Yates s'habitua à leurs visites. Son obésité pathologique était la cause d'une affinité inattendue avec les frères liés, car ils connaissaient tous trois l'humiliation que pouvait engendrer le regard de certains de leurs contemporains. Chang et Eng étaient au demeurant persuadés que la difformité de leur mère expliquait la capacité unique d'acceptation de la différence dont Adélaïde et Sarah avaient fait preuve, dès le premier jour.

David Yates, le père, quant à lui, se trouvait valorisé par les conseils que les jumeaux sollicitaient sur la conduite de la ferme. Notamment, l'homme se targuait de s'y entendre en gestion des esclaves et ne tarissait pas de recommandations en la matière. Il prônait l'usage d'une corne pour sonner l'heure du coucher aux asservis, car on devait leur signifier que l'heure n'était plus de jouer de la musique, de chanter ou de se saouler à l'alcool de maïs, mais de dormir. La nuit était courte car le travail commençait avant l'aube par le nourrissage des bêtes et le nettoyage des écuries, puis on gagnait les cultures aux premières lueurs du soleil. Il enjoignit cependant à Chang et Eng de ne pas s'opposer aux rapprochements amoureux entre domestiques, qu'ils soient de champs ou de maison, leur reproduction étant une source de revenus importante. Le père d'Adélaïde et de Sarah avait fait d'excellentes affaires en revendant de jeunes enfants, nés dans son quartier des esclaves. Enfin il préconisait de ne jamais acheter de mâle de plus de vingt-cinq ans, au-delà ils avaient trop d'expérience de la captivité et étaient plus prompts à se rebeller. Pour les femmes, cela ne posait aucun problème, les plus âgées se révélant formidables pour élever les enfants. Cette dernière phrase, tout à fait ironiquement, provoqua un malaise dans l'assemblée, car, évidemment, chez les Yates, on n'imaginait pas qu'un jour Chang et Eng puissent devenir pères.

Au fil des mois, Chang et Eng usèrent d'un savoir-faire, expérimenté sur les scènes de théâtre, pour briller dans le grand salon des Yates, tablant que ce qui avait séduit des dizaines de milliers de spectateurs opérerait sur les membres de cette famille. À l'occasion de représentations privées, ils les divertirent de récits d'enfance, enjolivant leurs aventures si nécessaire, n'hésitant pas à se donner le beau rôle pour grandir dans l'estime d'Adélaïde et de Sarah. Ils évoquèrent leur mère et leur famille décimée, avec une émotion non feinte, se dévoilèrent peu à peu et révélèrent de nouvelles facettes de leur personnalité, chacune de ces interventions étant une invitation à partager leur vie intérieure.

Un soir, après que les parents se furent couchés, ils invitèrent Adélaïde et Sarah à se rendre sous la véranda. Le vol des lucioles dessinait des arabesques fluorescentes dans la nuit tropicale, des rubans scintillants parfois brusquement coupés par le bec d'un engoulevent qui happait l'insecte avant de redéployer ses ailes dans la nuit noire. Le sifflement de milliers de grenouilles nichées dans la plantation de bananiers se mêlait aux craquements, aux frottements d'élytres, à tous les froissements des insectes et du monde végétal pour créer une symphonie naturelle qui rappelait aux frères liés leur enfance sur les rives du fleuve. Chang et Eng sortirent leurs flûtes et, comme ils le faisaient lors de leurs tournées, se mirent à jouer une mélodie siamoise. Adélaïde fut la proie d'une émotion qui dépassait la simple familiarité. Elle la rapprocha de ce manque qu'elle ressentait désormais lorsque Chang et Eng quittaient la maison, et de son impatience en attendant leur retour. Chang s'adressait plus souvent à elle qu'à Sarah et elle avait remarqué qu'Eng, de son côté, manifestait plus d'égards envers sa sœur. Comme si les rôles avaient été distribués. Il leur arrivait ainsi d'entretenir de doubles tête-à-tête, au cours desquels elle s'efforçait de se concentrer sur la part de la discussion qui la concernait. Fallait-il attribuer une quelconque signification à cette répartition naturelle de leurs échanges ? Adélaïde était bouleversée et terrifiée à la fois par l'idée de tomber amoureuse, sans savoir véritablement lequel des deux frères emportait sa préférence, sans oser demander à Sarah si elle-même partageait une telle évolution. À mesure que son attirance indéterminée se développait, la pudeur et la folie de la situation la cadenassaient dans le silence. Sarah, quant à elle, plus mûre et plus pondérée, ayant déduit de ses engagements politiques que l'être humain n'empruntait jamais une direction sans raison cachée, se demandait jusqu'où cette étrange relation les mènerait tous les quatre.

Après une année de cette cour qui ne disait pas son nom, Chang et Eng rendirent visite à Charles Harris et à Fannie. Le couple s'était établi une vallée plus loin, au pied du pic de Rock Mountain et Fannie était enceinte. En voyant la joie de leur vieil ami, Chang et Eng ne purent se retenir de lui confier leur désir de se marier. En apprenant qu'il s'agissait des sœurs Yates, Harris tenta de les dissuader. Sur les routes, pendant leurs années de compagnonnage, il avait pu juger de la détermination des jumeaux et les croyait capables de mener un tel projet à bien, promesse selon lui d'un véritable désastre. Chang et Eng allaient imposer à ces jeunes filles des conditions au-delà de toute morale.

— Encore faudrait-il qu'elles acceptent, tenta de minimiser Chang, mais je crois que la chance nous sourit. J'aime Adélaïde et ces derniers mois m'ont conforté dans le doux espoir de lui plaire. Quant à Eng, il aime Sarah car ils partagent la même envie de refaçonner le monde !

Eng approuva silencieusement. Il avait élaboré un échafaudage mental qui lui permettait de valider le projet marital tout en respectant sa promesse envers Chang. Persuadé que seul un sang similaire permettrait à deux femmes de se lancer avec eux dans la plus folle des expériences d'intimité, il s'était efforcé de refouler son inclination pour Adélaïde en se rapprochant de Sarah. Il avait découvert l'engagement de l'aînée en faveur de la condition féminine et il se sentait concerné par l'acharnement plus large que cette dernière mettait à lutter contre la plupart des avis majoritaires.

— La conjoncture est favorable, admit Eng, et je doute qu'elle se représente une fois dans notre vie.

— Charles, crois-moi, reprit Chang, fébrile, notre destin nous a conduits ici, en Caroline du Nord, pour croiser le chemin des sœurs Yates.

Harris restait dubitatif, mais il refusa de se laisser emporter par la réaction commune qui, face aux frères liés, consistait à leur nier toute ouverture sur une vie qui ressemblait à celle des autres. Il se contenta de leur demander l'avis des deux sœurs et, comprenant qu'elles n'étaient pas au courant du dessein de ses amis, il incita ceux-ci à se déclarer au plus vite. Plus le temps passerait et plus un éventuel refus serait douloureux à supporter.

Au printemps 1842, Adélaïde demanda à Chang et à Eng s'ils pouvaient l'initier à la pêche après que, à plusieurs reprises, les jumeaux leur eurent apporté des truites arc-en-ciel dont toute la famille s'était régalée. Les Yates acceptèrent l'idée d'une telle escapade, réclamant au moins un brochet, tout en ordonnant secrètement qu'on fasse mariner des travers de porc pour le repas du soir. Les frères liés imaginèrent que cette partie de campagne, loin du domicile parental, pouvait servir de cadre à leur demande en mariage. Ils réunirent donc leur matériel de pêche avec enthousiasme et commandèrent à leur domestique la préparation d'un repas qu'ils comptaient prendre dans les paysages romantiques du bord de la rivière. Ils revêtirent des habits élégants, peu appropriés à la pratique du sport, se parfumèrent et se coiffèrent, si bien que lorsqu'ils arrivèrent chez les Yates, Adélaïde, qui avait revêtu le pantalon de cuir et la chemise à carreaux qu'elle utilisait pour monter à cheval, s'étonna de leur allure, pensant qu'il y avait un malentendu. Mais la grande surprise vint de la défection de Sarah, partie à un meeting de l'Union sociale féminine qui revendiquait le droit de vote des femmes en Caroline du Nord. Elle avait demandé à Adélaïde de l'excuser auprès des jumeaux, la réunion avait été organisée au dernier moment, et elle ne pouvait s'y soustraire.

Devant leur mine contrite, Adélaïde s'étonna. Chang et Eng paraissaient si déçus, une seule élève ne leur suffisait-elle pas ? La pensaient-ils moins capable que son aînée ? Rapidement, ils se reprirent, la rassurèrent et l'invitèrent à monter à bord de leur calèche.

Depuis près d'une heure maintenant, la jeune femme emboîtait ses pas dans les traces laissées par Chang et Eng sur l'humus noir de la forêt. Quatre empreintes voisines qui dépeignaient toute l'étrangeté de la situation. C'était la première fois qu'Adélaïde se retrouvait seule avec les jumeaux liés, donnant la main à l'un ou à l'autre pour enjamber un tronc abattu par la dernière tempête, progressant dans la végétation profuse en direction de Little Sandy Creek, qui grondait en contre-bas. Au cours de cette marche d'approche, Eng laissa de sombres prémonitions envahir ses pensées, la vanité de ce projet de mariage s'imposant inéluctablement. Quant à Chang, il avait pris la décision de déclarer sa flamme à Adélaïde quoi qu'il advienne, et se faisait fort d'aider son frère à conquérir le cœur de l'aînée des sœurs Yates, dans un second temps. Si, comme le disait la bible des chrétiens, il avait fallu six jours à Dieu pour créer le monde, ils pouvaient bien s'y prendre à plusieurs fois pour mettre leur mariage sur pied.

Enfin, ils débouchèrent au sommet d'une chute graniteuse d'où la rivière, impétueuse, se jetait dix mètres plus bas dans le fracas et les brumes en suspension. Au-delà de la cascade, le cours réapparaissait et serpentait, plus calme, dans le poudroiement d'une myriade de libellules, à l'orée d'une clairière de *blue grass*, baignée de soleil. C'était là, à la frontière des eaux calmes et des eaux agitées, que Chang et Eng avaient l'habitude de pêcher. Adélaïde fut étourdie par la magnificence du site et, d'un sourire d'enfant émerveillé, ravit le cœur des deux frères, confortant le premier dans sa volonté, et adoucissant la mélancolie du deuxième.

Après qu'ils lui eurent enseigné à lancer la ligne en visant la lisière du courant où, dans les profondeurs des remous, les prédateurs se maintenaient en nage stationnaire pour guetter le passage de leurs proies, Chang s'empara délicatement du poignet d'Adélaïde, l'instruisant à leurrer les truites, friandes de nymphes et d'insectes aquatiques. Il s'agissait d'animer le scion de manière qu'alternativement la mouche artificielle patine à la surface, ou progresse par saccades entre deux eaux. Eng se tenait de côté, impassible, yeux mi-clos, tentant de parvenir à cet état d'absence, proche d'une transe hypnotique, qui était le seul moyen pour un des frères de se détacher de l'autre, et dont ils cultivaient la pratique depuis quelques mois. La chaleur de la mi-journée, le bourdonnement des insectes, le murmure clair de la rivière, le guidaient peu à peu sur son chemin intérieur. Les paroles échangées par Chang et Adélaïde ne franchissaient plus le seuil de son entendement.

Ainsi, il ne perçut pas que Chang révélait à Adélaïde qu'il l'aimait, qu'il rêvait de partager sa vie, que chacune de leur séparation lui causait une grande souffrance et que leurs retrouvailles étaient une immense réjouissance. Il ne l'entendit pas lui proposer de partager la plus mystérieuse et inédite des aventures humaines, de conduire une exploration qu'aucun Vasco de Gama, Magellan ou Cook n'avait entreprise. Si elle acceptait de l'aimer, leur vaisseau n'aurait pour phares que la tendresse et le respect, pour ports, que ses bras attentionnés. Adélaïde se dit d'abord flattée, mais son jeune esprit emmêlé se demandait pourquoi Eng ne participait pas à la conversation. Nourrissait-il également des sentiments à son égard, ou préférait-il Sarah ? Et si tel était le cas, était-il informé qu'un jeune homme nommé Floyd Patisson souhaitait courtiser sa sœur, et que sa demande avait reçu un accueil favorable de la part des parents ? Adélaïde fut incapable de donner une réponse, et d'ailleurs Chang ne l'exigea pas, considérant son absence de refus immédiat comme une victoire. Adélaïde balbutia un remerciement embrouillé, qui pouvait tout aussi bien s'appliquer à l'apprentissage de la pêche à la mouche qu'à la déclaration de Chang. Tout son être n'était que désordre et confusion. Dans sa représentation du monde, l'amour unissait deux êtres uniques afin de réaliser un accord parfait, mais Chang était dual, alors de quelle étrange nature serait cette harmonie ? À dix-huit ans, elle entendait pour la première fois un homme lui dire l'aimer et elle était profondément troublée ; certes, il buvait et fumait plus que de raison, mais son tempérament instinctif, moins réfléchi que celui d'Eng, stimulait sa propension naturelle à l'audace. Une seule certitude l'animait néanmoins à cet instant, l'impossibilité d'envisager une situation aussi folle sans le concours de sa sœur. Il lui fallait s'ouvrir à Sarah de toute urgence, sonder son cœur, voir s'il y avait une chance de l'entraîner avec elle à bord de ce navire évoqué par Chang.

Heureusement, une truite charitable, en rétablissant une connexion avec la réalité, mit fin au chambard intérieur de la jeune femme. Le poisson avait gobé l'appât artificiel et déployait sa puissance pour échapper à la morsure de l'hameçon, filant dans le cours de la rivière. Le fil se déroulait hors du moulinet en sifflant, Chang bloqua le dévidoir de sa main libre, et aida Adélaïde à mouliner, lui montrant comment alterner rembobinage et tractions sur la canne. Eng, subitement tiré de son absence, s'empara de l'épuisette et prit part au combat de quelques minutes, après lequel ils relevèrent tous trois un spécimen de cinquante centimètres qui pesait plusieurs kilos. Adélaïde, folle d'une joie enfantine, battait des deux mains en contemplant les soubresauts d'agonie de la truite au milieu des touffes hautes des graminées, chatoyante sous le soleil de midi, le ventre blanc animé de spasmes, la bande mauve irisée sur les flancs parsemés de mouchetures noires. Elle déposa un baiser rafraîchissant sur la joue de Chang, puis sur celle d'Eng, clamant que ses parents seraient fiers de cette partie de pêche et Chang pria intérieurement qu'elle ait raison à tous égards.

Depuis près de quatre ans, Chang et Eng avaient abandonné la scène, mais personne ne les avait oubliés. Ni le public qui les avait découverts à l'occasion de leurs tournées ni ceux qui espéraient toujours tirer un bénéfice de l'exploitation de leur singularité. Lors d'un séjour à New York, Charles Harris avait croisé Barnum qui lui avait demandé des nouvelles des jumeaux. Harris avait dépeint leur vie actuelle de fermiers nantis, allant jusqu'à révéler qu'ils étaient amoureux, ce qui avait provoqué le rire énorme de l'homme de spectacle, se lançant dans une diatribe tonitruante dont il avait le secret. Les frères siamois avaient une mission, celle de contribuer à sa vision d'un monde gravitant autour de l'excentricité, et certainement pas de vivre de provinciales roucoulades ni de se fixer pour objectif suprême l'observation de la levée d'un pied de coton dans un lopin du Sud. L'homme de spectacle était sur le point de racheter les fonds du musée Peale. Il avait acquis un immeuble en marbre sur Broadway, aussitôt baptisé le Barnum's American Museum, où il espérait produire ce que le monde comptait de monstres, d'anomalies et d'inventions de l'esprit. Il projetait de se rendre en Chine, en Europe, et d'acheter des collections dans tous les cirques et les foires du monde. Il avait déjà signé pour une compagnie de puces savantes, des albinos africains, une femme à barbe dont la beauté faisait succomber les hommes, la sirène des îles Fidji constituée d'une tête et d'un torse de singe fusionnés avec une queue de poisson, des géants russes, des Bohémiennes diseuses d'avenir, tous exposés au sein d'un kaléidoscope de miroirs magiques, de statues monumentales de titans fossilisés, de dioramas de la création et du déluge, de figures mécaniques et d'un automate parlant. Aujourd'hui, choquer était normal, et la normalité était choquante ! C'était là qu'était la place de Chang et d'Eng, avec les curiosités et les prodiges ! Pas au milieu d'une collection de bouseux rétrogrades, dont Barnum prédit que la seule raison de leur accueil chaleureux était la fortune des jumeaux, mais dont au premier revers l'hospitalité se transformerait en rejet viscéral. Avec Barnum, ils gagneraient mille fois plus d'argent qu'ils n'en avaient jamais rêvé, ils avaient à peine passé la trentaine et auraient le temps de prendre leur retraite quand leurs os ne leur permettraient plus de faire la roue.

À son retour dans le comté de Wilkesboro, Harris se rendit chez les jumeaux, pour rendre compte de la proposition de Barnum. Il ne pensait pas une seconde qu'ils puissent accepter, mais en les trouvant attablés, en train de boire du cidre frais avec un journaliste, il se demanda si les frères éprouvaient parfois la nostalgie de leurs dix années passées sur les routes. Chang et Eng étaient vêtus comme de simples fermiers, pieds nus, chiquant du tabac, portant de confortables chemises de coton écru. Le journaliste, engoncé dans un costume blanchi par la poussière, suant à grosses gouttes dans la chaleur moite, ne cessait de s'éponger le front. Il avait voyagé par diligence pour les rencontrer, depuis Charleston, en Caroline du Sud, où il résidait. Chang et Eng étaient les Orientaux les plus célèbres de l'État, ils avaient rencontré plus de gens dans leur vie que quiconque, et les lecteurs du *Charleston Courier* étaient curieux de savoir pourquoi ils avaient choisi de s'établir dans cette région. Chang et Eng firent mine de s'étonner qu'on puisse leur imaginer un autre destin. La douceur de vivre, la sédentarisation et la création d'une famille étaient certainement des objectifs qu'ils partageaient avec les lecteurs du *Courier*. Le journaliste acquiesça, insistant maladroitement sur le fait qu'une autre chose, extraordinaire et capitale, les empêchait tout de même de ressembler à ses lecteurs.

— Notre lien ? voulut savoir Eng, pour forcer l'homme à s'exprimer.

— Notre lien n'est pas dans notre tête, enchaîna Chang, en devançant le journaliste. Nos esprits sont libres, cela nous donne un point commun avec vos lecteurs, y compris, certainement, avec vous, cher monsieur.

Après s'être brièvement présenté, Harris prit place auprès d'eux. Il constata que les jumeaux résistaient sans peine aux manières obtuses de leur interlocuteur. Les deux frères paraissaient à leur place, sous le soleil, protégés par les larges rebords de leurs chapeaux de paille, et il se persuada qu'ils ne repartiraient jamais plus en tournée, décidant que rien ne l'obligeait à révéler la teneur de son entretien avec Barnum. Un mariage double était un évènement dont la portée outrepassait n'importe quel spectacle, et en fin de compte, les jumeaux semblaient se diriger vers un choix plus admirable qu'une représentation de plus. La Caroline du Nord pouvait leur offrir une telle scène. Et maintenant, il le souhaitait, car en son for intérieur, Harris éprouvait une grande tristesse à l'idée que ses amis ne puissent un jour bénéficier d'une félicité semblable à celle qu'il connaissait depuis qu'il avait convolé avec la pétillante Fannie.

Le journaliste était mordant, son long voyage l'avait affamé de révélations croustillantes. Il en vint à leur demander pourquoi ils n'envisageaient pas une séparation qui, seule, leur autoriserait une vie qu'il qualifia d'ordinaire. Cette question n'avait pas été posée depuis longtemps aux jumeaux, pour qui elle était synonyme de stratagème commercial destiné à faire affluer curieux et amateurs de sensationnel.

— Notre vie ordinaire est celle que nous connaissons. Avez-vous entendu parler des travaux d'un grand scientifique français, le professeur Isidore Geoffroy Saint-Hilaire ?

Le journaliste plissa les yeux, ce nom ne lui était pas inconnu. Dans son journal, il était le spécialiste des rubriques étranges. N'était-ce pas celui de la girafe ?

— Non, la girafe, c'était Étienne, son père, répliqua Chang.

— Isidore est le premier à avoir établi que nous étions conçus selon le même modèle que tous. Vous-même êtes le produit de deux moitiés, droite et gauche, comme nous. Mais votre fusion est moins apparente que la nôtre.

— Envisageriez-vous de séparer votre bras droit et votre bras gauche ? insista Chang, qui se sentait d'humeur à manier lui-même la hache.

Il termina son verre de cidre et l'emplit d'une volumineuse rasade de whisky. Le journaliste répliqua qu'il n'y survivrait pas, ce à quoi les jumeaux affichèrent une mimique signifiant que le risque était grand pour eux également.

— Oserais-je dire que le débat est tranché ? grommela Chang.

Le journaliste répliqua qu'ils s'en sortaient par des pirouettes verbales, mais qu'ils devaient bien admettre que le risque valait la peine d'être pris. Que cela changerait tout pour eux.

— Changer quoi ? répondit Eng. Un homme à qui on retire l'appendice, une main, un bras, cesse-t-il d'être lui-même ? Lorsque nous suivons un régime, perdons-nous une partie de ce qui nous définit ? L'homme ne se mesure pas au poids. Séparez-nous, et nous serons toujours rigoureusement nous-mêmes, mais peut-être moins vivants. Et ce risque ne vaut pas la peine d'être pris. Respirer, dormir et manger relèvent d'un état des choses ordinaire. Mourir, au contraire, est par essence exceptionnel. En conséquence de quoi nous n'aspirons à rien d'autre que d'être ordinaires.

Le journaliste prenait des notes à toute vitesse, visiblement enchanté du répondant de ces Siamois, dont il n'avait pas imaginé un instant qu'ils seraient autre chose que des bêtes grossières.

À la fin, ce fut Harris qui congédia l'homme, dont il fallut se débarrasser comme d'un charançon du cotonnier, ces insectes ravageurs dont on extermine chaque individu à la main. Harris déclara qu'il était admiratif de la résilience des jumeaux. Comment pouvaient-ils conserver leur sourire face à un tel individu ?

— Rien n'aurait pu troubler notre joie aujourd'hui, déclara Eng.

— Car nous avons décidé d'organiser une grande fête pour célébrer l'arrivée de l'été…

— Et les parents d'Adélaïde et de Sarah ont accepté de nous honorer de leur présence.

Jamais Nancy et David Yates ne s'étaient rendus chez les Bunker, aussi se présentèrent-ils d'une excellente humeur, ce samedi de juin 1842 à l'entrée de Trapp Hill, accompagnés par leurs filles, qui, pour l'occasion, avaient revêtu leurs plus belles tenues et affichaient un air complice et déterminé. Depuis la partie de pêche, Adélaïde avait sondé sa sœur sur ce projet insensé de mariage. À sa grande surprise, Sarah n'était pas tombée à la renverse. Elle avait décrypté dans le comportement des jumeaux les signaux émis par les hommes séduits. Elle en avait un exemple sous les yeux depuis que Floyd Patisson semblait n'avoir rien de mieux à faire que de lui apporter des bouquets de fleurs, tout en évoquant les plaies de sa jument préférée qui s'était enfichée dans les fils de fer barbelés du champ du voisin ; ou encore en lui narrant par le menu les dernières avancées de la chimie en matière d'engrais pour le tabac. À vrai dire, les jumeaux offraient une nature plus complexe, c'était le moins qu'on puisse dire, et des biens certainement aussi conséquents que la famille Patisson. Mais le tempérament pragmatique de Sarah ne pouvait ignorer la problématique de partager un même lit à quatre ou de ne jamais avoir un moment d'intimité avec son mari. Et si elle admettait que cela ne suffisait pas à la dissuader, que se passerait-il le jour où leur viendraient des enfants ? Seraient-ils normaux ? Engendreraient-ils une lignée de monstres ? Les jumeaux avaient défendu l'inverse au cours d'une conversation censée être exempte de tout sous-entendu. Le hasard était la cause de leur anomalie, le résultat d'un triste contretemps survenu pendant leur gestation. D'ailleurs, on connaissait le proverbe ici : « La foudre ne tombe jamais deux fois au même endroit », même si, selon Floyd Patisson, c'était déjà arrivé. Quant à leurs parents, Adélaïde et Sarah pouvaient-elles imaginer une seule seconde qu'ils béniraient leur union ? Ils aimaient bien Chang et Eng, mais de là à en faire leurs gendres… Comme à chaque fois qu'elle se lançait dans une nouvelle bataille d'idées, Sarah en décortiquait le moindre aspect afin d'établir une stratégie, dont l'objectif était invariablement de plier son cœur à sa raison. Cette fois, Adélaïde, qui le plus souvent respectait cet aspect de la conformation intellectuelle de sa sœur, coupa court à toute analyse. Elle lui demanda si elle l'empêcherait de se marier. Sarah resta bouche bée. Trop concentrée sur son examen théorique, elle n'avait pas compris qu'Adélaïde en était déjà là. Elle balbutia que seul le bonheur de sa petite sœur lui importait, et aussitôt son cerveau bifurqua vers une nouvelle estimation. Adélaïde aimait l'amour, Sarah aimait l'idée de l'amour. Si Adélaïde épousait Chang, Sarah se retrouverait aux bras d'Eng. Cette fête allait lui donner l'occasion de vérifier une ou deux choses.

Briant, un jeune esclave de dix-sept ans, qui avait coûté six cents dollars aux jumeaux liés, se tenait, engoncé dans un costume rayé, sur le perron de la maison, recevant ombrelles et chapeaux, indiquant aux invités la direction des barbecues situés à l'arrière de la maison, face au champ de coton. Chang et Eng, un verre à la main, y étaient lancés dans une conversation animée avec le pasteur Colby, lequel se renseignait sur leur nouvelle pratique de la foi, à la manière d'un chasseur de primes prenant des informations sur sa cible. Il y était question de la manière dont le christianisme pouvait s'accommoder des traditions orientales et de s'assurer que le sacrement du baptême, qu'ils envisageaient de recevoir, ne serait en aucun cas dévoyé. Avec malice, les jumeaux argumentèrent que ce que l'Église acceptait pour les esclaves, qui préservaient l'essentiel de leur culte au travers de cérémonies vaudoues, ne pouvait leur être opposé. Le spectacle des Noirs, mêlés à leurs maîtres sur les bancs de l'église, retrouvant leurs racines dans la manière de chanter ou de danser, n'était-il pas d'une intensité émotionnelle bénéfique au recrutement des âmes ? La lutte contre le malin se devait d'intégrer de modestes accommodements pour le bien du plus grand nombre.

Colby était un cinquantenaire de petite taille, au physique sec, dont on se demandait où il pouvait loger tant de charité. Apprécié de sa paroisse et, au-delà, de l'ensemble des habitants du comté, son approbation était capitale dans le projet d'intégration porté par les jumeaux, lesquels lui firent miroiter un don pour la construction d'une nouvelle église. Pour Chang et Eng, il s'agissait de régler cette question de baptême préalablement à la cérémonie qu'ils appelaient secrètement de leurs vœux.

Ce fut ainsi que, lorsque la famille Yates les rejoignit, Colby, très proche de Nancy, disparut presque entièrement dans son étreinte, lui annonçant avec une joie toute sincère la prochaine admission des frères liés dans le troupeau des croyants de Wilkesboro. Chang et Eng reçurent de chaleureuses félicitations, et on se réjouit à l'avance d'une prochaine fête, certainement tout aussi réussie que celle-ci. Nancy trimballa ensuite son énorme silhouette jusqu'à Emilia, une Noire de vingt-trois ans, acquise pour quatre cent soixante-dix dollars, affectée au service de l'agneau cuit à la broche. La mère d'Adélaïde et de Sarah soufflait et s'épongeait le front à chaque pas, ce qui ne l'empêcha pas de se faire servir une portion de viande suffisante à rassasier une famille entière. David Yates se dirigea vers un groupe de fumeurs de cigares, composé de notables du parti Whig, de droite libérale, déchaînés depuis que l'un des leurs, le planteur virginien John Tyler, avait été élu président des États-Unis. Ils vantaient l'essor des forces de modernisation économiques et morales, tout en faisant assaut d'amabilité à l'égard de leurs hôtes orientaux, dont on se demandait cependant si l'idée de célébrer le solstice n'était pas un tantinet païenne ? David rassura ses amis en déclarant qu'ils seraient bientôt baptisés. La fête était réussie, tous les invités des frères Bunker avaient répondu présent, leurs voisins propriétaires terriens et des membres éminents de l'administration régionale, le juge qui les avait naturalisés, le shérif de Wilkesboro, et plusieurs banquiers impliqués dans leurs affaires. Si quelque membre de cette remarquable assemblée ignorait encore l'origine et l'histoire des frères siamois, l'article du *Charleston Courier* s'était chargé de lever toute ignorance. Et au fond, chacun se sentait flatté d'être reçu par des êtres aussi exceptionnels. On leur aurait bien demandé d'effectuer quelques pirouettes et levers de poids en sus, mais personne n'osa.

Après avoir patiemment joué leur rôle d'amphitryons, Chang et Eng parvinrent à s'éclipser en compagnie d'Adélaïde et de Sarah, en lisière de la forêt. Entre eux, la tension était perceptible. Au risque de s'exposer en dévoilant leurs sentiments s'ajoutait la certitude de s'engager sur un chemin que personne avant eux n'avait emprunté. Une chose les unissait, sans qu'ils en aient conscience, leur absence d'inféodation à toute norme. La raison en était évidente pour les jumeaux, leurs trente et une premières années ayant constitué le meilleur remède possible à la règle commune. La solaire Adélaïde, quant à elle, se sentait proche de ces insectes éphémères qu'attire la lumière, refusant à l'avance un destin étiré et sans possibilité d'envol. La crépusculaire Sarah menait bataille contre les valeurs traditionnelles et prônait, en toute occasion, la délicieuse transgression. Leurs aspirations convergeaient, enchâssées dans un destin à quatre, plus grand que leurs quatre destins réunis. Les jumeaux liés les conduisirent jusqu'à une clairière où le tronc d'un chêne, couché par une tempête ancienne, gisait, minéralisé, telle une banquette de géants. Ils y prirent place, Sarah à droite d'Eng et Adélaïde à gauche de Chang. La discussion roula sur le bonheur de se retrouver en communauté, les sœurs émirent de sincères remerciements, les occasions de s'amuser n'étaient pas si nombreuses. Et puis lors d'un silence, Chang s'empara de la main d'Adélaïde, qui ne la retira pas. Sarah, de son côté, entreprit Eng, choisissant de l'entraîner dans une conversation délicate, afin de ne laisser croire à aucun d'eux que la facilité les attendait. Elle déclara donc qu'elle s'inquiétait de la consommation d'alcool de Chang, visiblement de plus en plus régulière. Eng savait-il qu'elle était proche de membres de la société de tempérance ? Il ne s'agissait pas d'une ligue religieuse, mais de personnes qui s'opposaient à la consommation d'alcool, dont on savait qu'elle était la première cause de violences conjugales.

— Mon frère a battu quelques fâcheux qui le méritaient, mais il n'a jamais levé la main sur une femme, rétorqua Eng, tout sourire, bien qu'il ait ressenti le tressaillement de son jumeau.

En entendant sa sœur, Adélaïde s'était tue, ses grands yeux bleus écarquillés, mais Chang l'incita à poursuivre ses questions. Il comprit qu'il s'agissait d'une épreuve imposée par Sarah et comptait la traverser avec succès. Son cœur était empli d'Adélaïde, cependant il prenait conscience que sa sœur aînée faisait preuve d'un tempérament exceptionnel et il en conçut une grande joie pour son frère, lequel était rentré dans le jeu de la jeune femme :

— Nous avons atteint notre taille adulte depuis longtemps, expliqua-t-il, mais nos centimètres de différence continuent de peser sur la colonne vertébrale de Chang. Sa posture penchée nécessite l'usage de semelles de compensation et le whisky est un moyen de calmer ses douleurs. Il vous faut considérer cela avec compassion.

Les yeux d'Adélaïde s'embuèrent, elle n'avait jamais imaginé que son soupirant souffrait et se blottit contre son épaule. Sarah acquiesça, insistant cependant. Qu'advenait-il d'Eng lorsque Chang buvait ?

— Vous découvrirez que bien des choses nous différencient. Certaines de nos réactions se sont individualisées au fil des années. Je ne sais si c'est l'effet de l'habitude ou un changement dans la manière dont nos organismes communiquent, mais je suis moins sensible à l'ébriété qu'auparavant.

Adélaïde se mêla à la conversation en suggérant que Chang pourrait tout de même se rendre à une réunion de cette société de tempérance dont venait de parler sa sœur.

— Bien sûr, et s'il y va, je ne manquerai pas de l'accompagner, ironisa Eng.

— Mais pourquoi irais-tu à cette réunion, toi, puisque tu ne bois pas ? répliqua Chang. Non je m'y rendrai seul.

Sarah s'esclaffa et convint que rien n'était pressé. Elle remercia les frères pour leur franchise. En habituée des cercles politiques et des joutes oratoires, elle supporterait un beau-frère qui buvait s'il usait avec humour de la dialectique. Eng apprécia le subtil message de la jeune femme. Si jamais ce projet de mariage se convertissait en doubles noces, leurs corps dévoilés, leurs intimités abandonnées, ne pourraient s'accommoder de mensonges ou de dissimulations psychologiques et il savait gré à Sarah d'avoir eu la force d'âme de le signaler par anticipation.

À leur retour parmi les convives, tous enchantés de découvrir la maison des Bunker, Chang et Eng s'attardèrent avec les parents d'Adélaïde et de Sarah, car il convenait de réussir une opération de séduction intégrale. David tenait absolument à ce que les jumeaux liés adhèrent au parti Whig, ce qui suscita des sourires gênés chez les cadres du mouvement, peu habitués à fourbir leur idéologie en compagnie d'individus dont la peau n'était pas blanche, quoiqu'il y ait, comme le reconnut le sénateur Adams, un vide jurisprudentiel en ce qui concernait les Orientaux. De toute évidence, leur anomalie anatomique ne constituait pas un obstacle. Plusieurs vétérans, membres influents du parti, étaient eux-mêmes amputés des jambes, se déplaçant en fauteuil roulant, ou manchots ou borgnes. En revanche, la représentation visible d'une origine étrangère était problématique. Et, tandis que ces messieurs échangeaient sur une nécessaire hiérarchisation des races, Nancy Yates, postée en retrait, observait ses filles, leurs joues empourprées, leurs chuchotis et leurs mines complices. Elle suivait les regards décochés par sa progéniture en direction des jumeaux liés, son instinct l'alertant que ce monde d'apparence banale était au bord de basculer dans l'abîme.

Le jeudi 1er décembre 1842, Wilkesboro célébrait Thanksgiving, en hommage aux premiers grains levés par les pères pèlerins en 1621. La récolte qui sauva la première colonie de la famine était commémorée de bien des manières selon les États. Dans les uns on se réunissait autour d'un festin, mais dans d'autres, comme la Caroline du Nord, on rendait grâce au créateur par le jeûne et la prière. En treize années de présence sur le territoire américain, Chang et Eng avaient plus souvent eu l'opportunité de se régaler de dindes farcies que de se rendre à l'église. Mais, invités par la famille Yates, ils assistèrent cette fois à l'office du pasteur Colby. Ce dernier reprit dans son prêche les mots de George Washington, remerciant « le grand et glorieux être, auteur bienfaisant de tout ce qu'il y eut, qu'il y a et qu'il y aura de bon ». Il appela à l'unité de la communauté, rappelant à chacun qu'il était fils ou fille des valeureux colons du Nouveau Monde, parvenus sur une terre providentielle pour la partager en bonne intelligence avec les populations indigènes. Chang et Eng ne purent s'empêcher d'échanger un regard ironique. Ils n'ignoraient rien des exterminations d'Indiens, lesquels, lorsqu'ils n'avaient pas succombé sous les balles des colons, avaient péri en masse à cause d'épidémies importées sur leur territoire, ni de leurs relégations sur des terres incultes, et du mépris systématique affiché par l'administration pour les peuples autochtones. La propre origine des frères liés, les humiliations dont ils avaient si souvent été l'objet, les avaient rendus plus réceptifs que quiconque à ces questions, mais leur désir de s'intégrer dans la société dominante était tel qu'ils étaient passés maîtres dans l'art de refouler l'indignation. Ils préférèrent donc accorder au pasteur le bénéfice d'une naïveté consécutive à l'enthousiasme mystique, et prononcèrent « amen » à haute et intelligible voix.

À la sortie de l'office, ils péchèrent à leur tour par naïveté. Grisé par le sermon humaniste du pasteur, Chang s'enhardit à proposer son bras à Adélaïde, et Eng fit de même avec Sarah, alors que la majeure partie de la communauté baptiste de la ville se saluait sur le parvis en échangeant de lénifiants propos.

Le séisme qui avait détruit une partie de la Louisiane et modifié le cours du Mississippi, trente ans auparavant, était encore dans les mémoires. Son intensité avait été telle qu'un lac s'était formé dans le Tennessee, les cloches des églises avaient sonné jusqu'à Boston et les trottoirs s'étaient fissurés à Washington. Mais aucune réaction n'atteignit la magnitude ressentie par les paroissiens lorsqu'ils aperçurent ces deux jeunes femmes, parmi les partis les plus convoités du comté, aux bras de ces « Chinois » handicapés. L'argent effaçait bien des différences, mais pas l'entre-soi.

Floyd Patisson, en voyant Sarah fendre la foule, bras dessus bras dessous avec Eng, se crut victime d'une hallucination, si bien qu'il se présenta aussi rouge qu'une tomate face à David Yates, pour le sommer de s'expliquer. N'avait-il pas obtenu leur accord pour courtiser leur fille ? Le père, pantois, balbutia qu'il s'agissait d'un malentendu, une amitié, sans aucun doute. À son côté, Nancy s'entendit répondre, comme si les phrases issues de sa formidable gorge n'étaient pas les siennes, que leur accord n'emportait pas celui de l'intéressée, qu'il convenait d'aller se renseigner, mais qu'elle partageait son étonnement.

L'information que les filles Yates fréquentaient les frères Bunker se répandit dans toute la ville, cependant qu'Adélaïde et Sarah étaient pratiquement arrachées aux bras des jumeaux par leur père, et rapatriées de toute urgence au domicile familial. Chang et Eng, pantois, reçurent des insultes de la part de commerçants ou de voisins dont ils pensaient avoir gagné l'estime. Ils s'entendirent à nouveau traités de monstres, on leur reprocha une attitude provocatrice en ce jour de recueillement, ce que d'aucuns prenaient pour preuve d'une allégeance à Satan. Les plus vindicatifs les menacèrent de la corde et du bûcher. Eng s'efforça de maîtriser Chang qui avait saisi son fusil sur la banquette de la calèche, fermement décidé, cette fois, à ne laisser planer aucun doute sur la nature des munitions engagées dans la culasse. Si on voulait les pendre, il faudrait une potence pour deux, mais avant qu'elle soit érigée, le sol serait rougi du sang des bourreaux. À la blessure de l'ostracisme se mêlait la douleur de voir leur projet d'alliance compromis. Les frères jumeaux comprirent qu'ils avaient entretenu pour eux-mêmes l'illusion de la normalité et que les membres de cette communauté, capables de fermer les yeux sur la maltraitance de certains maris ou d'ignominieuses différences d'âge, ne pouvaient se résoudre à une union comme la leur. À ce moment, l'un comme l'autre eurent une pensée pour leur chère mère Nok et pour leur défunt père Ti-Eye, qui, après les avoir mis au monde, les y avaient maintenus, et dont l'éducation les avait obstinément préparés à surmonter les épreuves. Formés par nature à convaincre, et confiants dans leur capacité à s'imposer, ce souvenir les aida à dominer leur colère. La raison l'emporta, Chang remisa son arme, ils montèrent à bord de leur voiture et fouettèrent leur cheval pour qu'il prenne le chemin de Trapp Hill, pariant que la vindicte populaire allait s'éteindre aussi vite qu'elle s'était enflammée. C'était compter sans la jalousie rageuse de Floyd Patisson, qui, à la tête d'une dizaine de citoyens particulièrement offusqués, avait pris le chemin du domicile des Yates.

Dans le salon familial, Adélaïde et Sarah, en pleurs, tentaient de se justifier auprès de leurs parents et laissaient le reste de leur fratrie découvrir, pantois, l'idylle amorcée, lorsqu'une pierre fracassa une des fenêtres. David Yates se précipita au-dehors, pour se retrouver face au jeune Patisson et à ses suiveurs, dont les plus acharnés brandissaient des torches enflammées. Si jamais des fiançailles avaient été envisagées, elles étaient rompues, l'éconduit estimant avoir été berné et accusant le père de Sarah de s'intéresser davantage à l'argent qu'à la protection et à la pérennité de leur mode de vie. Il somma Yates de mettre un terme à toute relation entre ses filles et les Bunker, au risque de voir ses récoltes détruites par le feu. David Yates abhorrait l'idée que l'une ou l'autre de ses filles s'engage dans une union qu'il jugeait hors de la civilisation, mais il n'était pas un homme courageux et se sentit protégé lorsque l'imposante silhouette de sa femme l'absorba dans son ombre. Une déflagration retentit. Nancy avait tiré en l'air et réarmait le chien de son colt. La prochaine balle était pour le premier qui approcherait avec sa torche. Floyd Patisson était un sot qui se mêlait de choses qui ne le regardaient pas ! Ici on réglait ses affaires en famille, et elle se chargerait d'aller l'expliquer directement à son père si le jeune homme ne tournait pas les talons immédiatement. Bon gré, mal gré, chacun commença à reculer. Allan Patisson, homme rude à l'ancienne, propriétaire d'un réseau de distribution et de transport dont dépendait toute la culture du coton de l'État, était craint de tous et la seule évocation de son nom suffit à calmer les plus belliqueux.

Après que le dernier d'entre eux eut disparu, Nancy et David retournèrent dans le salon où leurs filles les attendaient, prêtes à en découdre, mais la rage froide de leurs parents et la simplicité de la sentence énoncée par leur père : « Les Bunker sont bannis de cette maison », empêchèrent toute parole. Nancy était tourmentée, sa corpulence n'était rien d'autre qu'un lien de chair avec elle-même. Lestée de sa propre personne, pesant le double d'un humain, elle se projetait dans la condition de Chang et d'Eng, ayant l'impression de se trahir en leur refusant l'accès à l'amour, mais David était formel : rien n'était pire que d'avoir des petits-enfants à la peau jaune et aux yeux bridés.

Chang et Eng vécurent reclus les semaines suivantes, se concentrant sur leurs activités agricoles et l'entretien du bétail. Ils n'osaient plus affronter les regards de leurs voisins. Pour la première fois, ils étaient retournés à la vulnérabilité de leur enfance. Privés de nouvelles des sœurs Yates, ils se dirent qu'elles avaient, à leur tour, cédé au conformisme. Une tentative d'entremise par le pasteur Colby échoua. Ce dernier ayant trouvé David Yates inflexible et sourd à toute discussion, menaçant de retenir ses filles prisonnières chez lui à la prochaine apparition des jumeaux. Chang se réfugia dans l'alcool et certains soirs, Eng, entraîné par son poids, chutait en sa compagnie sur le lit, yeux rivés au plafond, rêvant d'une impossible échappatoire, au son des ronflements gras de son frère. Chang ne mangeait plus, il avait cessé de se raser et pour la première fois, une ombre noire étendue sur ses joues hâves permit de le différencier au premier regard. À l'acmé de la crise, les gestes quotidiens d'hygiène, la miction et la défécation, se transformèrent en épreuves fastidieuses car leurs rythmes physiologiques n'étaient plus synchronisés. Eng, épuisé, commença à son tour à céder à la négligence et relâcha ses efforts. Un matin, puis un deuxième, il n'entraîna pas son frère à se lever pour se rendre dans les champs, si bien que leur esclave Berry, un homme de trente ans, responsable des cultures et des moissons, s'alarma du laisser-aller qui menaçait leurs ressources. La faillite d'un maître n'était jamais une bonne nouvelle, car ses biens étaient dispersés et des couples ou des familles se trouvaient vendus au mieux offrant, les enfants séparés de leurs mères, tout le fragile équilibre, familial ou affectif, rompu. Eng et Chang étaient sévères mais ne flagellaient jamais leurs esclaves. Les quartiers étaient exigus mais disposaient d'un âtre. Et lorsque les jumeaux se faisaient accompagner par l'un des leurs à la chasse à l'opossum, ils récompensaient le leveur de gibier d'une pièce de viande.

Berry les avait interpellés au lendemain de son arrivée sur le domaine, trouvant insolite d'avoir des maîtres orientaux, dotés d'une particularité anatomique qui les reléguait de fait en marge de la société. En quoi étaient-ils différents de lui puisque rien ne les rapprochait des Blancs ?

— Eh bien, si nous ne possédions pas d'esclaves nous serions encore plus différents des Blancs, avait tranché Eng, non sans une certaine mauvaise foi. La loi l'autorise dans cet État et nous ne souhaitons pas nous soustraire davantage à la communauté.

Retranchement pourtant totalement effectif en cette fin d'année 1842, où l'on ne pouvait trouver un citoyen dans le comté qui ne soit choqué par l'évocation d'une union matrimoniale entre les frères Bunker et les sœurs Yates, que ce soit à cause du préjugé racial, ou parce que la monstruosité de la chose écœurait. Peu à peu s'insinuait l'idée chez Chang, comme chez Eng, qu'ils avaient fait fausse route, leur rêve d'un paradis en Caroline du Nord était chimérique. Leur espoir d'être traités comme des êtres normaux s'évanouit à jamais.

L'apparition d'une frêle silhouette masculine, juchée sur un cheval, leur redonna espoir à quelques jours de Noël. Andrew était le dernier né de la fratrie Yates, âgé de douze ans, il entretenait un lien spécifique avec ses deux sœurs, qui avaient grandement contribué à son éducation, le guidant sur le chemin de la libre-pensée, à mesure que l'obésité de Nancy l'empêchait d'assurer la totalité de ses fonctions maternelles. Andrew était très attaché à Chang et Eng qui avaient commencé à lui enseigner le jeu d'échecs, et le régalaient, discrètement, d'acrobaties qu'ils avaient officiellement cessé de pratiquer depuis un moment. Dès qu'ils le reconnurent, Chang et Eng allèrent à sa rencontre et le garçon, en descendant de cheval, se nicha entre leurs bras, très ému. Il leur narra l'atmosphère de leur maisonnée, devenue morne et triste. Nancy passait le plus clair de son temps allongée, et elle semblait encore avoir grossi de plusieurs kilos. David consacrait la totalité de ses journées à la politique. Entre-temps, Adélaïde et Sarah bénéficiaient d'une liberté relative sous la surveillance d'Esther, la nounou historique de la maison, aussi bancale et vermoulue que le mobilier au milieu duquel elle régnait. Le mardi suivant, Esther devait se rendre chez le docteur Calloway, et Adélaïde et Sarah avaient chargé Andrew d'informer les frères liés qu'il s'agirait d'une journée idéale pour la pêche à la truite. Synchrones à nouveau, leurs deux cœurs bondirent. Ce message ranima Chang et Eng, qui remercièrent grandement le jeune garçon et insistèrent pour lui remettre un dollar chacun. Il leur était désormais permis d'espérer : les sœurs Yates ne les avaient pas oubliés.

Le mardi suivant fut certainement l'une des journées les plus importantes de leur vie. Chang s'était rasé et n'avait pas bu une goutte d'alcool depuis trois jours. Les deux hommes toilettés, parfumés, revêtus de vêtements élégants, prirent la route de la rivière sans emporter leur attirail de pêche. La période sinistre qu'ils venaient de traverser avait éliminé toute hésitation ou réflexion sur le choix de l'un ou de l'autre. L'amour et la raison s'unissaient face aux obstacles dressés par la société. Il s'agissait pour eux d'aller recueillir l'assentiment officiel des sœurs Yates, tout le reste n'était que détail.

Adélaïde et Sarah avaient suivi un cheminement de pensée analogue, décidées à aller à l'essentiel, c'est-à-dire à quitter le domicile familial pour convoler à des noces d'affranchissement. La réaction choquante de leur entourage avait décuplé leur volonté d'indépendance. Au prétexte d'étudier, elles s'étaient rendues à la bibliothèque de la ville où elles avaient consulté les textes juridiques qui régissaient les unions interraciales dans l'État. La Caroline du Nord interdisait les mariages mixtes entre

Blancs et Noirs ou entre Blancs et Amérindiens, ou avec toute autre personne de ces origines ayant du sang mêlé à la troisième génération, mais le législateur n'avait rien prévu en ce qui concernait les Orientaux en général, ni les Siamois en particulier. Il était vraisemblable que la très faible représentation de ces ethnies dans les États du Sud soit la cause de cette faille. La nouvelle avait totalement libéré les sœurs Yates. Ne restait qu'un obstacle légal à surmonter, celui d'être accusés de bigamie, formellement interdite dans un État opposé aux pratiques mormones, telles qu'elles étaient parfois tolérées plus au Nord. Sarah décida que deux actes de mariage séparés, portant chacun leur nom, devraient être rédigés, et qu'il faudrait veiller à procéder successivement à l'un puis à l'autre, de manière qu'ils apparaissent sur les registres comme deux unions consécutives. Ainsi, dans la tête des sœurs Yates, tout était formalisé.

À leur arrivée au bord de la rivière, Chang et Eng trouvèrent Adélaïde et Sarah, mises simplement, mais d'une élégance raffinée, l'une et l'autre maquillées, ce qui leur donnait l'air d'avoir quelques années supplémentaires, à moins que les épreuves de ces dernières semaines les aient fait mûrir. Adélaïde tendit ses mains à Chang qui s'en empara avec ferveur, tandis que Sarah se rapprochait avec plus de timidité, mais l'émotion visible dans les yeux du plus grand des deux frères était telle que la jeune femme en fut emportée, se blottissant finalement contre l'épaule d'Eng. Ainsi, ils allèrent tous quatre le long de la rivière gonflée par les pluies récentes, qui, en roulant avec force offrait à leurs paroles un écrin de secret. Quelques minutes après, ils s'arrêtèrent, emportés du même désir de goûter leurs lèvres, confrontés pour la première fois à cette nécessité matérielle qu'imposait la condition des jumeaux. Eng prit l'initiative d'embrasser Sarah, la rapprochant contre sa poitrine, profitant de la chaleur de son corps, tandis qu'Adélaïde s'écartait modérément de Chang, pour laisser la place à sa sœur. Chang détourna le regard vers la blondeur de la sœur cadette et lui serra fort la main en attendant que vienne leur temps. Tous deux goûtaient patiemment cette félicité qui tendait leurs corps vers l'avenir. Ils ne ressentaient point de frustration, mais un désir croissant à l'idée que leur baiser était inéluctable. L'attendre et l'espérer le paraient d'une intensité rare. Lorsque Sarah s'écarta d'Eng, gardant les yeux clos pour ne laisser aucune réalité troubler sa perception de l'instant, elle tendit la main, effleura l'épaule de sa sœur, qui sut qu'à son tour elle pouvait se réfugier contre le torse de Chang et rejoindre sa bouche. Comme tous les amoureux qui ne se rassasient jamais d'un seul baiser, les quatre recommencèrent à plusieurs reprises l'alternance des étreintes, de plus en plus troublés par les frôlements, les fins soupirs et les effluves nouveaux. Peut-on imaginer qu'à la suite de ces enlacements, auxquels seul le crépuscule mit fin, il existât une force suffisamment puissante pour les empêcher d'achever leur projet ?

Cependant, avant de quitter leurs promises ce jour-là, les nommant Sally, Addie, mon amour, mon trésor, ma lumière, les frères liés insistèrent pour que leur mariage ne passe pas en force. Pensant à leurs propres parents, ils craignaient qu'une ombre s'étende sur leur union si elle n'était pas bénie par la génération précédente. À l'espoir de pouvoir convaincre Nancy et David Yates, Sarah opposa une douce caresse sur la joue d'Eng et le murmure dépité que toute intervention était vouée à l'échec à cause des idées ségrégationnistes de son père, tandis qu'Adélaïde encourageait Chang du regard à ne pas s'engager dans une bataille perdue d'avance.

Chang et Eng ne pouvaient se résoudre à croire que le rejet des parents d'Adélaïde et Sarah était basé sur un parti pris racialiste, sinon pourquoi les auraient-ils accueillis comme des amis dans leur maison, pourquoi les auraient-ils si souvent traités d'égal à égal, jusqu'à l'intérieur du très réactionnaire parti Whig ? Les frères liés penchaient davantage pour un refus que chacune des deux filles vive avec deux hommes à la fois. Leurs premiers baisers avaient démontré aux couples qu'ensemble ils trouveraient des solutions à l'accomplissement de leurs amours, mais les arcanes de la sororité et de la gémellité seraient-ils assez puissants pour dominer les convenances ? Étant donné les remous que provoquait ce mariage avant d'avoir lieu, avaient-ils envie d'entacher leur avenir d'un opprobre permanent ? Rassurés sur les intentions d'Addie et de Sally, ils contactèrent Charles Harris, le seul qui pouvait les accompagner sur la route de la plus difficile décision de leur vie.

Le trajet en fiacre dura près d'une semaine jusqu'à Philadelphie, située à huit cents kilomètres au nord de Wilkesboro. Les jumeaux liés n'avaient révélé à personne leur destination ni la durée de cette absence. À leurs voisins et à leurs esclaves ils avaient annoncé qu'ils partaient pour régler certaines affaires urgentes. Charles Harris, maussade, mena les chevaux sur les routes de la Virginie, du Maryland, du Delaware et, enfin, de la Pennsylvanie, quittant peu à peu la douceur du Sud, pour retrouver les paysages enneigés, les ornières et les nappes brumeuses qu'ils avaient connus autrefois. Dès les premières heures du voyage, et à chaque halte dans une auberge, Harris dit aux jumeaux tout le mal qu'il pensait de leur initiative, mais Chang et Eng restaient fermés à toute discussion, oscillant entre gravité, car ils étaient sur le point de commettre l'irréparable, et euphorie, à l'idée d'enfin pouvoir intégrer le cortège de l'humanité. Depuis leur arrivée en Occident, ils avaient rencontré des dizaines de médecins, aux États-Unis comme en Angleterre ou en France. Tous les avaient mis en garde contre une séparation chirurgicale. Personne n'avait envisagé que ce soit possible, la probabilité était grande qu'ils meurent tous deux, ou au moins un des deux. Jusque-là, ce verdict, argument commercial d'une immense efficacité, leur convenait, mais Chang et Eng désiraient un nouvel avis. Leur nature, ce qui avait façonné leur histoire, nécessitait d'être remise en question contre l'assurance de pouvoir mener deux vies conjugales. L'entrave de chair grâce à laquelle ils s'étaient élevés dans la société et avaient eu accès à l'éducation, ce lien ontologique, paradoxalement responsable de leur affranchissement et des bienfaits matériels dont ils jouissaient, les avait conduits au seuil de la normalité. Mais une raison supérieure les poussait désormais à franchir une étape supplémentaire, quel que soit le péril couru.

Le premier hôpital du Nouveau Monde, fondé par le docteur Thomas Bond avec l'appui de Benjamin Franklin, avait la réputation d'accueillir, depuis près d'un siècle, les meilleurs chirurgiens. Situé au cœur du damier de Philadelphie, l'établissement était un centre d'innovation en matière de recherche médicale et chirurgicale. Lorsque la voiture des jumeaux s'immobilisa dans le parc, face au bâtiment en pierres de calcaire, parementées de briques rouges, l'assistant du doyen Scott se précipita en dénouant le tablier blanc, maculé de sang, qui protégeait son costume sombre. Une amputation était en cours et le professeur les recevrait aussitôt après. Harris leva les yeux au ciel, ne comprenant pas qu'on désire s'allonger sur le billot par amour. Ni pour une femme ni même pour deux.

Chang et Eng étaient venus à Philadelphie lors de leurs tournées et ils avaient déjà eu l'occasion d'être examinés par le professeur Scott. Ce dernier avait prononcé un avis conforme à celui de ses confrères, mais cette fois il avait accepté, à leur demande, de réexaminer l'hypothèse d'une intervention, en s'adjoignant un collectif d'éminents chirurgiens, dont certains, disciples d'Ephraïm Mc Dowell, le premier à avoir réalisé avec succès une ablation de l'ovaire, étaient précurseurs en matière d'asepsie et d'anesthésie.

L'examen eut lieu l'après-midi, dans le grand amphithéâtre à gradins où la plupart des interventions chirurgicales se déroulaient en présence d'un public d'étudiants.

Six praticiens différents procédèrent aux palpations abdominales et manipulèrent tour à tour la jonction entre les deux corps. Le verdict fut unanime, les tissus cutanés, cartilagineux et vasculaires, composant les parois et la masse du « ligament », n'offraient en eux-mêmes pas d'obstacle particulier à la division chirurgicale, quoiqu'il faille se méfier de l'existence possible d'une artère profonde. Le véritable problème était posé par la présence d'un diverticule péritonéal unissant les deux cavités abdominales. Le danger d'une effraction dans le péritoine était tel que cela rendait l'intervention extrêmement dangereuse, une infection risquait de se déclarer et, si c'était le cas, d'entraîner une septicémie incontrôlable. Il conviendrait donc d'effectuer l'opération le plus rapidement possible afin de diminuer le risque d'exposition aux agents pathogènes extérieurs, mais aussi de parer aux effets funestes de la douleur. À ce propos, il fut préconisé de s'inspirer des travaux prometteurs conduits en Angleterre sur l'utilisation de l'éther, chacun ayant pu constater chez les éthéromanes une absence totale de sensibilité dans les cas où ils s'infligeaient de graves blessures.

Restait, après la division, le problème de la reconstruction du péritoine et des parois abdominales des jumeaux. C'était un problème majeur et l'équipe soignante se demandait s'il resterait tout simplement suffisamment de tissus et de peau pour fermer les deux plaies. Sans compter que la très grande rapidité d'exécution requise contrarierait la méticulosité nécessaire au chirurgien reconstructeur.

Il revint, à la fin, au professeur Scott de synthétiser l'avis général. Ce qu'il fit d'une formule : « Ouvrir, oui. Couper, oui. Refermer, une autre affaire… »

Chang et Eng s'attendaient à ce que les médecins émettent un avis prudent et ils retinrent qu'aucun refus formel n'avait été opposé à leur requête. Ils décidèrent d'exposer leur situation amoureuse et de partager avec l'équipe de l'hôpital les raisons profondes qui leur faisaient souhaiter de courir un tel risque. Quelle que soit la situation personnelle de chaque membre de l'équipe soignante, personne ne fut insensible à leur motif. Le professeur Scott leur imposa un délai de réflexion d'un mois. Si d'ici là, les frères Bunker n'avaient pas renoncé à leur projet, on procéderait à leur disjonction dans cette même salle. Ils devraient rédiger une décharge par laquelle ils reconnaîtraient formellement avoir été informés des risques courus et des conséquences potentiellement létales de l'intervention, se déclarant sains d'esprit et en possession de leurs moyens intellectuels au moment de leur décision. Enfin, avant de les laisser repartir, le professeur Scott insista sur un point essentiel. Les candidats à la séparation devraient rédiger une lettre dans laquelle ils exprimeraient leur choix, pour le cas où les circonstances seraient telles que l'équipe chirurgicale se verrait obligée de sacrifier un frère pour que l'autre vive.

De retour à Trapp Hill, Chang et Eng reprirent leur vie de fermiers, alternant les plaisirs de la pêche, de la chasse et le travail, comme si rien n'avait changé dans leur existence. Et pourtant leur décision était prise. Ils connaissaient leurs derniers moments unis, quelle que soit l'issue de l'intervention. Mais qui de Chang ou d'Eng devrait vivre en cas d'impossibilité de sauver les deux ? Ils n'avaient pas voulu donner de réponse à la question du professeur Scott, se comportant depuis comme si, à l'approche du terme de leur substantialité, rien ne comptait plus que d'égrener les heures de façon ordinaire. Que l'un décède, ou qu'ils survivent à deux, mais séparés, leur vie antérieure serait arrivée à échéance. Au tréfonds de sa conscience, chacun souhaitait que l'autre continue d'exister physiquement et nul ne doutait que son jumeau partage une conviction identique. Dès lors, à quoi bon fourbir des arguments ? Ils comptaient sur le hasard, le destin, ou une intuition de dernier instant pour satisfaire la requête des chirurgiens. À deux reprises, ils revirent Adélaïde et Sarah en secret, Andrew continuant de jouer les messagers. Lors de ces instants de pure félicité leurs baisers s'enhardirent, certains évoluant en caresses, ces prémices de conjonction charnelle scellant le caractère irréversible des promesses.

Les sœurs Yates, qui ne savaient rien du projet de séparation, complotaient pour que le mariage clandestin puisse se dérouler six semaines plus tard, à l'occasion du départ de leur père pour la foire au bétail de Charlotte. Elles projetaient de convaincre le pasteur Colby et réfléchissaient au lieu caché de leur engagement. Chang et Eng acquiesçaient, peu diserts, le secret de leur mariage lesté de ce second secret dont ils voulaient seuls supporter le fardeau. Si une désunion était la clef de leurs unions, Chang et Eng avaient décidé de ne pas s'en ouvrir à leurs futures épouses, afin de les exonérer de toute responsabilité. Seul Charles Harris était au courant de ce qui se tramait. Le mois de réflexion imposé par le professeur Scott se terminant avant la date programmée des noces, les frères siamois savaient que d'une façon ou d'une autre, il ne serait bientôt plus nécessaire de dissimuler.

À quelques jours de la fin du mois, ils s'installèrent au vaste bureau en chêne spécialement construit pour eux, face aux fenêtres du salon. Assis sur un large banc, ils rédigèrent conjointement une lettre à leurs promises, dans laquelle chacun explicitait sa décision au cas où il ne serait pas de retour pour l'exprimer de vive voix. Puis ils préparèrent une enveloppe à l'attention du docteur Scott et une feuille destinée à rester vierge jusqu'à l'arrivée de Charles Harris, qui allait les conduire à nouveau à Philadelphie. Eng repensa à la manière dont son mariage s'était décidé. Il n'éprouvait aucun regret d'avoir laissé son frère choisir

Adélaïde. Il avait découvert Sarah et, même s'il trouvait la cadette toujours aussi charmante, se plaisait avec l'aînée des Yates. Mais pour cette raison, il était envahi par l'idée que Chang méritait davantage son mariage que lui. Il était décidé à convaincre le docteur Scott qu'il serait, si nécessaire, le sacrifié.

Dans l'après-midi, des roues qui brinquebalaient sur le chemin d'accès à leur maison attirèrent leur attention. Pensant qu'il s'agissait de Harris, en avance sur l'heure de rendez-vous prévue, ils ouvrirent la porte et découvrirent deux attelages. En premier, celui de Harris, suivi d'une voiture qu'ils identifièrent instantanément comme celle des Yates. Ils n'avaient pas revu les parents d'Adélaïde et de Sarah depuis leur terrible réaction de Thanksgiving, et ressentirent une violente appréhension lorsqu'ils les virent surgir de la voiture, David en premier, qui tendit sa main pour aider sa femme, soufflante et transpirante, à poser un pied sur le marchepied, puis sur le sol, libérant les amortisseurs de l'attelage qui gagna plusieurs centimètres de hauteur. Leur surprise ne s'arrêta pas là, car Adélaïde puis Sarah quittèrent le véhicule à leur tour, et se précipitèrent vers eux, le visage ravagé par les larmes.

Adélaïde courait plus vite et vint se blottir la première contre Chang, puis Eng tendit son bras pour accueillir Sarah sur le côté, leurs regards glissant des bien-aimées à leurs parents, restés près du boghei. Charles Harris contemplait l'étonnant spectacle, se félicitant intérieurement d'avoir trahi les frères Bunker car si David et Nancy affichaient un air grave, ils n'ébauchèrent aucun geste pour retirer leurs filles aux étreintes des jumeaux liés. Le confident des Bunker avait trouvé inadmissible qu'après avoir surmonté tant de dangers, parcouru les océans et des dizaines de milliers de kilomètres sur les routes des États-Unis, d'Angleterre et de France, les deux frères prennent un tel risque pour le minois des sœurs Yates. Quitte à endosser le rôle de fossoyeur, Harris avait préféré être celui des mariages que celui de ses amis. Il s'était donc rendu chez les jeunes femmes et leur avait révélé le projet de séparation chirurgicale, en présence de leurs parents, doublement horrifiés de découvrir que les couples continuaient à se fréquenter malgré l'interdit, et que leur considération résiduelle envers les Bunker leur interdisait de les envoyer à la mort. Adélaïde et Sarah s'étaient effondrées, l'une suppliant Harris de ne pas mener Chang et Eng à Philadelphie, l'autre se jetant aux pieds de son père. Mais toutes deux tenaient le même discours, elles aimaient Chang et Eng tels qu'ils étaient, et n'avaient jamais eu l'idée de les changer depuis leur première rencontre. Elles préféraient mourir que de les voir prendre un tel risque. Les monstres étaient ceux qui, par leur vision étriquée, poussaient deux êtres exceptionnels à la mort. Les étrangers étaient ceux qui fermaient leur porte aux dépositaires d'un savoir et d'une expérience qui les dépassaient. Une famille devait s'enrichir d'altérité et non s'appauvrir en élevant des barrières. L'amour unissait, il ne séparait pas.

À Trapp Hill, Chang et Eng essayèrent de dissuader Adélaïde et Sarah de se mêler de leur décision. Ils s'adressèrent directement à David Yates, lui garantissant qu'il n'aurait jamais à voir ses filles affublées d'un handicap matrimonial. Les médecins de Philadelphie étaient les meilleurs. À l'issue de la séparation chirurgicale, les mariages pourraient se dérouler dans des conditions normales, une femme avec un homme. Cependant Chang avertit :

— La seule chose que la science ne pourra modifier est la couleur de notre peau, mais David, nous pensons que vous aurez à cœur de démontrer à vos filles que vous valez mieux que certains de vos propos.

David Yates baissa les yeux, il réfléchissait à toute allure. Nancy et lui avaient longuement et, pour la première fois peut-être, abordé la situation avec leurs filles en les considérant comme des adultes. Il avait compris qu'elles ne reviendraient pas sur leur décision et avait entendu leur menace de ne plus jamais les revoir si les mariages étaient empêchés. Ils devaient choisir entre deux bannissements : celui de leurs filles, de cette famille, ou le leur, de la société de Wilkesboro.

Sarah implorait Eng de revenir sur sa décision, elle ne voulait pas être veuve avant d'être mariée. Adélaïde prévenait Chang que si l'intervention échouait, il n'avait pas le droit de lui faire porter toute sa vie une telle culpabilité. C'est alors que Nancy prit la parole. Puisque les deux sœurs aimaient les deux frères tels qu'ils étaient, ils pouvaient connaître le bonheur sans que quiconque ne prenne le risque de mourir. Son mari et elle donneraient leur accord pour ces unions, à condition que la cérémonie soit discrète et ne risque pas de soulever une nouvelle émeute. Elle misait sur le temps pour adoucir les esprits de leurs amis et voisins. Elle ajouta qu'elle non plus ne voulait pas se retrouver avec la mort des jumeaux sur le cœur. Elle avait apprécié leur compagnie et était d'accord pour essayer de former une famille. Nancy et David prirent cette décision car ils ne voulaient pas perdre leurs filles, et ils demandèrent instamment à Chang et Eng de renoncer à leur projet insensé, pour ne pas perdre leurs gendres.

Chang et Eng doutaient de pouvoir croire ce qu'ils entendaient, mais en voyant les visages pleins d'espoir des deux jeunes femmes, ils comprirent que l'impossible était devenu réalité. Leur amour s'étoffa d'un sentiment de gratitude incommensurable à l'égard d'Adélaïde et Sarah qui, par leur pugnacité et leur ouverture d'esprit, avaient accompli la part fondamentale du miracle. Ils surent alors que l'alliage du lien matrimonial serait plus solide et inaltérable que celui de la chair.

L'intérêt de chacun était que le mariage se déroule le plus vite possible ; Chang et Eng pour que les Yates ne changent pas d'idée ; Nancy et David Yates afin d'éviter que l'évènement s'ébruite ; Adélaïde et Sarah pour s'émanciper au plus vite de la tutelle parentale. Il fallut néanmoins attendre que la cour de justice de Caroline du Nord délivre les deux licences de mariage distinctes. La première autorisait Chang Bunker à épouser Adélaïde Yates et la seconde permettait à Eng Bunker de se marier à Sarah. Ainsi, le 10 avril 1843, les frères liés obtinrent ces documents de la même administration qui les avait reconnus citoyens américains, mais il s'agissait cette fois du premier acte officiel les consacrant en tant qu'individus distincts.

Trois jours plus tard, comme le voulait la loi, et sans que personne ait manifesté son opposition, les unions se déroulèrent dans la salle à manger de la famille Yates, sous le ministère du pasteur Colby. Dans la lumière du soleil couchant, celui-ci officia avec enthousiasme, ayant remisé toute hésitation éthique, philosophique ou morale, depuis que les frères liés avaient confirmé leur engagement de financer la construction d'une nouvelle église, plus grande et plus accessible que l'actuelle. Les quatre témoins étaient Charles Harris et son épouse Fannie, le docteur Calloway et Henry Moose, le menuisier qui avait confectionné le mobilier des jumeaux. Ce dernier portait la double responsabilité d'apposer sa signature sur le registre et d'avoir réalisé le lit nuptial qui supporterait quelques heures plus tard le poids de quatre personnes. Les frères liés, vêtus de leur plus beau frac de cérémonie et portant des hauts-de-forme en satin gris, avancèrent vers le pasteur, flanqués chacun de sa promise, Sarah à droite, Adélaïde à gauche. Les sœurs Yates s'habillaient souvent de manière similaire, mais, cette fois-ci, chacune s'était démarquée par une tenue différente. La cadette rayonnait dans une robe rouge aux manches longues, décorée de rubans ivoire, son cou gracile ceint d'un collier de perles offert par sa mère. L'aînée resplendissait en robe vert émeraude aux manches courtes et bouffantes, ses poignets soulignés par des bracelets sertis de diamants transmis par la famille de son père, et arborait dans les cheveux une couronne de fleurs blanches. De dos, ils donnaient l'illusion de deux couples serrés l'un contre l'autre, mais le bras droit de Chang et le gauche d'Eng s'entrecroisaient derrière leurs nuques, soulignant la dimension inséparable de cette union. Ce que le pasteur ne manqua pas d'évoquer en jouant sur les mots lorsqu'il procéda aux mariages consécutifs.

L'aînée, Sarah Yates, fut la première à convoler, prenant pour mari Eng Bunker, puis la cadette, Adélaïde Yates, épousa Chang Bunker.

À chaque échange de consentement, l'émotion submergea Nancy. Son imposante poitrine lâchait des soupirs de forge, des larmes cascadaient sur ses joues rebondies comme aux crues de printemps. David, contracté à son bras, l'imitait, sans que l'on puisse deviner si la joie était la cause de ses pleurs ou si ceux-ci exprimaient un regret dont il savait par avance que rien ne l'effacerait. Pour autant, l'un comme l'autre n'avait d'autre motivation que d'œuvrer avec sincérité au bonheur de leurs filles. Issus d'une ascendance d'immigrants durs à la tâche, Nancy et David avaient défriché, retourné et planté ces terres eux-mêmes, avant d'accéder à la prospérité. Rien ne leur avait été donné sans lutte et sans travail et ils agissaient en ce jour convaincus qu'une famille se sillonne à la manière d'un labour, la détermination et le volontarisme étant les meilleurs gages d'une récolte abondante. Quant aux pensées de Chang et d'Eng, en cet instant, elles allaient avec force à leur mère, qui, si elle avait pu être présente, aurait sans doute été la plus heureuse d'entre eux. Les noces des frères liés venant en victoire ultime sur les forces obscures que Nok avait combattues sans relâche.

Le pasteur Colby conclut les cérémonies en souhaitant aux époux que leur union soit aussi heureuse qu'elle promettait d'être proche. Le trait d'humour eut un effet libérateur sur l'assemblée et les frères et sœurs d'Adélaïde et Sarah se précipitèrent vers les jeunes mariées, les bras chargés de cadeaux, tandis que leurs parents débouchaient une bonbonne de brandy. Après quelques verres et cigares, David Yates fit de nouveau preuve de familiarité avec les jumeaux et il demanda qu'on fasse venir Grace, une grande et plantureuse esclave d'une vingtaine d'années, qui était son cadeau de mariage. Grace aiderait les deux familles dans les tâches domestiques, mais aussi elle saurait bercer, changer, nourrir et raconter des histoires aux enfants lorsqu'ils viendraient. L'un après l'autre, Adélaïde, Sarah, puis Chang et Eng enlacèrent le petit homme, conscients de l'énorme effort que représentait pour lui une telle verbalisation.

À l'issue du souper, Chang et Eng se levèrent et se postèrent au centre du salon sous les regards intrigués des convives.

— Mes chers amis et membres de notre famille nouvelle, proclama Eng, solennel, en levant son verre, nous vous remercions de votre confiance. L'amour qui nous lie à nos épouses est le plus pur et le plus désintéressé, et jusqu'à nos derniers souffles personne ici n'aura jamais à en rougir.

— Nous avons tous traversé une période difficile, poursuivit Chang, et maintenant qu'elle s'achève, nous devons nous amuser !

Sur un signe du plus petit des deux frères, Henry Moose coinça son violon entre le menton et l'épaule, son archet faisant jaillir des profondeurs de l'instrument les premières mesures d'une valse enjouée. Les jumeaux accomplirent neuf révérences, ainsi qu'on leur avait enseigné autrefois.

— Cette fois, le destinataire n'est pas un roi, mais deux reines, s'exclama Chang en tendant sa main à Adélaïde, tandis que l'assemblée, comblée, applaudissait.

La jeune épouse blonde n'hésita pas à rejoindre les frères sous les regards intrigués. Elle déposa sa paume droite dans la main de Chang et se blottit contre lui, tandis que sa main gauche glissait pour venir se placer dans le dos d'Eng. Ensemble, ils se mirent à tourner, leurs six pieds en rythme avec les trois temps de la valse. Leur agilité coutumière, le parfait unisson de leurs mouvements et le suivi docile d'Adélaïde auréolaient leur danse d'une élégance et d'une régularité qui auraient créé des envieux chez n'importe quel bipède. Six jambes s'entrelaçaient ainsi et virevoltaient sur le parquet. Chang souriait béatement, Adélaïde s'abandonnait à la valse, grisée par l'alcool, la tête légèrement renversée. Les yeux mi-clos, elle savourait immodérément l'instant, les bras légers, sa gorge fraîche et claire tendue vers son mari. Chang menait la danse, il augmentait la cadence à mesure que Henry accélérait le tempo ; Eng l'accompagnait, partenaire discret, indispensable à l'équilibre et à la conduite élastique du mouvement. Sarah trépignait, impatiente de partager cette danse à son tour, elle réclama sa place à Adélaïde qui se dégagea à regret de l'étreinte des frères, pour inviter son père à danser. Le formidable engouement gagna rapidement le reste de la noce, Charles Harris pria Nancy, qui n'avait pas dansé depuis des années, de le suivre, et le couple se lança, certes plus gauche et maladroit que les jumeaux, et prenant autant de place qu'eux, mais mû par un enthousiasme simple. Les frères et sœurs d'Adélaïde et Sarah entrèrent dans la danse à leur tour, quant au pasteur Colby, il accepta volontiers l'invitation de Fannie. Sarah valsait maintenant avec les frères liés, adoptant la position inverse de celle de sa sœur, face à Eng sa main gauche offerte à son mari, sa main droite enlaçant Chang par la taille. L'épouse brune n'avait pas l'habitude de s'y prendre ainsi, les femmes réservant généralement le bras droit à la conduite de la danse, mais il y aurait tant de choses auxquelles elle devrait s'adapter qu'elle ne s'en formalisa pas. Et finalement, s'y employant, elle évolua avec élégance, au milieu de tous, car les jumeaux liés avaient la grâce contagieuse.

Moose changea bientôt de registre, éprouvant son archet sur un quadrille endiablé, au cours duquel cavalières et cavaliers s'échangèrent en riant lors de chassés-croisés de plus en plus véloces, chacun voulant au fond de lui-même connaître l'expérience d'un pas de danse avec les frères liés. Nancy et David comme les autres. Le sacrement du mariage avait uni les Bunker et les Yates, toutefois la danse contribua à les fondre physiquement en une seule et même famille.

Cela dura bien plus longtemps que les uns ou les autres l'auraient imaginé et lorsque les rayons du soleil se levèrent sur les champs de coton d'un vert tendre, le pasteur Colby, que l'excès de brandy avait rendu titubant, résuma la pensée collective en déclarant qu'à des noces doubles, on s'amusait deux fois plus.

QUATRIÈME PARTIE

Nous appelons libre celui qui est à lui-même
sa propre fin et n'existe pas pour un autre.
Aristote, *Métaphysique,*
IVe siècle av. J.-C.

La nouvelle du mariage dépassa les frontières du comté de Wilkesboro, entraînée par la plume de journalistes moins soucieux de respecter la vie privée des époux que de flatter les curiosités malsaines. L'information traversa les océans, parvenant sur les rivages d'Europe, où chacun put se faire une idée de la convenance d'une union qui jetait quatre personnes dans une même couche. Elle finit par gagner l'Asie, sous les auspices du révérend William Bel, en mission au Siam, qui rendit visite à Nok pour l'informer du destin heureux de ses enfants. La mère d'In et Jun versa d'abondantes et heureuses larmes qui empruntèrent, sur son visage, les ravines creusées par les soucis. À soixante-sept ans, le dos courbé par une vie d'attente et de batailles, le cœur épuisé de s'être souvent emballé en vain, elle alla se poster en bordure du fleuve, contemplant le cours éternel des limons. Elle avait cessé de croire aux divinités, sa foi s'était réduite à mesure que sa solitude grandissait. Désormais persuadée que la religion était l'affaire d'une humanité effrayée par l'idée de la fin, qui priait chaque jour comme on répète un geste essentiel de conjuration, elle n'avait plus peur. Les échos de ses enfants chéris sonnèrent à la manière d'un appel de l'au-delà, l'éloignement du voyage étant si peu différent de celui de la mort, cependant la seule chose qui la retint, ce jour, de basculer en avant, fut la conviction qu'elle les reverrait ici-bas. Eux ainsi que leur famille.

À Trapp Hill, les quatre époux avaient commencé leur vie domestique et leur voisinage semblait avoir accepté l'idée de ce mariage comme une étrangeté de la vie, qui n'était préjudiciable à personne. Évidemment, l'homme étant l'homme, chacun exerçait son imaginaire sur ce qui advenait dans la chambre conjugale une fois les rideaux tirés. D'autant que Sarah tomba enceinte un mois après le mariage et qu'Adélaïde détecta sa grossesse à peine une semaine plus tard. La nouvelle n'étonna guère David et Nancy qui connaissaient leurs gendres et savaient que ces derniers effectuaient tout de concert. Ainsi, chez les Yates, comme dans une famille ordinaire, on préféra se réjouir de la conséquence plutôt que de gloser sur la cause.

Adélaïde et Sarah, comblées par les attentions de leurs maris, furent immédiatement heureuses en mariage. Chang était d'humeur joyeuse et entraînante, il buvait modérément et enchantait les deux épouses de multiples farces. Eng, doux et prévenant, dispensait à Sarah une telle tendresse qu'elle créait une bulle suffisamment large pour y loger à quatre.

Dès le premier soir, ils s'étaient retrouvés dans le large lit confectionné par Henry Moose, poussés par une alliance complexe de désir et de respect. Les frères liés ne pouvant s'allonger confortablement que sur le dos, Sarah s'était blottie contre Eng et Adélaïde s'était lovée sur le flanc gauche de son mari. Les deux hommes étaient plus chevronnés, cependant ils étaient intimidés et anxieux à l'idée que l'union qu'ils avaient tant chérie de leurs vœux fasse naufrage dans l'échec ou la maladresse des accouplements. En fin de compte, les femmes furent les moins empruntées. Sarah, qui professait l'abolition de la domination masculine, n'en avait pas moins recueilli des conseils auprès d'amies expérimentées, et sut caresser Eng et éveiller son désir, tandis qu'Adélaïde et Chang entraient dans une communion sensuelle et immobile, qui se concentrait exclusivement sur leurs corps accolés. Après quelques minutes, la jeune épouse blonde de Chang mit fin à cet enchantement érotique en embrassant son mari et en lui murmurant qu'elle reviendrait plus tard, puis elle se leva et gagna la chambre voisine, où un second lit était installé, laissant Sarah seule avec les frères liés, de manière que le premier des mariages puisse être consommé.

Chang et Eng savaient d'expérience que leur lien limitait le nombre de positions amoureuses. Allongés côté à côte leurs épaules se chevauchaient légèrement et ils ne pouvaient manœuvrer grandement loin de l'autre, si bien que, après qu'Adélaïde se fut éclipsée, Eng se tourna naturellement vers Sarah, entraînant son frère avec lui dans un mouvement enveloppant et agile facilité par leur synchronicité, et ainsi, basculant tous deux simultanément au-dessus du corps de Sarah, Eng se retrouva sur sa femme, torse contre poitrine, souffles mêlés. Chang, de son côté, même s'il recouvrait partiellement le bras droit de Sarah et qu'il entrait épisodiquement en contact avec les corps en mouvement, s'était absenté au plus profond de lui-même. Il s'était réfugié dans une méditation tantrique où l'odeur et la chaleur du couple voisin ne lui parvenaient plus, son esprit centré sur l'image de la silhouette sensuelle soulignée par un mouvement de lin blanc, que sa femme venait de lui offrir en sortant du lit, entretenant ainsi le désir brûlant de son retour. Plusieurs minutes après qu'Eng et Sarah eurent achevé de faire l'amour, cette dernière se glissa à son tour hors du lit en se couvrant pudiquement. Elle se rendit dans la chambre voisine, où Adélaïde reposait les yeux ouverts, comme si elle-même était entrée dans un état second. Elle s'empara de sa main et lui indiqua de regagner la chambre conjugale où les jumeaux gisaient sur le ventre, le premier, satisfait, et le second, frissonnant d'incomplétude. Lorsque Chang aperçut sa jeune épouse sur le pas de la porte, il se reconnecta avec l'instant, l'incitant d'un geste à venir se glisser sous lui. Eng s'efforça à son tour de gagner un état de conscience second, même si un furtif contact de la peau tiède d'Adélaïde lui rendit la tâche plus difficile qu'à son frère. Et pendant que ce second mariage battait à son flanc, il lutta pour ne pas ressusciter son inclination première envers la plus jeune des deux sœurs Yates.

Celles-ci, depuis que le mariage avait été programmé, s'étaient préparées à cette rencontre charnelle. En connivence extrême, elles l'avaient abordée en des termes crus qui auraient choqué bien des hommes s'ils les avaient entendus, ces derniers étant plus habitués à manier la fanfaronnade sémantique qu'à manifester l'expression nue de la réalité. Pendant la cour assidue des jumeaux, Adélaïde et Sarah avaient à maintes reprises été témoins des exceptionnelles aptitudes physiques de leurs soupirants, notamment dans les domaines qui requéraient force et adresse, mais elles avaient aussi compris l'entrave que pouvait constituer le lien de chair dans l'exécution de certains mouvements.

— Dans l'eau nous glissons pareils à des dauphins, dans l'air nous pouvons soulever des poids supérieurs au nôtre, au tir nous abattons plus de gibier qu'il s'en lève, mais allongés sur le dos, nous sommes pareils à deux tortues renversées sur leur carapace, avait dit Eng avec, peut-être, une intention déguisée.

Adélaïde et Sarah avaient échangé un serment. Elles s'étaient juré de surmonter cette impossibilité de connaître le moindre degré d'indépendance ou d'intimité à l'occasion de l'amour physique. Leur découverte de l'acte sexuel se devait d'être une réussite à quatre. C'était assurément autant une question politique pour Sarah qu'un voyage exotique pour Adélaïde. Elles n'avaient pas surmonté tant d'obstacles pour laisser le conformisme l'emporter, et ne feraient à personne l'offrande de leur gêne ou de leur frustration. Leurs mariages devaient atteindre l'intensité dont elles avaient rêvé, et cela dans chaque domaine de la vie conjugale. À cet effet, elles comptaient autant sur leur audace que sur de puissants sentiments amoureux, mettant au point le scénario de cette première nuit qui devint la matrice de toutes leurs relations charnelles. L'une, quittant la couche après un moment d'intimité inaugural, afin de laisser à l'autre l'opportunité de la jouissance maritale, puis revenant pour échanger sa place. Charge à chacun des jumeaux d'atteindre tour à tour ce lieu secret d'eux-mêmes dans lequel ils parvenaient à s'isoler, le temps que son double honore sa moitié. L'ordre, jamais déterminé à l'avance, dépendait du désir des épouses, de la manière dont celui-ci s'était élaboré en cours de journée, influencé par le labeur domestique et la qualité ponctuelle de leurs fantasmes. Le rituel générait la surprise, stimulait l'imagination, forçait à la patience, et permettait le renouvellement quotidien des ardeurs. Cependant, il advint aussi qu'avec le temps, l'une ou l'autre s'attarde après l'amour, corps repu, conscience éclairée, et ne regagne pas la chambre voisine, si bien qu'au petit matin, les quatre reposaient ensemble, enlacés dans le large lit, baignés d'une lumière éclatante.

Katherine Marcellus Bunker, la première fille de Sarah et d'Eng, vit le jour le 10 décembre 1844 ; et le 16 février, Adélaïde donna naissance à la première fille de Chang, qu'ils prénommèrent Josephine Virginia. Les deux accouchements se déroulèrent de façon habituelle, si l'on considérait la durée du travail et l'intensité des douleurs occasionnées par un premier enfantement, comme le déclara le docteur Calloway, dont l'assistance avait été requise, mais fut à peine nécessaire. Pour l'une comme pour l'autre enfant, la nature se chargea d'apporter une réponse à la question, régulièrement exprimée, aussitôt éludée, qui, pourtant, envahissait les pensées des futurs parents et de leurs proches depuis neuf mois, qu'ils soient en train de travailler aux champs, de dresser un cheval ou de laver le linge au bord de la rivière. Katherine et Josephine étaient des petites filles absolument exemptes de toute anomalie morphologique, apparemment dotées d'une forte santé et qui montrèrent rapidement un développement analogue à celui de n'importe quel bébé du comté de Wilkesboro. L'un des premiers actes des jumeaux, après avoir rédigé une lettre à l'attention de Nok, confiée aux bons soins du révérend Bel, fut d'adresser un message à Isidore Geoffroy Saint-Hilaire. Tout à leur bonheur d'être pères, ils assuraient le scientifique visionnaire que la conformité anatomique de leurs enfants confirmait l'immuabilité des plans de la nature, et que désormais ils vivraient plus sereinement le fait d'en être une exception.

La naissance de leurs filles réenchanta le monde d'Eng et de Chang. Avoir donné une vie semblable à celle des autres fut à l'origine d'un retour massif de leur confiance en soi, et désormais ils n'imaginaient pas que des circonstances puissent à nouveau la questionner. Ils louaient continûment leurs épouses d'être intervenues pour les empêcher de se soumettre à une séparation chirurgicale, osant enfin avouer que leur première motivation était moins l'amour que le désespoir. S'ils étaient allés au bout de ce qui ressemblait à un suicide, ils n'auraient peut-être jamais eu l'occasion de bercer leurs filles et d'éprouver sur leur bras le poids pourtant infime d'un bonheur aussi considérable. Au retour des bourgeons sur les cotonniers, ils décidèrent de braver à nouveau la vie publique et se rendirent à l'office à Wilkesboro en compagnie de leurs épouses et de leurs filles, allongées dans des landaus en jonc parés de draps en mousse de coton que Grace avait brodés de leurs initiales. Comme tous nouveaux parents, ils bénéficièrent des attentions de la communauté dès qu'ils eurent pris place sur les bancs de l'église, chacun s'empressant de venir saluer les filles et les petites-filles des Yates. Ce brouhaha fut aimablement toléré par le pasteur, car l'apparition des familles Bunker sonnait la fin d'un sentiment de culpabilité collectif, chaque paroissien semblant de toute évidence soulagé de l'avènement de cette nouvelle norme. À l'issue de l'office, David et Nancy Yates s'autorisèrent à rester sur le parvis et à converser au lieu de filer rapidement chez eux, comme ils le faisaient ces dernières semaines. Les notables appréciaient que les nouveau-nées soient dotées de prénoms chrétiens et il sembla patent à tous ceux qui, ce dimanche, s'attardèrent, malgré le frais vent d'avril, que rien mieux que l'innocence émerveillée du regard de petites d'homme ne déterminait en retour la condition véritablement humaine de leurs parents.

Personne ne l'exprima ouvertement, sinon à l'occasion d'une confidence murmurée, mais chacun put constater que les yeux de Katherine et de Josephine n'étaient pas bridés, que leur peau était aussi pâle que la porcelaine et que leurs membres étaient au complet. En conséquence de quoi l'adoubement social eut lieu, parvenant à son apogée lorsque Allan Patisson, en personne, flanqué de son fils cadet, Floyd, s'avança pour féliciter les jeunes couples. Du patriarche émanait une autorité qu'une boiterie, insuffisamment étayée par une canne au pommeau d'or, ne parvenait pas à amoindrir. Il mâchait du tabac sans discontinuer, ses favoris gris, broussailleux, roulant sur ses joues ridées tels des buissons sur les pistes sèches. Une paire d'yeux noirs et perçants plaçait systématiquement ses vis-à-vis dans la position du gibier. Allan Patisson félicita Sarah et Adélaïde et annonça qu'il ferait livrer aux petites des trousseaux du plus bel organdi, puis il entreprit les pères. Chang et Eng n'auraient-ils pas préféré des garçons ?

Ou qu'un frère engendra féminin et l'autre masculin ? Le choix du roi, en une fois. Selon le vieil homme, les filles étaient moins utiles à la ferme, mais elles avaient souvent plus de cervelle que les garçons, que l'illusion de la force pouvait mener à des comportements inappropriés. Au côté de son père, Floyd Patisson n'en menait pas large, tentant de glisser son regard sous ses bottes cirées. Chacun avait saisi l'allusion et la prit pour ce qu'elle était : une offre de paix.

— Garçon ou fille, peu importe, répondit Chang. Naître nous a enseigné à rester humbles face aux décisions de la nature.

— Quant aux choix des rois, ils ne nous ont pas toujours porté chance… nous ne boudons pas notre plaisir de vivre en démocratie, compléta Eng.

Adélaïde et Sarah ajoutèrent, de concert, qu'elles étaient certaines de déjouer les mathématiques dès l'année prochaine.

— Au poker, on tire fréquemment deux cartes rouges de suite, mais quatre, c'est plus rare ! lança Eng.

Allan Patisson, qui se targuait d'être un bon joueur, s'esclaffa de la métaphore. Il organisait une table chaque premier mercredi du mois et serait ravi que les frères Bunker lui fassent l'honneur de venir taquiner le carton. Eng accepta avec enthousiasme tandis que Chang déclinait la proposition, assurant toutefois qu'il accompagnerait son frère, ce qui fit redoubler les rires du patriarche.

Adélaïde et Sarah enlacèrent leurs parents, elles participaient aux conversations anodines, heureuses de ne plus être en rupture de ban.

Puis, chacun en ville regagna son foyer et les membres de la famille Bunker souhaitèrent prolonger l'instant en se promenant dans la rue principale de Wilkesboro, faisant mine de ne pas remarquer les ombres des curieux derrière les voilages des fenêtres.

Quelques nuits plus tard, un évènement acheva de restaurer la réputation des frères Bunker dans la région. Les couples étaient sur le point de gagner la chambre conjugale lorsque des hennissements alarmés leur parvinrent depuis l'écurie, aussitôt suivis de caquètements et de piaillements suraigus en provenance de la basse-cour. Les jumeaux dévalèrent l'escalier, Chang muni d'une lampe, tandis qu'Eng empoignait son fusil. Dans la nuit que dissipait une demi-lune, ils aperçurent la silhouette efflanquée d'un grand canidé trottinant hors de l'enclos, tenant la masse sombre d'un volatile dans sa gueule. Eng épaula, visa, tira. L'animal s'effondra en jappant, puis rapidement, ne bougea plus. Les deux frères s'approchaient avec circonspection lorsque Berry, alerté par la détonation, surgit de son baraquement, une lampe à la main, les enjoignant à la prudence. L'esclave s'approcha de ce qui se révéla être la dépouille d'un célèbre loup. Bob-tail, surnommé ainsi parce qu'il avait perdu une partie de sa queue dans un piège, sévissait depuis des mois. Il avait décimé des troupeaux sur les propriétés voisines, mais aussi, emporté pour les dévorer deux enfants d'esclaves, à peine en âge de marcher. Agile et intelligent, personne n'avait réussi à le tenir suffisamment longtemps dans sa mire pour l'abattre. De nombreuses battues avaient été organisées, toutes vaines, et, à mesure de l'accumulation des victimes, l'animal avait fini par se parer d'une aura légendaire. Berry donna un coup de pied dans le cadavre du loup et, constatant qu'il était bien mort, fit signe à ses maîtres qu'ils pouvaient approcher, mais Chang et Eng déclinèrent, préférant rejoindre leurs épouses, dont les silhouettes se découpaient à la fenêtre de la chambre conjugale, lui demandant de tout nettoyer avant de retourner se coucher.

Peu de temps après, les frères Bunker prirent place à la table de poker d'Allan Patisson où les cinq partenaires invités par leur hôte tinrent à les féliciter pour ce fameux coup de fusil. Les murs en boiserie du grand salon arboraient de majestueux trophées de chasse, deux têtes d'ours, deux grands cerfs et un loup, mais pas de la taille de Bob-tail. Le premier à les congratuler fut Henry Claig, un avocat du Kentucky en redingote portée sur une chemise d'un blanc éclatant. Prosélyte infatigable du parti Whig, Claig était en campagne en Caroline du Nord pour réunir des fonds en vue des prochaines échéances électorales. Il regretta que les loups engendrent un préjudice financier supérieur en s'attaquant aux esclaves plutôt qu'aux troupeaux. Combien de moutons valait un bébé noir ? Chacun y alla de son estimation, une moyenne s'établissant bientôt autour de cinquante. Vous rendez-vous compte ?

Deux enfants, cent moutons ! Levant son verre, il proposa de trinquer aux nouveaux héros.

Allan Patisson incita ensuite chacun à tirer les places au hasard et à s'asseoir. Un banc ayant été réservé aux frères Bunker, ils se trouvèrent positionnés entre le fringant avocat et un certain Bob Milestone, qui leur confia que le loup lui devait son surnom, car c'était sur son terrain que le piège avait failli l'attraper. L'animal avait dévoré sa propre queue pour s'échapper et Bob avait conservé l'extrémité de l'appendice caudal de l'animal en trophée.

La mise minimale s'élevait à dix dollars, mais le pot montait rapidement, les joueurs étant prompts à la relance. À chaque donne plusieurs centaines de dollars s'amassaient sur le tapis. Eng jouait prudemment et ne se laissait pas emporter par le mouvement fougueux de la table. Il savait passer lorsque son jeu ne recelait pas le potentiel suffisant et renchérir lorsque à deux reprises il tint en main deux paires à l'as, si bien qu'après une heure de jeu, il était à la tête d'un pactole assez confortable.

Chang avait cessé d'observer le jeu depuis un moment, il dégustait les délicieux whiskies mis à sa disposition, à l'abri d'un épais nuage de cigare de La Havane. Cependant il ne s'ennuyait pas, son attention était tout entière dirigée vers les convives. Indubitablement, Henry Claig était l'as de pique, l'homme fort de la table, à la noirceur d'âme démonstrative. Bien entendu, Allan Patisson était le valet de cœur, puisqu'il avait organisé cette réunion pour réunir de potentiels donateurs pour l'avocat. Bob Milestone, qui passait son temps à puiser dans son portefeuille, était le sept de trèfle. S'il continuait à jouer de malchance, son brelan de valets, battu par un brelan de dames, lui avait coûté deux mille dollars, il n'aurait bientôt plus un sou à offrir au parti. Venait ensuite Ruben Dominik, dont les ancêtres étaient vikings, et qui se plaisait à répéter qu'ils étaient les premiers à avoir mis les pieds en Amérique. Lui ne se prenait pas pour moins que le roi de carreau. Il exprimait l'indignation la plus sudiste de la table, déplorant que les esclaves échappés, réfugiés dans les États abolitionnistes, ne puissent être récupérés par leurs propriétaires. Pour lui, il s'agissait d'une spoliation de fait, ces États ne se gênant pas pour embaucher les fuyards dans leur circuit de production de richesse. Son voisin de droite, James Freel était le dix de cœur. Il souligna la rareté de la présence de personnes d'origine étrangère à cette table et félicita Allan Patisson pour son initiative. Freel, matois, jugeait primordial que les idées du parti infusent parmi les meilleurs éléments de la société. Trop orgueilleux, incapable de coucher son jeu, même si celui-ci était fragile, il se faisait rafler de grosses sommes pour rien. Le dernier joueur en présence était William Church, un quatre de carreau, faible en soi, mais utile pour compléter une main. Éleveur de chevaux, à la tête d'une impressionnante fortune, il poussait Claig à se présenter aux présidentielles et se voyait bien en charge d'un poste à responsabilité. Pourquoi pas ministre de l'économie ? Henry Claig n'était pas du genre à abattre son jeu de la sorte, aussi répondit-il qu'accéder à la mandature suprême exigeait de nombreuses compromissions et qu'il préférait rester de droite plutôt qu'être président.

Ainsi allait la partie, certains se penchant pour ramasser l'argent posé au centre du tapis, tandis que d'autres, calés au fond de leur fauteuil, ruminaient leurs décisions malheureuses. Au poker il est primordial de savoir ne pas jouer. Ceux qui tentent l'impossible à chaque donne finissent par le payer. William Church fut le premier à quitter la table, sa mise entièrement raflée par Eng qui avait dissimulé une couleur servie. L'éleveur avait assez perdu pour la nuit, il remercia fort dignement Allan et serra longuement la main d'Eng, en lui promettant un destin de premier ordre.

— C'est déjà le cas, non ? grommela Chang, qui commençait à être saoul. On a un putain de destin ou pas ?

Church se raidit, offensé par ce langage.

— Veuillez excuser mon frère, fit Eng. Je suis désolé, il finit par s'ennuyer et il boit trop.

— Du tout, reprit Chang, en retenant à peine un rot, je ne me suis pas ennuyé une seule seconde.

Se sentant obligé de faire pardonner l'attitude de son frère, Eng revint sur un point de la conversation abordé par Church quelques minutes auparavant :

— Ce cheval sauvage dont vous nous avez parlé, que personne ne parvient à monter. Nous pouvons peut-être vous aider…

Church et les autres retinrent difficilement leur surprise. Personne n'imaginait les frères siamois dompter un mustang qui avait blessé plusieurs cow-boys aguerris et que personne n'osait plus approcher.

— Dans notre pays d'origine nous avons une façon différente d'entretenir des liens avec le règne animal, si vous nous laissez faire avec votre cheval, nous parviendrons à le rendre si docile qu'un enfant pourra le monter.

Chang ne disait plus rien, le front baissé, le menton ballottant, il leva le pouce en signe d'assentiment.

— Accordez-nous d'essayer afin qu'aucune offense ne subsiste après cette soirée.

Church le jaugea longuement, puis il laissa à nouveau un sourire s'inscrire sur son visage. Il assura qu'il y réfléchirait, puis il prit congé de tous, en ignorant Chang.

À l'aube, les jumeaux prirent le chemin du retour, mais le chant des oiseaux fut rapidement couvert par l'écho de la dispute qui éclata sur la banquette de la carriole.

— On ne va pas aider ce type, je ne le sens pas, il est faux ! alléguait Chang. Être ministre de l'économie et puis quoi encore ? Il n'est même pas capable de garder sa mise à la table, que va-t-il se passer quand il gérera le portefeuille des Américains ?

— Ce n'est pas la peine de te trouver des excuses, tu as bu sans arrêt ! Tu t'es comporté comme un rustre !

— Maintenant, il faut faire bonne figure devant la haute société, rétorqua Chang qui éprouvait des difficultés à rester droit et dont la tête reposait sur l'épaule de son frère. Boire leurs paroles, après que pendant des années ces gens nous ont méprisés ?

— Ose me dire que tu n'es pas d'accord avec ce qu'ils disent ? Si Berry ou Grace s'enfuyaient, tu voudrais qu'on n'ait pas le droit de les récupérer ? Les Noirs vont tous nous quitter à ce compte, et on fera comment pour les terres, pour élever les enfants ?

— S'ils partent, on les rattrapera avant la frontière, bougonna Chang avec un mauvais sourire, et on les ramènera.

Un cahot l'envoya valdinguer sur la gauche et s'il n'avait pas été assuré par leur indéfectible lien, il aurait versé hors de la carriole. Eng poussa un cri de douleur et le retint par le col.

— Tiens-toi, tu es pathétique ! C'était une chance d'être invité chez Patisson, s'exclama-t-il, furieux. On a tout fait pour que ces gens nous acceptent !

— De là à débourrer leur canasson, rétorqua Chang en sortant de sa poche une bouteille de whisky qu'il avait volée en partant.

Il la finit d'une seule lampée et jeta le flacon vide au-dehors.

— Tu me navres, lâcha Eng, en détournant le regard.

— Alors retournons à Phili ! hurla Chang en tentant de s'emparer des rênes. Retournons-y maintenant, et disons à Scott qu'on a changé d'avis, demandons-lui de nous séparer ! Et si on doit désigner celui qui y reste ce sera moi ! Comme ça, quel que soit le résultat de l'intervention tu pourras aller faire le malin avec ces gens-là, sans traîner un boulet !

Arrivés à Trapp Hill, ils montèrent se coucher sans plus s'adresser une parole. Comme Adélaïde et Sarah dormaient à poings fermés dans le lit conjugal, les deux frères allèrent s'effondrer dans la chambre de repos, et s'endormirent en quelques secondes sans prendre la peine de se dévêtir.

En fin de matinée, ils descendirent, toujours mutiques et fâchés. Ils trouvèrent leurs femmes dans la cuisine, en train d'allaiter. Assises côte à côte, vêtues d'une même blouse bleue, ouverte sur le sein droit pour Adélaïde, gauche pour Sarah, leurs yeux baissés sur les têtes claires des petites, leurs bras les enlaçant de la même manière, elles offraient à la vue une symétrie presque parfaite, une image en miroir troublée seulement par la dissimilitude de leur couleur de cheveux. Eng avait remarqué que depuis leur mariage, les sœurs, qui s'employaient autrefois à se singulariser dans leur manière de s'habiller, de se maquiller, ou de porter des bijoux, étaient gagnées par un mimétisme grandissant. Leurs trois années de plus n'avaient pas modifié significativement les traits de leur visage, si bien qu'en public, et jusqu'au seuil de la chambre, pour peu qu'elles aient noué un foulard sur leurs cheveux, on pouvait les confondre. Il était même arrivé qu'on les croie jumelles. Cependant, elles se distinguaient dans la nudité. Après plusieurs mois d'intimité les couples avaient été graduellement entraînés dans la révélation de leurs corps. La surprise la plus inattendue était logiquement venue des jumeaux dont la pilosité pubienne était moitié noire, moitié grise, suivant une division verticale parfaite. Pour chacun d'eux, les poils noirs à droite. Les gris à gauche. Aucune explication n'avait pu être donnée à ce phénomène qu'ils avaient constaté dès l'adolescence, si ce n'était qu'ils entretenaient un rapport complexe à la notion de division médiane.

Bien entendu, les deux épouses avaient fini par échanger sur le sujet un matin, alors que leurs maris étaient aux champs, prolongeant la confidence jusqu'à estimer que les formes et les tailles des deux pénis étaient similaires, après quoi elles avaient gardé le rouge aux joues une partie de la journée. Au contraire, les époux n'avaient jamais évoqué le physique de leurs femmes. Pour autant, la proximité conjugale était telle qu'ils n'avaient pu manquer de relever des points de comparaison. Une fois les bougies soufflées, restait la lune. Durant leur premier été, la chaleur de l'air avait affalé les draps et fait glisser les chemises de nuit. Et parfois, l'un ou l'autre frère ne parvenait pas à s'effacer en lui-même avant que frôlements et gémissements adviennent à son côté. Cependant Chang et Eng n'en parlaient pas. Sans s'être concertés, ils maintenaient cette barrière mentale afin que la situation maritale reste vertueuse. Dans les faits, ils savaient que le corps d'Adélaïde était plus fin que celui de Sarah, ses hanches moins marquées et ses seins plus petits, ce qui ne pouvait se distinguer sous les arceaux et les dentelles. L'odeur de l'aînée était plus suave que celle de la cadette et ses perles de sueur moins salées. Les fesses de Sarah étaient bombées et fermes, moins plates que celles de sa sœur, mais Eng avait mis du temps à s'en apercevoir, la position du missionnaire étant peu propice à ce genre de constatation. Ce fut après que sa femme eut souhaité, pour la première fois, prendre la position du dessus, estimant qu'ils prolongeaient jusque dans leur lit la domination masculine, qu'il s'en rendit compte. Cette nouvelle liberté, même si elle n'était pas en usage dans les bonnes familles, fut testée à son tour par Adélaïde, et, pendant une longue période, la félicité conjugale des Bunker gagna en diversité.

Sarah cessa d'allaiter Katherine. Elle posa l'enfant sur son épaule, contre un linge, et lui tapota doucement le dos, tout en observant l'air maussade de son mari et de son beau-frère. Elle en déduisit que la partie de poker chez Patisson avait mal tourné et qu'Eng avait perdu une belle somme, mais celui-ci déposa une liasse sur la table en bois.

— Je les ai lessivés… lâcha-t-il, en ouvrant la porte du foyer de la cuisinière et en ravivant le feu avec du fagot, pendant que Chang posait la cafetière en étain sur la plaque de cuisson.

Adélaïde, à son tour, ôta Josephine du sein, et se précipita pour compter. Il y avait plus que ne rapportaient les récoltes en un mois.

— Je n'y retournerai pas, commenta Chang.

Puis ils s'assirent tous deux et burent leur café en silence, leurs femmes ne posèrent pas de question, elles savaient qu'ils n'avaient pas besoin de parler pour communiquer, et que, tôt ou tard, leur condition les obligerait à s'accorder.

La brouille dura deux jours, pendant lesquels ils travaillèrent intensément dans les cultures, ne sortant de leur renfrognement que pour donner un ordre à Berry ou à Grace. Le troisième jour, le palefrenier de William Church fit son apparition devant la maison, aux rênes d'un attelage de chevaux blancs. Il leur expliqua qu'il n'y avait pas eu moyen de passer un licol au mustang pour le traîner jusqu'ici et que si messieurs Bunker n'avaient pas changé d'avis, Mr. Church apprécierait leur présence au ranch. Pas mécontents de se changer les idées, ils acceptèrent et prévinrent leurs femmes qu'ils ne reviendraient que le lendemain, la propriété Church se trouvant à quatre heures de route.

Dès leur arrivée, ils furent chaleureusement accueillis par William Church, qui avait troqué le veston et la chemise repassée pour un tricot de peau en coton enfilé dans un pantalon en toile épaisse qu'une paire de bretelles hissait au-dessus de son nombril. Une ombre bleutée courait sur ses joues aux limites de sa fine moustache. Sur ses propres terres, il paraissait détendu, proposant à ses hôtes de se rafraîchir et de prendre du repos, mais les frères Bunker déclinèrent, tout à leur hâte de découvrir le mustang. Church les mena auprès d'une clôture qui délimitait un vaste pré. Au centre des hautes herbes, un cheval d'un noir de jais, trapu, arrachait les touffes de graminées à coups de tête agacés, puis mâchait vigoureusement, semblant pressé d'en finir. De temps en temps, incommodé par un vol de mouches, il les chassait en défiant le ciel de l'encolure, agitait sa crinière abondante et sa musculature puissante frissonnait sous sa robe aux reflets métalliques. En entendant les humains, l'animal cessa de se nourrir puis, les ayant probablement jugés insignifiants, il entreprit de défricher une autre parcelle. Comme Chang faisait remarquer que l'animal était haut au garrot pour un mustang, Church approuva. Les hommes qui avaient essayé de le monter en avaient fait l'amère constatation. Il était devenu impossible de le toucher, ne restait que la solution de l'abattre pour le transformer en viande de boucherie. Chang et Eng ouvrirent le portillon et pénétrèrent dans le pré, tandis que Church proférait de nouvelles mises en garde. Aussi calmes que déterminés, ils approchèrent à dix mètres du cheval qui s'arrêta de brouter et, sans relever la tête, semblait les regarder par en dessous. Il était rigoureusement immobile, les mouches virevoltaient autour de son œil, mais il ne cillait pas, ne tentait plus de faire fuir les insectes. Après quelques secondes, il frappa la terre du pied droit et réitéra son geste à plusieurs reprises. Chang et Eng, peu impressionnés par ce signe d'impatience, s'assirent dans l'herbe haute et attendirent, silhouettes immobiles parmi les graminées qui ondulaient sous la brise. Le cheval cessa de piaffer puis se remit à brouter, le museau au ras du sol, choisissant sa pitance, évitant les fleurs bleues d'aconit. De temps en temps, il dardait à nouveau son regard sur eux, comme s'il cherchait à graver leur image dans son esprit. À la limite du pré, les hommes de Church avaient rejoint leur patron, attirés par le spectacle. Personne ne donnait cher de la peau des jumeaux. Comme l'un d'eux fit remarquer que la paire de Chinois était déjà harnachée et qu'il n'y avait plus qu'à l'atteler, il fut sévèrement réprimandé par Church.

Chang et Eng commencèrent à chanter une mélopée douce qui venait de l'autre côté du monde, un mantra qui avait voyagé depuis leur enfance. Ils invoquèrent Nok à leur côté, elle les berçait, sa présence les plaçait sous une protection divine. Alors, le mustang approcha. D'où ils étaient, Church et ses hommes ne pouvaient entendre le chant, trop bas, trop doux, mais ils virent avancer le mustang, les oreilles en avant, droites, signe de curiosité.

L'animal sauvage était si proche que les jumeaux pouvaient sentir le souffle de ses naseaux, il orienta la tête d'un côté puis de l'autre, et finit par baisser le front, venant flairer leurs vêtements. Eng en profita pour lui caresser le cou d'un geste lent et Chang l'imita de son côté. Quelques minutes plus tard, ils se levèrent en douceur et chuchotèrent en siamois à l'oreille du mustang. Ils ne pratiquaient plus jamais leur langue, mais les phrases revinrent, fluides et apaisantes. Des mots d'éternité, comme ceux que l'on prononce dans les temples. Le cheval n'était plus en alerte. La queue basse, il écoutait et se détendait. Tranquillement, il recommença à brouter au pied des jumeaux. Eng sortit une fine longe de sa poche et la passa autour du cou du mustang, qui ne réagit pas. Puis lorsqu'il cessa de s'alimenter, il accepta de les suivre en direction de la clôture, sous les yeux médusés de Church et de ses hommes. Chang et Eng n'avaient même pas besoin de tenir la longe, la confiance était rétablie entre l'animal et les hommes, de même qu'elle revenait entre les frères.

Trois ans et quatre grossesses successives et parallèles plus tard, les familles Bunker s'étaient tant agrandies que la maison de Trap Hill n'était plus assez grande. Sarah avait donné naissance à Julia Ann et à Stephen Decatur. Adélaïde avait enfanté Christopher Wren et Nancy Adélaïde, si bien que chaque couple comptait désormais deux filles et un garçon. Les deux sœurs se disputaient régulièrement pour des raisons domestiques. La simultanéité des grossesses et des naissances entraînait une surcharge de tâches ménagères. Grace ne parvenait plus à seconder efficacement Sarah et Adélaïde, qui croulaient sous le nombre de langes à laver, de draps à blanchir, de repas à préparer, sans compter la surveillance permanente de leurs bambins vifs et curieux. Tous avaient conscience qu'avec six enfants dans le foyer il fallait trouver une solution.

Au fil des mois, Chang et Eng avaient puisé dans les économies de leurs tournées. Les revenus des cultures et de leur modeste fermage n'étaient plus suffisants pour couvrir les dépenses de leur famille. Entreprenants comme ils l'étaient, les frères liés prirent alors la décision de se lancer dans une agriculture plus rentable et plus moderne.

Ils dépensèrent le reste de leur pécule afin d'acquérir un domaine plus vaste, dans lequel ils pourraient développer la culture du tabac et du maïs, augmenter leur cheptel et se risquer à l'élevage de porcs. Ils projetèrent d'investir dans l'achat de nouveaux esclaves et avaient toujours en tête d'honorer la promesse faite au pasteur Colby, en réservant une parcelle du terrain pour y bâtir la nouvelle église.

À quelques kilomètres du village de Mount Airy, dans le comté de Surry, une grande ferme était à vendre. Ses terres étaient bordées par la rivière Yadkin, dont les berges leur rappelaient celles du fleuve de leur enfance. Dès la première visite, Chang imagina qu'ils pourraient y construire un débarcadère auquel ils pourraient accoster une maison flottante. Eng, plus pragmatique, jugea que les six chambres de l'habitation principale étaient bien suffisantes pour loger les deux familles. L'offre des Bunker fut acceptée, et quelques mois plus tard, ils emménagèrent sur l'exploitation. Le problème de place étant résolu, restait la question des grossesses parallèles.

Dans la plupart des circonstances, Chang et Eng agissaient comme un seul individu et il n'était pas surprenant qu'Adélaïde et Sarah tombent enceintes presque à chaque fois au même moment, mais la répétition pesait sur l'organisation de la vie domestique. D'autant que les couples rêvaient d'une famille plus nombreuse encore. La réitération de naissances sans handicap contribuait à gommer l'altérité des pères. Quant aux mères, elle les inscrivait dans une affirmation à chaque fois plus forte qu'elles vivaient une aventure hors du commun. Ainsi, pour des raisons opposées, tous souhaitaient continuer de procréer.

Dès leur installation dans la ferme, ils prirent la décision de réguler les naissances, s'astreignant à ce que les rapports ne puissent être fertilisants que pour l'une des deux épouses. Et cela fonctionna. Sarah donna naissance en 1848 à James Montgomery, suivi en 1849 par Adélaïde, qui donna le jour à Susan Marianna, puis ce fut à nouveau le tour de Sarah, en 1850, qui fit naître Patrick Henry. Pendant ces trois années, lorsqu'une sœur était enceinte, l'autre se trouvait par conséquent plus disponible pour élever la ribambelle de petits Bunker, désormais au nombre de neuf, et assurer le bon fonctionnement de la maison, assistée de Grace et d'une seconde esclave nommée Jenny.

Ces décisions dictées par le pragmatisme ne restèrent pas sans influence sur leur vie sentimentale, soumise, comme dans tous les couples, aux aléas du temps qui s'écoule, au gré de l'habitude qui émousse ou de l'expérience qui aiguise. Un dimanche, Adélaïde proposa de mettre fin à la routine qui déterminait que chaque soir l'une ou l'autre des sœurs quitte la couche pour y revenir à son tour. Le petit matin les surprenait de plus en plus rarement à quatre dans les draps et la cadette suggéra que son absence éphémère se prolonge la semaine. Ainsi, sept nuits de suite, elle ne vint pas dans la chambre conjugale et se reposa pendant que Sarah occupait le lit en compagnie des jumeaux liés. Le lundi suivant, elles échangèrent leurs places et ce fut Sarah qui dormit seule la semaine entière.

Personne n'y trouvant à redire, le dispositif fut validé. Cela impliquait pour la sœur solitaire et son époux, réfugié dans la méditation sept soirs de suite, de rester abstinents une semaine sur deux, mais il sembla qu'après plusieurs années de mariage, cela ne gênait personne. Au contraire, à la suite d'une telle éclipse, les retrouvailles amoureuses gagnaient en incandescence. Le système présentait en outre l'avantage, en ces temps où une sœur sur deux veillait à ne pas tomber enceinte, de rendre les choses plus simples et d'éviter les périodes où elles étaient les plus fécondes. En réalité, rien n'était explicitement énoncé et personne ne tenait un calendrier précis de la présence de l'une ou de l'autre dans le lit. Un accord tacite laissait chacune décider de son absence hebdomadaire. Celle-ci pouvait débuter le dimanche, ou le lundi, et durer six, sept ou huit jours. Cela dépendait de leur bon vouloir, mais se réglait dans l'entente sororale.

Une information, cependant, n'avait pas été partagée par les deux sœurs. L'alcoolisme grandissant de Chang avait motivé la décision d'Adélaïde. Le caractère du plus petit des deux frères se modifiait. D'impulsif, il devenait agressif. À plusieurs reprises, elle avait vu son mari se comporter violemment avec les nouveaux esclaves. Eng évitait d'en parler en sa présence ou celle de sa sœur, mais elle avait fréquemment surpris les regards réprobateurs du plus doux des deux frères. Certaines nuits, écœurée par l'haleine de son mari, le goût de whisky de sa sueur, elle ne parvenait pas à se donner à lui. D'autres, mue par le désir, elle était heureuse de regagner la couche, mais le trouvait plongé dans un état de méditation si profond qu'il lui fallait faire appel à toute son indulgence pour ne pas le qualifier d'abrutissement d'ivrogne, et à toute sa volonté, pour résorber sa frustration. Ces épisodes n'avaient pas échappé à Eng, dont l'attrait physique pour Sarah s'étiolait dans le même temps. Chaque gestation lestait la sœur aînée des Yates d'une dizaine de kilos, qu'elle ne parvenait pas à perdre entièrement, empruntant inéluctablement le chemin de l'obésité pathologique de sa mère, et la rendant peu à peu moins désirable aux yeux de son mari. Les lois secrètes de la transmission avaient épargné cette affliction à Adélaïde, qui ne gardait de ses grossesses qu'un tendre épanouissement des formes. Avec les années, sa blondeur se parait de reflets auburn et des éphélides couvraient une grande partie de son torse et de son dos. À vingt-six ans, elle était au faîte de sa beauté.

Désormais, il arrivait que dans l'obscurité de la chambre, Adélaïde et Eng, de part et d'autre du corps totalement inerte de Chang, veillent, inassouvis, dans le lit.

Dans ces conditions, Eng ressassait la décision qu'il avait prise, neuf années plus tôt, le soir de leur rencontre avec les sœurs Yates. Ce serment fait à son frère à l'issue du mariage de Charles Harris, la phrase exacte qu'il avait prononcée : « Quelle que soit celle à qui tu souhaites faire la cour, l'autre n'en sera pas moins mon choix. »

Depuis trente-neuf ans, la vie l'emportait dans un irrémédiable vortex. À chaque fois qu'il croyait gagner un peu de paix, qu'il progressait dans l'acceptation d'eux-mêmes, se levaient de nouveaux obstacles. Au prix d'efforts insensés, il était jusque-là parvenu à se maintenir au bord de la spirale, mais cette fois le problème survenait de l'intérieur de la fratrie. Un des composants du double corps dysfonctionnait, sans qu'Eng soit en mesure d'affirmer s'il s'agissait de Chang et de son éthylisme, ou de lui-même et de son tourment amoureux.

Au matin, l'aurore guérissait les maux de l'âme en projetant chacun dans ses activités. Chang et Eng avaient réussi leur pari en se lançant dans l'agriculture scientifique. Ils labouraient avec le meilleur matériel, utilisaient des fertilisants et avaient mis en place un réseau d'écluses et de canaux d'acheminement de l'eau de la rivière, inspiré du système d'irrigation des rizières. Leurs innovations étaient telles que leurs voisins les visitaient pour apprendre de leurs méthodes.

Pratiquant les cultures alternantes, ils avaient planté de l'orge d'hiver qui laissait, après la récolte, une structure de sol propice à l'ensemencement du tabac. Dès le printemps ils plantaient une robuste variété à feuilles brillantes, qui levait en quelques semaines, et passait de la taille d'un plant de salade à une plante vigoureuse, aussi haute qu'un homme. De mai à juillet, six esclaves des champs éliminaient les mauvaises herbes et entretenaient les rangées, puis, à partir de l'été, ils écimaient le tabac, supprimant méthodiquement chaque bourgeon floral, afin que le végétal concentre son énergie à produire des feuilles. À la demande des épouses, ils laissaient cependant une parcelle fleurir, visible depuis la maison, une marée de vert tendre, qui se couvrait d'étoiles d'un rose pâle et délicat pendant tout le mois d'août.

Lorsque les feuilles de tabac, d'une longueur de trente centimètres, prenaient une coloration jaune-vert, elles étaient ramassées et étendues dans des séchoirs en bois, que les frères avaient bâtis eux-mêmes, véritables baraquements de cinq mètres de haut sur une dizaine de long, munis de volets latéraux, pour ajuster l'aération.

Le tabac des frères Bunker était faible en nicotine et spécialement recherché pour faire des cigarettes, dont la consommation était en expansion. Chaque année, leur récolte était vendue en quelques jours aux manufacturiers du Sud qui venaient de se doter de machines pour confectionner les petits cylindres.

Sur les terres plus vallonnées, moins propices à la culture, ils dressèrent des étables, une porcherie et, près d'un étang, alimenté par un affluent de la rivière, ils se lancèrent dans un élevage de canes et de canards, comme autrefois au Siam. Chang, plus enclin qu'Eng à la nostalgie, avait souhaité qu'ils s'en occupent eux-mêmes et les esclaves ne furent pas autorisés à approcher le plan d'eau. Toutefois, leur tentative d'introduction des œufs saumurés dans le circuit alimentaire des sudistes ne rencontra pas un franc succès, et les volatiles finirent les uns après les autres en rôtisserie. Ce fut leur seul échec. Avec leurs vaches, ils disposaient du lait nécessaire à l'alimentation des enfants et faisaient leur beurre. Leurs vergers produisaient des fruits, leurs ruches prodiguaient du miel et de la cire.

Ils étaient autonomes et l'exploitation approchait du seuil de rentabilité.

Sous la pression de leurs épouses, soucieuses d'entretenir de bonnes relations avec le divin, ils cédèrent enfin un lopin pour implanter l'église baptiste des Plaines Blanches. En plus d'être des fermiers doués, ils étaient d'excellents charpentiers et participèrent activement à la construction. Le pasteur Colby, qui venait régulièrement surveiller l'avancée des travaux, fut surpris de découvrir la rapidité avec laquelle les jumeaux liés coupaient du bois. Chang et Eng, munis chacun d'une hache, pratiquaient instinctivement la méthode du double coup. L'un frappait le tronc selon un angle de haut en bas, tandis que l'autre visait l'entame en abattant le tranchant de sa hache de bas en haut. Pour les imiter, les paroissiens venus prêter main-forte devaient s'y prendre à deux, mais personne n'atteignait leur degré de régularité et de précision. Sous le soleil puissant, les esclaves, comme les hommes libres, portaient un chapeau ou un foulard noué sur les cheveux. Ensemble ils dressaient les madriers en chêne, clouaient les structures, élevaient les poutres au moyen de palans et peu à peu, la silhouette de l'édifice se dessinait. Généralement, avant midi, chacun avait tombé le veston puis la chemise, et œuvrait, torse nu. Les frères liés n'étaient pas en reste et plus personne n'ignorait le moindre détail de leur anatomie. Chang et Eng étaient durs à la tâche, agiles et semblaient infatigables, ils forçaient l'admiration de tous. Adélaïde et Sarah visitaient le chantier chaque après-midi, apportant de la citronnade, du thé et des cookies, prodiguant sourires et encouragements, et les pronostics allaient bon train sur la date du premier office.

Un jour, les jumeaux se tenaient à califourchon sur la panne faîtière, en train de clouer la charpente du toit, lorsque leurs épouses leur firent parvenir un panier de ravitaillement au bout d'une corde, dans lequel Chang espérait trouver une flasque de whisky, expressément réclamée à sa femme. À sa grande surprise, la petite bouteille était remplie de citronnade qu'il recracha dans un mouvement d'humeur. Adélaïde n'avait pas exaucé sa demande, jugeant dangereux qu'il s'adonne à la boisson à pareille hauteur. Eng ne put retenir un sourire. Chang s'emballa et il déversa un flot d'insultes, maugréant de plus en plus fort, de sorte que certaines injures parvinrent jusqu'à Adélaïde qui prit la fuite, les larmes aux yeux.

— Mais tiens ta langue ! s'emporta Eng. Elle n'est qu'attention pour toi, et tu la traites comme une moins que rien, tu devrais t'excuser ! Viens, descendons et rattrapons-la !

— Attention ? Quelle attention ? Celle de désobéir à son mari ? Cette église la rend plus dévote et moraliste que jamais !

— C'est toi qui bois plus que jamais, tu en perds ton jugement !

Le ton montait entre les deux frères, ce qui ne s'était jamais produit en public. Six mètres plus bas, chacun avait interrompu sa besogne et tendait l'oreille. Mais en haut, Chang et Eng n'avaient pas abandonné leur tâche, ils continuaient de s'invectiver en clouant les liteaux et Chang, en abaissant son marteau, écrasa le pouce d'Eng. Depuis leur enfance, leur synchronicité était parfaite, ils faisaient preuve d'une adresse inégalable. Lors de leurs spectacles ils jonglaient sans avoir jamais manqué une balle, ils avaient débité à quatre mains, et réduit en sciure, des planches au moyen de hachettes, sans la moindre blessure. Mais cette fois, la colère avait fait perdre à Chang sa dextérité. Eng hurlait de douleur, persuadé que Chang l'avait fait exprès, il projeta son front en avant, le frappant violemment à la tête, spectacle improbable pour ceux qui le voyaient se dérouler au zénith de la charpente. Les deux frères s'empoignaient et tentaient de s'étrangler mutuellement, chacun de sa main disponible, l'autre retenue dans le dos de son adversaire, tentant d'arracher une oreille et des cheveux, leurs jambes battant dans le vide. Les insultes fusaient, déchirantes, parmi lesquelles le nom d'Adélaïde revint à plusieurs reprises. Eng hurlait qu'il ne supportait plus d'être attaché à un soûlard violent, lorsqu'il perdit l'équilibre, entraînant son frère avec lui. Ils basculèrent de la panne, roulant sur les liteaux qui rompirent sous leur poids et le double corps chuta lourdement sur un tas de sable destiné au mortier, ce qui leur sauva certainement la vie. Dans un nuage de poussière et de sciure, ils gisaient sur le dos, en gémissant. Reprenant peu à peu leurs esprits, tétanisés par la douleur de l'impact, constatant que leurs os ne semblaient pas rompus, ils acceptèrent les mains tendues et se relevèrent, souffrant intensément de leur pont de chair, violemment étiré par la chute. Ils étaient si endoloris qu'ils marchaient courbés, obligés de se soutenir mutuellement alors qu'à la minute précédente, ils auraient voulu pouvoir se trouver à des kilomètres l'un de l'autre. Berry courut quérir la voiture et ils rentrèrent, recroquevillés sur la banquette, chaque cahot leur soutirant une plainte. Le docteur Calloway, mandé d'urgence, constata de nombreuses contusions mais aucune fracture. Il prescrivit baumes et cataplasmes et leur ordonna plusieurs jours de repos. Dieu avait l'éternité pour lui, il pouvait attendre son église. Avant de les quitter, il s'approcha de l'oreille de Chang pour le sermonner à voix basse. Il s'en sortait à bon compte et avait failli les tuer tous les deux, lui et son frère. C'était pure folie de boire avant de travailler en hauteur.

Leur peau était maculée d'hématomes et la douleur physique les cloua au lit plusieurs jours de suite, période insuffisante pour faire revenir leurs épouses à de meilleures dispositions. Adélaïde était profondément soulagée car elle avait cru les perdre, mais elle ne parvenait pas à pardonner à Chang. Sarah, solidaire de sa sœur, était choquée qu'Eng se soit comporté comme un adolescent puéril. Les frères Bunker avaient-ils conscience d'avoir failli laisser neuf orphelins ? Refusant de mettre les pieds dans la chambre conjugale, les deux sœurs mandatèrent Grace pour les nourrir et les soigner. L'intercession du pasteur Colby n'y fit rien ni, plus tard, l'assurance donnée par Chang qu'il ne boirait plus. Ce qui s'était brisé lors de cette terrible chute se logeait dans un repli de l'esprit d'Adélaïde et ne pouvait être réparé par une promesse. La première fois que les jumeaux posèrent les pieds au sol, ils s'appuyèrent sur des cannes pour gagner la porte de la chambre. En entendant leurs pas traînants et le choc du bois sur le parquet, les sœurs emmenèrent leurs enfants jouer à l'extérieur, si bien que les deux frères déambulèrent dans la maison déserte, passant sous le trophée de Bob-tail, dont le regard de verre brillait d'un éclat singulier, comme si le vieux loup s'amusait de ne pas les voir en meilleur état que lui.

À la fin de la semaine, l'arrivée d'un visiteur en robe de mission mit fin à l'exil domestique des jumeaux liés. Chang et Eng, assis sous la véranda, virent apparaître la silhouette noire au bout du chemin. Ils reconnurent la croix des missionnaires, éclairée par le soleil et se dressèrent d'un geste, comme si leurs douleurs s'étaient subitement évanouies. Les dernières nouvelles qu'ils avaient eues du Siam dataient de l'année précédente et concernaient Hunter. Après que celui-ci eut mis fin à son association avec Coffin, il avait fini par retourner en Asie. À l'instar du paludisme qui ne quitte jamais l'hôte sur lequel il a jeté son dévolu et sévit par crises jusqu'à la fin de sa vie, le Siam était revenu l'emporter sur toutes considérations. Ces dernières années Robert Hunter avait vécu confortablement dans un palais de Bangkok, un verre de cognac quotidien le tenant éloigné des maladies tropicales. Toujours aussi intrigant, il avait profité de l'ouverture du Siam à l'Occident pour développer ses affaires avec tous les grands pays de la navigation. Les Portugais, les Espagnols et les Britanniques commerçaient avec lui, mais il avait fini par transgresser un édit du roi Rama III, interdisant l'importation d'opium. Le vieux monarque n'avait eu aucune clémence pour son ancien allié et l'avait fait bannir. De retour en Écosse, Hunter s'était langui et une fièvre pulmonaire l'avait emporté. Le cognac ne lui étant d'aucune utilité sous le climat des Highlands.

Le révérend Samuel House sut aussitôt qu'il se trouvait face à ceux pour qui il avait effectué un si long voyage. À près de quatre-vingts ans, l'homme était robuste et encore alerte, il avait débuté sa mission en Chine, avant même la naissance des jumeaux, à une époque où les missionnaires n'étaient pas tolérés par les autorités autochtones. Il avait dû opérer clandestinement, apprendre le mandarin et s'habiller comme les locaux. Après qu'une certaine tolérance se fut développée, et qu'il eut obtenu de nombreuses conversions, il avait été affecté au Siam, où il avait connu Nok, qui, à la fin de sa vie, s'était mise à fréquenter assidûment la mission de Samut Songkhram.

Leur mère était décédée l'année de la chèvre, le premier mois, le sixième jour de la pleine lune, à l'âge de soixante et onze ans. Seul Tao, leur frère, restait en vie dans la maison flottante, où il continuait d'élever des canards et de pêcher.

Chang et Eng restèrent muets, dévastés. Au fond d'eux-mêmes ils avaient toujours craint que cela se passe ainsi, qu'un jour un inconnu précède leur voyage de retour et leur apprenne que Nok avait quitté le monde terrestre avant qu'ils l'aient revue. Depuis qu'ils habitaient en Caroline du Nord, ils avaient sans cesse repoussé le moment d'enlacer leur mère, de lui narrer leurs aventures et de partager leur confort matériel. Statufiés sur le pas de la porte, leurs pensées rigoureusement similaires et destructrices, ils se blâmaient d'avoir tout sacrifié à l'ambition suprême de ressembler aux autres. Avec application ils avaient consacré leur considérable énergie à ce but, mais quels qu'aient été les objectifs atteints, Chang et Eng avaient échoué en négligeant le premier d'entre eux, maintenir un lien décent avec leur mère, ce qui est pourtant le lot de la plupart des humains et de tant d'animaux. Au fond, ils n'avaient jamais eu la moindre chance de rattraper le retard pris à leur naissance sur le reste de l'humanité. Ils étaient bien des monstres, mais par pour la raison la plus souvent avancée.

— Veuillez entrer et vous rafraîchir, finit par réussir à articuler Eng. Nos épouses vont prendre soin de vous…

— Nous avons besoin d'être seuls, enchaîna son frère.

Le révérend acquiesça et poussa la porte de la maison, tandis que Chang et Eng s'éloignaient sur le chemin, appuyés sur leurs cannes, comme une paire de vieillards.

Ils marchèrent jusqu'aux berges de la rivière Yadkin, et s'assirent dans l'herbe, convoquant de l'observation mélancolique des remous les précieuses images de leur enfance. Ils restèrent ainsi, immobiles, plusieurs heures, au milieu des souvenirs de leur mère. Leurs larmes se mêlèrent au courant aquatique, parcelles d'eux-mêmes emportées vers l'océan, dissoutes dans les distances infinies, ballottées et évaporées d'un hémisphère à l'autre dans un temps qui n'avait plus d'importance. Tombées en pluie ou remontant le golfe du Siam, un jour elles se joindraient par leur présence infime au fleuve de l'autre côté du monde.

Il avait fallu attendre ce jour pour que débute cette forme de retour.

Quand le crépuscule s'abattit, Chang s'étonna :

— Qu'allait-elle chercher dans la religion chrétienne ?

— Nous, peut-être, répondit Eng.

Le deuil de Nok occasionna une longue et pénible souffrance aux jumeaux liés, qui les tint à distance des activités de la ferme. Ils peinaient à trouver le sommeil et ne se levaient généralement que pour prendre leurs repas et effectuer de courtes promenades au cours desquelles ils échangeaient sur l'enlisement dont ils étaient victimes. Dans cette période il leur arrivait d'évoquer avec nostalgie les moments les plus remarquables de leurs voyages et de leurs innombrables représentations publiques. Ils cessèrent également leur participation à la construction de l'église des Plaines Blanches qui fut néanmoins inaugurée en 1851. Le pasteur Colby souhaitait donner une dimension universelle à son premier prêche et en consacra une partie à honorer la mémoire de Nok, ce qui émut considérablement les jumeaux liés, qui avaient fait l'effort de s'asseoir au premier rang, en compagnie de leurs épouses et de leurs dix enfants, car entre-temps Adélaïde avait donné naissance à une petite Victoria. La plus jeune des deux sœurs s'était réconciliée avec Chang qui n'avait pas pour autant abandonné l'alcool, mais dont le caractère s'était adouci, comme si la part maligne de sa personnalité lui avait été extirpée à l'annonce de la mort de sa mère. Adélaïde n'abandonnait pas l'idée que son mari reprenne le chemin de la sobriété, mais elle admettait que cette période de deuil n'était pas propice à un tel effort. Résignée, elle s'occupait donc de ses enfants et de leurs cousins, en attendant de meilleurs lendemains.

Sarah avait suppléé au désintérêt des frères liés pour les activités courantes en prenant une place prépondérante dans l'organisation familiale, révélant un véritable talent pour la gestion du domaine. Elle entreprit de nouvelles cultures telles que les haricots et les patates douces ; se projeta dans l'avenir en faisant planter une forêt d'acajou sur la colline qui dominait la maison. Les arbres ne donneraient pas avant vingt ans, mais constitueraient une ressource à disposition de ses enfants et de leurs cousins. La nécessité de substituer des bras solides à ceux des jumeaux liés la conduisit à acquérir cinq jeunes hommes de première main, ainsi qu'une jeune femme de vingt ans, en âge de se reproduire, portant ainsi à seize le nombre d'esclaves que comptait le domaine Bunker. Un de plus que n'avaient jamais possédé les Yates. Sarah, dont la silhouette imposante se différenciait de plus en plus de celle, restée fine et élancée, d'Adélaïde, dirigeait le cheptel avec autorité, bien loin des engagements féministes et égalitaires de sa jeunesse et manda le docteur Calloway pour veiller à la santé des Noirs, non par bonté d'âme, mais pour s'assurer de la sauvegarde de son capital.

Katherine, Julia et Stephen, du côté de Sarah ; Josephine, Christopher et Nancy du côté d'Adélaïde étaient en âge d'apprendre à lire, à écrire et à compter, mais les deux sœurs divergeaient sur l'éducation que leurs enfants devaient recevoir. Adélaïde voulait qu'ils soient scolarisés, quand Sarah répliquait qu'ils devaient être utiles à la ferme et préconisait de leur dispenser l'instruction sur place. L'école la plus proche se trouvait au village de Mount Airy, ce qui impliquait l'organisation de trajets quotidiens mobilisant un esclave plusieurs heures par jour, alors que si tout le monde restait ensemble les filles pourraient continuer de s'occuper des petits, et les garçons contribueraient aux travaux agricoles les plus simples. Le désaccord enfla et se transforma en une querelle récurrente. Adélaïde avança que les filles devaient recevoir le même bagage que les garçons. Les sœurs Yates n'étaient-elles pas la preuve que l'éducation permet à un individu de s'affranchir des normes et de construire sa propre existence ? Sarah plaida en retour que les nécessités matérielles finissaient par s'imposer sur les idéaux les plus nobles. Avec dix enfants, leurs maris et elles, cela faisait quatorze bouches à nourrir, sans omettre les seize esclaves qu'il ne fallait pas sous-alimenter si on voulait qu'ils conservent un bon rendement. Trente repas à fournir matin, midi et soir, chaque jour. Elles ne pouvaient plus se permettre de lire les poètes !

Adélaïde, outrée, lui reprocha d'avoir abandonné ses convictions humanistes. Elle aurait d'ailleurs dû retourner à l'école, car elle ne savait visiblement plus compter. Selon la plus jeune des sœurs Yates, la négligence intellectuelle de sa sœur allait de pair avec son laisser-aller physique. Sarah avait dépassé les cent dix kilos et, de la manière dont elle s'empiffrait, sa bouche aurait dû compter pour deux, ce qui faisait trente et un repas à servir chaque jour !

La dispute fut si violente que Chang et Eng furent contraints de sortir de la semi-léthargie dans laquelle ils languissaient depuis des semaines. Le sujet de l'instruction les divisait également. Eng avait toujours apprécié la compagnie des livres et postulait qu'on ne pouvait faire moins pour leurs enfants que ce qui avait été fait pour eux. Chang répliquait que la vie avait été leur meilleure professeure, mais sa combativité étant émoussée, il ne contredit pas longtemps son frère sur ce terrain et souscrit à l'idée d'un compromis.

La décision fut prise de louer une petite maison au centre du village de Mount Airy, où Adélaïde irait habiter avec les enfants en âge de se rendre à l'école, et dont elle s'occuperait, pendant que Sarah resterait sur les terres avec les plus jeunes. La solution présentait l'avantage d'éloigner les deux sœurs l'une de l'autre avant qu'elles s'entre-tuent.

Les premiers mois, la solution s'avéra être une réussite. Chang et Eng partageaient désormais leur temps entre les deux endroits, allant de l'un à l'autre sans règle précise, dormant parfois en ville, parfois à la campagne, reprenant insensiblement goût au mouvement et à la surprise, revenant lentement aux affaires. Pour les enfants, ceux inscrits à l'école et ceux qui grandissaient à la ferme, les retrouvailles inattendues avec leur père et leur oncle étaient chaque fois synonymes de fête et de partage. Pour leurs épouses, la réalité se présentait différemment. À la ferme, Sarah avait pris l'habitude de dormir seule dans le lit de repos où sa corpulence n'encombrait le repos de personne. Elle avait quasiment abandonné la chambre conjugale aux frères liés, même s'il advint qu'à l'occasion elle tomba à nouveau enceinte, Eng s'accommodant difficilement d'une abstinence sexuelle totale et devenant père l'année suivante d'une petite Rosaly.

Dans la petite maison de Mount Airy, il n'y avait qu'une chambre pour les adultes et Adélaïde partageait donc sa couche avec son mari et son beau-frère lors de leurs séjours.

Chang et Eng profitaient de chaque passage en ville pour lire la presse au saloon. Ils s'installaient toujours à la même table, près de la fenêtre d'où ils pouvaient observer l'animation de la rue. Tandis que Chang commandait un verre de whisky, Eng lisait à haute voix. Ces derniers temps, les journaux regorgeaient d'articles belliqueux, décrivant des tensions entre les États du Sud et ceux du Nord. Les nordistes, adeptes du protectionnisme économique, pourfendaient le libre-échangisme de la Louisiane ou du Mississippi, davantage tournés vers l'Europe que vers le marché intérieur.

— Les abolitionnistes voudraient nous faire croire que c'est une question de morale, qu'il faut être pour ou contre l'esclavage, mais c'est avant tout une histoire d'argent, pesta Eng, en ruminant sa chique de tabac.

— Je n'ai rien contre l'abolition, rebondit Chang… le jour où des Blancs voudront bien faire le travail.

Eng sourit.

— Quand bien même, il faudrait les payer. On dépense sept cents dollars pour acheter un esclave, mais après il nous sert pendant vingt-cinq ans. Ça fait cinquante cents la semaine. Qui voudrait d'une telle rémunération ?

Chang approuva et commanda un autre verre de whisky.

— Il y a un ordre des choses, reprit-il, ce n'est pas demain qu'il sera remis en cause.

— Si l'abolition marchait si bien que ça, les nordistes ne seraient pas en train de supplier qu'on commerce avec eux, conclut Eng.

Les soirées dans la maison de Mount Airy étaient paisibles, les enfants racontaient leur journée à l'école, puis après avoir mangé, ils écoutaient la lecture qu'Eng faisait des œuvres de Lord Byron ou d'Alexander Pope, son poète anglais préféré.

— Vos maîtres vous ont parlé d'Ulysse, n'est-ce pas ? Eh bien son histoire a été écrite il y a très longtemps par Homère, un poète grec qui ne parlait pas notre langue. C'est Alexander Pope qui a traduit l'ouvrage en anglais. Il est beaucoup allé à l'école et est devenu très célèbre à cause de ça.

Les enfants l'écoutaient avec fascination et avant de se coucher chacun venait embrasser son père et son oncle, ce qui provoquait un joyeux chahut.

Un soir, les frères liés rentrèrent trop tard pour dîner, les enfants étaient déjà couchés et Chang était complètement ivre. Adélaïde, qui n'avait pas vu son mari dans un tel état depuis un moment fut saisie par un désespoir profond, écoutant à peine les explications d'Eng. Une rencontre impromptue avec leur plus gros acheteur de tabac s'était prolongée au saloon, et il n'avait rien pu faire pour modérer son frère. Chang tenait à peine sur ses jambes et murmurait des propos incompréhensibles. Adélaïde aida Eng à dévêtir son mari, sans pouvoir retenir ses larmes. Après que les jumeaux furent couchés, Chang s'endormit instantanément, tandis qu'Adélaïde restait debout au pied du lit, inconsolable. Eng lui proposa de venir de son côté pour la réconforter. Elle acquiesça et vint s'asseoir près de lui, au bord du matelas, lui confiant son désespoir. Elle avait espéré que son mari change, et maintenant que la douleur du deuil semblait s'apaiser, qu'il allait mieux, qu'ils semblaient tous deux aller mieux, se reprit-elle, rien n'évoluait. Elle approchait les trente ans et voyait l'avenir comme une de ces nuits sans fin, comme il s'en produit, paraît-il, aux pôles. Eng, ému, lui saisit la main et l'incita à s'allonger contre lui, ce qu'elle fit pratiquement sans hésitation, se blottissant contre lui, leurs chaleurs mêlées, leurs respirations apaisées. Lorsque la bougie fut consommée et que l'obscurité les enveloppa, il passa son bras droit autour de l'épaule d'Adélaïde, accomplissant un geste dont il avait rêvé à de nombreuses reprises. Elle ne sanglotait plus et détacha son bras, jusque-là resté posé sur son propre flanc pour l'étendre sur la poitrine d'Eng. Leurs deux cœurs battaient si fort qu'ils pouvaient sentir les pulsations transmises au matelas. Eng se laissa emporter par le sommeil, et lorsqu'il se réveilla à l'aube, Adélaïde était retournée du côté de Chang et dormait contre lui. Le lendemain la journée parut normale, Chang n'avait gardé aucun souvenir de la soirée précédente ni de la nuit. Adélaïde conduisit les enfants à l'école, puis elle s'affaira le reste de la journée à teindre des chemises que les lavages ne parvenaient plus à détacher.

Lorsqu'ils retournèrent à la campagne, Eng fut empreint d'une grande mélancolie, d'autant qu'ils avaient prévu de rester sur la ferme une semaine entière, afin de participer à l'écimage du tabac.

Une fois sur le domaine, Eng ne cessa de penser à Adélaïde et se comporta tendrement avec Sarah, l'invitant chaque nuit à le rejoindre dans le lit. Il lui fit l'amour vigoureusement, incapable de démêler dans son regain passionnel ce qui tenait de la culpabilité ou de la frustration. Neuf mois plus tard, William Olivier, leur septième enfant, naîtrait, fruit de cette ambiguïté amoureuse.

Au saloon de Mount Airy, plus personne n'ignorait l'histoire des frères liés et, lorsque le cirque itinérant de Barnum dressa un chapiteau à Charlotte, on ne manqua pas de les en informer. Barnum présentait le général Tom Pouce en vedette, un adolescent qui mesurait soixante-trois centimètres de hauteur, soi-disant confié à l'homme de spectacle, afin de recevoir une éducation décente. Tom Pouce était intelligent, expert en mimes, il réalisait de nombreuses imitations humoristiques et était imbattable au billard miniature. Vêtu d'un costume militaire taillé sur mesure, il fascinait les foules. Mais les jumeaux répondirent qu'ils ne s'y rendraient pas et ne donneraient jamais un cent à Barnum.

— Quand vous lisez que le petit a été confié à Barnum, vous pouvez être certain que sa famille le lui a vendu pour une bouchée de pain, affirma Chang.

— Si le jeune est intelligent il s'en sortira, sinon il sera exploité toute son existence…

Leur passé forain se rappela à eux lorsque le docteur Calloway, en visite à Mount Airy, leur offrit l'édition d'une pièce de théâtre intitulée *Les Jumeaux siamois*, une farce romantique écrite en 1834 par le dramaturge anglais Gilbert Abbott à Beckett. La pièce avait été composée à la suite de leur prestigieuse tournée dans les îles Britanniques, le texte avait traversé l'Atlantique dans les malles d'un acteur, récemment émigré de Londres. Ce dernier, devenu un des patients du docteur Calloway, le lui avait remis lorsqu'il avait appris que le médecin veillait sur la santé des protagonistes. Les jumeaux ouvrirent le fac-similé et découvrirent ébahis que l'auteur avait transformé leurs noms en Ching et Wang.

— Même si Chang et Eng ne sont pas nos noms de naissance, je trouve que cet Abbott à Beckett aurait pu nous demander…

— Et de quel droit a-t-il transformé notre vie en fiction ? Y avait-il besoin d'en rajouter ?

Eng était agacé à l'idée qu'une fois de plus quelqu'un ait cherché à s'enrichir en instrumentalisant leur vie. Calloway répliqua qu'ils ne pouvaient nier leur valeur d'exemple. Ils étaient célèbres dans le monde entier et leurs aventures prodiguaient un enseignement inédit, susceptible d'éclairer la condition humaine. Les cohabitations de la bassesse et de la dignité, de la peur et du courage étaient si étroites en chaque individu qu'un récit pouvait faire usage de démêlant. Il ajouta qu'il ne s'agissait pas d'une pièce de la qualité littéraire de celles de William Shakespeare, dont il savait Eng friand, néanmoins il leur conseilla de prendre le temps de la lire. Certains passages étaient hilarants et ils constateraient par eux-mêmes que l'argument était bien éloigné de la réalité.

Le soir même, après avoir couché les enfants, Adélaïde et les jumeaux liés prirent place devant la cheminée et Eng commença la lecture à haute voix de la pièce. Le personnage principal était un filou, du nom de monsieur Forceps, prêt à tout pour séduire Mariam une jeune femme de son entourage. Forceps se prétendait amateur d'art et collectionneur :

— « Les collections du British Museum ne sont rien à côté des miennes, déclamait Eng, car je possède l'exemplaire original de la première pomme de terre importée en Angleterre ! »

Chang et sa femme éclatèrent de rire. Adélaïde se leva pour saisir un flacon de whisky et une bouteille de porto afin d'offrir à leurs esprits les dispositions idéales pour se détendre. Chang ne se fit pas prier et remplit son verre. Eng accompagna sa belle-sœur dans la dégustation d'un verre de porto, s'étonnant cependant de son attitude intempérante. Ils trinquèrent tous les trois, puis Eng reprit sa lecture, déployant un véritable talent dans l'incarnation des personnages : comme la belle Mariam rêvait d'épouser un scientifique, Forceps avait prétendu être le meilleur chirurgien du royaume, si habile qu'il pouvait séparer les célèbres frères siamois. Dans ce but, il avait déguisé deux de ses amis, monsieur O'Glib et monsieur Slow, pour qu'ils se fassent passer pour les jumeaux, Ching et Wang.

— Ridicule ! s'emporta Chang, en interrompant la lecture. N'importe qui s'en rendrait compte.

— C'est du théâtre, le public vient pour rire, il a envie d'y croire.

— Quand je pense que nous devions prouver en permanence que nous étions réels, maugréa-t-il, en tendant son verre à Adélaïde qui le remplit sans protester.

Eng poursuivit sa lecture : aux trois quarts de la pièce, un personnage était pris d'un doute. Il s'étonnait que ces siamois parlent couramment l'irlandais, ce que l'un d'entre eux justifia en disant qu'ils étaient venus du Siam en passant par Dublin.

— « Comment ne voyez-vous pas que nous sommes "Doublin" ? » lut Eng, sans pouvoir se retenir de rire.

— Ah ! Ce n'est pas mal ! intervint Chang, en répétant : doublin, doublinois, double ! Excellente trouvaille !

Adélaïde applaudit, le petit salon de la maison de Mount Airy s'était transformé en un théâtre, dans lequel ils étaient à la fois le public, les acteurs et le sujet de la pièce. Cette expérience inédite l'entraînait dans une tendre exaltation qu'elle n'avait aucune envie de réprimer. Elle incita Eng à reprendre sa lecture, jusqu'à la chute qui prenait l'allure d'un vaudeville français : un compère de Forceps surgissait au dernier moment et le prenait de vitesse en séparant les deux faux frères. Le cœur de Mariam échappait à l'escroc mais elle tombait amoureuse de monsieur O'Glib, lequel, se disant débarrassé de la pire part de lui-même, était ravi de nouer un nouveau partenariat.

— Et le deuxième jumeau, Slow, il reste seul ? s'étonna Chang.

— Eh bien depuis le début, on croit que c'est Forceps qui mène la danse, mais en réalité c'est O'Glib qui avait tiré les ficelles, car il désirait Mariam.

— Je n'aime pas trop le côté « la pire part de lui-même », mais à part cette réplique c'était amusant.

— Pourquoi ? Tu as cru que la pique t'était destinée ? demanda Eng.

— Non, je disais ça pour toi, pour que tu ne prennes pas ombrage...

Les deux frères se jaugèrent en souriant, puis ils levèrent leurs verres pour trinquer au talent de Gilbert Abbott à Beckett. La conversation se poursuivit sur les mérites respectifs du théâtre et de la poésie, jusqu'à ce que Chang ait vidé la bouteille de whisky et qu'il s'assoupisse. Adélaïde proposa alors d'aller se coucher.

Dans la chambre, les jumeaux se dévêtirent et Chang remercia Eng d'avoir pris la peine de lire aussi longtemps. Son frère reconnut qu'il n'avait pas été inutile de se désaltérer.

— C'est ce que je dis toujours, plaisanta Chang, comme Adélaïde pénétrait à son tour dans la chambre.

Elle portait une chemise de nuit en coton et une odeur de chèvrefeuille la précédait. Elle souhaita bonne nuit à Eng, comme elle le faisait chaque soir, puis souffla les bougies et s'allongea auprès de son mari.

— Tu sens bon, murmura Chang, en pensant à l'excellente soirée qu'il venait de passer, probablement la meilleure depuis longtemps.

Ni Eng ni Adélaïde ne lui avaient adressé de leçon de morale, le laissant boire et s'amuser comme il l'entendait. Pourquoi les deux personnes qui comptaient le plus à ses yeux ne cessaient-elles de vouloir influencer son comportement ? Comme si, tout au long de sa vie, il n'avait pas eu assez de difficultés avec ceux qui auraient préféré qu'il soit différent. Ses pensées s'effilochèrent rapidement tandis qu'il s'endormait, accompagné dans un profond sommeil par le rayonnement chaleureux du corps d'Adélaïde.

Eng gardait les yeux rivés au plafond. Attentif, il écoutait la respiration lente et régulière de son frère, un rythme habituel qui signifiait que ce dernier n'ouvrirait pas les yeux avant plusieurs heures. Mais il entendait aussi le souffle d'Adélaïde, trop rapide pour être celui du sommeil. Il avait eu l'impression qu'elle avait fait exprès de laisser boire Chang et n'osait faire aucun geste, de peur de briser sa fragile intuition.

Lorsqu'il entendit, après de longues minutes, Adélaïde lui demander dans un souffle s'il dormait, il sut qu'il ne s'était pas trompé.

— Non, murmura-t-il.

Alors elle se leva avec précaution et fit lentement le tour du lit, en prenant garde de ne pas faire craquer le parquet. Elle s'allongea à côté d'Eng et posa son bras sur sa poitrine, comme elle l'avait fait la première fois. Cette fois, elle n'était pas mue par le chagrin, mais par le désir. Elle épousait son corps, nichait son visage dans son cou, laissait lentement courir sa main sur son ventre. Eng crut que son cœur allait éclater, il le souhaita même, car c'était le seul moyen de s'interdire de répondre à Adélaïde. Mais il ne mourut pas et la laissa glisser doucement sur lui, l'aida à relever sa chemise de nuit et facilita son chevauchement. Ses mains caressaient le buste d'Adélaïde, il tendait les lèvres à ses baisers, retenait son souffle pour épargner le silence, il ouvrait grand les yeux pour essayer, dans l'obscurité, de capturer une image voluptueuse. Adélaïde, épuisée par la rudesse de son mari, avait été conquise par la délicatesse d'Eng, mais dans la bourrasque luxurieuse elle avait l'exacte sensation de posséder le même homme que d'habitude. Après la jouissance, les deux amants reprirent leur souffle, joue contre joue. Un long temps, ils n'échangèrent pas un mot, conscients que le moindre mouvement était une fin. Ils laissaient leurs corps s'imprégner du souvenir de l'autre. Quand Adélaïde retournerait auprès de Chang, elle serait aussi loin que sur une autre terre, et ils ne savaient ni l'un ni l'autre si un retour serait possible.

Les frères liés se réveillèrent le matin, Chang d'aussi bonne humeur que la veille, mais Eng, peu disert. Notamment, il réagit à peine lorsque Chang proposa qu'ils retournent passer quelques jours à la ferme car les plus jeunes de ses enfants lui manquaient. Adélaïde s'était rendue en ville pour acheter des sels de parfum et, à son retour à la maison, elle convainquit Chang de rester au moins un soir de plus. Tout en fixant Eng du regard, elle déclara que la soirée de la veille avait été si agréable qu'elle craignait de souffrir de solitude s'ils ne restaient pas davantage, et elle était certaine que Sarah ne leur en voudrait pas de prolonger leur séjour d'un jour ou deux, au moins. Chang interrogea Eng du regard. Celui-ci, grisé à l'idée de reproduire le soir même l'extraordinaire évènement de la veille, donna son accord, troquant sa réserve matinale pour une humeur guillerette, qui ne le quitta plus du reste de la journée.

La soirée s'écoula tandis qu'ils commentaient les dernières déclarations d'Abraham Lincoln, un avocat de l'Illinois, dont ils n'avaient jamais entendu parler, qui exhortait les dissidents du Parti démocrate et du parti Whig, désormais moribond, à s'unir pour former un grand Parti républicain. Lincoln s'opposait résolument à l'expansion de l'esclavage et aux revendications souverainistes des sudistes. Le sujet était inquiétant et d'autant moins récréatif qu'Adélaïde manifesta à nouveau la volonté de réduire la consommation d'alcool de Chang. Au moment de gagner la chambre, les évènements se déroulèrent selon un schéma comparable à celui de la veille. Les jumeaux se dévêtirent puis ils se couchèrent. Adélaïde, parfumée, entra dans la chambre, souhaita une bonne nuit à Eng, souffla les bougies et vint s'allonger contre Chang. Mais au lieu de le laisser s'endormir, elle lui caressa la cuisse avec une obstination que peu d'hommes mésentendent. Il répondit avec gourmandise à la sollicitation de son épouse et la laissa prendre la place dominante, qu'elle affectionnait.

La stupéfaction d'Eng dépassa en intensité celle de la nuit précédente, la déception effaça le souvenir de la béatitude. Il sentait le genou d'Adélaïde glisser contre sa cuisse et s'efforça de se réfugier en lui-même le plus rapidement possible, mais aucun abri ne pouvait lui éviter de se confronter à une telle frustration, une aussi totale incompréhension du comportement d'Adélaïde tandis qu'elle se donnait à Chang avec allant. Quand ils eurent fini, il mima le sommeil alors que son frère y était déjà entré. Et lorsque Adélaïde demanda s'il dormait, cette fois il resta muet.

Le lendemain, reprenant les arguments de Chang, il déclara qu'il était temps de retourner à la ferme et Adélaïde ne s'y opposa pas. Ainsi, vers midi, penchée sur le balcon de la petite maison, elle regarda la voiture des frères liés emprunter la grand-rue. À mesure que s'éloignait la calèche, une amertume profonde l'envahissait. Elle n'avait pas agi par perversité, mais parce qu'elle se savait féconde et voulait pouvoir entretenir le doute si, d'aventure, elle tombait enceinte. C'était une forme d'assurance qu'elle avait contractée sur l'avenir. Parvenir à s'accommoder de son double sentiment pouvait être possible, les frères étaient si semblables qu'elle ne trouvait pas improbable d'avoir pu se donner aux deux et n'en éprouvait guère de culpabilité. Mais élever l'enfant d'Eng comme s'il avait été celui de Chang relevait de l'impossible. Maintenant, quoi qu'il arrive, elle ne saurait jamais la vérité et pourrait s'en contenter. La nature, qu'elle tenait pour seule responsable de la complexité de la situation, pouvait bien décider ce qu'elle voudrait.

Et la nature ne fut pas en reste. Le mois suivant, Adélaïde réalisa qu'elle était effectivement tombée enceinte. Chang accueillit la nouvelle avec un bonheur naïf, quant à Eng, il comprit rétrospectivement ce qui avait poussé sa belle-sœur à agir de la sorte et lui en sut gré. En fin de compte ce soulagement doublement éprouvé leur permit de s'aimer à nouveau, épisodiquement, dans la maison de Mount Airy, lorsque Chang était totalement ivre, et jusqu'à ce que la grossesse d'Adélaïde soit trop avancée pour autoriser une agilité quelconque.

Adélaïde donna naissance à une nouvelle fille, Louise Emeline, au printemps 1854, puis quelques mois plus tard, ce fut au tour de Sarah d'être enceinte, d'un garçon, nommé Frederick Marshall. À quarante-trois ans, Chang et Eng avaient quatorze enfants, six pour Chang, huit pour Eng, mais leur joie fut ternie par un doute grandissant sur l'état de santé de la petite Louise Emeline. Adélaïde craignait que sa dernière-née soit victime d'atonie. L'enfant était moins tournée vers le monde extérieur que l'avaient été ses frères et sœurs au même âge, elle émettait une faible variété de sons, et des pleurs courts et suraigus. Appelé à Mount Airy, le docteur Calloway déclara que l'enfant était atteinte de surdité. Son diagnostic ensevelit les couples sous une chape de tristesse comme il avait peu eu l'occasion d'en voir au sein de familles aussi nombreuses, ces dernières étant généralement plus enclines à considérer la globalité que le particulier. La vérité était que le spectre de l'anormalité avait ressurgi et les entraînait dans des affres oubliées depuis une décennie. Ils réclamèrent une explication à Calloway qui fut en peine d'en fournir une. L'accouchement s'était déroulé normalement et l'enfant n'avait pas eu à souffrir, on ne pouvait qu'évoquer un aléa, ce dernier mot ramenant cruellement les jumeaux liés à leur propre handicap. Le médecin, qui considérait depuis longtemps Chang et Eng sous sa protection, préféra leur mentir plutôt que de faillir à sa mission. Il affirma qu'il avait rencontré de nombreux cas de surdité dans sa carrière, et qu'aucune n'était d'origine familiale. La naissance est livrée au hasard, rappela-t-il. L'accident, par définition, ne pouvait se transmettre. Il paria sur l'avenir en les incitant à continuer à avoir des enfants, si tel était leur souhait.

Chang et Eng le remercièrent pour son réconfort, tandis qu'Adélaïde restait muette.

Elle n'avait pas participé à la conversation, berçant Louise Emeline, la couvrant de douces caresses, tentant de lui transmettre par l'intermédiaire de son corps l'amour qu'il ne servait à rien de lui dire. Quels que soient les propos du médecin, elle connaissait la cause de cette surdité. Comment, en effet, ne pas voir un lien entre la conception de cet enfant et le mensonge ? La faute était gravée au plus profond de sa fille et, de la manière dont les cicatrices d'une blessure peuvent brider le mouvement, l'empêchait d'entendre, pour la protéger de tous les mensonges du monde.

De ce jour, Adélaïde, devint dévote et fréquenta assidûment l'église des Plaines Blanches. Plus jamais elle ne vint rejoindre Eng du côté de sa couche.

Chang ne sut jamais rien de la relation adultère de sa femme, mais la colère qui l'habitait épisodiquement depuis l'enfance devint permanente. Elle grondait en des régions inaccessibles de son âme. Dans un couple lié par le mariage, l'intuition d'avoir été trompé est provoquée par le recensement d'infimes variations du comportement de l'autre. Mais dans un couple lié par un bandeau de chair, traversé de vaisseaux sanguins et de connexions nerveuses, nul besoin d'observation ou d'analyse, le pressentiment est de l'ordre d'une connaissance immanente. Et il est réciproque. Si Chang savait, alors Eng était au courant que Chang savait. Or, jamais il ne dit rien. Jamais il n'avoua. Ce fut leur seul secret, et, en réussissant à le conserver, Eng le refoula au plus profond de la conscience de Chang, empêchant son frère de mettre des mots sur son état d'emportement.

Sarah s'inquiétait des éruptions répétées de Chang, à propos de la conduite du domaine, de la maintenance des outils de production ou des détails relatifs au logement des esclaves dont le nombre semblait augmenter parallèlement aux naissances de la famille Bunker, soit par croissance interne, – deux d'entre elles ayant enfanté –, soit par acquisition. Elle se querella à plusieurs reprises avec Adélaïde qui prenait systématiquement la défense de son mari, sans autre raison que son propre sentiment de culpabilité. La relation entre les deux sœurs se dégradait. Les enfants prirent parti, s'opposant lors de violentes disputes, supportant de moins en moins la situation qui les éloignait de l'une ou l'autre de leur mère. Notamment, les cousins les plus âgés, qui, à mesure qu'ils recevaient de l'instruction, revendiquèrent le droit d'exercer leur sens critique.

Chang et Eng se trouvaient autant prisonniers l'un de l'autre qu'ils l'étaient d'eux-mêmes. Le mutisme était leur seul refuge, mais une périlleuse menace agitait leur silence. L'un et l'autre reconsidéraient depuis peu l'hypothèse d'une séparation physique, toutefois leur immuable proximité cérébrale les conduisait à une conclusion identique. L'amour de leurs enfants les arrimait à la vie, la société leur avait concédé une place enviable, leurs épouses les secondaient efficacement. Eng se disait que la mort n'était un moyen de se débarrasser de ses ennuis que si l'on était un poète allemand ou français. Chang pensait qu'ils avaient trop à perdre et qu'ils devaient explorer d'autres solutions. Cependant, il leur fallait bien admettre que le paradis sur terre était en train de se transformer en enfer.

Leur manque de perspective commune pesait sur la moindre activité. La situation économique était déclinante, la gestion de Sarah avait trouvé ses limites et le train de vie des deux familles pesait sur le résultat financier de la propriété. En 1856, Adélaïde tomba à nouveau enceinte et Chang se dit que cela ne pouvait plus durer. Un jour où il était totalement sobre, il entreprit son frère, alors qu'ils taillaient les acajous plantés par Sarah, cinq ans plus tôt. Les arbrisseaux mesuraient déjà près de trois mètres et déployaient à leur sommet de vigoureuses branches en éventail qui portaient de longues feuilles vert foncé. Les frères liés avançaient, munis chacun d'une petite scie, et coupaient toutes les branches qui poussaient sur les parties basses du tronc.

— Mon frère, allons-nous réussir à nous parler sans nous offenser ? lança Chang.

— Si tu penses que c'est possible, je veux essayer, répondit Eng, qui restait pourtant sur la réserve.

— Je ne souhaite pas parler de quoi que ce soit qui appartienne au passé, mais uniquement me tourner vers l'avenir.

Eng regarda fixement son frère, il ne décela aucune malveillance dans son regard :

— Très bien, je t'écoute.

— Tout ce pour quoi nous nous sommes battus est en train de se défaire.

— Il faudrait être aveugle pour ne pas le voir.

— Alors voilà ce que j'ai pensé. Puisque nous ne pouvons pas nous séparer… C'est tout le reste qu'il faut diviser…

En conversant, les deux frères allaient d'un arbre à l'autre, alternant ombre et soleil, ils coupaient, nettoyaient, déposaient les bois morts dans une hotte.

— Chacune de nos familles devrait avoir sa propre maison, poursuivit Chang, y vivre avec ses enfants et les éduquer à sa manière. Nous devrions aussi posséder chacun notre part de la terre…

— En quelque sorte nous divorcerions de nos préoccupations communes, ironisa Eng

— Si tu peux me citer un sujet qui ne soit pas l'objet d'un désaccord, je veux bien le considérer.

Eng comprit que la décision de Chang était prise et dut s'avouer qu'elle offrait une solution à une partie de leurs problèmes, mais comment allaient-ils faire pour se répartir, eux, dans un tel dispositif ?

— Je n'ai rien contre la division de nos biens, finit-il par répondre. Mais comment nous partagerons-nous ?

— J'y ai pensé aussi. Je passerai quatre jours dans ta maison, puis tu passeras quatre jours dans la mienne et ainsi de suite. Cette règle devra être sacrée, inflexible. Elle deviendra notre routine, afin que nos femmes et nos enfants bénéficient de la régularité. Et pour ne plus nous quereller, chacun devra être absolument maître dans sa maison. Quoi que décide ou fasse le jumeau à domicile, le jumeau en visite devra l'accepter silencieusement et sans protestation, il n'aura pas le droit de discuter de ses affaires personnelles ou professionnelles. Il ne se mêlera pas de l'instruction des enfants, ne dira rien, ne verra rien, il sera comme s'il n'y était pas.

— C'est un enfermement de quatre jours que tu proposes.

— Une parenthèse. Et si c'est une geôle, elle pèse une demi-peine par rapport à ce que nous vivons actuellement. Notre condition nous a fait vivre le double d'une vie humaine, ajouta Chang, je propose que désormais nous en vivions la moitié.

Eng posa la hotte et ils s'assirent simultanément. Chang bourra sa pipe et l'alluma. Eng regardait le toit de la ferme, en contrebas, les lattes blanchies par le soleil. Au loin s'étendait le camaïeu de vert des plantations. Les esclaves formaient des taches de couleur entre les rangées. On entendait bêler le troupeau de chèvres.

— Et puisque tu as pensé à tout, comment allons-nous faire pour partager les biens ?

— Je ne sais pas. Je crains que cela soit une source de dissensions, répondit Chang.

— Alors nous demanderons à des personnes de confiance, décréta Eng. Et nous respecterons leur décision, quelle qu'elle soit.

Chang sourit tristement. Son frère venait de valider le projet, mais il n'en tirait aucune gloire. L'espoir, peut-être, d'un bonheur intermittent.

Chang opina et ils s'accordèrent sans difficulté sur les noms de Charles Harris, du pasteur Colby et du docteur Calloway.

— Comment allons-nous l'annoncer à nos épouses ? demanda Chang.

— Ensemble. De quelle autre façon ?

Adélaïde et Sarah acceptèrent la proposition avec soulagement. Elles espéraient vivre dans un foyer plus traditionnel, mais Sarah émit des doutes sur la sobriété de Chang. Parviendrait-il à ne pas boire chez eux ? Sinon, elle ne voyait pas comment il respecterait sa neutralité de jumeau visiteur. Sur la sellette, l'initiateur de la proposition jura qu'il s'en tiendrait à la règle. Chez eux, il ne boirait que s'ils le décidaient et la quantité qu'ils choisiraient.

— Si nous échouons, ajouta-t-il, ému, il ne nous restera plus qu'à confier notre sort à l'habileté d'un chirurgien. Et je ne suis pas certain que nous trouvions une personne aussi efficace que le personnage de la pièce de cet auteur anglais.

Chacun jura de tout mettre en œuvre pour la réussite du projet. Adélaïde proposa néanmoins un amendement à la durée, il lui semblait que si la nouvelle maison n'était pas construite trop loin de la première, la parenthèse de quatre jours pouvait se réduire à trois. Elle avait l'impression que pour les enfants les absences de leurs pères seraient moins prononcées.

Ils approuvèrent tous et chacun convint qu'il fallait passer sans tarder à la phase d'exécution.

L'estimation des biens matériels des familles fut rapide. Harris, Colby et Calloway effectuèrent la collecte des informations en quelques jours. En revanche, la répartition fut plus complexe. Ils avaient divisé le nombre de brebis, de porcs ou de chevaux, dénombrés les troncs d'acajou, toutefois les terres elles-mêmes, dont la nature et la situation déterminaient la culture et les moyens agricoles engagés, demandèrent que la réflexion soit approfondie. Se posa également la question d'identifier la parcelle sur laquelle serait bâtie la nouvelle maison, de décider qui l'habiterait, et comment serait partagé le coût de construction. Chang, en tant qu'inventeur du projet, accepta qu'Adélaïde et lui, ainsi que leurs enfants, déménagent dans la nouvelle maison. Il serait tenu compte du coût du bâti dans la compensation des biens, mais pas des aménagements décoratifs qui resteraient de leur ressort.

En fin de compte, Chang se vit octroyer davantage d'immobilier que son frère, mais une compensation fut attribuée à Eng et à Sarah sous forme d'un nombre supérieur d'esclaves. Une fois les transferts de propriété rédigés et soumis pour enregistrement à un notaire, les enfants furent prévenus et ils accueillirent ce changement de vie avec un tel enthousiasme que les couples s'en trouvèrent confortés dans leur décision.

La nouvelle maison était terminée depuis peu lorsque Adélaïde accoucha de son septième enfant. Les contractions survinrent un matin alors que les jumeaux étaient sur le point de partir, après trois jours passés en sa compagnie. Lorsqu'elle perdit les eaux, Eng proposa qu'ils restent et aménagent la règle, mais Adélaïde, la première, refusa. Grace était là, elle ne serait pas seule. Les jumeaux pouvaient se rendre chez Eng, où, d'ailleurs il avait certainement à faire. Chang acquiesça et les frères liés quittèrent la bâtisse, pour élire domicile chez Eng, comme prévu. Un petit garçon, nommé Albert Lemuel, naquit aux environs de midi et son père fut alerté par un messager. Chang ne tint son fils entre ses bras qu'à son retour, trois jours plus tard. Cette mise à l'épreuve démontra la fiabilité du système. Quelles que soient les circonstances – maladie d'un enfant ou d'une des deux épouses, toit à réparer à la suite d'un ouragan, troupeau attaqué par un prédateur –, tous les trois jours les jumeaux changeaient de foyer. Dans la demeure de son frère, chaque jumeau savait se faire modeste. Il participait aux conversations, mais n'imposait jamais son point de vue, il partageait avec discrétion la vie domestique et se pliait aux rythmes en vigueur. Chacun y mettait du sien et, loin d'être une contrainte, cette méthode se révéla une cure bienfaisante. Charles Harris leur confia qu'il n'aurait jamais parié un dollar sur le succès de cette organisation, mais qu'il préférait les voir à nouveau épanouis et entreprenants qu'enlisés dans un marasme familial.

Si le jumeau d'accueil avait à faire à l'extérieur, la règle continuait de s'appliquer. Le jumeau visiteur l'accompagnait sans se mêler de ses affaires. Cette manière plus discrète d'être ensemble modifia leur relation aux autres. Leur symbiose était moins manifeste et il arriva que des commerçants, ou de simples passants qui ignoraient tout de leur état, ne remarquent pas leur malformation. Pour la première fois depuis leur enfance ils étaient privés de leur gémellité, et cette réserve favorisait leur indépendance de pensée. Ainsi, à la fin de cette première année expérimentale, Eng désira assister à une réunion de soutien au Parti démocrate, mis en difficulté par la notoriété grandissante du candidat républicain, Abraham Lincoln. Le rassemblement se tint dans la grange d'un de leurs voisins devant une assemblée d'une cinquantaine de gros propriétaires terriens, femmes et hommes, venus écouter le sénateur Bragg. Pendant près de deux heures, dans une atmosphère surchauffée, celui-ci exhorta ses auditeurs à ne pas rejoindre le camp des républicains. Il affirmait que si Lincoln devenait président des États-Unis, son premier geste serait d'abolir l'esclavage et que la Caroline du Nord n'aurait pas d'autre choix que de suivre les États ayant annoncé leur sécession : la Louisiane, le Mississippi, la Caroline du Sud, la Floride, l'Alabama, la Géorgie et le Texas ! À mesure qu'il les énumérait, la foule, galvanisée, répétait les noms en hurlant.

À l'issue de la réunion, chacun fut invité à faire un don, la plupart des fermiers présents se délestèrent sans hésiter d'épaisses liasses de dollars, mais Eng garda les mains dans ses poches. Sur le chemin de retour, il justifia son choix dans un soliloque presque aussi enflammé que l'avait été le discours de Bragg.

— S'opposer à Lincoln, oui, mais réunir les conditions d'une guerre civile, jamais ! Je ne donnerai pas un sou à des boutefeux qui vont nous conduire à la catastrophe ! Depuis que nous avons mis les pieds sur cette terre nous avons eu le désir de devenir citoyens des États-Unis, ce n'est pas pour encourager un tel saccage.

— Alors tu ne comptes pas aller voter ? demanda Chang, en prenant garde de ne pas exprimer son opinion.

— Pour les républicains, certainement pas. Je ne donnerai pas ma voix à ces gens qui veulent nous dicter notre conduite. Mais de là à voter pour ces incendiaires de démocrates…

— Il paraît qu'au Vatican, Pie IX est pour les démocrates.

— Depuis quand les papes se mêlent-ils de politique ? s'emporta Eng, en lâchant la bride de son cheval, et en l'encourageant de la voix.

Il avait envie de boire un verre pour s'apaiser avant de rentrer à la maison. Il engagea la calèche sur le chemin du saloon, sans demander son avis à son frère et, pour une fois, Chang ne fut pas fâché de devoir être docile.

Le lendemain était la première des trois journées suivantes passées chez Chang. Sa première décision fut de faire atteler la voiture et de se rendre à la permanence du Parti démocrate. Sur la route, il développa son argument, comme s'il répondait avec vingt-quatre heures de retard à Eng. Et comme le voulait la règle, ce dernier ne s'opposa pas.

— Ce sénateur Bragg a raison, dit Chang. J'ai adoré son discours, hier, et je voterai pour le candidat démocrate. Je ne laisserai jamais les élites du Nord balayer nos revendications. Ils sont à l'abri de leurs grandes villes, avec leurs industries, leurs capitaux, ils ont de la main-d'œuvre bon marché, à ne plus savoir qu'en faire ! Mais qui sont-ils au juste pour nous dire ce qui est contraire ou non aux droits de l'homme ? Et s'il faut aller jusqu'à la sécession, nous irons. Jamais l'État fédéral n'imposera sa volonté ! Nous défendrons nos terres et nos droits.

Lorsqu'ils pénétrèrent dans la permanence du Parti démocrate, la volontaire les reconnut aussitôt. Elle afficha une mimique de gratitude en voyant Chang brandir quarante dollars. Prise d'une excitation zélée, elle remplit le formulaire de reçu de don en les assurant que le sénateur Bragg leur serait reconnaissant. Leur présence, la veille, n'était pas passée inaperçue, d'ailleurs elle s'était étonnée qu'ils n'aient pas donné…

— Je n'avais pas assez sur moi, hier, l'interrompit Chang. Puis il ajouta, matois : La cause méritait un don conséquent.

Elle acquiesça en lui tendant le reçu libellé au nom de Chang Bunker.

— Vous pourriez mettre nos deux noms ? Chang et Eng Bunker, s'il vous plaît.

Elle obtempéra en s'excusant, pendant qu'Eng s'efforçait de sourire.

Quelques semaines avant l'élection présidentielle de 1860, Chang et Eng se trouvèrent à New York en compagnie de deux des fils d'Eng, James Montgomery qui, maintenant, avait douze ans, et Patrick Henry âgé de dix ans. Depuis le premier séjour des jumeaux, trente ans auparavant, la ville était devenue le symbole de la puissance financière nordiste, le plus grand port du monde, la plus grande cité des États-Unis, plongée en permanence dans le bruit assourdissant et la fumée des industries. La majorité des habitants s'entassait dans le sud de l'île de Manhattan, en deçà de la Quarante-Deuxième Rue. Au-delà, la ville retentissait des déflagrations des explosifs utilisés sur le chantier de Central Park, des centaines d'hectares de marécages et des milliers de tonnes de rochers déblayés pour créer artificiellement un sanctuaire de verdure au cœur de l'empire du dollar. Les jumeaux liés et les enfants parcoururent la ville en omnibus à cheval avant de se rendre aux quais ouest du fleuve Hudson. En assistant à l'évacuation de plusieurs dizaines de familles pauvres de leurs habitats précaires situés sur la future oasis, Chang et Eng se demandèrent bien de quelle liberté les Afro-Américains jouissaient ici. Les baraques étaient démolies les unes après les autres, les enfants, les femmes et les hommes regroupés en files, et dirigés vers le nord en direction du village de Harlem où les Noirs rejoindraient les émigrés pauvres, irlandais et allemands.

Le *Northen Line* était un splendide vaisseau à roues à aubes de quatre-vingts mètres de long, vert foncé, dont la proue était ornée d'arabesques d'or. Il appartenait à la flotte de Cornelius Vanderbilt, un septuagénaire flibustier de la finance, détenteur de la plus grosse fortune d'Amérique, estimée à cent millions de dollars. Chang, Eng, James Montgomery et Patrick Henry montèrent à bord en même temps que neuf cents autres passagers. Ils empruntèrent la passerelle des premières classes et gagnèrent la salle à manger, d'un luxe ostentatoire, étendue sur toute la largeur du pont central. Le navire vibrait de la puissance de deux gigantesques chaudières à charbon, qui allaient lui permettre de rejoindre Aspinwall City, sur la côte Est du Panama, en huit jours. De là, les jumeaux liés et leurs enfants traverseraient l'isthme, soixante kilomètres de jungle et de marais infestés de moustiques, à bord d'un train brûlant sous le soleil. Ils rejoindraient Panama City sur l'océan Pacifique où les attendait l'*Uncle Sam*, un vapeur qui les emmènerait à San Francisco en deux semaines, après une escale à Acapulco pour recharger en charbon.

À près de cinquante ans, leurs cheveux étaient traversés de mèches grises, et leurs corps, rudement éprouvés tout au long d'une existence sans ménagement, leur adressaient des signes de faiblesse. Les douleurs dorsales de Chang ne lui accordaient plus de trêve, le whisky et de faibles quantités d'opium ayant perdu leur efficacité. Eng souffrait d'un sommeil perturbé qui le laissait, certains matins, aussi épuisé qu'au coucher. Leurs mains, déformées par les tâches agricoles, avaient perdu de leur agilité. Cependant, une réflexion fondamentale s'était déclenchée chez les jumeaux. S'ils n'effectuaient pas de voyage au Siam tant qu'ils en avaient encore la force, ils n'y retourneraient jamais et mourraient sans avoir revu leur pays natal ni Tao, leur dernier frère vivant, qui leur avait fait parvenir une lettre où il se plaignait de l'isolement et des difficultés matérielles. Chang et Eng ne pouvaient se résoudre à un tel reniement de leur jeunesse et s'étaient promis de ramener Tao avec eux, s'il le souhaitait. Bien que leur absence risque de durer au moins un an, personne dans aucune des deux branches de la famille ne s'était opposé à leur décision. Ces dernières années, sous la coupe de la règle des trois jours, avaient réussi à apaiser leur vie domestique. Les conflits familiaux étaient évités. Eng avait redécouvert de la tendresse pour Sarah. Adélaïde assujettissait son désir à celui de son mari. Chang paraissait en paix avec lui-même. Les enfants grandissaient en bonne santé, se dirigeant vers l'instruction ou le travail dans les champs en fonction de leur affinité. James Montgomery et Patrick Henry avaient manifesté l'envie de connaître le Siam et d'accompagner leurs parents. Chang et Eng ne pouvant plus voyager dans des conditions inconfortables, ils avaient pris la décision d'emprunter la route de l'ouest par le Panama plutôt que celle de l'est, car elle avait le double avantage de leur éviter de doubler le cap Horn et de pouvoir permettre de réunir le financement de leur traversée.

Depuis qu'on avait découvert des pépites d'or dans un cours d'eau à Sacramento, des milliers de mineurs avaient afflué des quatre coins du globe. En douze ans, la ruée vers l'or avait fait passer la Californie de vingt mille à quatre cent mille habitants, malgré son éloignement et des moyens de transport hasardeux. Par la terre, une diligence assurait une ligne régulière depuis deux ans du Missouri à la Californie et le trajet durait de quatre à six semaines selon les saisons, en traversant de dangereux territoires apaches. San Francisco, un ancien hameau dans lequel vivaient chichement une cinquantaine de familles de pêcheurs, était devenue une métropole baroque où trente mille personnes s'agglutinaient entre le front de mer et les collines avoisinantes. Lorsque l'*Uncle Sam* pénétra dans la baie, les jumeaux se tenaient sur le pont en compagnie des enfants. Le brouillard, en se dissipant, leur révéla des centaines de bicoques en bois, de tentes, de maisons en briques bancales, et de coques de navire abandonnées, transformées en abris de fortune. La ville grouillait le jour des activités liées à la collecte du métal précieux, et la nuit de celles consacrées à sa dépense. Une multitude de saloons, de restaurants, de maisons closes et d'échoppes où les orpailleurs se fournissaient en marchandises venues d'Europe ou d'Asie, généraient une rumeur permanente, qui s'avançait, telle une digue, dans l'océan. Plus à l'intérieur des terres, des cheminées d'usines émettaient sans relâche des fumées qui se mêlaient à la brume pour estomper les contours des principaux bâtiments officiels construits en fer, ou en granit, importé de Chine.

Essentiellement masculine, la population était avide de distractions. Les Californiens se pressaient dans les salles de jeux et les nombreux théâtres de music-hall détenus par Tom Maguire, un entrepreneur audacieux qui avait eu la bonne idée de laisser sa clientèle ramasser l'or pour lui. Il avait compris l'opportunité d'accueillir les « fameux frères siamois », vingt ans après leur disparition des scènes de théâtre. Chang et Eng ne s'étaient jamais produits dans l'Ouest et la majorité des Californiens ne les avait pas vus ou était trop jeune pour avoir entendu parler d'eux. Les jumeaux, par l'intermédiaire de Charles Harris, avaient monté cette tournée dans une version expurgée de leur spectacle d'antan. Il n'était plus question pour eux d'effectuer des acrobaties ou de jouer au badminton sur scène, ni de se déshabiller ou de se prêter à des examens désobligeants. Ils raconteraient leur histoire, en donnant la part belle aux épisodes américains. Ils ne voulaient plus être intéressés aux recettes et avaient réclamé un cachet fixe par représentation. Leurs requêtes avaient été acceptées sans barguigner par Maguire, convaincu que son public répondrait présent. Et c'était ainsi que Chang et Eng comptaient financer leur traversée du Pacifique en direction de l'Asie.

Dès leur arrivée, l'unique quotidien de l'État, l'*Alta California*, annonça en une : « Les noms de Chang et d'Eng Bunker apparaissent sur la liste des passages de l'*Uncle Sam*. Les véritables et mondialement connus jumeaux siamois se produiront au Platt's New Music Hall, tous les jours sauf le dimanche. De 14 h à 17 h et de 19 h à 22 h. L'entrée est à cinquante cents. »

Comme l'avait espéré Tom Maguire, le théâtre fut plein dès la première représentation. En marchant, à la manière de conférenciers universitaires, Chang et Eng narrèrent depuis le début leur extraordinaire histoire, entraînant l'audience dans une écoute attentive. Même si la plupart de ceux qui avaient immigré en Californie étaient des aventuriers, personne n'avait voyagé autant que les jumeaux liés, ni découvert autant d'horizons. De nombreuses questions furent posées auxquelles les frères répondirent sans lassitude, le feu sacré de la représentation ranimé en eux. Ils n'avaient rien perdu de leur répartie, leur intelligence forçait le respect, et l'empathie du public les exaltait au point qu'ils dépassèrent la limite qu'ils s'étaient posée : ne rien révéler de leur vie privée.

— Nous vivons mariés depuis dix-sept ans, chacun de notre côté, lâcha Chang, en réponse à la question d'un homme qui voulait savoir s'ils étaient heureux. Comment ne serions-nous pas heureux ?

Eng n'eut pas le temps de réagir qu'aussitôt fusèrent mille interrogations indiscrètes, évacuées par Chang d'une réplique qui provoqua l'hilarité générale :

— Je promets de tout dire à quiconque accepte de nous rejoindre sur scène et de raconter comment les choses se passent dans l'intimité de son mariage.

Comme aucun candidat ne se présentait, Chang, en verve, ajouta :

— Sachez cependant que Sarah a donné neuf enfants à mon frère et qu'Adélaïde m'en a donné sept... et peut-être bientôt un huitième !

La nouvelle fut accueillie par un tonnerre d'applaudissements. Chang et Eng, portés par l'enthousiasme de la foule, multiplièrent les saluts et les rappels. Ils applaudirent eux-mêmes leur public, puis, après un échange discret entre eux, étendirent les bras pour faire revenir le silence. Eng désigna alors ses fils, assis au premier rang.

— Mesdames et messieurs, s'exclama-t-il, veuillez applaudir deux de mes fils : James Montgomery et Patrick Henry, qui nous font l'honneur d'être parmi nous ce soir !

Les applaudissements redoublèrent, les sifflets de joie se mêlèrent aux « bravos ». Un mouvement de foule se produisit en direction des deux jeunes, qui força ceux-ci à se dégager en montant sur scène. Le triomphe fut total, tout le monde pouvait les apercevoir et constater qu'ils étaient normaux.

Le succès avait dépassé les attentes de Tom Maguire qui prolongea aussitôt l'engagement au Platt's, confirma des dates à Sacramento, à Reno, à Stockton, et envisagea d'étendre la tournée jusqu'à Los Angeles. Cependant, il posa une condition. Si leur face-à-face avec le public les avait grisés au point de révéler des éléments de leur vie privée, cela devait désormais faire partie intégrante du show. Les jumeaux évoqueraient leur mariage à chaque représentation, et les fils d'Eng monteraient sur scène à chaque final. La plupart des orpailleurs étaient rustres, célibataires et solitaires ! Désespérés, aussi, ajouta-t-il. Tout le monde n'hérite pas d'un bon emplacement au bord de la rivière. Il était de la responsabilité des jumeaux d'offrir le spectacle d'une famille américaine moyenne. Cela permettait aux gars de se réchauffer le cœur quand le tamis était vide. En vérité, Chang et Eng ne se firent pas prier pour accepter. Ils lurent la critique élogieuse de la première, parue dans l'*Alta California*, qui rendit Sarah et Adélaïde célèbres dans toute la Californie. Ils étaient comblés de partager un moment de gloire avec les enfants et de leur faire découvrir cette dimension de leur vie. Plus mûrs et plus en maîtrise de leur intervention, ils avaient renoué avec le plaisir de la scène.

Le 6 novembre 1860, Chang et Eng découvrirent en même temps que tous les citoyens californiens les résultats de l'élection présidentielle. Comme ils le craignaient, les Américains avaient offert à Abraham Lincoln un nombre de grands électeurs suffisant pour le faire élire président des États-Unis. L'*Alta California* relatait que la Caroline du Sud était déterminée à précipiter la désunion sans attendre l'entrée en fonctions de Lincoln. En Californie, sept Américains sur dix étaient abolitionnistes, mais personne ne voulait d'une guerre. Des voix proposèrent de faire sécession, non pas pour rejoindre les États du Sud, mais pour se déclarer neutres et former la République du Pacifique.

Lors de la représentation suivante, un spectateur interpella les jumeaux liés pour connaître leur position sur l'esclavage. Avaient-ils la même opinion, ou bien l'un était-il plus sudiste que l'autre ? Ne risquaient-ils pas une guerre de sécession ? Le public s'amusa du bon mot, Chang et Eng beaucoup moins. Les plaisanteries s'enchaînèrent, l'un proposant que leur « union » soit « dissoute », quand un autre clamait que « le docteur Lincoln estimerait assurément qu'une opération de séparation était dangereuse pour les deux parties ». Ce jour-là, Chang et Eng mirent fin au spectacle avant la fin et quittèrent la scène sous les huées.

Tourmentés par les conséquences de l'agitation politique et l'éloignement qui les rendait impuissants à aider leurs épouses et leurs enfants restés à Mount Airy, Chang et Eng se ruaient tous les matins sur l'*Alta California*. En décembre, ils découvrirent, alarmés, que la convention du peuple de Caroline du Sud avait voté à l'unanimité la sécession de l'Union. Elle appelait à la création d'une Confédération des États du Sud, dotée d'une armée indépendante. Chang et Eng, persuadés que la Caroline du Nord allait suivre le mouvement, prirent peur pour leurs familles. Montgomery et Patrick les priaient chaque jour de rentrer à la maison. À la fin du mois, ils prirent ensemble la décision d'annuler la suite de la tournée et, ce qui les affecta plus que tout, le voyage au Siam prévu dans la foulée.

Ne trouvant pas de place de bateau, ils rentrèrent par la terre, et sur le chemin du retour, ils furent les témoins impuissants de l'enchaînement des évènements. C'était comme si les États-Unis se disloquaient sous les roues de leur diligence à mesure qu'ils traversaient des États sécessionnistes. Lorsque Chang et Eng parvinrent à Mount Airy, le Mississippi, la Floride, l'Alabama, la Géorgie, la Louisiane et le Texas avaient formé la Confédération des États du Sud et choisi le sénateur Jefferson Davis pour la présider.

La guerre éclata peu après.

CINQUIÈME PARTIE

Les deux se tenaient ensemble, le vieillard et l'herboriste, avec quelque chose de cet air de fraternité confiante avec lequel le moins fort des jumeaux siamois s'appuie contre l'autre.

Herman Melville,
Le Grand Escroc, 1857

Quelques semaines avant le départ des jumeaux liés pour la Californie, Sarah avait donné naissance à Rosella Virginia et, peu après leur retour, Adélaïde fit naître Jesse Lafayette, ce qui porta l'ensemble des cousines et cousins Bunker à dix-sept. Chang et Eng, tout à leur joie de voir leur famille réunie en une période aussi confuse, mirent un terme définitif à l'épisode californien en reprenant la règle des trois jours. Les premières semaines, la vie se déroula comme autrefois. La guerre, qui faisait rage hors des frontières de leur État, n'avait aucun impact sur leur vie quotidienne. Le commerce et l'exportation des matières premières en direction de l'Europe battaient leur plein, et les premières victoires militaires furent portées au crédit des forces sudistes. Les Bunker se mirent à rêver d'une victoire facile et rapide, qui leur aurait permis d'envisager de remettre sur pied le projet de voyage vers le Siam. Ils déchantèrent lorsque Lincoln, bénéficiant d'une marine militaire supérieure, ordonna un blocus des ports de toutes les villes côtières du Sud, ce qui poussa la Caroline du Nord à faire sécession à son tour, devenant le onzième État à joindre la Confédération et à entrer en guerre.

À Mount Airy, les avis sur la sécession étaient partagés, cependant ceux qui étaient pour le Nord quittèrent la région et intégrèrent l'armée de l'Union, rejoignant un corps de plus de cent soixante mille volontaires, levé par Abraham Lincoln, et dont le commandement fut confié au général Grant.

Les combats se déroulaient loin de Mount Airy, mais les maisons des Bunker demeuraient ouvertes pour les soldats confédérés, épuisés et affamés, qui revenaient du front, en faisant état de batailles sanglantes et d'épidémies parmi les troupes. Chang et Eng étaient trop âgés pour être concernés par la conscription, toutefois, en 1863, Christopher, le premier des fils de Chang, aurait dix-huit ans. Ses parents, oncles et tantes espéraient de tout cœur que le conflit cesse avant qu'il soit appelé sous le drapeau confédéré, mais Christopher exprimait avec la fougue de son âge la volonté de défendre le mode de vie qui était le leur, et le territoire qui, rappelait-il, avait accueilli Chang et Eng en leur accordant la citoyenneté et des droits qui leur avaient été niés partout ailleurs. Rien ne le détourna de son obstination, pas même la mort du fils unique de Charles et de Fannie Harris, lors de la bataille de Shiloh qui se déroula au Tennessee. Charles Harris, qui avait accompagné et soutenu les jumeaux depuis si longtemps, ne se remit jamais de la perte de son enfant. Il sombra dans une sidération qui ne le quitta plus. Les Bunker lui rendaient régulièrement visite, mais il demeurait telle une enveloppe vide, immobile et silencieux, le regard sans lumière, dardé à l'intérieur de lui-même.

Peu à peu, une anxiété profonde chemina en chacun. L'équilibre économique des deux familles, déjà mis à mal par l'échec du voyage en Californie, souffrait des impôts levés pour financer la guerre. Le blocage des ports entraînait une inflation galopante et empêchait l'arrivée de nourriture, de vêtements et d'armes à feu. Il n'y avait plus de sucre, plus de sel pour conserver la viande. Sarah et Adélaïde remplacèrent le café par des infusions de maïs desséché, puis tout le monde se rationna. La ligne de front se rapprochait et les fermes vivaient dans la peur constante de raids de la cavalerie nordiste. Les fermiers s'entraînaient au maniement des armes, sous le regard goguenard de leurs esclaves. Ils tentaient de former des compagnies de cavalerie, mais il n'y avait quasiment plus ni une selle ni un sabre disponibles dans le comté. Chang et Eng graissaient et entretenaient leurs fusils en veillant jalousement sur leur réserve de cartouches. En avril 1863, Christopher fut enrôlé dans un bataillon de cavalerie, puis un an plus tard, ce fut Stephen, le fils aîné d'Eng, qui s'engagea, ses dix-huit ans révolus, pour la cause sudiste.

À mesure que la guerre marquait de son empreinte durable le moindre secteur de la vie, elle menaçait l'harmonie retrouvée des deux frères. Fidèles à la règle des trois jours, ils exprimaient successivement, et dans le cadre de leur foyer, la peur de perdre leur enfant, mais leurs propos avaient des teneurs radicalement différentes. Eng s'opposait à une escalade guerrière dont personne ne semblait voir la fin, il appelait de ses vœux une négociation entre les parties et lorsqu'il apprit que Stephen avait été blessé, mais qu'il était reparti au combat aussitôt sa plaie recousue, il prôna un cessez-le-feu immédiat. Chang, quant à lui, réclamait davantage de soutien des nations amies. Il espérait que la marine anglaise les aide à démanteler le blocus, convaincu que la souveraineté des États du Sud ne pourrait s'imposer que par la force. Lorsqu'en juillet le cheval de Christopher revint à la ferme, ensanglanté, et sans son cavalier, Chang perdit la tête. Il s'enivra et voulut partir en direction du front avec son fusil, et comme Eng s'y opposait, commettant ainsi son unique infraction à la règle des trois jours, son frère saisit un couteau et menaça de trancher lui-même leur lien. Il éructait qu'Eng était un fardeau, un traître, et qu'il l'aurait déjà tué si son cadavre ne l'empêchait pas de marcher. Il fallut l'intervention d'Adélaïde, aussi angoissée que son mari, puis de Sarah, pour calmer Chang.

Finalement, ils apprirent que Christopher avait été fait prisonnier, et ils purent lui faire parvenir de l'argent pour acheter du tabac et du bœuf fumé. Eng était heureux de cette bonne nouvelle, mais durablement marqué par la réaction de son frère.

Les ardeurs belliqueuses de Chang auraient pu être comblées l'année suivante si les circonstances n'avaient pas été grotesques. Au printemps 1865, l'Union progressait sur tous les fronts et la défaite se dessinait pour le Sud, néanmoins le général confédéré Stoneman décida de lever une armée de vétérans en Caroline du Nord. Chacun serait doté d'un cheval, d'une carabine, d'un havresac contenant cent cartouches, d'une ration de bacon et de café. La mission était de ralentir la progression des nordistes en coupant leurs lignes logistiques. Il s'agissait de détruire les pistes et les bâtiments de la ligne de chemin de fer, ainsi que les dépôts de munitions unionistes.

Cantonné avec sa garnison à Mount Airy, Stoneman décida d'enrôler de fins connaisseurs de la région. On plaça les noms de tous les hommes du comté, âgés de plus de dix-huit ans, dans une roue de loterie et le nom de Chang fut tiré, mais pas celui d'Eng. Tous ceux qui les connaissaient tentèrent d'expliquer au général que Chang ne pouvait pas prendre place sur une selle comme n'importe qui, mais le gradé ne voulut pas croire qu'un sudiste ne sache pas monter à cheval. Stoneman était jeune et il n'avait jamais entendu parler de cette histoire d'homme double, bien que de nombreux soldats aient paru connaître leur existence et que certains aient prétendu les avoir vus sur scène lorsqu'ils étaient enfants. En ces temps belliqueux, un homme qui refusait de servir était exécuté. Par conséquent le général fit mander les frères Bunker, soit par curiosité, soit pour les fusiller.

Lorsqu'ils se présentèrent devant lui, la surprise céda vite la place à la perplexité. Stoneman était un militaire sévère, mais épris d'équité. Chang était volontaire pour s'engager, il proposa même de conduire un attelage qui pourrait emporter les explosifs, mais Eng refusa, rappelant que son nom n'avait pas été tiré au sort. Dans un souci de justice, le général déchira le papier au nom de Bunker et l'affaire s'arrêta là, mais elle contribua à entretenir la rancune entre les deux frères.

Les velléités de sabotage du général Stoneman n'eurent pas le temps de connaître le succès, car la guerre prit fin un mois plus tard, le 9 avril 1865, les défaites successives ayant conduit le général Lee à se rendre au général Grant à Appomattox, en Virginie. Après quatre ans d'une guerre sanglante, la bannière étoilée flottait à nouveau sur tous les États de l'Union. Christopher fut libéré et Stephen, démobilisé. Couvert de cicatrices, mais vivant.

La victoire d'Abraham Lincoln mit fin à l'esclavage et renforça le rôle du gouvernement fédéral. Le modèle économique du Nord, dans lequel les industries employaient des ouvriers, l'avait emporté sur celui du Sud, où le monde rural faisait appel aux esclaves. Les États qui avaient fait sécession n'étaient plus que décombres et Chang et Eng, comme les autres propriétaires terriens, étaient ruinés. Dans chaque propriété les esclaves affranchis jetèrent les faux et les pelles, puis ils abandonnèrent leurs baraquements, emmenant leurs femmes et leurs enfants. Les douze esclaves de Chang et les vingt et un d'Eng, qui valaient des dizaines de milliers de dollars avant-guerre, vinrent grossir les files qui remontaient les routes en direction des villes, disparaissant, dans le soleil et la poussière, aux yeux de leurs anciens maîtres.

Les jumeaux liés n'avaient plus que leur famille pour les aider à replanter les champs saccagés par la cavalerie. Les conditions de vie étaient extrêmement difficiles, les troupeaux avaient été décimés et la faim guettait. Pour la première fois, Chang et Eng avaient perdu l'initiative face à l'existence. Leurs cheveux étaient devenus presque entièrement blancs et une expression de profonde tristesse creusait leurs traits, ne disparaissant qu'au profit de grimaces d'effort lorsqu'il fallait soulever un soc ou étayer un madrier. Avec l'âge et la répétition des tâches laborieuses, leurs articulations s'enflammaient, leurs corps devenaient raides, leur ligament les élançait douloureusement et ils ne parvenaient plus à se tourner chacun vers l'extérieur, condamnés en quelque sorte à regarder toujours à peu près dans la même direction.

Quelques semaines après son départ, un couple d'anciens esclaves réapparut avec leur enfant. Aucun travail n'était disponible pour eux en ville et ils étaient des centaines dans ce cas. La plupart des routes et des moyens de transport avaient été détruits pendant le conflit, il n'était plus possible de rejoindre le Nord, où, de toute façon, le chômage sévissait. Ils n'avaient pas d'argent pour prendre un bateau et nulle part où aller. Aucun endroit pour dormir. En fin de compte ils n'étaient que libres.

Les jumeaux les engagèrent, ainsi qu'une poignée d'autres, consacrant leurs ultimes ressources à la relance du domaine, mais leur trésorerie s'épuisait plus vite que le grain ne mettait de temps à pousser. Ils durent bientôt se rendre à l'évidence, leur salut ne passerait que par une reprise des exhibitions, et à cinquante-quatre ans ils se mirent en quête d'un nouveau manageur, Charles Harris ayant définitivement renoncé à rester en contact avec le monde sensible.

La brève expérience californienne avait démontré l'intérêt du public pour leurs noces insolites, ils décidèrent donc, en accord avec leurs épouses, d'utiliser leur famille pour appuyer la communication de cette nouvelle tournée. En avril 1866, ils se rendirent à New York dans le studio de photographie de Mathew Brady, situé à l'angle de Broadway et de la Dixième Rue. Abraham Lincoln, le général Grant et le poète Walt Whitman les y avaient précédés pour poser devant le plus fameux photographe portraitiste du moment. Mais lorsque les jumeaux liés, accompagnés de leurs épouses et de deux de leurs fils, Patrick et Albert, se présentèrent face à l'objectif de Brady, celui-ci eut le sentiment qu'un tronc venait de s'abattre sur sa poitrine. Il avait couvert les champs de bataille les plus sanglants de la guerre de Sécession, photographié sans complaisance les cadavres et la réalité effroyable de la guerre. Son obstination à témoigner honnêtement de l'histoire s'émoussait depuis son retour à la vie mondaine new-yorkaise dont il était devenu un pilier, mais la saisie de l'image de la famille Bunker et sa conservation sur un négatif de verre lui permit de renouer avec l'origine même de sa passion.

Le cliché fut employé pour la campagne de publicité d'une tournée qui propulsa les jumeaux liés sur les routes durant deux ans, tantôt accompagnés de membres de leur famille, tantôt seuls. Il servit de couverture à un livret, vendu pendant le spectacle, rédigé par Adélaïde, qui narrait les principales étapes de leur vie. Le chemin de fer se développait et le périple se déroula dans des régions du grand Ouest que Chang et Eng n'avaient jamais visitée, le Nevada et le Nebraska, récemment rattachés à l'Union, et les territoires du Colorado, du Nouveau-Mexique, de l'Utha et du Wyoming. Partout ils rencontrèrent le succès, l'histoire d'une telle obstination, mise au profit de l'accomplissement d'un destin ordinaire, fascinait un pays qui se remettait laborieusement de la guerre. Ils gagnèrent tant d'argent avec cette nouvelle mouture de leur spectacle qu'ils purent continuer de salarier leurs nouveaux employés et ainsi l'exploitation de Mount Airy retrouva son lustre à mesure que l'Amérique cicatrisait.

En 1868, Barnum effectua son retour dans leurs vies en leur proposant de participer à l'inauguration du Barnum's New Museum sur Broadway. Le forain en voulait aux jumeaux depuis le début d'être devenus célèbres sans avoir eu besoin de lui. Il leur reprochait en outre un dédain croissant pour le public alors que lui ne vivait que pour le spectacle. Néanmoins, les affaires étaient les affaires, et il avait besoin qu'ils participent à un tel évènement. Chang et Eng, de leur côté, avaient développé une véritable aversion pour le charlatan, négociant en souffrances, qui passait plus de temps à corriger et à publier de nouvelles éditions de son autobiographie qu'à travailler. Toutefois, ils surmontèrent leur prévention à l'égard du personnage car ils nourrissaient depuis peu, pour une raison seulement connue d'eux, le projet de retourner dans les îles Britanniques. Ils acceptèrent donc la proposition de Barnum, à condition qu'il utilise le réseau de relations qu'il avait créé à l'international et mette sur pied une tournée qui les ramènerait outre-Atlantique.

En décembre, après un succès retentissant au Barnum's New Museum, où ils tinrent la scène aux côtés d'un malheureux agriculteur de l'Iowa au physique simiesque – présenté comme le chaînon manquant de l'espèce humaine –, et de « tête d'épingle » – un Noir né avec un rétrécissement du crâne, capable pourtant de retenir de mémoire une suite de cent chiffres –, les frères quittèrent New York pour Liverpool, en compagnie de Barnum. Chang et Eng avaient cinquante-sept ans. Ils avaient eu vingt et un enfants à eux deux. Sarah, qui, après avoir été enceinte à onze reprises depuis leur mariage, éprouvait de plus en plus de difficultés à déplacer son quintal et demi, n'avait plus donné d'enfants à Eng depuis la guerre, mais Adélaïde, à quarante-quatre ans, venait de donner naissance à son dixième enfant, Hattie Irène. Ainsi, au moment où leur navire quitta le port, leurs esprits furent envahis par les images tendres de leur progéniture. Chrétiens au gré des circonstances, bouddhistes de naissance, pragmatiques par nécessité, ils considéraient désormais le cycle de la vie et de la mort avec plus de sagesse et de réflexion que la plupart de leurs contemporains.

En réalité, Chang et Eng traversaient l'Atlantique en espérant y trouver le refuge d'une moindre notoriété. Après de longues conversations avec leurs épouses, ils avaient pris la décision de se séparer. Le vieillissement entravait leurs corps un peu plus chaque jour, la règle des trois jours encombrait leurs esprits, et l'intimité leur faisait bien plus cruellement défaut qu'à leur nuit de noces. Ils caressaient l'espoir que l'évolution des moyens médicaux permette d'oser l'intervention, mais le succès de leur récente tournée constituait un obstacle. Leur célébrité ancienne avait été réanimée par leur popularité actuelle, si bien qu'aucun chirurgien compétent aux États-Unis ne voulait risquer de ruiner sa carrière en étant celui qui aurait tué les fameux frères siamois. La famille Bunker avait pris secrètement attache avec plusieurs d'entre eux, estimés, respectés par leurs confrères, mais les réponses avaient été unanimes : malgré les progrès observés en chirurgie ces deux dernières décennies, intervenir restait périlleux. Surtout pour leur réputation.

Chang et Eng avaient insisté auprès de Barnum pour que la tournée débute en Écosse. Ils plaçaient de vifs espoirs dans leur rencontre avec sir James Young Simpson, le renommé professeur de l'université d'Édimbourg. Ce dernier avait découvert et généralisé l'usage du chloroforme en tant qu'anesthésique, permettant ainsi de réaliser des interventions que l'on jugeait impossibles auparavant. À cinquante-sept ans, sir James avait les cheveux hirsutes, des moustaches si longues qu'elles auraient pu faire office de cintres et il portait une blouse et un pantalon de toile épaisse. Son allure insolite évoquait davantage celle d'un ouvrier des hauts-fourneaux que celle du médecin officiel de la reine, fonction qu'il assumait lorsque Victoria demeurait au château de Balmoral. La charge lui avait échu car Simpson utilisait le chloroforme pour diminuer les douleurs de l'accouchement, ce qui déplaisait au clergé, mais trouvait un accueil favorable auprès des femmes, dont la souveraine, laquelle avait, à neuf reprises, connu les souffrances de l'enfantement.

Le show débuta fin décembre, non sans désagrément pour les jumeaux, qui devaient partager la vedette avec un autre Chang. Un géant chinois de deux mètres quarante, dont Chang ne supportait pas la présence.

— Il est aussi grand qu'il est bête, maugréait-il. Et pourquoi Barnum a-t-il choisi de l'appeler Chang ? Pour nous faire de l'ombre ?

— Étant donné sa taille, il devrait créer plus d'ombre qu'il n'en fait réellement, s'amusait Eng, pour qui l'enjeu n'était pas le succès du spectacle, mais l'avis du médecin, à qui ils devaient rendre visite le soir même à son cabinet.

Sir James se trouvait en compagnie du professeur Sogine, un chirurgien âgé, plus à la pointe de la modernité que nombre de ses jeunes confrères. Les deux hommes écoutèrent longuement la requête des jumeaux afin de vérifier que leurs motivations étaient fondées, et qu'ils étaient sains d'esprit. Puis, ils se livrèrent à un examen approfondi au cours duquel, notamment, Sogine ouvrit un coffre en bois qui recelait une machine, comprenant un électroaimant monté sur des crémaillères, animées par des roues crantées, un système d'horlogerie et des fils de cuivre reliés à un réflecteur en acier.

— Vous allez nous séparer ici ? tenta de plaisanter Eng, inquiet, en voyant la complexité du dispositif.

L'objectif de Sogine était d'utiliser l'électricité pour illuminer leur lien de chair afin de l'examiner par transparence. Il mit en marche le système qui produisit aussitôt une lumière blanche et intense.

— Nous devrions parler de cet effet à Barnum, on pourrait l'utiliser pour éclairer la scène, murmura Chang, tandis que Sogine approchait le réflecteur.

Ayant ainsi obtenu des renseignements complémentaires à ceux apportés par la palpation, notamment sur le réseau vasculaire qui parcourait le lien, les médecins rendirent un avis qui ruina l'espoir des jumeaux, car il ne différait pas fondamentalement de ceux émis, autrefois, par les médecins de Philadelphie. Selon les Britanniques, la division du ligament serait longue et minutieuse, mais ne présentait pas d'impossibilité en soi. Le problème restait la continuité péritonéale, l'union des deux cavités abdominales réalisée au travers du lien. Depuis une dizaine d'années, Simpson avait procédé avec succès à des ovariectomies. Il avait sauvé la vie de plusieurs mères, ainsi que celle de leurs enfants, en pratiquant des césariennes. Il avait à chaque fois ouvert et recousu le péritoine, mais n'avait pris ce risque que parce que des vies étaient en jeu. Or, selon lui, la division de Chang et d'Eng n'était pas une question de vie ou de mort, et il refusait de mettre en danger ses patients pour des motifs d'aisance et de commodité, voire de satisfaction de leurs épouses. Pouvait-on croire qu'un jour des chirurgiens interviendraient au seul motif de corriger un défaut physique ? Un nez trop important, un embonpoint embarrassant ou, pourquoi pas, l'outrage de la vieillesse ? De telles vétilles méritaient-elles qu'on meure pour elles ? Par conséquent, il refusa de les opérer. Selon lui, l'aisance matérielle et la notoriété avaient tenu les jumeaux liés éloignés de la notion de péril, au profit de l'illusion que tout pouvait leur être acquis.

Chang et Eng, abasourdis, prirent congé des médecins sans argumenter. L'illusion de la suprématie ? Eux qui avaient lutté toute leur vie contre l'exclusion, eux dont aucun acte d'émancipation n'avait été acquis sans une farouche bataille, eux, exhibés devant des publics à qui l'anonymat et l'identité physique conféraient la toute-puissance. Si la médecine avait évolué ce n'était certainement pas en faveur d'une meilleure compréhension du psychisme. Simpson et Sogine avaient balayé le tragique de leur situation.

Leur déception était telle qu'ils échouèrent dans une taverne, non loin du port, où Chang eut la surprise qu'Eng lui dispute le nombre de pintes de bière, accompagnées de gobelets de whisky. Depuis le premier jour, leur amalgame avait été source de malédiction, toutefois la matérialité singulière de cette fusion avait généré une complicité intellectuelle à nulle autre pareille, elle les avait dotés de quatre jambes pour avancer, de quatre bras pour soulever, elle les avait faits plus humains. Cela s'était effectué sans répit, depuis leur premier souffle. Et maintenant, à l'approche du dernier, qu'ils savaient inévitable, sinon proche, ils réclamaient du repos. Nés semblables, ils aspiraient à mourir différents. Plusieurs années après les en avoir empêchés, leurs épouses les y incitaient. Leurs enfants en avaient accepté l'augure. Chang et Eng arrivaient au bout du chemin, ils avaient franchi les terres et les océans à maintes reprises, ils étaient enfin prêts. Cependant la société, si régulièrement outrée par leur condition, leur contestait maintenant le droit d'en sortir, au prétexte qu'ils l'avaient trop bien intégrée.

Les frères liés titubaient le long des quais de la rivière Water of Leith. Deux mètres en contrebas, les eaux noires charriaient des blocs de glace qui scintillaient sous la lune. Avec la baisse continue des températures, elles se figeraient bientôt en surface pour former une balafre brillante au cœur d'Édimbourg. Un instant, ils s'arrêtèrent, incertains, à la limite des pavés. Ils respiraient au même rythme, l'air s'exhalant en nuages de buée identiques, devant leurs visages impassibles. De semblables et obscures pensées agitaient leurs esprits, aussi troublés par l'alcool que par les bilans qu'ils venaient de tirer de leur vie. Nul besoin de paroles pour savoir qu'un pas en avant, effectué de concert, les entraînerait vers la fin certaine de toutes les peines. Eng revenait intérieurement sur sa trahison commise en complicité avec Adélaïde, des années auparavant. Le silence abattu sur leur désir avait permis la renaissance progressive, et vitale, des couples tels qu'ils avaient été désignés par les sacrements du mariage. Chang, lui, se souvenait des colères et des soûleries qu'il avait fait déferler sur son frère, comme de mauvais grains sur le pont d'un navire. Depuis des années, il s'accablait de reproches pour être simplement ce qu'il était, et en facturait le prix à son frère, comme si ce dernier subissait un sort meilleur que le sien.

Alors, d'un geste synchrone, ils reculèrent d'un pas et reprirent leur marche, en rejetant la toute-puissance, en confiant leur destin au hasard et à l'incertitude de l'écoulement des heures.

Après deux semaines passées à Édimbourg, la troupe se rendit à Glasgow où ils se produisirent avec succès. Puis ce fut Aberdeen, où les jumeaux découvrirent que Barnum avait modifié ses arguments commerciaux. L'intuition infaillible de l'homme de spectacle, mais aussi, probablement, des renseignements habilement collectés, l'avaient poussé à révéler aux journalistes quelques indiscrétions. Selon ses déclarations, les frères siamois avaient pris la décision de consulter d'éminents professeurs de médecine et de chirurgie et leur séparation pourrait avoir lieu sur le territoire britannique d'un jour à l'autre. Chang et Eng, mortifiés, n'adressèrent plus la parole à Barnum. Ils exécutaient leur contrat par respect d'eux-mêmes, afin de ne pas dévaluer leur parole, mais attendaient avec impatience la dernière date d'une tournée où le public se pressait sans discontinuer.

Personne ne voulait rater ce qui pouvait être la dernière apparition des frères liés. La rumeur courut jusqu'en Irlande, puis à Londres, dans ce même théâtre de l'Egyptian Hall, où ils s'étaient produits trente-huit ans auparavant. Les représentations y furent pénibles car ils étaient soumis à un feu roulant de questions sur les raisons de cette séparation prochaine. On leur demandait s'ils s'entendaient avec leurs épouses, s'ils avaient des problèmes avec leurs enfants, et si ceux-ci étaient normaux. Les spectateurs les poussaient dans leurs retranchements les plus intimes, leur malaise était si visible qu'il déclenchait aussitôt un nouvel afflux de questions. Souvent, Chang et Eng restaient interdits sur scène, offrant le spectacle douloureux de leur infortune. Chang, de plus en plus voûté, accusait une différence de hauteur avec Eng qu'aucune semelle ne pouvait plus compenser. Ceux qui les avaient vus près de quarante ans auparavant ne les aurait pas reconnus, s'il n'y avait eu leur lien. Leur peau, autrefois douce et lisse, de couleur olive foncé, était devenue sèche, pâle et ridée. Les cheveux noirs et brillants de leur jeunesse, qui tombaient en une queue de cheval nouée avec un gland de soie, étaient devenus totalement blancs, coupés court, et manquaient de souplesse. Sur la scène de l'Egyptian Hall, ils n'étaient plus que les ombres d'eux-mêmes. Et le public affluait, comme pour assister à une mise à mort.

Le 13 février 1869, dans *The Chronicle*, ils découvrirent, effarés, que sir James, agacé par la campagne de publicité Barnum, s'était confié à la presse. L'article relatant cette entrevue concluait : « L'opinion du corps scientifique est opposée à cette séparation qui, le plus probablement, ne sera pas exécutée. »

Seule leur rencontre avec un naturaliste anglais, Francis Buckland, leur redonna brièvement le sourire. Connu pour expérimenter en situation ses théories sur le règne animal, Buckland avait partagé successivement sa chambre avec un ours, un vautour, une mangouste, un blaireau, un singe. Sans une égratignure. Toquant à la porte de leur loge, un soir de février, il leur confia les avoir découverts lors de leur première venue à Londres. À l'époque, il était âgé de quatre ans et ses parents l'avaient emmené à l'Egyptian Hall. Le spectacle l'avait tellement impressionné que, de retour chez lui, il avait attaché ses deux chatons ensemble, et les avait appelés ses jumeaux siamois. Il estimait devoir sa vocation professionnelle à leur existence et était ému de les revoir. L'entretien fut chaleureux, jusqu'à ce que Buckland leur révèle que son distingué confrère Isidore Geoffroy Saint-Hilaire était décédé depuis sept ans. Chang et Eng ne purent retenir leurs larmes, ils confièrent à Buckland que les théories d'Isidore les avaient aidés à se forger une meilleure image d'eux-mêmes. Les affres de la guerre de Sécession et la situation difficile qui s'était ensuivie avaient empêché l'affreuse nouvelle de se propager jusqu'à leur foyer en Caroline du Nord. Buckland les quitta en les invitant à venir dîner chez lui, où ils feraient connaissance d'un couple de varans. Chang et Eng acceptèrent, mais ne s'y rendirent jamais car leur monde se fissurait.

L'audience auprès de la reine Victoria, organisée par Barnum, ne changea rien à leur humeur. La réception fut grandiose, mais les jumeaux saluèrent la reine sans émotion, eux qui, dès leur prime jeunesse, avaient côtoyé des monarques et des empereurs. De cette visite, qui se produisit quelques jours avant leur retour aux États-Unis à bord du *Cité d'Anvers*, ils repartirent, chacun lesté de regrets et d'une montre en or offerte par la Couronne.

Ils atteignirent New York en août 1869 et furent de retour à Mount Airy deux semaines plus tard. Les retrouvailles avec leurs familles furent poignantes, car tous avaient espéré qu'une solution chirurgicale existe, et ni les montres de la reine Victoria, ni les bijoux, ni les étoffes rapportées d'Angleterre n'atténuèrent la déception de leurs épouses et de leurs enfants.

Adélaïde et Sarah partageaient le même point de vue sur la volonté des jumeaux d'être séparés avant d'éprouver une vieillesse douloureuse. Elles avaient vu leurs voisins et de nombreux proches mourir avant d'atteindre soixante ans, et si ce n'était pas le cas, souffrir de maladies et d'impotences. En dehors du lourd tribut payé par la jeunesse à la guerre civile, et d'exceptionnels cas de longévité, les humains ne semblaient pas en moyenne être constitués pour dépasser de beaucoup le demi-siècle. Sarah et Adélaïde s'étaient habituées à l'alternance des domiciles et de l'accompagnement de leurs enfants. Elles connaissaient périodiquement ces temps de pause qui faisaient cruellement défaut à leurs époux, et se ressourçaient dans l'éloignement comme on s'immerge dans un bain chaud et bienfaisant.

Leur vie aurait pu continuer à l'identique, maintenant que le succès des dernières tournées avait éloigné le spectre de la banqueroute, toutefois elles n'avaient pas le cœur de contester à Chang et à Eng le droit légitime à la solitude. Avec le passage des années et l'extinction des passions, le poids du péril ne s'exerçait plus sur la décision.

Trois de leurs enfants étaient décédés au fil du temps, dix-huit restaient en vie, unanimes dans le soutien qu'ils apportaient à leur père et oncle. À peine sortis de cet âge où s'énoncent sans filtre les reproches et les moqueries, ils avaient tous, à leur manière, souffert de propos tenus par leurs compagnons d'école ou de régiment. Aucun n'avait échappé un jour à la honte d'être désigné comme la fille ou le fils d'un monstre. Leur amour filial n'avait pu s'édifier sur l'imitation et ils souhaitaient, si les moyens modernes le permettaient, que Chang et Eng gagnent la place qui leur avait été déniée. Une manière pour eux d'affermir la leur.

Selon Adélaïde et Sarah, la prudence et l'excès de précaution caractérisaient la pensée des Anglo-Saxons, d'autres médecins tout aussi compétents et moins frileux devaient exister en Europe. La volonté politique du chancelier Otto von Bismarck de réunifier l'Allemagne l'avait conduit à écraser le Danemark, puis l'Autriche. Berlin était la capitale d'une nouvelle puissance militaire et industrielle, au cœur de l'Europe. Le dynamisme et l'audace n'étaient-ils pas de ce côté du monde ? Chang et Eng écrivirent aussitôt à Francis Buckland, lequel prit ses renseignements et leur répondit d'aller voir le docteur Rudolf Virchow à Berlin. Virchow était le premier à avoir décrit la leucémie, le premier aussi à dire que la cellule était l'élément fondamental de l'organisme et que toute pathologie était liée à l'atteinte d'une cellule ou d'un groupe de cellules. Scientifique révolutionnaire, il l'était également en politique. Élu à la Diète prussienne unie et membre fondateur du parti progressiste, il luttait contre Bismarck et ses visées hégémoniques. S'il y avait un médecin au monde qui ne manquait pas de témérité et qui pouvait venir en aide aux frères liés, c'était lui.

Leurs épouses les poussaient à se rendre à Berlin, mais leurs fonds n'étant pas suffisants, ils devaient organiser une nouvelle tournée. Comme Chang et Eng ne voulaient plus entendre parler de Barnum, ils contactèrent Wallace, un impresario qui, à Londres, leur avait discrètement fait connaître sa disponibilité. Celui-ci, flairant la bonne affaire, s'empressa de programmer une tournée audacieuse, puisque après la Prusse ils devaient se rendre en Russie, en Italie et en Espagne. James Montgomery, le fils d'Eng qui les avait suivis autrefois en Californie, âgé maintenant de vingt et un ans, et Albert, un des fils de Chang, âgé de douze ans, se montrèrent désireux de les accompagner et de leur prêter main-forte car le voyage promettait d'être harassant.

Le premier février 1870, Chang et Eng traversèrent une fois de plus l'Atlantique, et atteignirent Hambourg après dix-huit jours d'une traversée sans encombre. De là, ils prirent un train à destination de Berlin. À la sortie de la gare, ils découvrirent des rues quadrillées de policiers portant des casques à pointe. Les citoyens marchaient lentement sur les trottoirs, comme si leur rude vie de labeur les retenait de presser le pas. Le froid polaire s'était abattu sur une ville que l'ordre et l'austérité privaient déjà naturellement de chaleur. L'appartement mis à disposition des Bunker bénéficiait d'un confort rudimentaire, leurs enfants dormirent sur un canapé auprès d'une cheminée hors d'usage et les frères liés dans un lit trop étroit qui les força à s'enlacer. Un moindre mal, étant donné la température glaciale qui régnait dans le logement.

Leur participation aux représentations du cirque Renz avait été annoncée dans le *Vossiche Zeitung*, mais Chang et Eng se demandaient qui, dans cette cité, pouvait avoir le moindre goût pour le divertissement. Quelques heures de visite effectuées avec leurs enfants les menèrent devant la massive porte de Brandebourg et le monumental château où demeurait le roi Guillaume Ier, sans provoquer un enthousiasme comparable à celui qu'ils avaient ressenti en découvrant autrefois New York ou Londres.

C'était la première fois qu'ils se produisaient dans un cirque, et comme ils s'y rendaient sans entrain, aucune ferveur ne naquit de leur confrontation avec le public. Têtes baissées, semblant privés d'énergie, ils arpentaient le podium improvisé qui ceinturait la piste, effectuant la moitié d'un tour, s'arrêtant, se contentant de se montrer à cette partie du public, puis complétaient le tour en s'exhibant au second hémicycle. Il n'y avait pas d'échange, aucune question, seul un livre était vendu à l'issue de la représentation, reprenant les grandes étapes de leur vie. Pour la première fois, ils étaient exhibés comme des animaux.

— Je n'aime pas le cirque, nous ne sommes pas des bêtes ! s'exclama Chang, le soir de la première représentation, après qu'ils se furent couchés.

Ils échangeaient à voix basse pour ne pas réveiller Montgomery et Albert endormis à côté.

— Je crois que je préférais encore les géants chinois, les nains, ou les femmes à barbe de Barnum, ils étaient humains au moins ! reprit-il. Mais là, nous passons après les fauves, qui effraient ; les dromadaires, qui surprennent ; l'éléphant, qui impressionne. Comment veux-tu que le public s'intéresse à nous ? As-tu entendu des applaudissements ? Très peu. Il y a même eu des rires de moquerie.

— Pourtant, Wallace dit qu'ils ont bien vendu le livre.

— Je n'en peux plus de ces sempiternels mensonges…

— Moi non plus, répondit Eng, sans préciser s'il s'agissait des balivernes dont l'ouvrage était rempli, ou du genre de vie qu'ils menaient.

— Crois-tu que ce Virchow puisse nous proposer une solution ?

Eng resta muet. S'il y avait une réponse à cette question, elle ne résolvait rien, elle permettait seulement d'en poser de nouvelles : Que faire si Virchow était d'accord pour les opérer ? Quand intervenir ? Ici, en Prusse ? Si loin de leurs foyers ? Et comment agir s'il refusait d'opérer ? Continuer leur tour du monde jusqu'à ce qu'ils trouvent une âme charitable qui sache manier le bistouri ?

Eng était plongé dans ses réflexions, lorsque, dans le silence de la petite chambre, il distingua un battement irrégulier, accompagné de vibrations imperceptibles. Il se concentra afin d'être sûr.

— Chang, dit-il, j'entends ton cœur.

— Oui, j'ai remarqué, il ne bat pas comme le tien.

— Moins régulier. Plus vite, on dirait.

— C'est la première fois.

Depuis toujours leurs cœurs battaient à la même cadence, sauf si les frères pratiquaient des activités totalement différentes, ce qui n'était pas fréquent. L'accouplement en était un exemple, le rythme cardiaque de l'un augmentait, tandis que celui du second, engagé dans une transe tantrique, tendait à diminuer. Mais après chaque moment d'exception, les deux cœurs s'alignaient à nouveau. L'arythmie, survenue ce soir-là à Berlin, dans le parallélisme absolu de leur repos, ne ressemblait à rien de connu. Un phénomène étranger, tapi dans le calme.

Les jumeaux attendaient d'obtenir un rendez-vous avec Virchow, mais celui-ci les avait précédés en prenant une place au cirque, dès qu'il avait eu connaissance de leur demande. Il était venu les voir discrètement lors de la première semaine, s'ennuyant aux pantomimes des clowns et aux cabrioles des écuyers. Seuls le tigre et son dresseur, enfermés dans la même cage, lui étaient parus dignes d'intérêt, car il s'était demandé à chaque instant si l'animal allait se jeter sur l'homme pour le dévorer. Enfin les jumeaux avaient fait leur entrée sous le chapiteau, courbés et fatigués, traînant leurs pas dans la sciure. Virchow avait été peiné de voir ces deux hommes de soixante ans, le plus petit, de guingois, semblant s'appuyer sur la raideur du plus grand, des rires s'élevant à leurs dépens à mesure qu'ils effectuaient un tour de piste. À la sortie, il avait acheté le livre et l'avait rapidement parcouru. Outre mille évidentes sornettes sur le Siam et ses coutumes, il avait été frappé par les représentations imprimées d'affiches de leurs spectacles antérieurs ou d'illustrations les montrant sur scène aux différentes époques de leur vie, de leur prime jeunesse à la maturité, vêtus de costumes traditionnels colorés, pratiquant le jeu d'échecs, maniant des raquettes de badminton, souriant en soulevant des haltères, effectuant diverses acrobaties, jouant de la flûte. Ce qui avait eu du charme, et était probablement distrayant lorsqu'ils étaient jeunes, lui apparaissait aujourd'hui infiniment triste.

Chang et Eng firent la connaissance du médecin quelques jours plus tard, dans le boudoir sombre qui était tout autant le siège de son parti politique que l'endroit où il recevait sa patientèle. Sur son bureau trônait la traduction en allemand de la tératologie de Saint-Hilaire, le volume concernant les individus xiphopages ouvert devant lui. La conversation débuta sur l'apport essentiel du savant français à la connaissance humaine, pour se terminer sur un soliloque de Virchow, fustigeant les intentions belliqueuses de son pays. Guillaume Ier se voulait kaiser d'un empire germanique et son chancelier attisait les flammes d'un incendie qui allait détruire l'Europe. Selon lui, l'intelligence collective allemande s'était mise au service du mal et son pays était devenu une fabrique de monstres. Chang et Eng se taisaient, impressionnés par la stature intellectuelle de l'homme qui leur faisait face, nourris par l'espoir de ne pas avoir fait un tel voyage pour rien.

Avant de les recevoir, Virchow avait pris connaissance de publications anciennes concernant les jumeaux, la plupart en anglais, ainsi que de la communication d'Isidore Geoffroy Saint-Hilaire à l'Académie des sciences de Paris en 1829, aussi se lança-t-il dans un interrogatoire précis sur la réalité de leur condition physique ainsi que sur leurs motivations. Tout en les écoutant, il ne cessait de les observer et constata qu'ils ne parvenaient plus à se tenir complètement de face, réalisant l'un avec l'autre un angle de cent vingt degrés. Ils évoquèrent une forme de rigidification de leur lien qui allait s'accroissant ces derniers mois. Inéluctablement, ils semblaient revenir l'un vers l'autre, comme à leur naissance. Virchow opina, dubitatif, et leur demanda de se déshabiller. Chang et Eng s'exécutèrent et se prêtèrent à l'examen auquel il procéda en s'éclairant d'une bougie. Il mit en évidence un déficit musculaire et un début d'atrophie du bras et de la jambe intérieure de chacun des deux frères, imputable selon lui à la moindre activité de ces membres, par rapport à ceux de l'extérieur de la paire, comme il les nomma.

Sans douceur, il manipula leurs cous, puis les fit se lever et s'asseoir à plusieurs reprises, ponctuant chaque étape de son examen de grommellements concentrés laissant penser qu'il en tirait de précieux enseignements. Puis, après leur avoir demandé leur autorisation, il tira une aiguille et s'approcha du ligament, s'exposant à un vif recul de Chang qui refusa de se laisser piquer.

— Mais il vient de nous demander notre accord, s'étonna Eng.

— Je n'ai rien entendu, avoua Chang. Puis se tournant vers le médecin : Vous allez nous piquer ?

— Il a dit qu'il testait la sensibilité… que ça ne ferait pas mal…

Chang ne répondit pas et approuva lentement.

Virchow demanda alors à Chang si cela faisait longtemps qu'il n'entendait plus et, à la grande surprise de son frère, Chang avoua qu'il avait brusquement perdu l'audition de l'oreille droite quelques semaines auparavant.

— Mais pourquoi ne me l'as-tu pas dit ? s'enquit Eng.

— Tu es si proche que j'entends toujours ce que tu dis, et c'est bien assez, maugréa Chang.

Virchow s'enquit de l'apparition d'autres troubles, puis il fit allonger les deux frères et les ausculta au moyen du stéthoscope en bois inventé par le docteur Laennec. Il confirma leur intuition, à savoir que le cœur de Chang était arythmique, ce qui, vu l'âge du patient ne sembla pas inquiéter le praticien outre mesure.

Enfin, il palpa leur lien, l'effleura au moyen de l'aiguille, l'écouta et le comprima à plusieurs reprises, vérifiant qu'il reprenait simultanément couleur par la droite et par la gauche.

L'examen fut pénible et le verdict de Virchow survint après plus d'une heure. Il apparaissait clairement que leurs deux corps fonctionnaient séparément et de bonne manière, et que les désagréments dont ils souffraient étaient normaux étant donné leur âge. Il considérait par ailleurs qu'à leur âge, on pouvait dire que leur malformation avait peu impacté leur santé, soulignant cependant que l'hémi-surdité récente de Chang pouvait avoir une origine vasculaire et qu'il lui conseillait un régime pauvre en matières grasses et sans alcool. À propos du ligament, il affirma qu'il n'y avait aucune connexion intestinale entre les jumeaux, mais il était moins certain en ce qui concernait le foie, suspectant qu'un lobe soit en commun entre les deux frères, ne serait-ce que par une communication de vaisseaux sanguins, son interrogatoire ayant révélé d'anciennes réactions partagées à la prise d'alcool ou de stupéfiants. En conclusion, il ne conseillait à personne d'essayer de les séparer. Le risque était trop grand de bouleverser leur système.

Le verdict était tombé, le dernier espoir de liberté de Chang et d'Eng, évanoui. Ils se rhabillèrent mécaniquement, sans un regard en direction du praticien, leurs pensées déjà tournées vers la représentation du soir à laquelle ils craignaient d'être en retard. Juste avant qu'ils ne quittent les lieux, le docteur Virchow ajouta qu'il y avait cependant une circonstance dans laquelle il se ferait l'avocat d'une séparation : si l'un des deux frères venait à mourir, alors l'intervention devrait être tentée, pour éviter de mettre en danger la vie du second.

Pour des raisons différentes, leurs fils souhaitaient que les frères liés poursuivent la tournée vers la Russie : James Montgomery espérait que la suite du voyage redonne confiance à son père et à son oncle ; Albert, émerveillé par la découverte de Berlin, voulait connaître d'autres villes étrangères. À douze ans, il renvoyait à Chang et à Eng l'image d'eux-mêmes écoutant les premiers récits de Robert Hunter. Enfants, les jumeaux liés avaient rêvé des cités d'Occident et maintenant l'un de leurs fils réclamait plus d'Orient. Albert demanda, si une fois en Russie, le Siam était loin.

Malgré la fatigue et la camisole de tristesse qui gênait chacun de leurs élans, Chang et Eng terminèrent leur engagement en Allemagne, puis ils embarquèrent à bord d'un vapeur pour traverser la mer Baltique. Ils remontèrent les méandres de la Neva et découvrirent les coupoles des églises de Saint-Pétersbourg, resplendissantes d'or et de bleu sous le soleil de juin, mais aucune des splendeurs de la cité impériale ne parvint à leur faire oublier l'injustice dont ils s'estimaient victimes. Après quelques représentations organisées par Wallace, ils prirent le train en direction de Moscou où leur performance reçut un accueil chaleureux, l'occasion pour Chang de substituer dans son régime alimentaire la vodka au whisky. Le tsar Alexandre II les accueillit au Kremlin et les invita dans son théâtre privé, comme avant lui la reine Victoria leur avait fait les honneurs du palais de Buckingham, comme Abraham Lincoln les avait reçus à la Maison-Blanche pour leur pardonner d'avoir été sécessionnistes, et aussi l'empereur Minh-Mang en son palais d'Hué et les rois Rama II et Rama III à Bangkok. Aucun être humain n'avait eu le privilège de fouler tant de lieux de pouvoir et de faste. Chang et Eng s'étaient entretenus avec les potentats du monde connu et avaient certainement davantage marqué leur mémoire que ceux-ci n'avaient imprimé la leur. Jamais ils n'avaient jalousé la place des puissants. Que vaut d'avoir le pouvoir de libérer ou d'asservir les peuples quand on ne peut briser sa propre chaîne ?

En juillet 1870, le bruit des canons mit fin à la tournée des jumeaux. Les volontés hégémoniques de l'Allemagne unie avaient conduit Napoléon III à déclarer la guerre à la Prusse. Wallace annula leurs engagements à Vienne, Rome et Madrid, faisant conduire les jumeaux et leurs enfants de Moscou à Hambourg, d'où ils prirent un navire à vapeur en partance pour New York. Derrière eux, l'Europe s'embrasait.

Au cours de la traversée, ils firent la connaissance de Frederick Douglass, un de leurs compatriotes. Noir, né esclave, il s'était enfui à l'âge de vingt ans, avait rejoint le Nord, et était devenu conseiller du gouvernement fédéral pendant la guerre de Sécession. Douglass avait suggéré à Lincoln de former des bataillons d'Afro-Américains dans l'armée du Nord, et désormais il était conseiller spécial auprès du gouvernement des États-Unis. Dans la salle à manger du navire, ayant reconnu les frères Bunker, il leur offrit un exemplaire dédicacé de son livre : *La Vie de Frederick Douglass, un esclave américain, écrite par lui-même.* Chang ne lui concéda qu'un intérêt modeste, préférant la compagnie de la bouteille de vodka qu'il avait rapportée de Russie à la lecture de l'ouvrage d'un abolitionniste égocentré, mais Eng et les enfants se montrèrent intéressés et lui proposèrent de rejoindre leur table.

Douglass, passionnément engagé dans les luttes contre les discriminations raciales, leur fit le récit de son esclavage et de sa fuite, déguisé en marin et muni de faux papiers. Il s'en était sorti parce qu'il avait appris à lire, en secret, grâce à la femme de son maître à Baltimore. Selon lui, le défaut d'instruction déterminait les conditions d'une acceptation de l'état d'esclave. En prodiguant aux Africains, aux Amérindiens et à tous les immigrés une éducation similaire à celle des Blancs, on rendrait ces populations inaptes à l'esclavage. Le développement de la pensée abolissait les différences. Voyant Eng tiquer à cette dernière remarque, il lui demanda comment lui et son frère, qui avaient subi le double asservissement de la chaîne de chair et de la cupidité de leurs exploiteurs, avaient pu à leur tour imposer pareil joug à des êtres humains ?

— Nous souhaitions plus que tout devenir Américains, répondit Eng. Ce qui fait que deux Orientaux unis par le sternum et un Afro-Américain tel que vous, paré de beaux habits et familier des coulisses de Washington, nous ressemblons. Grâce au drapeau, à l'hymne, à la citoyenneté.

— Dis-lui… pour Lincoln, bredouilla Chang, en finissant son verre de vodka. Raconte…

Eng tenta de redresser son frère qui s'appuyait sur lui, comme à chaque fois qu'il avait trop bu, et s'exécuta volontiers :

— Peu après la fin de la guerre, le président a appris que nous étions en chemin pour New York. Il nous a demandé de faire étape à Washington. Nous nous attendions à être sermonnés pour nous être trouvés du mauvais côté du manche, mais en fin de compte il nous a raconté l'histoire d'un fermier de l'Illinois qui éprouvait des difficultés à manœuvrer dans son champ avec un joug de bœufs. Il supposait implicitement que nous n'avions pas non plus eu la partie facile, attelés en tandem…

— Tu te plains, l'interrompit Chang… Tu te plains toujours.

Eng leva les yeux au ciel, Douglass pouvait constater par lui-même l'équipage de fortune qu'ils formaient.

Douglass allait répliquer lorsque Chang tendit le bras et renversa la bouteille en tenant des propos incompréhensibles.

— Mais tiens-toi ! s'exclama Eng, au moment où son frère s'effondra.

La vodka coulait sur la table et Chang ne bougeait pas, affaissé sur lui-même. Douglass se leva précipitamment pour tenter de soutenir Chang qui entraînait inéluctablement Eng dans sa chute. La table se renversa, les verres se brisèrent, Albert et Montgomery se précipitèrent sur les deux hommes à terre, leurs cris d'alarme mêlés aux éructations d'Eng qui battait des membres en traitant son frère d'alcoolique, mais celui-ci, roide, ne bougeait plus, les yeux emplis d'une insondable panique, le visage déformé par une grimace hideuse.

Dans les heures qui suivirent, l'attaque hémiplégique laissa Chang totalement paralysé du côté droit, mais grâce aux soins prodigués par le médecin de bord, il reprit conscience et récupéra une capacité partielle à communiquer. Sa compréhension était préservée, mais il ne parvenait plus à produire de phrases intelligibles. Ne plus bouger la jambe et le bras, il s'en accommodait, persuadé que cela serait transitoire, mais que les mots s'arrêtent au seuil de sa conscience et soient empêchés de sortir ou, pire encore, remplacés par d'autres, inappropriés, au dernier moment, le plongeait dans un désespoir colérique. Tantôt il exécutait maladroitement un dessin pour se faire comprendre, tantôt il parlait par analogie, avec la diction d'un enfant. Jusqu'à la fin de la traversée, il demeura immobile sur la couchette, forçant Eng à rester inactif à son côté. Leurs enfants restaient constamment près d'eux, dormant sur des matelas de fortune installés dans la cabine. Ils les alimentaient, les désaltéraient et les assistaient dans l'ensemble de leurs fonctions organiques. À sa demande, ils allumèrent la pipe de Chang, ce qui eut pour effet de le plonger dans une intarissable quinte de toux.

À leur arrivée à New York, Wallace les installa dans un logement proche de Broadway. Il convoqua les médecins les plus compétents à leur chevet sans qu'aucune médication apporte une amélioration réelle à l'état de santé de Chang. Les deux frères éprouvaient de grandes difficultés à se déplacer. L'hémicorps droit de Chang était devenu un poids mort. Pour marcher, Chang devait agripper l'épaule droite d'Eng avec son bras valide et lancer sa jambe gauche en avant, puis Eng avançait sa jambe droite, et tirait de toutes ses forces la moitié immobile de son frère. Chang, résigné à ses difficultés d'élocution, restait silencieux la plupart du temps.

Il avait été victime de l'attaque, mais Eng en subissait aussi les conséquences. Leurs déplacements étaient bridés, leur force réduite. Pour la première fois de leur vie, ils se sentirent moins qu'humains. Handicapés. Inutiles.

Ils avaient prévenu Sarah et Adélaïde qu'ils rentreraient aussitôt que Chang serait capable de supporter le voyage. En attendant ils leur demandèrent de continuer à veiller sur le domaine et de ne pas se faire plus de soucis qu'il n'était raisonnable.

À leur grande surprise, Barnum, lui-même, demanda à leur rendre visite, prétextant de s'inquiéter de leur santé. Pour l'occasion, Chang retrouva une parole suffisamment claire :

— Jamais ! Voir… quels… monstres ?

— Tu veux dire qu'il veut estimer s'il peut gagner de l'argent avec nous dans cet état.

Chang opina du chef.

— Jamais, répéta-t-il.

— Bien sûr, mon frère.

Et il saisit sa main valide qu'il serra fort dans la sienne.

Les jumeaux liés rentrèrent à Mount Airy au début de l'automne et retrouvèrent leurs familles dans un déferlement d'émotion que personne ne parvint à maîtriser. Néanmoins ils souhaitèrent remettre en place la règle des trois jours. À leurs yeux, il s'agissait du meilleur moyen de retrouver une vie normale. C'était au tour d'Eng, ce fut donc chez lui qu'ils se transportèrent. Deux mois après la survenue de l'attaque, le docteur Calloway constata une paralysie irrécupérable de la jambe droite de Chang, et une récupération modérée de la force musculaire de son bras droit. La paralysie faciale avait régressé, mais Chang gardait une dysmétrie du visage. Quant à l'aphasie, elle disparaissait progressivement, même si Chang butait fréquemment sur les mots. Aucune prescription, selon le médecin, ne permettrait jamais une restauration complète de l'état antérieur, et il proposa de réfléchir à la mise au point d'un système mécanique qui leur permettrait de faciliter leur mobilité.

— Je toujours déjouer les médecins. Pari ?

Calloway acquiesça. Il ne souhaitait rien de plus que Chang lui donne tort. En attendant, il fit venir un tanneur, à qui il commanda la réalisation d'une attelle en cuir, ceinte autour de la jambe droite de Chang et de la gauche d'Eng, fermée au moyen de boucles qui maintenaient les deux membres solidaires entre eux. Il fournit à Chang une béquille rembourrée pour appuyer son aisselle gauche. Ainsi équipés, les frères retrouvèrent une capacité de déplacement qui leur permit, en quelques semaines, d'effectuer un semblant d'activité sur l'exploitation. Sarah et Adélaïde se remontaient le moral en évaluant mathématiquement les progrès effectués par Chang : le nombre de mots réapparus dans son vocabulaire, la force recouvrée dans sa main droite, le nombre de mètres accomplis par l'attelage fraternel. Elles se projetaient dans l'avenir selon des calculs qui n'avaient de valeur que par leur volonté d'espérer.

Chang, continuellement maussade, perdit le peu de modération qu'il lui restait par rapport à l'alcool, se défendant qu'en levant la bouteille il effectuait une rééducation musculaire. À plusieurs reprises, ivre, il entraîna Eng dans une chute, au beau milieu d'un champ, ou dans la cuisine, et il fallait à chaque fois l'aide de plusieurs personnes pour les remettre debout. Eng tentait de contenir sa fureur, mais un jour qu'ils avaient chuté dans l'écurie et demeuraient bloqués au sol comme un scarabée renversé, leurs anciens esclaves tardèrent à venir les relever. Quand ce fut fait, Eng s'empara d'un coupe-coupe et menaça Chang de l'éventrer et de répandre ses intestins sur place s'il ne cessait pas de boire ! Il demanda qu'on selle le boghei sans délai et il fouetta le cheval en direction de la maison du docteur Calloway.

Celui-ci les vit débarquer en clochant, Chang, penaud et semi-somnolent, tiré par Eng, dont l'emportement décuplait les forces.

— Je ne veux plus vivre une minute de plus avec lui ! hurla Eng. Il n'écoute rien ni personne. Un jour il se tuera, et moi avec ! Par pitié, séparez-nous, maintenant !

— C'est ça… enchaîna Chang. Enfin libre… coupez, coupez !

— Parfait ! surenchérit Eng, opérez-nous ici.

— Le liniment au milieu ! éructa Chang.

— Liniment ?

— Li… ligament au milieu. Chacun sa part !

Calloway, exaspéré, proclama qu'il était aussi curieux que les autres de savoir ce que contenait leur bande de chair. Tous les médecins du monde attendaient leur mort pour connaître ce secret, et comme il pensait que s'il les opérait ici, ils succomberaient nécessairement, il était ravi à l'idée de le faire sans délai, dans l'intérêt de la science !

D'un revers de la main, il balaya la carafe, l'assiette et le verre qui se trouvaient sur la table, puis il attrapa sa trousse et se saisit d'un scalpel, leur ordonnant de s'allonger sur la table. Alors, oui, il les opérerait là, à moins qu'ils préfèrent qu'il leur coupe la gorge plutôt, parce que le résultat serait exactement le même !

Chang et Eng n'avaient jamais vu Calloway perdre le contrôle de lui-même. Le voir dans un tel état, le visage empourpré, scalpel à la main, debout au milieu des débris de vaisselle, eut pour effet de les ramener immédiatement à eux-mêmes. Comme Calloway insistait et demandait ce qu'ils attendaient pour prendre place, ils effectuèrent un demi-tour pataud. Sans un mot, ils regagnèrent leur voiture et repartirent.

Dans les semaines qui suivirent, ils n'abordèrent jamais cet épisode, chacun nourrissant un ressentiment muet qui sapait leur fragile édifice. Chang était dévasté par la culpabilité, s'accusant d'avoir subi une telle défaillance et d'en aggraver les effets par son alcoolisme. Perturbé dans sa capacité à s'exprimer, il était enfermé en lui-même, tout à la fois son juge et son cachot. Eng, lui, vivait dans la crainte que l'état de santé de son frère se dégrade et que sa mort entraîne la sienne. Il ressassait les refus que leur avaient opposés les plus grandes sommités médicales et développait une amertume dont il peinait à préserver sa famille. Cependant, aussi paradoxal que cela parût, il s'occupait avec attention de son frère, et l'aidait dans la plupart des gestes quotidiens. Il faisait tout son possible pour soulager Chang de ses souffrances, ce qui était, de son point de vue, le meilleur gage de leur longévité.

Adélaïde, tourmentée par la situation, retourna voir le docteur Calloway au début de l'année suivante, le suppliant de prendre part au sauvetage des deux foyers, dans lesquels la vie devenait peu à peu intolérable. Après avoir réfléchi, celui-ci promit d'intercéder auprès de son mari et de son beau-frère. Il retourna donc voir Chang et Eng six mois après la scène qui les avait si violemment opposés.

Il déclara avoir consulté la littérature relative aux effractions du péritoine, ainsi qu'à l'usage des médications anesthésiques. À ces mots, Chang et Eng reprirent espoir, mais il les tempéra d'un geste de la main. Il allait se procurer l'instrumentation et les drogues nécessaires, qu'il tiendrait à jour dans une trousse spéciale destinée à un seul usage : dans le cas où l'un des deux frères mourrait, il procéderait à la séparation pour conserver une chance à l'autre. Il insista sur le fait que l'état de Chang n'était pas mortel en soi, et qu'ils pouvaient vivre longtemps ainsi. Sa décision serait évidemment appliquée quel que soit celui des deux qui décéderait le premier.

Chang et Eng accueillirent la nouvelle avec soulagement, ils s'emparèrent des mains du médecin pour le remercier, leurs yeux embués d'émotion. Mais celui-ci, avant de les quitter, leur rappela qu'il était plus âgé de quelques années, et que Dieu pouvait le rappeler à lui avant eux.

La décision de Calloway agit comme un baume sur les relations entre les deux frères et, par extension, sur leurs rapports avec femmes et enfants. Grâce à leurs épouses, les deux exploitations étaient redevenues rentables, si bien qu'on pouvait apercevoir leur silhouette claudicante et tordue au milieu des champs lorsque le sol était suffisamment sec et dur pour permettre leur déplacement. Trois jours chez Chang, qui avait conservé quatre laboureurs noirs rémunérés cent cinquante dollars par an et dont Christopher, âgé maintenant de vingt-sept ans, était le véritable contremaître. Trois jours chez Eng, qui avait trouvé de l'aide auprès de Montgomery, lequel avait centré l'exploitation sur l'élevage et possédait un troupeau de moutons et une vingtaine de porcs. Désormais, Sarah et Adélaïde dormaient seules, dans la chambre voisine de celle des frères et chacun trouvait son compte dans cette nouvelle organisation. La paix était revenue et les jumeaux, doublement liés, consacraient beaucoup de temps à promener leurs plus jeunes enfants en voiture à cheval.

En 1873, ils se procurèrent un exemplaire du *Tour du monde en quatre-vingts jours* de Jules Verne, qui venait d'être traduit en anglais. La course autour du monde de Phileas Fogg et de Jean Passepartout les fascina en les replongeant dans les mouvements incessants de leur propre existence. La lecture de l'ouvrage était faite à haute voix par Eng. Chang écoutait avec intérêt, sans boire d'alcool ou s'assoupir. À leur manière, et sans avoir suivi une même logique d'itinéraire, les deux frères connaissaient les lieux évoqués dans le roman et s'ils ne s'étaient jamais rendus à Calcutta ou à Hong Kong, les paysages d'Asie leur étaient suffisamment familiers pour qu'ils accompagnent la lecture d'anecdotes à propos de leurs propres expériences.

Cette année-là, l'hiver était particulièrement rigoureux et plus propice à la lecture qu'au sarclage ou à la traite. Les séances réunissaient l'intégralité de chaque famille autour de son âtre, si bien qu'ils achetèrent un second exemplaire de l'ouvrage pour que la lecture puisse se poursuivre en parallèle, les trois jours suivants, dans le foyer quitté par les jumeaux.

Le mardi 6 janvier 1874, les frères résidaient chez Chang depuis la veille au soir, lorsque celui-ci fut pris de violentes quintes de toux pendant la lecture du passage où Phileas Fogg, au soixante et onzième jour du voyage, manque le paquebot pour Liverpool, à New York. Eng interrompit sa lecture, mais Chang lui fit signe de poursuivre, impatient de savoir comment le richissime gentleman anglais allait s'en sortir à neuf jours de l'échéance. Eng s'exécuta, toutefois Chang toussa à nouveau et émis quelques crachats mousseux, qui ressemblaient à de l'écume de mer. Puis il se plaignit de ressentir une douleur dans la poitrine.

Albert sauta en selle, et fut de retour une heure plus tard avec le docteur Calloway. Entre-temps, les deux frères étaient allés se coucher. Chang, épuisé par ses quintes et Eng, ébranlé à chacune d'elles, tentaient en vain de trouver le sommeil.

Calloway, qui s'était procuré lui aussi le stéthoscope de Laennec, ausculta les jumeaux et conclut que Chang était atteint d'une attaque de bronchite, mais Eng épargné. Il les rassura et leur prescrit de rester alités et au chaud jusqu'à ce que l'état de Chang s'améliore. Il leur recommanda de dormir dans la position la plus assise possible, mais celle-ci était douloureuse et difficile à garder.

Finalement, les deux frères parvinrent à s'assoupir et le lendemain Chang se réveilla dans un état stationnaire. Il continuait de tousser, mais n'était pas fiévreux. Il se sentit suffisamment mieux en fin de journée pour demander à Eng de reprendre sa lecture. Adélaïde les aida à se redresser et convoqua les enfants, qui s'assirent sur le lit pour les plus jeunes, et autour, à même le sol ou sur des chaises, pour les plus grands. Chang souriait, heureux de voir sa famille réunie, et d'apprendre que Phileas Fogg voguait vers l'Angleterre, après avoir acheté un navire à vapeur, que l'équipage désossait afin d'en utiliser le bois comme combustible.

Le lendemain, la condition de Chang s'améliora légèrement, et les deux frères purent quitter le lit, allant jusqu'à boire un bol de soupe chaude dans la cuisine. Chang était tout entier concentré sur la suite des aventures de Phileas Fogg. Il avait hâte qu'arrivent le soir et, avec la tombée de la nuit, la poursuite de la lecture qui se déroulerait chez Eng, puisqu'on était parvenu au troisième jour.

L'entendant, Adélaïde protesta avec vigueur. Les toux de son mari ne faiblissaient pas, il souffrait toujours de la poitrine et elle estimait qu'il était trop malade pour voyager. Calloway, lui-même, les avait mis en garde de se rendre dehors par ces températures négatives. Elle demanda donc qu'ils fassent une exception à la règle. Eng accepta immédiatement, il ne voyait aucune raison de respecter leur engagement étant donné l'état de Chang. Ils pouvaient rester sous son toit jusqu'à sa guérison complète. Mais Chang refusa. Ils avaient un accord et il fallait s'y tenir. Il était persuadé qu'une entorse à leur rythme de vie, auquel ils s'étaient habitués depuis tant d'années, serait un facteur aggravant de sa condition. Les deux maisons n'étaient qu'à un mile l'une de l'autre, le trajet ne serait pas long. Puisque c'était nécessaire, il rappela la règle : les frères résidaient actuellement chez lui, il était donc celui qui décidait et devait avoir le dernier mot. Il paraissait si déterminé qu'Eng abandonna l'idée de le convaincre, estimant qu'un tel sursaut d'énergie augurait d'une bonne inclinaison de la maladie.

À la tombée de la nuit, ils revêtirent leurs vêtements les plus chauds. Une fois qu'ils eurent pris place sur l'attelage, Adélaïde couvrit leurs têtes de bonnets de laine et déposa sur leurs genoux une épaisse peau de mouton retournée. Eng saisit les rênes et dirigea le cheval sur le sol dur et gelé. Dans l'air glacé, il sentit Chang grelotter si fortement qu'il ne savait plus si les tremblements étaient les siens ou ceux de son frère.

Sarah les attendait sur le seuil avec un édredon de plumes. Elle leur entoura les épaules tandis que Montgomery dételait le cheval et le conduisait à l'abri dans l'écurie. Chang se plaignit de la poitrine et reconnut que le trajet l'avait transi. Il était fatigué, mais lorsque Eng proposa qu'ils aillent dormir, Chang réclama la suite des aventures de Phileas Fogg. Dérogeant par compassion à la règle qui voulait qu'il commande sous son toit, Eng accepta de s'installer devant l'âtre de la salle à manger. Il commença la lecture, mais Phileas Fogg n'eut pas le temps d'atteindre les rivages de l'Angleterre que Chang s'était endormi. Eng et Sarah ne savaient plus quoi faire. D'une part, Chang se reposait enfin et il était préférable de ne pas bouger. D'autre part, Eng ressentait de vilaines courbatures à étayer son frère qui, depuis qu'il était malade, semblait peser le double.

Profitant d'un bref réveil de Chang, Eng imposa qu'ils rejoignent leur chambre, et Sarah se posta du côté de Chang pour le soutenir et soulager son frère. Ils se couchèrent sans se déshabiller et Eng sombra sans délai dans le sommeil. Chang dormit mal, mais il toussait moins et se réveilla le lendemain matin, fiévreux et en proie à une difficulté nouvelle à respirer. À chaque inspiration, ses poumons sifflaient si fort que le bruit se faisait entendre dans la pièce voisine.

Le vendredi 16 janvier, aux alentours de midi, Albert arriva au grand galop, dépêché par sa mère qui voulait avoir des nouvelles de son mari. Ce dernier mentit en disant qu'il se sentait mieux, et que d'ailleurs on pouvait constater qu'il ne toussait presque plus. Albert repartit donc, muni d'un message rassurant, mais la réalité était différente. Sarah dut se rendre en ville, tandis qu'à mesure que la journée avançait Chang se sentit de plus en plus mal, sa fièvre ne faisant qu'empirer. Eng, qui avait besoin d'effectuer des travaux de réparation dans la maison, en fut gêné et faillit s'emporter contre son frère, avant de mesurer à quel point l'état de celui-ci s'était aggravé. Il s'alarma véritablement, le soir venu, lorsqu'il proposa de reprendre la lecture du *Tour du monde en quatre-vingts jours* et que Chang déclina la proposition. Les livres avaient le pouvoir de geler le temps entre deux pages, Phileas Fogg n'accumulerait pas davantage de retard si la lecture ne reprenait que le lendemain.

Ils regagnèrent le lit, et dans la maison tout le monde les imita.

Eng s'effondra de fatigue, mais Chang ne parvint pas à trouver le repos. Sa difficulté à respirer était telle qu'il avait l'impression d'étouffer. Vers deux heures du matin, il réveilla son frère en lui disant qu'il ne pouvait plus rester allongé et lui demanda s'ils pouvaient marcher un peu. Eng était épuisé, mais au prix d'un terrible effort, il parvint à se lever en entraînant Chang, et, l'édredon sur le dos, ils se rendirent, telle une énorme bête maladroite, jusqu'à la cuisine où ils se désaltérèrent, puis à la porte d'entrée que Chang demanda à ouvrir pour inhaler un peu d'air. Une rafale glacée s'engouffra dans la maison et ne soulagea en rien Chang, qui voulut se poser devant l'âtre. Eng refusa, éreinté, il plaida qu'ils auraient plus chaud dans le lit que dans la pièce refroidie et Chang accepta, obéissant à la règle des trois jours, même s'il savait que, allongé, ses poumons se noyaient.

Les deux frères titubèrent jusqu'au lit, heurtant plusieurs meubles et faisant basculer un tisonnier qui fit grand bruit en tombant. Eng s'endormit sur-le-champ, se jurant de faire appeler le docteur Calloway dès le matin. Chang fut à nouveau pris de quintes de toux, mais il s'efforça de trouver un répit par la méditation, portant attention à sa respiration, tentant de la contrôler pour effacer la douleur. Il observait les allées et venues de ses pensées en s'efforçant de ne pas les alimenter, il se détachait peu à peu et ferma les yeux.

William, un des fils d'Eng qui venait d'avoir dix-huit ans, avait été réveillé par le choc du tisonnier sur le sol. Il avait écouté les déplacements de son père et de son oncle, et avait compris qu'ils s'étaient recouchés. Les accès de toux de Chang s'étaient espacés et William avait retrouvé le sommeil. À quatre heures du matin, il s'éveilla brusquement, comme si le silence était un bruit effroyable, il alluma une bougie pour se rendre dans la chambre des frères.

D'abord, il y trouva Eng, profondément endormi, qui respirait bruyamment, puis, faisant le tour du lit, il éclaira le visage de Chang, totalement immobile. Chang ne respirait plus.

C'est alors qu'Eng ouvrit les yeux, ébloui par la flamme de la bougie. Il ne reconnut pas tout de suite le visage de son fils et murmura qu'il ne se sentait pas bien. William lui dit qui il était, Eng parut recouvrer ses esprits.

— Et ton oncle ? demanda-t-il.

Le jeune homme, dont les traits étaient ravagés par la peine, posa sa main sur la joue de Chang et répondit qu'il était froid. Qu'il était mort.

Eng, en proie à une violente crise d'angoisse, toucha précipitamment le visage, puis le torse de son frère.

— Je vais mourir aussi, alors, gémit-il.

William, bouleversé, quitta la pièce et courut réveiller sa mère, puis il frappa à toutes les portes pour annoncer à ses frères et sœurs que leur oncle Chang ne respirait plus. Sarah se précipita dans la chambre et constata à son tour qu'aucun pouls, aucune respiration n'animait plus le corps de Chang. Comme William était de retour, elle lui intima l'ordre d'aller prévenir le docteur Calloway afin qu'il tienne sa promesse de sauver le survivant.

Elle enlaça son mari, pris de tremblements, qui ne parvenait plus à contrôler une crise de panique.

— Je me sens si mal, mes membres m'élancent, j'ai froid, se plaignait-il.

Sarah tenta de le rassurer, elle lui dit que la peur seule était responsable de ses symptômes. Il n'avait pas contracté la maladie de Chang. Il n'avait pas de fièvre. Il ne toussait pas. Le docteur Calloway était en route pour le sauver. Elle lui demanda de lui raconter dans le moindre détail ce qui s'était passé, afin qu'il mobilise ses pensées et ne laisse pas la terreur le subjuguer.

Eng narra leur nuit éprouvante, mais des accès de sueurs froides le poussaient à s'interrompre. Il fallut l'éponger à plusieurs reprises. Puis des crampes lui torturèrent les jambes et il ne cessa de répéter qu'il allait mourir, alternant les moments où il semblait reprendre contact avec la réalité, mais pendant lesquels, tournant la tête vers son frère, il se mettait à pleurer. Tous les enfants les avaient rejoints dans la chambre et comme il se plaignit d'être saisi par un froid intense, chacun s'employa à lui masser les bras et les jambes.

Il était réconforté de voir qu'on s'occupait de lui, mais la mort l'engloutissait. Son frère déroulait la chaîne à laquelle il était attaché, telle une ancre lourde jetée en direction des ténèbres.

Une heure après le décès de Chang, Eng demanda que Dieu ait pitié de son âme, puis il se serra contre son frère et se tut à jamais. Il tomba dans une stupeur comateuse et cessa dès lors de réagir aux demandes, puis aux cris de son épouse et de ses enfants. Il respirait encore, faiblement. Puis sa poitrine cessa de se soulever quelques minutes avant l'arrivée du docteur Calloway et de sa mallette chirurgicale.

Les frères liés avaient vécu soixante-trois années côte à côte, sans que rien ni personne ait pu les séparer.

Le statut exceptionnel des frères liés ne disparut pas avec leur mort. Une curiosité malsaine s'enflamma sans souci du deuil des familles. Après avoir été informée du décès de Chang, Adélaïde s'était hâtée de rejoindre la maison d'Eng avec ses enfants, mais elle n'avait guère eu le temps d'épancher ses larmes en découvrant les deux dépouilles, car le docteur Calloway proposait déjà de procéder à l'autopsie. En tant qu'ami de la famille, il espérait sans doute bénéficier d'un avantage sur ses confrères : connaître la cause de la mort des jumeaux et être le premier à découvrir la nature exacte et le contenu de leur lien.

Les deux sœurs avaient fait front pour refuser, rappelant que depuis longtemps leurs époux avaient exprimé la volonté que leurs corps ne soient pas un terrain d'expérimentation. Calloway fut forcé de se rendre à leur avis et retourna à Mount Airy, en vue d'exécuter les formalités déclaratives. L'aube se levait lorsque Sarah et Adélaïde lavèrent les corps, les mouvements de leurs mains sur les peaux refroidies de leurs époux, tels de tristes simulacres de caresses. Puis elles leur passèrent de beaux habits. Les enfants s'étaient retirés pour les laisser seules à l'occasion de cet ultime moment d'intimité au cours duquel elles purent laisser libre cours à leur détresse. Trente ans après leurs mariages, les souvenirs des jeunes couples qu'ils avaient formés se mêlèrent aux images des tendresses plus tardives. Elles se rappelèrent leurs grossesses, jamais déprises de la crainte de la malformation, mais toujours soulagées par le bonheur d'avoir vu leurs enfants grandir comme ceux des autres.

Quelques heures plus tard, le docteur Calloway fut de retour, s'inquiétant des dispositions prises pour les funérailles. Christopher et Stephen étaient en Californie, il fallait le temps de les prévenir et les sœurs Bunker refusaient qu'on prenne une décision en l'absence de leurs fils. Elles connaissaient trop la nature humaine pour ne pas s'inquiéter qu'après l'inhumation des profanateurs de tombes essayent de voler les corps pour les exhiber et faire du profit. Le docteur Calloway recommanda de conserver temporairement les dépouilles dans un endroit que la famille pourrait surveiller.

Sarah et Adélaïde qui, depuis plusieurs années, avaient appris à superviser le fonctionnement de l'exploitation n'étaient pas à court d'idées. Elles firent appel au vieil Henry Moose et lui commandèrent la dernière demeure des jumeaux. Le charpentier, qui n'y voyait plus guère, s'allia au ferronnier de la ville, Augustus Reich, pour fabriquer un large cercueil en noyer dans lequel ils disposèrent les corps, doublé d'un sarcophage en fer sur mesure, lui-même enfermé dans une caisse en bois. La triple bière fut descendue dans la cave de la maison d'Eng, où elle pouvait être gardée jusqu'au retour de Christopher et de Stephen.

La nouvelle de la mort des jumeaux avait fait le tour de la ville et une large foule commença à s'amasser devant la maison d'Eng, certains se permettant d'entrer, en espérant apercevoir les corps. Adélaïde et Sarah durent chasser les intrus, et bientôt Montgomery monta la garde avec un fusil. Le soir même, ils décidèrent d'enterrer le cercueil dans le sol de la cave et de le recouvrir d'un tas de charbon, afin que personne ne puisse le trouver.

L'information circula des journaux de Caroline du Nord à la quasi-totalité de la presse des États-Unis. Le surlendemain, le *New York Herald* titra en une : « Les jumeaux siamois unis dans la vie comme dans la mort. » Quelques jours plus tard, leur disparition fut annoncée en Angleterre, puis dans le reste de l'Europe. Dans chaque pays, chaque ville où ils s'étaient produits, les journalistes qui avaient chroniqué leurs spectacles mirent en scène leur mort, comme s'ils y avaient assisté. Du comté de Surry à Moscou, chacun s'interrogeait sur les causes du décès et se demandait si la nature du ligament allait être révélée.

En lisant certains articles, les enfants des frères liés découvrirent de nombreux aspects de la vie de leur père et oncle qu'ils ignoraient, même si Adélaïde et Sarah devaient intervenir pour démêler le vrai du faux. Pour les plus jeunes d'entre eux, qui vivaient à l'abri du double cadre familial de Mount Airy, ce fut l'occasion d'une révélation qui ajouta de la tristesse à leur désespoir d'orphelins. Pour la première fois, ils prirent conscience du regard que la société avait porté sur l'anormalité de leurs parents.

Les hypothèses médicales les plus farfelues circulaient également dans ces colonnes, d'éminentes autorités étant amenées à se prononcer, parfois à des milliers de kilomètres de Mount Airy. Selon certains, le système circulatoire des jumeaux liés ayant été en connexion au travers du ligament, Eng avait été victime d'un empoisonnement par le sang de Chang. D'autres affirmaient qu'à l'arrêt du cœur de Chang, une dépression s'était créée entre leurs deux réseaux vasculaires, et que la totalité du sang d'Eng s'était versée dans le corps de son frère, entraînant sa mort par anémie aiguë.

Calloway, las de lire l'opinion de médecins qui n'avaient jamais rencontré les jumeaux, se résolut à livrer sa version, dans un entretien donné au quotidien de Charlotte. Il raconta être arrivé dix minutes après la mort d'Eng, dont l'aspect était naturel, comme s'il sommeillait. Chang était un peu décoloré, mais à peine. Rien dans leur apparence ne semblait altéré. Calloway déclara que Chang était mort de l'aggravation brutale d'un syndrome infectieux du parenchyme pulmonaire. Il ne croyait pas à l'existence d'une connexion suffisamment vitale au travers du ligament qui puisse justifier un empoisonnement ou un phénomène de vidange d'un système vasculaire de l'un dans celui de l'autre. Selon lui, l'hypothèse la plus vraisemblable du décès d'Eng était la terreur que lui avait inspiré l'idée d'être lié à un mort. À la mort, elle-même. Eng était tellement convaincu que le décès de l'un entraînerait celui de l'autre, que ses facultés de résistance mentale avaient volé en éclat. Privé de toute énergie vitale, il n'avait pas su trouver les ressources pour survivre à cette part de lui-même.

Quelques jours plus tard, l'émissaire d'un célèbre conservateur de musée new-yorkais souhaitant rester anonyme, quoique Adélaïde et Sarah n'eurent aucun mal à deviner l'identité de Barnum, leur offrit une forte somme d'argent pour embaumer les corps et avoir l'autorisation de les exhiber dans son établissement. Il fut chassé à coups de fourche. Il n'était resté qu'un instant, mais sa présence engendra une rumeur selon laquelle Adélaïde et Sarah avaient mis aux enchères les cadavres de leurs maris. À Londres, *The Lancet* déclarait que les veuves Bunker entretenaient le mystère afin de réaliser la meilleure vente possible, évoquant une somme de dix mille dollars réclamée pour céder les dépouilles à un établissement médical plutôt qu'à des gens de cirque.

Évidemment, rien n'était vrai et Sarah et Adélaïde se languissaient du retour de leurs fils lorsqu'elles furent approchées par un groupe de chirurgiens de Philadelphie, conduit par le docteur William H. Pancoast. Des membres de cette équipe travaillaient autrefois avec le docteur Scott que Chang et Eng avaient consulté avant leur mariage. Selon Pancoast, les corps des jumeaux liés avaient une valeur insoupçonnable, qui n'était pas financière. Ouvrir le ligament était d'un intérêt capital pour la science. On savait aujourd'hui, et la publicité autour du cas des frères Bunker avait contribué à leur recensement, qu'il y avait d'autres cas de jumeaux liés par le monde. Pouvoir comprendre la nature de cette bande connective serait dans leur intérêt, et dans celui de ceux à venir. Seule une investigation post mortem permettrait d'en déterminer la structure et de se rendre compte s'ils auraient pu ou non être séparés. Pancoast estimait que l'accord de la famille Bunker était un dû à la science et à l'humanité.

La famille n'ayant pas procédé à l'embaumement des corps, Pancoast insistait sur l'urgence d'effectuer l'examen. Adélaïde et Sarah étaient perdues, elles comprenaient les arguments du scientifique, mais ne parvenaient pas à prendre une décision. Christopher et Stephen étaient en chemin, leur arrivée n'était pas attendue avant quelques jours.

Le docteur Calloway intervint à nouveau auprès des veuves, leur proposant un compromis, secrètement négocié par télégramme avec Pancoast contre la promesse d'intégrer l'équipe opérationnelle : Sarah et Adélaïde autoriseraient la venue d'une délégation de médecins de Philadelphie à Mount Airy. L'équipe procéderait gratuitement à l'embaumement des corps sur place. En contrepartie, elle aurait le droit de procéder à un examen visuel des dépouilles, en présence d'un photographe. Aucune entaille ne serait autorisée qui pourrait altérer la surface visible antérieure de la bande, mais des incisions seraient pratiquées à sa surface postérieure. Rien ne devait non plus être attenté qui pouvait les défigurer. L'ensemble de la proposition serait rédigé par un avocat et signé par les parties.

Quinze jours après le décès de Chang et d'Eng, leurs épouses paraphèrent l'accord et le triple cercueil fut exhumé de sous son tumulus de charbon, puis monté à la chambre des frères. L'équipe de Philadelphie était composée de quatre médecins sous les ordres du docteur Pancoast, auxquels s'ajoutaient le photographe et le docteur Calloway. Les différents couvercles furent dévissés, puis déposés, en présence de Sarah et d'Adélaïde, extrêmement émues.

Les corps de leurs maris apparurent, sans qu'aucune odeur de décomposition s'élève, leurs traits étaient paisibles, aucun signe de dégradation n'était visible. Alors Sarah et Adélaïde éclatèrent en larmes, comme si le temps s'était suspendu depuis deux semaines, et qu'elles se trouvaient revenues à la nuit fatale. Les médecins respectèrent leur émotion et l'équipe se recueillit silencieusement jusqu'à ce que le photographe signale que la lumière du jour déclinait et qu'elle serait bientôt insuffisante pour prendre des clichés. Adélaïde et Sarah opinèrent et quittèrent la pièce, laissant place aux médecins.

Quelques heures plus tard, Calloway sortit de la chambre et prévint les familles que l'embaumement était réalisé. Mais l'examen superficiel de la bande de connexion révélait une structure trop complexe pour être étudiée dans cet environnement non médical. Les médecins requéraient de pouvoir terminer l'autopsie à Philadelphie, dans le plus grand respect de l'accord signé. De guerre lasse, Adélaïde et Sarah, exténuées par leur insistance, acceptèrent. Et ce fut ainsi que Chang et Eng furent rhabillés, puis placés à nouveau dans leur caisse de noyer, et qu'une fois de plus les frères jumeaux prirent la route.

Pendant la deuxième moitié de février, le docteur Pancoast dirigea l'autopsie à Philadelphie. Il respecta les dernières volontés de la famille, puis il donna une conférence devant l'académie de médecine, levant la plupart des interrogations qu'avait pu susciter l'extraordinaire union. Pour l'essentiel, il donna raison à tous les médecins qui avaient refusé d'opérer Chang et Eng au cours de leur vie. Une séparation leur aurait été fatale, car les deux frères n'avaient qu'un seul foie, le tissu hépatique se prolongeant de façon continue entre eux, au travers de la bande. Outre la brèche péritonéale, l'inflammation et le risque d'infection, la dissection du foie aurait entraîné un risque hémorragique majeur et s'ils y avaient survécu, le choc engendré eût été létal. Il révéla également que les diaphragmes des deux frères étaient unis dans le ligament. Couper cette cloison musculaire aurait causé des dommages au système nerveux sympathique, avec de graves conséquences sur leur rythme cardiaque. Pour le reste, le ligament était constitué de cartilage, dont les insertions s'étaient ossifiées et raidies avec les années ; de vaisseaux ; de tissu adipeux ; et de terminaisons nerveuses en faibles quantités, mais il précisa qu'avec l'âge celles-ci avaient pu se raréfier et il jugea plausible qu'elles aient été plus conséquentes autrefois.

Sur les causes des décès, il émit une hypothèse, invérifiable à cause des restrictions imposées par Sarah et Adélaïde, qui avaient refusé que les cerveaux soient prélevés. Étant donné le terrain hémiplégique de Chang, et son état général affaibli par l'engorgement de son poumon gauche, on pouvait suspecter que sa mort brusque avait été la conséquence d'un caillot cérébral. Quant à Eng, il avait probablement succombé à un état de syncope induit par la peur, comme en témoignait la distension de la vessie et une rétraction de son testicule droit.

Christopher et Stephen, enfin rentrés de San Francisco, se rendirent directement à Philadelphie, où ils demandèrent avec insistance que les corps de Chang et d'Eng soient rapatriés à Mount Airy. Ils accusèrent les médecins d'avoir profité de la vulnérabilité de leurs mères pour leur extorquer un accord. Leur père et leur oncle n'avaient-ils pas suffisamment souffert tout au long de leur vie pour qu'on continue à les exhiber, une fois celle-ci achevée ? Ils demandèrent qu'on revienne sur le processus d'embaumement afin que les corps puissent se désagréger en paix, car selon eux, tant que leur ligament aurait une existence matérielle, il continuerait de soulever les passions et d'attirer les ennuis à leur famille. Pancoast leur expliqua que le processus était malheureusement irréversible, et que désormais la décomposition serait très lente.

Il ordonna le rapatriement des corps en Caroline du Nord, mais, auparavant, demanda à ses assistants de mettre de côté le foie des jumeaux auquel il fit subir un traitement conservateur. Il entreprit également la réalisation d'un moulage en plâtre de leurs bustes. Il destinait l'organe et le plâtre aux collections du Mütter Museum de Philadelphie, substituant à l'intérêt des familles la nécessité d'offrir à ses contemporains la possibilité de visiter un tel phénomène.

Sarah et Adélaïde n'en eurent cure, désireuses désormais d'offrir à Chang et à Eng une sépulture décente et d'entamer la dernière partie de leur vie, loin des désagréments du voyeurisme. Mais il leur fallut pour cela attendre encore plusieurs mois. Les curieux et les journalistes continuaient à affluer à Mount Airy et demandaient où étaient enterrés les frères siamois. Sans vergogne, certains venaient frapper à la porte de l'une ou de l'autre des veuves avec l'intention de réaliser des photographies ou des croquis des lieux. Personne ne sut jamais que Chang et Eng avaient à nouveau été enterrés dans la cave de Sarah, sous le tas de charbon.

Ce n'est qu'une année après leur mort, alors que les visites malséantes s'étaient taries et que la presse avait trouvé d'autres centres d'intérêt, que, dans la discrétion la plus totale, la famille Bunker ressortit le cercueil et put l'enterrer dans un lieu où il fut enfin honoré décemment.

Une tombe fut creusée à la lisière d'une prairie visible depuis la fenêtre du salon d'Adélaïde. À l'abri d'un large chêne, la sépulture de Chang et Eng était marquée d'une simple stèle de granit portant les mentions de leurs noms et les dates identiques de leur naissance et de leur mort. Certaines nuits, dans l'éclat pâle de la voûte céleste, Adélaïde et Sarah contemplaient l'astre double apparu dans la constellation de la Grande Ourse, deux étoiles aux destins liés par la gravité, qui brillaient dans le ciel boréal, si proches l'une de l'autre que leur éclat se confondait au firmament. Au fil des saisons, les épouses Bunker prirent conscience que leur destin n'avait pas été singulier mais universel. Comme on est l'inventeur d'un trésor, elles avaient mis en lumière une parcelle d'histoire, et avaient inlassablement porté, au travers de leur combat pour le bonheur familial, l'ensemble des luttes pour l'acceptation.

Sarah a quitté ce monde en 1892, à l'âge de soixante-neuf ans. Adélaïde l'a suivie en 1917, à l'âge de quatre-vingt-treize ans. Après son décès, le risque de voir un jour la propriété des Bunker vendue a incité leurs enfants à déplacer la tombe contenant les ossements de Chang et Eng dans le cimetière de l'église des Plaines Blanches. Cent cinquante ans après leur disparition, alors qu'on leur connaît près de mille descendants qui, pour la plupart, vivent aux États-Unis, Chang et Eng Bunker laissent à l'humanité un legs inestimable. Leur longévité exceptionnelle a permis que leur vie soit un plaidoyer pour le droit à la différence. Aujourd'hui, quand l'obscurantisme contrevient aux lumières, lorsque l'autoritarisme et le fanatisme tentent de soumettre la pensée, contre toutes les simplifications, puissent ceux qui refusent de se désinscrire de l'espèce humaine s'inspirer du destin de ces deux fils d'une modeste famille de pêcheurs des rives du fleuve Mae Klong.

Composition et mise en pages
Nord Compo à Villeneuve-d'Ascq

Cet ouvrage est imprimé sur du papier issu
de forêts gérées durablement.

CET OUVRAGE
A ÉTÉ ACHEVÉ D'IMPRIMER
SUR ROTO-PAGE
PAR L'IMPRIMERIE FLOCH
À MAYENNE EN SEPTEMBRE 2023

Dépôt légal : octobre 2023
N° d'édition : 66214/01 – N° d'impression : 103078
Imprimé en France